릴케 문학에 비친
아시아의 그림자

겨레문화 33

릴케 문학에 비친 아시아의 그림자

조두환 지음

책머리에 부쳐

문학과 철학을 앞에 두고 장래 학문적인 진로를 고민하던 청년 시절, 심사숙고 끝에 비교적 순조로이 문학의 길에 들어 설 수 있었지만, 그 다음 무슨 문학을 전공할 것인가 하는 문제로 심각한 고민에 빠졌다. 오랜 숙고 끝에 놀랍게도 국문, 영문도 아닌, 독문학으로 결정이 이루어졌다. 그 이유는? 릴케 때문이었다. 1950~60년대만 해도 상당히 인기가 있었던 독문학이었지만, 아는 것이 여러모로 부족한 젊은 이가 그런 결정을 내릴 수 있기 까지 릴케는 우리 문단에 막강한 영향력을 행사하고 있었다. 그의 작품 『말테의 수기』라든지, 「가을날」이라는 시 정도는 당대의 지식인이라면 알고 있어야 했고, 적어도 시인이라면 그의 글 한 두 구절은 마땅히 외우고 인용할 수 있어야 했던 시대적 분위기이었다. 왜 그럴까? 우리나라에 소개된 작가들이 그렇게도 많은데 왜 유독 릴케가 이렇게 많은 호응을 받고 있는 것일까? 나의 지속적인 의문점이었다.

라이너 마리아 릴케Rainer Maria Rilke. 그는 격동하는 한 시대 속에 살면서 중심을 벗어난 변방의 사람이었다. 독일어권의 마지막 땅 체코에서 태어나 절대소수의 독일어 사용인구 속에서 성장했고, 향후 유럽 전역을 돌아다니면서 한 곳에 정착하지 못하고 세상을 손님처럼 살았던 사람이었다. 그런가 하면, 개인적인 정체성의 혼란은 너무나도 극심했다. 7삭 동이로 태어나 원래부터 작고 허약한 신체구조를 지닌 어린 시절, 그는 어린 나이에 세상을 떠난 누이 대신에 여섯 살이 되기까지 여자아이로 키워졌다. 여자 옷을 입고, 소꿉장난을 해야만했다. 여읜 딸을 잊지 못한 고집불통 어머니의 소원이 강요한 양육 방법이었다. 그의 이름에 마리아라는 여자 이름이 붙어 놀림거리가 된 것도 결코 우연이 아니었다.

늘 사이가 좋지 못했던 부부는 릴케가 11살 되던 해 결국 헤어지고 만다. 아버지는 원래 장교가 될 꿈을 꾸었던 사람인데, 뜻을 이루지 못하고 지방 철도보선반원으로 지내던 고개 숙인 남자였다. 이혼을 하면서 아버지는 자기가 이루지 못한 꿈을 대리 충족시키기 위해 나약한 아들을 소년군사학교에 보낸다. 여자아이로 지내야만 했던 아들로서 이겨낼 수 없는 새로운 충격이었다. 건장한 사내아이들 속의 릴케는 고통을 더 이상 견뎌내지 못하고 학교를 그만 둔다.

아픔 속의 시간들은 시인을 영원한 방랑과 고독의 길로 내몬다. 40이 넘어서도 사람 앞에 서기를 부끄러워하고, 어쩔 줄 몰라 하는 소극적인 인간. 수동적, 내성적, 관조적, 여성적인 세계관이 그 뒤에 붙은 꼬리표였다. 그런 그가 멀리 아시아 지역에 와서 남달리 사랑받는 시인이 되었다. 그의 문학이 우리 마음속에 촉촉이 젖어들었기 때문이리라. 그럴 즈음 누군가 동양을 이야기하기 시작했다. 동시대의 다른 서양 작가들보다도 유독 아시아적 멘탈리티를 더 많이 지니고 있는 작가가 아닐까? 한번 연구해 보아야지. 평생 릴케를 공부해온 소생에게 주어진 숙제라고 생각되었다.

그리하여 이제 여기에 '릴케 문학에 비친 아시아의 그림자'라는 작은 성과물을 낼 수 있게 된 것을 매우 기쁘게 생각한다. 한 작가의 단면을 동 아시아의 독문학자의 눈길로 바라보고 정리할 수 있게 된 것이 무척이나 만족스럽다. 릴케는 말한다. “그 누가 승리에 대해 뭐라 말할까? 극복이 전부인 것을.” 그렇다. 한 인간을, 한 사회를 바라보는 눈길, 학문의 관점도 자기를 이겨내는 것일 따름이다. 객관이라는 것도 관찰의 주체인 인간이 스스로 넘어야 할 자아를 완성하는 것이 아니겠는가.

감사의 말씀으로 이 출발을 장식하고 싶다. 이 책이 세상의 빛을 볼 수 있도록 재정적인 후원을 아낌없이 베풀어주신 겨레문화연구원 윤영노 이사장님, 매우 어려운 출판계 사정에도 불구하고 출판에 임해주신 이회문화사 김흥국 사장님, 그리고 모든 기획과 후원의 손길을 아끼지 않으신 한무희 교수님께 감사를 드리며, 기타 편집과 인쇄 등으로 수고하신 이소희 선생님 외 여러분에게 심심한 사의를 표하는 바이다.

2020년 세모에
솔뫼 조두환

차례

I.
머리글: 아시아에서 사랑받는 독일작가 릴케

라이너 마리아 릴케Rainer Maria Rilke(1875~1926)는 유럽 현지는 물론, 아시아 사람들에게도 상당히 알려져 있는 작가들 중의 한 사람이다. 특히 한국과 일본에서 독일문학 자체가 지역적 문화적 거리감에도 불구하고 매우 좋은 반응을 불러일으키고 있다. 근자에 이르러 영어권문화의 지배적인 위치 때문에 다소 위축된 감은 있지만, 이미 1977년 한국문화예술진흥원 발행 『문예연감』[1]은 한국에 있어서 독일문학이 괄목할만한 범위로 수용되고 있음을 밝히면서, 해당 년도에 가장 많이 번역된 작가들로서 우선 헤르만 헤세Hermann Hesse, 요한 볼프강 폰 괴테Johann Wolfgang von Goethe, 라이너 마리아 릴케, 루이제 린저Luise Rinser 등을 손꼽고 있으며, 그중에서도 릴케는 전체 외국 번역 작품들 가운데 여덟 번 째 자리를 차지할 정도로 지속적이고도 놀라운 인기도를 유지하고 있다. 비공식적인 이야기이지만 출판계에서는 오늘날도 릴케의 작품을 내놓으면 당장 베스트셀러가 되지 않아도 스테디셀러로서 많은 사람에 의해서 사랑받고 있다는 사실도

....

1 『문예연감』, 274쪽. 참고로 1976년 1월부터 같은 해 11월까지 한국어로 가장 많이 옮겨 소개된 독일작가로는 1위 헤세, 4위 괴테, 8위 릴케, 11위 린저 등이다.

탐문된다.

또한 김병철金秉喆은 그의 『서양문학 이입사 연구』 제3권 '서양문학 번역론자연표'에서 릴케가 한국에서 처음 작품상으로 소개된 것을 1935년대로 보고하면서, 1907년의 프리드리히 실러Friedrich Schiller, 연이은 하인리히 하이네Heinrich Heine, 막스 다우텐다이Max Dauthendey 등의 경우보다도 훨씬 뒤늦게 받아들여졌음에도 불구하고 릴케는 오늘날 오히려 더 많은 독자층을 확보하고 있다고 한다.

라이너 마리아 릴케(1925)

2000년대에 접어들면서 IT 산업의 비약적인 발전에 힘입어 사회 제반의 패러다임이 바뀌어 가고, 종래의 인문학이 새로운 길을 모색하여 나아가게 되는 즈음에 우리나라에서도 독일문학이 나름대로 침체와 변혁의 길에 들어서 있는 실정이지만, 지난 세기 말까지의 문화계에 있어서 릴케는 새로운 세대, 특히 서구식 교육을 받은 젊은 계층에게는 결코 낯선 작가가 아니었다. 그의 널리 알려진 시작품 「가을날Herbsttag」이나 『말테의 수기*Die Aufzeichnungen des Malte Laurids Brigge*』의 제14장에 나오는 "시적 변용"에 대한 글은 현행 고등학교 교과서에 실릴 정도로 많은 호응을 받고 있다. 시인 고은高銀은 전후 한국문단의 모습을 전하는 자리에서 "그 무렵 젊은 문학인들의 교과서가 되기도 한 바 있는 『말테의 수기』의 내면과 환경의 그 세련된 위선의 영혼이 서술하고 있는 분위기는 사실은 서울의 어디에도 들어있지 않았건만 바로 그 때문에 그 분위기를 서울의 잡답雜沓 가운데서 하나의 찬란한 이미지로 이행시켰던 성 부르다"[2]라고 한다. 한국의 많은 시인 및 문필가들은 릴케를 자주 언급하며, 그의 글을 즐겨 인용하고 있다.[3]

이런 현상은 서양문화 수용의 선두주자인 일본에서 좀 더 구체적으로 엿볼 수 있다. 일본의 저명한 독문학자 다카야스 구니요高安國世는 「릴케와 일본인」[4]이란 논문에서 릴케가 일본인에게 "친밀감을 주는 시인"으로서 일본 독자층을 파고드는 효과와 영향력이 "비상한" 관심을 자아내고 있다고 말한다. 릴케에 대한 일본인들의 이와 같은 지대한 관심은 물론 어제오늘의 현상만은 아니다. 1957년 8월 11일자 『오스트홀츠 지역보*Ostholzer Kreisblatt*』는 릴케가 문학 활동을 하던

....

2 경향신문. 93.1.31.

3 김춘수, 전봉건, 박용철, 윤태웅, 윤동주, 조병화 등의 시인들이 적극적으로 릴케 수용의 길에 나섰다. 이들은 일본을 통해 들어온 릴케문학의 물결에 합류한 것으로 대부분 묘비명에 얽힌 장미의 감성적 상징미, 『젊은 시인에게 보내는 편지』를 중심으로 접근하였고, 시론 및 평론 부분에도 박용철, 조연현 등 일본을 통한 간접 수용으로 「시적 변용」을 테마로 한 논평에 앞장섰다.

4 Takayasu Kunio, Rilke und die Japaner. In: *Doitsu Bunkaku* 32(1964), S.5~13.

"보릅스베데Worpswede가 일본에서 점점 유명해지고 있다"는 제하의 기사에서 "오사카 대학 독문학 교수인 와타나베 가쿠치 씨는 보릅스베데와 라이너 마리아 릴케에 대한 강연을 했다. (…) 오사카 공과대학 강당에서 행한 그의 또 다른 강연에는 무려 3천여 명에 달하는 대학생들이 참석했다"고 보도하고 있다.

릴케가 동양의 먼 지역에서 이렇게 예상 밖의 놀라운 영향력을 발휘하고 있는 데에 대해 마르틴 그림Martin Grimm은 위에서 인용한 신문기사에서 "라이너 마리아 릴케와 하인리히 포겔러Heinrich Vogeler는 그들의 언어를 일본인이 그 어느 누구보다도 잘 이해할 수 있는 예술가들이다. 그들은 그러므로 보릅스베데가 오늘날까지도 일본에서 동경憧憬의 지역이 되는 데 커다란 기여를 했음에 틀림없다"고 결론을 짓고 있다.

이상에서 살펴 본 사실들은 우리로 하여금 근본적인 문제점에 다다르게 한다. 어째서 독일시인인 릴케가 아시아의 독자층에 이토록 애호를 받게 되었는가? 그에 대한 답변은 다카야스 교수가 앞에서 말한 바 있듯이, 그를 "친숙한 동방의 시인"이라 지적한 발언을 토대로 '릴케가 생각하고 쓴 것은 아시아적이거나 그런 성향에 강하게 젖어 있다'라고 압축해서 표현할 수 있을지 모른다. 이러한 가설이 좀 더 가까이 논증되기 전에 릴케와 그의 문학이 유럽 자체 내에서는 어떻게 평가되고 있는지를 살펴보자.

프리츠 슈트리히Fritz Strich는 슈테판 게오르게Stefan George(1868~1933)와 견주면서 "문학에 있어서 서구정신은 슈테판 게오르게에게서 그 정점을 이루고 있다. 즉 '자체 속에 밀폐된 전체 인간함양을 이룬다는 성자적 선언', 그러나 그것이 결과적으로 일방적인 무모함과 전례 없는 오만한 태도로 매듭짓게 되는 데 반해, 릴케에게는 동양적 인간성의 힘이 밀려들어, 지친 유럽의 밀폐된 형식을 부수고 인간이 사물과 친할 수 있는 형상을 만든다"[5]는 말로 릴케에게서 "동 아시아적 시인"의 편모를 간파하고 있다.

동일한 차원에서 리하르트 프라이엔펠스Richard Freienfels는 "게오르게의 형식을 그가 지닌 감정, 기분, 사상 등을 포괄하는 용기容器로서 기교적으로 잘 이루어 진 상태와 비유한다면, 릴케가 지니는 형식은 모든 조직이나 움직임을 아주 완숙하게 표현하는 부드러운 비단 의상과 같다. 게오르게에게는 그러므로 형식이 주된 문제요, 릴케에게는 내용이 핵심이다"[6]라고 설파하고 있다.

그런가 하면 한스 다아멘Hans Dahmen은 이러한 차이점을 "게오르게가 사물을 인간화한다고 본다면, 릴케는 인간을 사물화 하려고 노력한다. 그는 시인의 최대사명을 사물들이 직접 말하게끔, 즉 사물들을 통해 신이 말을 할 수 있도록 하는 데 있다"[7]는 표현으로 뚜렷이

…………

5 H. Dahmen, Rainer Maria Rilke. In: *Hochland.* 24(1926/27), S. 263: "Mit Stefan Goerge hat die westliche Orientierung des europäischen Geistes ihren Gipfel erreicht, die in der Heiligsprechung des 'selig in sich selbst geschlossen, kosmisch ganzen Menschen', schließlich in einseitiger Vermessenheit und beispielloser Hybris endet, während mit Rilke die Kräfte des östlichen Menschentums dem müde gewordenen Europa zuströmen, die geschlossene Form sprengen und den Menschen zum Bruder aller Dinge machen."

6 R. Freienfels, Rainer Maria Rilke. In: *Das litterarische Echo* 9(1906/07), Sp.1294: " Läßt sich die Form Georges etwa vergleichen mit einer kunstvoll ausgearbeiteten Schale, mit der er die Gefühle, Stimmungen, Gedanken, die das Leben ihm bietet, auffängt, so ist Rilkes Form wie ein Gewand von weicher Seide, das, jedes Glied, jede Bewegung dessen, der er trägt, aufs vollendeteste zum Ausdruck bringt. Bei George erscheint die Form als das Primäre, bei Rilke ist es der Gehalt."

7 H. Dahmen, aaO., S. 264: "Während George die Dinge vermenschlichen will, trachtet Rilke dananch, den Menschen zu verdinglichen; er sieht die höchste Sendung des Dichters darin, die Dinge sprechen, Gott aus ihnen tönen zu lassen."

해 준다.

일반적으로 우리는 모든 사물을 인간화하려는 노력을 유럽문화 정신 속에 내재한 특징 중의 하나로 볼 수 있을 것 같다. 따라서 릴케는 그의 생애와 작품 활동에 있어서 여성적인 유순함과 인내심으로 남성적인 게오르게의 '정력학靜力學, Statik의 자세'[8]와 근본적으로 구별된다.

위에서 살펴 본 바와 같이, 유럽 자체 내에서 제기된 문제점, 즉 릴케가 '동양적' 시인일 것이라는 추측은 곧 앞에서 언급한 아시아적 영향사와 상응한다. 한스 로베르트 야우쓰Hans Robert Jauss는 문학사란 항상 여러 중요한 관점에서 검토, 보충되어야 한다고 말하면서, 여러 가지 요인 중 하나를 문학의 수용과 영향의 측면에서 발견하고 있다. 문학의 수용적 안목은 반드시 미학적인 것과 역사적인 국면이 서로 대립되어, 정신적 공통성이나 아니면 반대로 극단의 이질성이 나타날 때, 다른 한 지역에 안착할 수 있다. 그러한 현상은 이 작품이 역사적인 함축성을 통해서 어느 일정한 시기에 어느 장소에서 이루어진 선정행위가 얼마나 전체 문학의 흐름에 영향력을 행사하느냐 하는 문제점에 달려 있다.[9]

....

8 K. Muth, R.M.R. In: *Hochland*, 27(1929/30), S. 91: "Verhängnisvoll wäre es, so ausgeprägte Dichtercharaktere wie Rilke und George von einer vorgefaßten Antithetik (Westen-Osten, Statik-Dynamik, Werden-Entwerden, Vergottung-Theogonie usf.)

9 참조. H. M. Jauss, *Literaturgeschichte als Provokation*, S.170ff.: „Das Verhältnis von Literatur und Leser hat sowohl ästhetische als auch historische Implikationen. (···) Die historische Implikation wird daran sichtbar, daß sich das Verständnis der ersten Leser von Generation zu Generation in einer Kette von Rezeptionen fortsetzen und anreichern kann, mithin auch über die geschichtliche Bedeutung eines Werkes entscheidet und seinen ästhetischen Rang sichtbar macht."

이 책에서는 일반 비교문학이 지향하는 양 세계의 수평적 배역과 거기에서 파생되는 공통점과 유사점을 추출해 내는 방법론을 지양한다. 그 대신 작품 수용의 관점에서, 앞에서 문제점으로 제기된 릴케에 대한 평가가 릴케 자신과 그의 작품에 어떠한 정당성을 지니고 있으며, 어떤 범위 내에서 그의 작품 속에 아시아의 사상적 요소[10]가 개입되어 반영되고 있는가를 밝히는 데 역점을 두고자 한다. 따라서 여기서는 동양과 서양의 사상적 차이점을 사전에 평행적으로 서술하기보다는 릴케를 우선 전면에 대두시키고 그의 작품 세계에 나타난 아시아의 그림자, 그리고 아시아의 여러 사상과의 만남을 검토해 보고자 한다.

10 동양적 사상요소라 하면 도교, 불교, 유교사상 외에도 광범위한 부분을 포용하고 있지만, 여기서는 주로 릴케가 접촉한 문화영역과 연관된 관심 범위를 중심으로 다룬다.

II.
유럽의 문을 두드린 아시아

19세기 중반기에 들어서면서 아시아와 유럽 간의 문화 접촉은 일층 강화되기 시작한다. 서양의 적극적인 문화공략과 그에 따른 동양의 문호개방이 이루어지기 시작한 것이다. 양 세계간의 접촉으로 인한 결과는 동아시아의 문화와 문명에 새로운 변혁의 물결을 일으킨다. 아시아의 여러 나라들이 시대적인 흐름과 요청을 떨치어 버리지 못하고 근대화에 개방의 자세를 취하지 않을 수 없었던 것이다. 근대화라고 하면 우선 서구화에 박차를 가할 수밖에 없었다. 많은 사람들이 서양에 대한 연구에 몰두하는 반면, 그때까지만 해도 유럽의 입장에서 보면 아시아에 대한 관심, 특히 문화, 예술, 철학에 대한 탐구의 욕이 상대적으로 빈약한 형편이었다.

독일에 있어서 동아시아에 대한 관심이 점점 높아가기 시작한 시기는 1890년부터 1925년까지의 기간으로 줄잡는다. 1890년에 있었던 비스마르크Bismark의 몰락을 기점으로, 독일은 때마침 연달아 불어 닥친 정치, 경제, 사회적 전환점을 연이어 경험하면서 그 어떤 탈출구에 대한 의식을 갖게 된다. 산업혁명과 세계 제1차 대전에 이은 근대시민사회의 성립이 그것이다. 인근 유럽 국가들과 마찬가지로 독일의 수많은 문인과 예술가들은 그들이 처한 현시대의 문제점을 인식하고 하나의 파열국면을 맞이하고 있다는 위기적 세계상에 직면해 있었다. 따라서 그들은 새로운 세계관을 구축하기 위해 몸부림치면서, 눈길을 동방으로 돌렸다. 이제 문제의 해결점을 아시아의 정신 속에서 찾을 수 있기를 기대하기 시작한 것이다.

그러나 실제로 아시아가 유럽의 관심을 끌기 시작한 것은 생각보다 오래 전의 일이었다. 비록 그것이 제한적인 범위 내에서이기는 했지만, 동양사상의 세 주류라고 할 수 있는 불교, 도교, 유교 등은 이미 17세기부터 서구세계의 정신문화에 그 어떤 영향을 주는 대상이 되어 있었다. 수학과 자연과학에 깊은 지식을 쌓은 계몽주의철학자 라이프니츠G. W. Leibniz(1646~1716)와 볼프G. Wolff(1679~1754)는 일찍부터 동서비교철학자로 불릴 만큼 아시아의 정신세계에 큰 관심을 쏟았다. 라이프니츠는 이미 5천여 년 전 동양에 이진법이 있었다는 사실에 경탄을 금치 못하면서 주역(周易) 연구에 더욱 깊이 몰두하였고, 중국도 여러 차례 방문했다. 특히 볼프는 『중국의 실천철학에 대한 강론 *Oratio de Sinarum Philosophia*』(1721)에서 중국인의 인생관을 중요하게 다루며 논리의 출발점으로 삼고, 공자의 사상을 자신들의 이론에 접목, 발전시켰다.

또한 낭만주의에 이르러 아우구스트와 빌헬름 슐레겔August und Wilhelm Schlegel 형제를 필두로 한 문학자 그룹과 프리드리히 니체Friedrich Nietzsche와 아르투어 쇼펜하우어Arthur Schopenhauer를 중심으로 한 일련의 철학자들이 서로 앞을 다투며 동방문화에 대한 관심을 보이기 시작했다. 그로 해서 그들은 무엇보다도 자기들에게 제한적이던 세계관의 확대를 꾀할 수 있었던 것이다. '먼 곳'에 대한 동경의 일환으로 끊임없이 이상세계를 추구하던 독일낭만주의학파는 인도의 문화전통을 기꺼이 독일문학과 예술 세계의 토대로 삼고자 하였다. 이러한 흐름에 참여한 작가들은 헤르더Johann Gottfried Herder(1744~1813), 괴테, 노발리스, 쉘링 등을 손꼽을 수 있다. 철학자들은 관념론의 이상에 젖어 한층 형이상학적 정신세계에 대한 탐구의지를 불태웠다. 피히테 등의 관념적 국민의식이라든지, 니체와 바그너에 이르는 근대적 의미의 국가관이 새로운 시대감각으로 받아들여졌다.

낭만주의가 동양적 세계상을 자체적으로 내포하고 있다고 하는 사실은 영국의 작가 윌리엄 블레이크William Blake(1757~1827)를 자세히 관찰해 보면 뚜렷해진다. 스베덴보르히Swedenborg, 뵈메Böhme, 밀턴Milton, 플로틴Plotin 등으로부터 크게 영향을 받은 것으로 알려진 그는 자신의 신비주의적 세계상을 독자적인 '우주진화론Kosmogonie'과 '신화Mythologie'로 풀어 나아가기에 이르렀다. 또한 독일 선험철학에 특별한 관심을 쏟은 결과이다. 미국의 철학자이자 시인인 랄프 왈도 에머어슨Ralph Waldo Emerson(1803~1882)은 자연의 아름다움과 도덕적 행위가 어떤 조건에 얽매이지 않고 자유롭게 세계영혼과 신비적으로 연결되도록 힘을 쏟으면서 낭만주의의 이상을 세워나갔다.

19세기에는 신지神智학자 프란츠 하르트만Franz Hartmann(1842~1906)이나 프리드리히 헤겔Friedrich Hegel(1770~1831) 같은 사람들이 그와 같은 전통을 이어 받아 독일 정신세계에 아시아 문화에 대한 관심을 크게 드높이었다. 하르트만은 1896년 잡지 『연꽃잎*Lotosblüten*』을 창간하고, 특히 도교사상에 집중하여 자신의 사상체계를 세워 나갔다. 그 결과물로서 『중국에서의 신지학: '도덕경'에 대한 고찰*Theosophien in China: Betrachtungen über das Tao-teh-King*』이란 책을 출판하기도 했다.

철학사상 분야의 활발한 움직임에 비해, 문학과 예술에 있어서 동양에 대한 관심은 훨씬 뒤늦게 그리고 느리게 전개되었다. 빌란트Christoph Martin Wieland(1733~1813),[11] 하만Hamann, 루소J. J. Rousseau와 더불어 칸트철학에 큰 영향을 받아 민중문학의 선구자로 등장한 헤르더만이 비교적 초기의 예로 언급될 수 있는 정도이다. 그는 잡지 『아드라스테아*Adrastea*』(1801~03)에 '씨드Cid'에 대한 운문소설의 번역에 착수하는 하는 한편, 계몽주의가 서서히 물러가는 추세에 발맞추어 괴테와 실러에 맞서는 민중문학을 제창하였다. 이 과정에서 그는 유교사상을 중심으로 한 중국철학을 비중 있게 다루었다.

그 후 더욱 객관적인 인정을 받게 된 것은 괴테가 좀 더 적극적인 자세로 동양에 고개를 돌리면서부터이다. 그는 세계문학이 동서양의 공통적인 문학정신과 인간정신을 융합, 승화시킴으로써 여러 민족 사이에 유대관계를 강화시킬 수 있기를 희망했다. 특히 오스트리아의 동양학자 함머Hammer가 번역한 중세의 페르시아 서정시인 하피스Hafis의 시를 읽고 근동문학의 아름다움에 매료되면서 『서동시집*West-östlicher Divan*』(1814~1819)[12]이란 작품을 남기게 되고, 좀 더 발전하여 『중국-독일 계절과 일시*Chinesisch-deutsche Jahres- und Tageszeiten*』에서는 본격적인 중국사상과 동방체험이 소개되면서 세계문학이 더

…………

11 소설 『황금거울 혹은 사천의 왕*Der goldene Spielgel oder Die Könige von Scheschian*』(4 Bde.)(1772), 『천일의 야화*1001 Nacht*』에 따른 틀 소설의 형태로 모범적이면서도 비난받을 여지가 많은 영주에 대한 이야기를 기술하고 있다.

12 동양과 서양의 지역개념을 처음 사용한 문학적 소산으로 유일하게 단행본으로 출간한 시집이다. 이국의 시인을 통해 불붙은 동방에 대한 그리움은 1814년 여름 라인 지역을 여행하면서 새삼 고향산천과 문화의 아름다움이 상대적으로 어우러지며 시문학의 새로운 기점을 이루게 된다.

욱 일반적인 양상을 띠게 된다. 아울러 그는 『하이쿄우 추안*Hai Kiou Tschuan*』, 『중국인의 구애법*Chinese Courtship*』, 『주 키아오 리*Ju Kiao Li*』, 『중국 이야기*Contes Chinois*』 등을 읽고, 이것들이 자신의 문학세계에 큰 작용을 하고 있다는 사실을 실러와 주고받은 서신을 통해 밝히고 있다.[13]

낯선 문화와 접촉하며 그것을 이해하려는 자세를 가져야 한다는 것이 괴테가 지향하는 문학적 기본자세였다. 세계문학론으로 집약 설명될 수 있는 그의 이러한 태도는 1827년 1월 31일 에커만Eckermann과의 대화에서 명백히 발표되고 있다. 그의 내면 깊이 흐르는 동방에 대한 애착심은 중국풍의 이국적 정원을 거니는 중국 "고급관리 Mandarin"를 자신의 모습으로 변용시켜 표현하고 있다.[14] 바로 그곳이 바이마르 근교의 일름Ilm 정원으로서 실제 중국풍의 자연으로 조성되었다. 사랑을 소재로 하는 시도 네 편이 있는데 토마스Thomas가 영어로 번역한 것이다. 작품 『매기梅妓, *Mei-Fe*』를 바탕으로 의역하는 데에는 성공했지만, 중국의 독특한 문화를 이해하지 못하고 피상적인 수준에 머물고 말았다는 평을 벗어나지 못했다. 하지만 그의 문학에 수용된 동양이 기대 이상으로 중요하게 작용되고 있다는 증거는 충

....

13 참조. R. Wilhelm, Goethe und Laotse. In: *Europäische Revue*. Bd. 4, 1928, S.1-12 괴테는 일찍이 슈트라스부르크 시절부터 예수회 신부 노엘Noël이 번역한 중국고전을 탐독했다.

14 Goethe, SW. Textkritisch durchgesehen mit Anmerkungen versehen von Eich Trunz. Hamburg, 1969, Bd. I. S. 387: „Sag', was könnt' uns Mandarinen/Satt zu herrschen, müd zu dienen, Sag', was könnt' uns übrigbleiben,/Als in solchen Frühlingstagen,/Uns des Nordens zu entschlagen/und am Wasser und im Grünen/Fröhlich trinken, geistig schreiben,/Schal' auf Schale, Zug in Zügen?"

분하다.

이런 움직임은 한동안 쇠퇴의 기미를 보이는 듯하다가 1862년 영국의 런던에서 열린 세계박람회를 계기로 하여 다시 되살아나기 시작한다. 동양에 대한 유럽의 관심이 제2의 중흥기를 맞게 된 것이다. 파리에서는 일본의 문화예술이 적극 소개되어 새로운 진가를 인정받는다. 당시 유럽문화의 중심이라고 할 수 있는 이곳에는 새로운 시야를 갈망하는 많은 예술가들이 모여든다. 크나 큰 예술적 공감대를 바탕으로 곧 빛과 색채를 인상이라는 새로운 감각 속에 받아들이려는 움직임이 강하게 나타난다.

젊은 인상주의Impressionismus 화가그룹이 탄생된다. 기존의 미의식에 저항하여 새로운 예술 감각을 추구하는 생동감 있는 시대를 연다. 고정된 색깔보다 빛을 받아 시시각각으로 변하는 순간적 색채감각에 함몰하는 자연스러움이 강조된다. 판에 박힌 듯한 제도권 화단에 대하여 강한 불신감을 지니고 있던 그들은 1874년 만화가이자 사진작가 나다르Nadar(1820~1910)의 스튜디오에서 첫 작품 전시를 연다. 거기에 선보인 클로드 모네Claude Monet의 작품 「아침 해 인상*Impression, soleil levant*」(1872)이 바로 인상주의란 용어의 출발점이 된다. 특히 『낮, 밤, 봄, 가을』 같은 작품은 상세한 서술 대신에 톤이 짙은 색채로 강한 시각적 호소력을 지닌다. 주제와 양식은 물론, 순간작용의 범위에서 구사되는 기법까지 일본적이어서 오야마 주사쿠大山忠作가 그린 『나리타의 신쇼지』 풍경이 그대로 되살아난 느낌이 들 정도였다. 그는 1883년 파리 북서쪽으로 60킬로미터 떨어진 지베르니Giverny에 정착하여 정원을 일본식으로 꾸며놓을 정도로 일본에 대한 애정이 깊었다. 모네 이외에도 고갱Gauguin, 마네Manet, 드가Degas, 반 고흐Van Gogh,

마티스Matisse, 피싸로Pissaro, 르노아르Renoir 등 저마다 내로라 할 정도의 화가들은 감각이 에그조틱한 동양의 예술에 심취하게 되었다. 사실적 풍경을 재현하는 것만으로 만족할 수 없었던 그들은 사물을 외양 만으로가 아니라, 파악되지 않는 어떤 숨결 같은 것까지 표현하고자 했다. 사물의 본질을 바르게 그려나가면서도 순간적인 빛을 영원히 잡아둘 수 있는 기법을 꾸준히 모색한다. 거기에는 눈으로 보기보다는 가슴으로 전해 듣는 음악성이 강조되고, 보이는 것 속에서 들을 수 있는 어떤 힘을 찾아내는 것을 중시하였다.

이들 앞에 때마침 일본의 '목각예술Holzschnittkunst'[15]이 소개된다. 모두가 크나큰 관심을 갖게 된다. 낯선 아시아의 목판화의 대가들은 서양에서는 상상할 수 없는 새로운 예술기법과 신비성으로 젊은 예술가들을 자극시킨 것이다. 회화예술이 새로운 예술유파로서 '청춘양식Jugendstil'이나 '상징주의Symbolismus'와 연결될 때까지 밝고 순수한 색채감각을 찾아 나서는 그들의 탐구가 아시아 문화의 범위 내에서 활발히 전개되고 있었다.

문학 분야에서도 수많은 작가들과 시인들은 '인상파적 글쓰기'의 영역을 헤쳐나아가기 시작한다. 그동안의 제한된 소재범위를 아시아라는 새로운 조류를 타고 새로운 영감을 받아들여 문학을 좀 더 풍부하게 할 수 있었다. 이들은 주로 프랑스 작가들로서, 특히 졸라 E. Zola 같은 사람은 이들 예술가의 생애와 작품경향을 심도 있게 다루면서 미술을 문학과 접목시키는 데 앞장 선다. 보들레르C. Baudelaire, 도

15 일본 목판화의 대가로는 호쿠사이를 비롯하여 하루노부, 키요나가, 우타마로, 히로시게 등이 있다.

오데A. Daudet, 플로베르G. Flaubert, 에드몽과 쥘 드 공쿠르Edmond et Jules de Goncourt 형제[16] 등은 아시아 문화 탐구의 선구자로 손꼽힌다.

일본뿐만 아니라 중국의 문화세계도 새롭게 중요한 비중으로 다루어지기 시작한다. 시인 라인하르트 피퍼Reinhard Piper가 전작 시리즈 『과일껍질*Die Fruchtschale*』의 제1권 『중국서정시*Chinesische Lyrik*』를 내놓은 이후, 1911년 마르틴 부버Martin Buber(1878~1965)는 『장자莊子의 말과 비유*Die Reden und Gleichnisse des Tschuang-Tsche*』를 출간했으며, 이듬해 『중국의 귀신과 사랑 이야기*Chinesische Geister-und Liebesgeschichte*』도 발표한다. 유대교에 대한 해박한 지식을 바탕으로 그는 동양에 대한 이해의 폭을 넓히고, 도道를 진실한 삶 속에 반드시 실현시켜야 할 덕목으로 보고 서구사회가 안고 있는 문제들이 아시아의 정신 속에서 해결되기를 희망했다.

이러한 조류에 힘입어 아시아의 생소하면서 특이한 소재가 더욱더 큰 관심의 대상이 된다. 많은 작가와 예술가들이 이와 같은 동양적 주제들을 적극 수용한다. 후고 폰 호프만스탈Hugo von Hofmannsthal (1874~1927)은 마르틴 부버가 번역, 소개한 장자의 책에서 이색적인 주제와 내용을 받아들여 『변덕쟁이*Der Grillenfänger*』, 『종악대鐘樂臺, *Die Glockenspielständer*』, 『꿀벌*Die Biene*』 같은 작품들을 내 놓았고, 또한 아시리아의 전설적인 여왕을 주인공으로 한 『세미라미스*Semiramis*』는

…………

16 형 에드몽(1822~1896)과 동생 쥘(1830~1870)이 문화사연구에 몰두하면서 졸라에 앞서 사실주의를 자연주의로 심화시켰다. 독자적 양식인 '예술문체écriture artiste'를 통해 인상주의문학의 발전에 몰두하는 한편, 일본문화에 관심을 기울여 2권으로 된 책 『18세기 일본예술*L'art japonais du XVIIIe siècle*』(1891~1896)도 냈다.

그리스 비극으로 구성되었지만 전개과정은 노자의 사상적 편모를 뚜렷하게 드러내 보이는 아시아 취향의 작품이 되었다.

그밖에도 풍물기, 여행기 같은 것들이 쏟아져 나왔다.[17] 번역 작품들도 줄을 이었다. 1899년부터 1921년까지 중국 칭타오에서 선교사로 있었던 동양학자 리하르트 빌헬름Richard Wilhelm(1893~1930)은 다수의 중국 고전작품들을 독일어로 옮기는 작업에 몰두하였다[18]. 1924년 이후, 프랑크푸르트 암 마인 대학 중국학 교수로 있으면서 중국연구소를 이끄는 한편, 도가사상을 본격적으로 널리 유럽의 정신계에 소개한 선봉자가 되었다.

약 2,500년 전 중국 허난河南성 서북지역, 동쪽의 중원으로부터 서쪽의 사시陝西 지방으로 통하는 길을 가로막고 서 있는 한구관函谷關에서 도덕경 5,000자를 써서 남기고 떠난 노자의 편모가 큰 관심의 대상이 되었다. 더불어 쇠락해 가는 주나라를 뒤로 한 채, 푸른 물소를 타고 풀 한 포기 나지 않는 척박한 땅으로 갔다는 전설과 같은 이야기도 동아시아의 신비로움으로 서구인을 열광시키기에 부족함이 없었다.

1920년대에 이르러, 그러니까 제1차 세계대전 직후, 주목할 만한 '중국열풍'이 일었다. 한스 베트게Hans Bethge(1876~1946)[19]가 쓴 단편

....

17 당시 일본인 오카쿠라 가쿠조岡倉覚三가 쓴 『다도茶道, *Buch vom Tee*』(1906)는 릴케가 흥미 있게 읽은 책 중의 하나이다.

18 그는 전 독일과 유럽에 아시아를 알리는데 큰 역할을 했다. 1910년부터 연속적으로 "1) Kunfutse: Gespräche. Jena, 1910. 2) Laotse, Tao Te King. Das Buch vom Sinn und Leben. Jena, 1911. 3) Chinesische Volksmärchen. Jena, 1914. 4) Liä Dsi. Das wahre Buch vom quellenden Urgrund. Jena, 1911 등이 출판되었다."

19 베트게는 이태백, 맹호연 등 중국시인들의 시들을 번역하거나 그에 대한 많은 글을

시집 『중국의 피리Die chinesische Flöte』는 1918년에만 해도 38판이 출판될 정도로 선풍적인 인기를 얻었다. 이 작품집에서 작곡가 구스타프 말러Gustav Mahler(1860~1911)는 이태백의 시 6편을 골라 유명한 교향곡 『지구의 노래*Das Lied von der Erde*』(1911)의 테마 곡으로 사용하였다. 세기말적 상황 속에 있는 오스트리아 빈 사회의 불안과 염세적 분위기를 반영. 전 6악장 모두 독창을 포함시켰고, 중국시인의 한시漢詩 번역본을 가사로 채택, 동양문화를 적극적으로 수용하는 모습을 보여주었다. 이것은 이미 일본을 소재대상으로 잡은 질베르트Silbert와 설리반Sullivan의 『미카도*Mikado*』(1885)라든가 시드니 존스Sidney Jones의 『게이샤*Geisha*』(1896)와 더불어 서양의 토양 위에 자리를 잡은 "음악 속의 동양"으로서 큰 의미를 지니게 된다.

독일은 프랑스에 비해 한발 뒤늦게 '동양열풍'을 맞이한다. 1890년경에 이르러 몇몇 작가들이 파리로 건너가 공쿠르 형제와 졸라를 가까이하게 되고, 그 열기를 독일에 전파시킨다. 청기사 파 등 표현주의 예술가들이 일본예술에 대해 관심을 보이기는 했지만, 독일의 관심은 주로 문학 쪽에 집중된다. 일본 대신 중국문학이 중요한 탐구의 대상이 된다. 문화의 중심지로서 남쪽의 뮌헨과 쌍벽을 이루며 독일의 정신문화를 지배해 오던 베를린에는 커다란 문학인 그룹이 생긴다. 오토 율리우스 비어바움Otto Julius Bierbaum(1865~1910),[20] 막스 다우텐다이Max(imilian) Dauthendey(1867~1918),[21] 리하르트 데멜Richard Dehmel

…………

썼고, 보릅스베데의 예술가들과 가까이 지내면서 아시아 문학을 전파하는데 큰 기여를 했다. 참조. H. Bethge, Worpswede. In: *Das litterarische Echo*, 5(1902-03). Sp. 1725.

20 『자유무대*Freie Bühne*』, 『판*Pan*』 동인. 사회도덕의 변화에 대해 특별한 관심을 가졌다.

21 원래 화가로 활동하다가 고도의 감각성을 추구한 인상주의 작가가 되었다. 아시아인

(1863~1920),[22] 하인리히 하르트Heinrich Hart와 율리우스 하르트Julius Hart 형제, 오토 에리히 하르트레벤Otto Erich Hartleben, 게르하르트 하우프트만Gerhart Hauptmann(1863~1929), 아르노 홀츠Arno Holz(1863~1929)[23] 등이 특별한 관심을 기울이면서 아시아 문화를 받아들이는데 박차를 가한다. 노자나 장자의 도교원리를 터득하기 위해 정성을 다한다. 특히 이태백의 시작품을 대하고는 먼 이국의 자유주의자가 추구하는 무한한 공상 세계에 절대적인 공감을 보인다. 그리하여 홀츠가 주관하는 문학잡지 『환상집*Phantasus*』[24]에 특집란을 마련하여 그의 문학을 대대적으로 소개하기도 한다. 그들은 이태백의 섬세하고 감상적인 자연관과 중국서정시가 지니고 있는 부드러운 시 세계를 독일어로 옮겨 보기도 하고, 몇몇 사람들은 아예 작품성향을 중국풍으로 바꾸는 등 좀 더 적극적인 자세를 취하기도 한다. 비어바움의 『이별: 중국의 노래*Trennung: Chinesisches Lied*』(1890)와 데멜의 『중국 주선가酒仙歌, *Chinesisches Trinklied*』(1893) 등이 나오면서 아시아에 대한 열기는

....

의 삶과 예술에 큰 관심을 갖고 직접 자료를 얻기 위하여 자바 등지를 두루 여행하기도 했다. 그리고 그곳에서 살다가 1차 대전 중 사망했다. 『비바호 8경*Die acht Gesichter am Biwasee*』(1911)을 위시하여 『히라야마 저녁설경을 보다*Den Abendschnee am Hyrayama sehen*』, 『자바 섬 체험*Erlebnisse auf Java*』 등의 작품을 남겼다.

22 자연과학도로서 문학서클 '판Pan' 동인에 참여했다. 사회 혁명적 이상을 주제로 삼는 자연주의 문학에 몰두, 에로스의 우주적인 힘을 찬양하였다. 동양문화에 깊이 탐닉하여 '노자Lao-tzu'의 이름 중 '자Tzu' 자를 딴 "Riehtzu-Meister Ri(chard)"라는 별명으로 불릴 정도였다.

23 베를린 지역의 아시아 열풍을 주도하면서, '철저자연주의Konsequenter Naturalismus'라는 새로운 문학의 길을 열었다.

24 길이가 다양한 운문 시들을 수록한 거의 1600쪽에 달하는 작품집. 책면의 수직적 중앙축을 중심으로 시행이 배열되었다. 다양한 어휘와 풍부한 환상을 지닌 바로크적 미학을 바탕으로 장차 표현주의의 등장을 도래를 예시할 정도의 영향력을 보였다.

하늘을 찌를 기세가 되었다. 되블린A. Döblin(1878~1957) 같은 사람은 앞에서 언급한 마르틴 부버처럼 도교의 '물 사상'에 심취하면서 아시아의 정신세계에 흠뻑 젖어 있었다.

당시의 작가들에게 있어서 아시아는 아름다움과 우아함의 신비 그 자체였다. 그것은 아시아 문화 자체의 우수성 때문만이 아니라, 유럽 자체 내에 들끓고 있던 일종의 한계상황의 결과이었다고 할 수 있다. 자연성과 전통성에 밀착된 동양정신은 숨 가쁜 산업화로 인해 상실되어 가는 원초적 인간성을 복구할 수 있는 유일한 대안으로 여겨졌다. 아시아는 낭만주의 작가들이 이상향으로 삼았던 "황금기(아름다운 지난 시절)das Goldene Zeitalter"에 버금가는 꿈의 세계였다. 먼 이국에 대한 향수는 차츰 과도해지는 과학기술의 지배와 그에 따른 정신적 불안에 저항하는 유럽인의 의지를 불태우는 정신적 밑바탕이 되기도 했다. 다시 말해서, 자연주의의 틀과 매너리즘에 갇혀 있던 당시의 문학과 인간정신을 해방시키고자 한 시대적 욕구에 그들은 일시에 한마음이 될 수 있었다. 바로 그때 이 아시아 물결의 파고가 모든 걸 해소할 수 있으리라는 믿음이 서게 된다. 특히 졸라와 홀츠에게서 볼 수 있는 것 같은 참신한 색채감각과 자연찬미의 주제가 신선한 이미지를 약속해 주고, 새로운 시대에 대한 희망을 안겨주게 된 것이다.

III.
세계시민 릴케의 열린 문화행보

1. 유럽작가 릴케

독일이라는 한 문화지역을 넘어 유럽의 작가로 불리는 릴케는 세계시민이었다. 지역에 입각한 문학의 제한적인 표현영역에 대하여 끊임없이 회의의 눈길을 거두지 못한 그는 감성이 아니라 이지적인 힘으로, 편향이 아니라 바른 눈길을 간직한 '총체적 시각Totalschau'을 펼친다.[25] 문학도 공간적으로 종래의 지역적 제한성에서 벗어나 세계시민적 너른 시각으로 새로이 접근해야 한다. 이런 열린 문화 체험적 당위성은 릴케에게 있어서 국적을 초월하는 적 문학 활동의 과정으로 전개된다. 여기에서 우리는 시인 릴케가 지닌 세계주의의식, 그로하여 그의 문학에 유럽은 물론, 멀리 아시아까지 그림자를 드리운 모습을 바라보게 되었고, 그에 대한 연구도 아주 폭넓고 진지하게 전개되고 있다.[26]

....

25 참조. 라인홀드 폰 발터Reinhold von Walter에게 보내는 1921년 6월 4일자 보낸 편지: "auch mir liegt, seit ich denken kann. das Nationale unendlich fern -, dennoch …"

26 관련된 연구물 중 일부를 예로 들면, Peter Demetz, *Rene Rilkes Prager Jahre*, Atonin Mestan, *Rainer Maria Rilke und das Slaventum*, Johann M. Catling, *Rilke als Übersetzer:*

2000년대에 접어들면서 세계는 '유럽'이라는 새로운 명제 앞에서 고민하기 시작한다. EU(유럽연합)가 27개 국가를 포용하는 큰 규모로 발돋움하였고, 그에 따라 유럽의 각 나라들은 '함께 가기'의 새 질서를 짜기에 분주하다. 이에 발맞추어 '유럽인으로서의 릴케'에 대한 주제도 새로운 과제로 떠오른다. 때마침 "릴케-프라하 출신의 유럽 작가"라는 주제의 콜로키움[27]이 열린 바 있어 그 의미를 더욱 깊게 한다. 그의 유일한 장편소설 『말테의 수기』를 보더라도 젊은 덴마크 시인을 주인공으로 하여, 파리에서의 생활, 스칸디나비아의 어린 시절 회상, 프랑스-부르군드 역사유물, 러시아 문화범주 등이 골고루 다루어지는 그의 작품세계는 그야말로 "유럽정신Europäertum"의 총화라 하지 않을 수 없다. 이 세상을 자유로운 영혼으로 마음껏 살다 간 그가 남긴 유산이라고 볼 때, 그것은 결코 놀라운 일이 아닐지 모른다.[28]

"자신의 고유한 문화 환경 속에서 그는 주어진 고독을 회피하지도 않고 오히려 힘껏 찬미하면서 고향도, 조국도, 시민적 실존의 마지막 자리마저 훌훌 털어버리고 간"[29] 시대의 방랑자 라이너 마리아 릴케. 그는 분명 독일어를 모국어로 하는 독일작가이지만, 19세기 말기로 접어들 무렵 체코의 프라하에서 태어나 오스트리아 국적으로 시민생

....

Elisabeth Barett-Brownings. Sonnets from the Portuguese, Konstantin Asadowski, *Rilke und Rußland: neue Aspekte*, George C. Schoolfield, *Rilke und Skandinavien*, Martina Kriessbach-Thomasberger, *Rilke und Rodin*, Hans Gebser, *Rilke und Spanien* 등이 있다.

27 참조. Peter Demetz, Joachim W. Storck, Hans Dieter Zimmermann(Hrsg.). *Rilke, ein europäischer Dichter aus Prag*, Würzburg 1998.

28 Jean Paul Bier, Wie Rilke in Frankreich. *In: Zn Rainer Maria Rilke*, S. 211, 『말테의 수기』를 "유럽의 책ein europäisches Buch"이라 칭한다. 참조. 같은 책, Joachim W. Storck, *Rilke als Europäer.*, S. 212.

29 조두환, 「라이너 마리아 릴케. 고독의 정원에서 키운 시와 장미」, 5쪽.

활을 했고, 생의 많은 부분을 독일과 프랑스, 스위스 등 곳곳을 다니면서 방랑하는 유럽인으로 살았다. 그는 스칸디나비아의 나라들, 이탈리아, 스페인, 포르투갈, 네덜란드, 벨기에, 그리스, 알바니아 등 남부로부터 북부, 동구권 곳곳을 떠돌아다니면서 여러 나라에 정서의 뿌리를 내렸다. 또한 루 안드레아스 살로메, 로댕, 엘렌 케이, 톨스토이, 폴 발레리, 세잔, 엘 그레코, 앙드레 지드 등 현지 문학 예술가들을 만나면서 세계관의 폭을 넓혔다. 만년에 접어들면서 그는 이상적인 문학풍토라고 찬탄해 마지않던 프랑스를 가슴 속에 키우고 살았다. 그리고 스위스 땅에 묻혔다.

릴케는 평생 통틀어 2,500여 편의 개별 작품을 남겼다. 그는 대부분 모국어인 독일어로 썼지만, 프랑스어, 이탈리아어, 러시아어로 된 작품들도 약 450여 편에 달한다. 또한 상당한 양의 번역 작품도 남겼다. 그가 선호한 문학양식은 인상주의적 미학에서 출발하여 유겐트슈틸을 거쳐 데카당스와 상징주의, 한 걸음 더 나아가 빈과 바이마르 작가그룹에까지 연결된다. 그의 이러한 다변주의적 성향은 세계의 중심이라고 자부하는 유럽인의 생활체험 자체와 맞닿는다.

1) 프라하의 출생과 배경

릴케는 독일어를 쓰는 프라하 소수민족 내 정통 독일-가톨릭 가정에서 태어났다. 프라하 가신家神인 라렌에 봉헌된 최초의 시집 『라렌신제 *Larenopfer*』(1895)는 유년기의 도시 프라하와 체코인의 민족의식에 관심을 집중시키고 있다. 다시 말해서 '인과성과 연대기 Kausalität und Chronologie'를 중시하는 동 유럽의 위계질서 문화의식과 상충하는 보헤미아 민중에 대한 애틋한 감정이 내면세계 깊이 뿌리 내리고 있다.

내 마음을 마구 뒤흔드는
보헤미아 민중의 노래
나직이 가슴속에 스며들어
마음을 무겁게 하네

(…)

들판 너머 저 멀리
너도 가려는가
세월이 지난 후에도
네 머리에 줄곧 떠오르겠지

MICH rührt so sehr
böhmischen Volkes Weise,
schleicht sie ins Herz sich leise,
macht sie es schwer.

(…)

Magst du auch sein
weit über Land gefahren,
fällt es dir doch nach Jahren
stets wieder ein. (SW I. 39)

1900년 당시 전체 인구 50만의 수도 프라하에는 체코인이 47만 5천여 명. 독일어를 사용하는 시민계층은 3만 5천여 명에 불과했고, 그 중 2만 5천 명 가량이 유대인이었다. 자율권을 확대해 나아가려고 하는 체코인들과 그들에 대한 우월성을 지키고자 하는 독일어를 사용하는 시민들 사이의 갈등은 날로 첨예화 되어가는 실정이었다. 그 가운데에서 유대인들은 제3자적 완충역할을 하고 있었다.

합스부르크 황국시민 계열에 속한 릴케 가문은 체코인과 평화로운 관계를 우선시 하는, 이른바 '자유주의적 오스트리아정신Liberaler Österreichertum'의 신봉자였다. 따라서 릴케에게는 국가의식[30] 보다 "다른 이웃에 대한 사랑Liebe zum Anderen", 즉 타민족에 대한 동정심과 이해도가 높았다. 어린 시절부터 친숙해 있던 보헤미아-슬라브 문화 요소는 국가사회주의가 만연된 청년시절에도 그는 독일시민계층보다는 유대문화를 존중했고, 체코인의 독일인에 대한 증오를 매우 인간적으로 받아들이며,[31] 보헤미아 민중가요를 즐겨 불렀다.

'민중Volk'은 그에게 중요한 문학적 화두가 되어 그것을 바로 표현하는 일을 예술적 과제로 삼기에 이른다.[32] 활발한 춤을 동반하는 슬로바키아의 멜랑콜릭한 가요 속에서 민중의 애환을 가려낸 것도 그였고, 작품 『두 프라하 이야기*Zwei Prager Geschichten*』에서는 대학생의 입을 통하여 민중이 가장 즐겨 부르는 명랑한 가락 뒤에서 "슬퍼 우는 소리"(SW IV. 182)를 적출해 낼 수 있을 정도로 민감했다. 이런 정조는 시집 『꿈에 관을 씌우고*Traumgekrönt*』(1897)나 『강림절*Advent*』

....

30 릴케는 애국단체 같은 정치서클에 가입한 적도 있고, 군사학교 시절 애국정신을 담은 작품 『기수 크리스토프 릴케의 사랑과 죽음의 노래*Die Weise von Leben und Tod von Christoph Rilke*』(SW III 289~304)도 있지만 '열광자'가 된다는 것에는 천성적으로 거부감을 지닌 자유인이었다.

31 Jaromír Loužil, Das Bild der Tschechen bei Rainer Maria Rilke. In: *Rilke, ein europäischer Dichter aus Prag*, S. 29.

32 참조. SW IV. 156; „Der Maler muß das Volk malen und (…).", "Der Dichter muß das Volk dichten und (…)".

(1898), 『초기 시집』이라는 명칭 하에 수록된 『나의 축제*Mir zur Feier*』(1899)에 두루 퍼져 있고, 후에는 문학 전반에 걸친 바탕정서를 이루게 된다.

2) 방랑의 출항지 독일과 오스트리아

1886년 9월, 11세의 릴케는 부모의 이혼에 따라 오스트리아 상 퓔텐St. Pölten에 있는 소년군사학교에 보내진다. 어린 나이에 저세상으로 간 누이 대신 어머니에 의해 여아로 키워진, 그리고 체격이 왜소하기 이를 데 없는 그에게 충격적인 조처가 아닐 수 없었다. 이어서 1890년 소년 상급군사학교에 진학하여 군사적 영웅 심리에 젖어보려고 노력하지만,[33] 끝내 적응하지 못하고 이듬해 6월 학교를 물러난다. 그리고는 실업학교를 거쳐 3년간의 준비 끝에 대학의 문을 두드린다.

1896년 뮌헨대학에 등록한 후, 루 안드레아스 살로메를 만나게 되면서 그의 삶은 새로운 전기를 마련한다. 부계가 러시아 장군 가문으로서 당대 여성해방운동에 선구자적 위치에 있던 그녀는 "소심하고 감상적이자 답답하면서도 순진한"[34] 릴케로 하여금 유럽문단을 넘볼 수 있는 자부심을 키워준다.[35] 그 때까지만 해도 투르게네프, 야콥센 등 몇몇 작가들에 빠져 있던 그였지만 차츰 이탈리아, 독일, 스웨덴, 프랑스, 체코, 러시아 문화 등 유럽 전역으로 관심의 폭을 넓힌다. 그

....

그의 예술관 형성과정에서 어린이와 더불어 자연성에 충실한 이미지로 중요하게 쓰인다.

33 당시에 쓰인 시들 중에는 「투쟁Der Kampf」(SW III. 477)을 비롯하여 '전투', '전쟁터에서' 같은 표제들을 단 것이 많다.

34 Chr. Osann, *Rainer Maria Rilke. Der Weg eines Dichters.* Zürich 1947, S. 57.

35 S. Mandel, *Rainer Maria Rilke. The poetic instinct*, S. 19, 참고. P. Demetz, aaO., S. 7.

는 러시아어, 덴마크어, 이탈리아어와 프랑스어 배우기에 열중한다. 문화의 광역화는 고유한 것은 간직하되 다른 것을 잘 이해하는 것이며[36] 고향으로부터의 이탈도 조국에 대한 충성이 될 수 있다는 논리를 세우게 한다.

그는 곧 베를린-슈마르겐도르프로 옮겨간다. 당시대 예술과 문학의 중심지인 그곳에서 게르하르트 하우푸트만, 리하르트 데멜, 슈테판 게오르게 등과 사귀면서 세계화에 눈을 뜬다. 한편, 1900년 12월 화가 하인리히 포겔러의 초청으로 보릅스베데로 간다. 이듬해 그곳에서 클라라와 결혼하여 정착하고, 작품 『보릅스베데』(1903)도 내놓는다. 브레멘 근교의 한적한 예술가 촌은 바로 얼마 전 다녀 온 러시아의 드넓은 평야를 연상시키기에 특히 그의 마음에 들었다.

그는 사물을 화가의 눈으로 관찰하는 법을 배운다. 하지만 독일은 쉽게 다가서지 못할 어떤 울타리를 두르고 있었다. 그는 어디까지나 화가들 속의 시인이었고, 독일인들 속의 오스트리아인이었다. 또한 낙천적인 사람들 속의 우울한 시인이었다. 1900년 4월에 쓰인 시 「만남Begegnung」은 릴케가 독일의 토양 위에서 자신의 정체성을 확인하기 위하여 얼마나 애쓰고 있었는가를 잘 보여주고 있다.

> '너는 누군가?' - '이런 참, 너처럼 나 작가인데.'
> 　　　　　　　'나는 나그네야.'
> '너도 그렇지?'
> 　　　　　　　'전에는 그랬는데.'

....

36 P. Demetz, aaO., S. 118.

'도대체 너는 누구지?'

　　　　　　　'다른 사람이야.'

'네가 생각하는 그런 사람과는 다른.'

≫≫Du bist?≪≪ - ≫Mein Gott, ich bin Schriftsteller.≪

　　　　　　　≫≫Ich bin Wanderer.≪≪

≫Und nennst dich?≪

　　　　　　　≫≫Das war einst.≪≪

≫Wer bist du denn?≪

　　　　　　　≫≫Das war einst.≪≪

≫Wer bist du denn?≪

　　　　　　　≫≫Ein Anderer als Jeder, den du meinst.≪≪

(SW III. 678)

시민적 문필가와 또 다른 자아, 두개의 고독이 서로의 정체성을 찾으며 갈등하는 것은 릴케 자신의 내적 고뇌이다. 독일은 1905년 로댕과의 불화를 겪고 조심스레 정착하려던 그를 다시 내친다. 그 후에도 자주 이 땅을 찾았지만 항상 나그네로 머물게 한다. 독일은 귀향개념의 대상으로서 언제나 방랑의 출발점이 되었으며, 그를 유럽 반경으로 나서게 한다. 뮌헨은 이탈리아, 베를린은 러시아, 보릅스베데는 파리로 향한 출항지였다.

3) 마음의 고향 스칸디나비아

"자서전적 소설"[37]이라고 할 만큼 릴케의 생애를 충실히 반영하고

....

37 위의 책, S. 11.

있는 『말테의 수기』는 덴마크 시인 말테 라우리츠 브리게를 주인공으로 유럽 전체를 스칸디나비아의 시각으로 바라보고 있다. 그렇기에 노르웨이의 소설가 옵스트펠더S. Obstfelder[38]가 모델이라는 견해도 만만치 않다. 1880년부터 특별한 관심을 갖고 북유럽의 입센H. Ibsen, 비에른손B. M. Bjornson, 스트린드베리A. Strindberg의 작품들을 탐독해온 그로서는 북유럽의 지역정서에서 가장 선명한 시야를 기대했던 것 같다. 이미 시집 『라렌 신제』 속에 안데르센 동화의 나라가 선망의 대상이 되었고,[39] 그의 행보가 수시로 "스칸디나비아-열정Enthusiasmus" 또는 "스트린드베리-열광Begeisterung"으로 지칭된 것도 결코 우연이 아님을 느끼게 한다.

특히 1900년 10월에 발표된 시 「스웨덴의 칼 12세가 말을 타고 우크라이나를 달린다Karl der Zwölfte von Schweden reitet in der Ukraine」(SW I. 421~424)도 릴케가 러시아와 연관하여 스칸디나비아를 얼마나 진지하게 자신의 의식세계 속에 끌어들이고 있는가를 증명해 준다.[40]

....

38 그는 말테처럼 실제로 파리에 살았고, 신경증세도 앓고 있었다. "주여, 저 새로운 기계 소리가 들리나요?"(SW I. 742)로 시작되는 문명 비판적 소재의 작품을 즐겨 썼다. 레싱, 클라게스, 슈펭글러, 게오르게, 호프만스탈, 벤, 카프카 등으로 이어지는 하나의 전통 속에서 릴케의 『신시집』이나 『신의 이야기』에 제시되는 프란츠 폰 아씨시의 이상적인 가난도 그와 맥락을 같이 한다. 릴케는 서평 「S. 옵스트펠더의 순례여행」(SW. V. 657~663)을 통해 그의 업적을 높이 평가했다.

39 참조. SW I. 60: "Sonntag ist's. - Es liest Helene/lieb mir vor. - Im Lichtgeglänz/ziehn die Wolken, wie die Schwäne/aus dem Märchen Andersens."

40 배경인 '북유럽전쟁'(1700~1721)의 격전지 폴타바는 인구 약 22만의 우크라이나의 수도이다. 이곳에서 피터 대제는 1709년 칼 12세(1682~1718) 치하의 스웨덴 군에 결정적인 타격을 입혀 승리를 거두었다. 릴케는 2차 러시아 여행 동안 그곳을 방문했고, 충실한 역사탐구 끝에 적극적인 영웅의 이미지를 인간적이고 문화적인 관찰자의 모습으로 노래했다. 푸슈킨도 같은 소재의 작품을 썼다.

그러나 그를 스칸디나비아로 이끌어 유럽 정신사의 대열 중심에 서게 만들어 준 사람은 덴마크의 작가 야콥센J. P. Jacobsen[41]이다. 릴케는 한동안 산책 시에도 그의 책을 손에서 내려놓지 않고 탐독하였다. 그를 좀 더 잘 알기 위해 덴마크 어를 열심히 배웠고, 후에는 번역에까지 손을 댔다.[42] 그가 내세운 '고유한 죽음'의 의미는 그대로 릴케에게 옮겨져 『말테의 수기』에서 공장의 상품처럼 삶과 죽음이 표준화되어 가는 현대문명 속의 인간을 묘사하고 있다. 현대라는 이름으로 획일화되는 문화에 대한 대표적인 저항의식으로 자리를 잡는다.

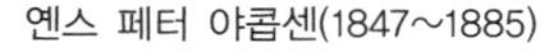

옌스 페터 야콥센(1847~1885)

엘렌 케이(1849~1926)

41 무신론적 휴머니즘을 지향하며 일평생을 독신으로 지낸 자연주의 문학의 대가. 찰스 다윈의 『종의 기원*On the Origin of Species*』 등을 번역하였고, 대표작인 작품 『마리 그룹베*Marie Grubbe*』, 『닐스 뤼네*Niels Lyhne*』를 냈다.

42 1902년부터 1년간 『브레머 타게블라트』에 쓴 서평 중 일곱 테마가 스칸디나비아 책에 관한 것이었다. 1900년에는 덴마크어로 시 「신딩-콘서트 회상Erinnerung an das Sinding-Konzert」을 쓰기도 했다.

그러나 스칸디나비아는 이러한 도전적 폐해를 지역의 맑고 깨끗한 하늘 이미지로 승화시킨다. 시 「스카네의 저녁Abend in Skåne」은 그런 서정을 물씬 풍기게 한다.

그것은 한 하늘인가?
　　　　　　복되어 밝고 푸른빛,
그 속으로 점점 맑아지는 구름들이 밀려들고,
그 아래엔 모든 새하얀 빛이 흐르고
그 위엔 묽은 커다란 회색빛이
붉은 밑그림 위에서처럼 따뜻하게 끓어오른다.
그리고 이 모든 것 위에 저무는 해의
이 조용한 빛이 번진다.

Ist das Ein Himmel?:
　　　　　　Selig lichtes Blau,
in das sich immer reinere Wolken drängen,
und drunter alle Weiß in Übergängen,
und drüber jenes dünne, große Grau,
warmwallend wie auf roter Untermalung,
und über allem diese stille Strahlung
sinkender Sonne. (SW I. 404)

바다, 평야, 하늘로 대표되는 북유럽의 청정한 자연은 파리에서 체험한 도시혐오감과 대극을 이룬다.[43] "푸름Blau", "복된selig", "밝은licht"

....

43 스웨덴은 릴케로 하여금 파리의 정신적인 공포와 로마의 혼란 상태에서 해방시켜 작품에 몰두할 수 있게 해 준다. 이탈리아와 러시아의 체험까지도 새롭게 조율하여 『백의의 후작부인*Die weiße Fürstin*』(SW I. 201~231)의 2부, 시 「오르페우스. 에우리디케, 헤르메스

등으로 표현되는 세상 정화의 가능성이 확대된다. 그것은 당시 활발하게 전개되던 사상가이자 교육자인 엘렌 케이Ellen Key의 정신개혁운동과 맞물려 구체화된다. 그녀의 저서 『어린이의 세기*Das Jahrhundert des Kindes*』(1900)는 기계화 시대에 즈음하여 사회 속의 약자 여성, 어머니, 어린이를 옹호하는 인간성회복의 과제를 제시하고 새 교육의 중요성을 강조한다. 릴케는 서평 「어린이의 세기」(SW V. 584~592)에서 큰 공감을 표함[44]과 동시에 모든 사람들의 반성과 그에 대한 스칸디나비아의 가능성을 내다본다.

> 여러 해에 걸치는 교육기관 중 사람들은 어린이 자체를, 그의 요구와 고민과 희망들을 단 한 번도 언급하지 않은 채, 그저 완숙한 상투어나 공식으로 재생산의 기계로 생각해 왔고, 시험이라는 고문대에 올려놓고 반복시키고만 있다. 그렇게 세월이 지나도 이 어린 인간이 무엇을 필요로 하고 있는지 묻는 자도 없다. (SW V. 589)

지나친 실적 위주의 교육은 인간성을 말살하는데, 다가오는 세기에는 "진보 자체인 (…) 자유로운 아이들을 길러내는"(SW V. 586) 과제를 최우선시해야 한다는 것이다. 릴케는 그 현장인 괴테보르크의 종합학교 '잠스콜라Samskola'를 둘러보고 감동을 받은 후, 같은 제목의 산문 「잠스콜라」(SW V. 672~681)에서 스칸디나비아의 민주적이고 개방적인 정신에 찬사를 보낸다.

Orpheus. Euridike. Hermes」(SW I. 542ff.), 「매춘부의 무덤Hetären-Gräber」(SW I. 540ff.), 「비너스의 탄생Geburt der Venus」(SW I. 549ff.) 등을 완성한다.

44 이를 계기로 릴케는 어머니 같은 그녀의 초청으로 1904년 12월 스웨덴을 방문했고, 1909년 그녀의 60세 생일에는 찬하의 글도 쓰는 등 더욱 가까이 지낸다.

그가 1904년 여름 작은 중세도시 보르게비 가르드의 아름다운 자연 앞에 내 놓은 시 「사과밭Der Apfelgarten」에서 "해질 무렵 어서 오라/잔디밭 저녁의 저 푸른빛을 보라"(SW I. 637f.)라고 노래하는 것은 훨씬 후인 1924년에 프랑스어로 쓴 시집 『과수원 *Vergers*』(SW II. 513~554)과 아름다운 대각을 이룬다. 세계를 이상적인 낙원으로 생각하고 유럽을 꿈꾸며 총체적 시각을 펼친 릴케의 예감이 서려있다.

4) 예술의 둥지 프랑스

릴케는 1902년 프랑스 파리로 간다. 그곳은 절망과 불안, 전율과 공포가 안개처럼 드리운 억압적인 "고통의 도시"[45]였고, 가난과 죽음이 도사리고 있었다.

> 그래, 이곳으로 사람들은 살려고 오는 모양이다. 차라리 죽으러 온다고 생각하는 게 맞을 것 같다. 나는 밖에 다녀왔다. 눈에 띄는 것은 병원들뿐이었다.
>
> So, also hierher kommen die Leute, um zu leben, ich würde eher meinen, es stürbe sich hier. Ich bin ausgewesen. Ich habe gesehen: Hospitäler.
> (SW VI. 709)

『말테의 수기』의 현장인 프랑스의 메트로폴리탄은 릴케가 체험한 한 나라의 도시가 아니라 시대를 대표하는 선진유럽의 한 얼굴이었다. "주여 대도시들은. 무너져 모습조차 사라져 버렸습니다/가장 큰

45 S. Mandel, aaO., S. 76.

도시들은 불더미 앞에 뛰쳐나온 것 같습니다/마땅히 위로할만한 힘도 없고,/자투리 시간만 흘러갈 따름입니다."[46](SW I. 345)로 시작되는 대도시 테마는[47] 19세기말 도시화, 산업화, 기계화의 제반 문제를 문명비판의 출발점으로 삼았고, 그러한 사물인식 뒤에는 샤를 보들레르 C. Baudelaire,[48] 마르셀 프루스트M. Proust.[49] 등 프랑스 예술가들의 예리한 눈길이 닿고 있었다.

프랑스 문화에 대한 릴케의 감격은 초인적인 집념과 작업으로 예술계의 거장으로 군림하는 로댕에 이르러 정점을 이룬다. 그는 1903년과 1907년, 두 차례에 걸쳐 『로댕론*Auguste Rodin*』(SW V. 135~280)을 세상에 내놓고 프랑스 정신을 배운다. "그는 시인이었으며 대충이란 말을 증오했다Er war ein Dichter und haßte das Ungefähre"(SW VI. 863)로 표현되는 예술가의 올곧음과 '보는 법을 배우라'(SW VI. 710)는 로댕의 가르침으로 그는 사물을 객관적으로 관찰하면서 그에 헌신하는 시인의 자세를 터득한다. 그것은 또한 1907년 가을 세잔, 고흐 등의 예술가들을 통하여 감상이나 안일 대신 혹독한 자아훈련의 예술관으로 거듭난다.

....

46 „DENN, Herr, die großen Städte sind/verlorene und aufgelöste;/wie Flucht vor Flammen ist die größte, -/und ist kein Trost, daß er sie tröste,/und ihre kleine Zeit verrinnt."

47 참조. SW I. 289: „(…) Erbauen,/aus allen Maßen bauen, daß das Grauen/fast wie die Größe wird und schön, -". SW I. 352: "DIE großen Städte sind nicht wahr; sie täuschen/den Tag, die Nacht, die Tiere und das Kind;"

48 「파리풍경Tableaux Parisiens」은 절망적인 암울함으로 릴케의 감성을 사로잡아 「소리」(SW I. 447~456), 「검은 고양이」(SW I. 595) 등 유사한 시들을 낳았다.

49 『잃어버린 시간을 찾아서*A la Recherche du Temps perdu*』는 의식의 흐름이라는 새로운 서술기법의 소설로 릴케의 『말테의 수기』와 큰 공감대를 형성한다. 참조. J. P. Bier, *Wie Rilke in Frankreich*, S. 146.

『신 프랑스 레뷔』 편집인

릴케와 발레리

만년기인 1921년 릴케는 발레리의 시를 대하고 큰 충격을 받는다. 1924년 발레리가 뮈좃에 있는 릴케를 방문하면서 두 사람의 만남은 이루어진다. 그것은 현대성에 집착한 나머지 딱딱함과 단조로움에 머물 수밖에 없었던 발레리의 문학에 음악적이며 향기 넘치는 릴케의 시 정신이 만난 예술적 화합이었다. 『신문학*Nouvelles littéraires*』(1922~1940)을 중심으로 한 에드몽드 잘루, 앙드레 지드, 샤르르 빌드락, 장 슐름베르제와 다니엘 알레비 등과의 만남도 그의 내면에 큰 자리를 차지한다. 프랑스는 그의 문학에 있어서 "형상화의지의 토대"[50]가 된다.

독일 땅을 떠나기 전, 릴케는 열심히 프랑스어를 익힌다. 보들레르, 플로베르, 공쿠르 형제 같은 프랑스 작가들의 작품을 탐독하기 위해서였다. 곧 프랑스어의 매력에 사로잡힌 그는 1920년부터 프랑스어

50 P. Requadt, *Die Bildersprache der deutschen Italiendichtung.*, S. 188.

로 시를 쓴다. 간결한 문형과 시적 에스프리를 가능케 하는 언어에 새삼 감격한다.[51] 모국어보다 표현상 깊이나 유연성에 있어서 문제가 있을지는 모르지만, 발레리가 출판을 독려할 정도로 문학적 가치는 넘쳤다. 마르셀로 브리온Marcelo Brion도 "릴케의 프랑스 시는 프랑스 시문학의 진정으로 아름다운 페이지를 장식하고 있다. 이것들이 없었다면 아마 텅 빈 채 남아 있었을 것"[52]이라고 격찬을 아끼지 않았다.

5) 문화의 이상향 이탈리아

릴케는 1898년 봄 피렌체에 도착, 산 미니아토 아래쪽 그라치 항구 근처에 머물면서 『피렌체의 일기』를 집필한다. 정신적 지주인 루를 의식하고 쓴 인간에 대한 사랑의 고백서이지만, 이탈리아라는 자연과 문화에 대한 한없는 그리움의 표현이었다. 여행에 들어가기 전, 그는 이탈리아 예술애호가들과 어울리며 소양을 키웠고,[53] 프라 안젤리코, 지오르지오네, 라파엘로, 레오나르도 다 빈치, 산드로 보티첼리, 특히 미켈란젤로의 예술을 대하면서 이 나라에 대한 인식을 새롭게 했다.

이탈리아는 유럽인의 이상향이다. 괴테는 일찍이 『빌헬름 마이스터의 수학시대 *Wilhelm Meisters Lehrjahre*』에서 「미뇽Mignon」이란 제목의 시 "그대는 아는가/레몬 꽃 피는 나라를/짙은 나무 잎새 속 황금빛

…………

51 「Haï-Kaï」(SW II. 638): "C'EST pourtant plus lourd de porter des fruits que des fleurs/Mais ce n'est pas un arbre qui parle -/c'est un amourreux."

52 F. Peters, *Rainer Maria Rilke: Masks and the Man*, S. 13.

53 이미 독일 내에서 미켈란젤로 열광자들인 헤르만 그림, 칼 유스티, 하인리히 뵐핀, 파울라 모더손-베커 등과 어울리며 이탈리아 탐구에 관심을 쏟고 있었다.

오렌지가 빛나고/산들바람 푸른 하늘에서 불어오고/미르테는 가만히 서 있고 월계수 솟아 있는 그대는 그곳을 아는가"[54]라고 동경어린 목소리로 노래하였다. 그런 이탈리아는 릴케에게 "인생의 활동력 있는 존재의 안내서"[55]이자, 온화함과 신비로움이 넘치는 예술적 성지로 여겨진다. 시 「젊은 조각가Der junge Bildner」에서 그는 이렇게 노래한다.

로마로 가려네. 몇 년 안에
금의환향 해야지
울지 말고, 보라, 님이여
로마에서 걸작하나 만들어 오겠어.

ICH muß nach Rom; in unser Städchen
kehr ich aufs Jahr mit Ruhm zurück;
nicht weinen; sieh, geliebtes Mädchen,
ich mach in Rom mein Mesiterstück. (SW I. 21)

릴케가 여덟 살 때부터 알고 사랑했다는 이탈리아는 신성의 가지가 닿아 꽃피는 생명회복과 풍요로움의 상징이었다. 태양 가득한 꿈과 낭만, 자연의 따사로움이 성숙한 열매를 약속하는 시의 고향이었다.

나무 신의 가지. 이탈리아를 지나 뻗치어
이미 꽃을 피웠네.
나무는 아마 일찌감치

....

54 J. W. Goethe, *Goethes Werke*. Bd. VII. München 1973, S. 145.

55 P. Requadt, aaO., S. 188.

열매로 가득했으면 좋으리라 했지.
꽃을 피우다 말았지만
이제는 열매를 하나도 맺지 못하리.

DER Ast vom Baume Gott, der über Italien reicht,
hat schon geblüht.
Er hätte vielleicht
sich schon gerne, mit Früchten gefüllt, verfrüht,
doch er wurde mitten im Blühen müd,
und er wird keine Früchte haben. (SW I. 271)

이탈리아는 신의 '축복'과 '계시'의 땅이자, 봄으로 상징되는 예술의 태동지이다. 릴케가 "당신에게 베네치아와 카잔, 그리고 로마를 상속합니다./피렌체도 당신의 것입니다. 피사의 사원,/트로이츠카 라브라, 그리고 키예프의 수많은 정원들 가운데/이리저리 어둡게 뒤엉킨 통로들이 즐비한/동굴 수도원도 당신에게 상속합니다."[56](SW I. 314)라고 기도하듯 신성한 시를 내놓을 때, 이 나라는 러시아와 함께 신의 영역에 바쳐진 성역이 된 것이다. "내면의 거대한 광채ein großer Glanz aus Innen"(SW I. 356)로 빛나는 경건과 겸허의 현장[57]에서 그는 "대부분이 허술한 박물관… 멋없는 동상들로 가득한"(아르투어 홀리쳐

56 „Du erbst Venedig und Kasan und Rom,/Florenz wird dein sein, der Pisaner Dom,/die Troïtzka Lawra und das Monastir,/das unter Kiews Gärten ein Gewirr/von Gängen bildet, dunkel und verschlungen, -"

57 참조. 13~15세기 중세 고행수도교단의 수행을 노래한 시 「편태鞭笞 고행자Die Flagellanten」(SW III. 512f.)의 "ROTE Sonnenstrahlen brannten/nieder einen Glutenlenz./Und der Strom der Flagellanten/rollte dröhnend durch Florenz."

에게 보내는 1903년 11월 5일자 편지) 로마에서,[58] 베네치아,[59] 피사, 루카 등에서 이탈리아라는 이름으로 신격화된 예술창조의 기쁨을 만끽한다. 르네상스와 바로크의 찬란한 문화도 접한다.

1907년 벨기에를 거쳐[60] 카프리에 도착한 그는 서정적 운율로 가득 찬 남쪽 자연을 향하여 「바다의 노래Lied vom Meer」를 바친다.

　태고의 바닷바람
오로지 태고의 암석을 위한 것 마냥
분다.
순수한 공간이
멀리서 밀려들면서…

....

58 참조. SW I. 687: "Wo immer du eintratst, redete nicht in Kirchen/zu Rom und Neapel ruhig ihr Schicksal dich an?"(1. DE.). SW I. 719: "(…) wie du standest/bei dem Seiler in Rom, oder beim Töpfer am Nil."(9. DE). 고대 로마의 조각상에서 영감을 얻어 「고대 아폴로 토르소」(SW I. 557), 「오르페우스, 에우리디케, 헤르메스」(SW I. 542~545), 「알케스티스 Alkestis」(SW I. 546~549), 「비너스의 탄생Geburt der Venus」(SW I. 549~552), 「크레타 섬의 아르테미스Kretische Artemis」(SW I. 557f.), 「레다Leda」(SW I. 558), 「애첩Die Kurtisane」(SW I. 526), 「돌고래들Delphine」(SW I. 559), 「사이렌의 섬Die Insel der Sirenen」(SW I. 560) 등이 발표된다. 또한 이곳을 노래한 「로마 분수Römische Fontäne」(SW I. 529)도 있다.

59 「초상Bildnis」(SW I. 608), 「베네치아의 아침Venezianischer Morgen」(SW I. 609), 「산 마르코 San Marco」(SW I. 610), 「총독Ein Doge」(SW I. 611), 『그리스도 환상*Christus-Visionen*』에 나오는 「베네치아Venedig」(SW III. 153~156)도 있다.

60 벨기에 여행은 1906년 7월말부터 8월 중순까지 로댕과의 불화 직후였다. 퓌른, 브뤼헤, 겐트 등 도시를 다니면서 시 「광장Der Platz」(SW I. 533), 「로제르 부두Quai du Rosaire」(SW I. 534), 「베긴 교단수도원Béguinage」(SW I. 535f.), 「마리아 행렬Die Marien-Prozession」(SW I. 536f.) 등을 썼다. 『신시집』에서 네덜란드 화가 요아힘 파티니르Joachim de Patinir(1475~1524)와 퓌른의 상 니콜라스 탑을 염두에 두고 쓴 시 「탑Der Turm」(SW I. 532f.)은 프랑스 화가 장 오노레 프라고나르J. H. Fragonard(1732~1806)의 화풍을 배경으로 하는 「플라밍고 Flamingo」(SW I. 629)와 대각을 이룬다.

uraltes Wehn vom Meer,
welches weht
nur wie für Ur-Gestein,
lauter Raum
reißend von weit herein...... (SW I. 600)

카프리의 아름다운 풍경은 그에게서 순수한 시의 에스프리로 거듭난다. 산업화에 찌들어 고통 받던 시인에게 영원한 생명력을 안겨준다.[61] 진취적인 북유럽 기질과 감수성이 예민한, 남유럽을 함께 내면세계에 담는다. 양 문화영역의 대립이 그의 의식세계 속에 자리한다.

6) 유럽의 십자로 스위스

1919년 6월부터 1926년 12월 29일까지, 51년의 생애 중 마지막 7년 반의 기간을 보낸 스위스는 릴케의 문학에 있어서 특별한 의미를 지닌다. '유럽의 미합중국'이라 불릴 정도로 다양한 문화요소를 지닌 이 나라에서 대작 『두이노의 비가』와 『오르페우스에게 바치는 소네트』를 남김으로써 '유럽작가'로서의 면모를 더욱 뚜렷이 할 수 있었기 때문이다.

릴케가 4개 공용어를 쓰고 있는 폭넓은 문화 인프라, 평화를 상징하는 정치적 영세중립, 험준한 알프스 산악지대라는 특성을 지닌 이 나라를 찾은 것은 취리히의 어느 독서회 초청에 의한 것이지만, 개인

....

61 릴케는 이곳에서 범 유럽적 의식을 지닌 러시아의 무정부주의자 막심 고리키를 만나는데, 후에 시 「베네치아의 늦가을Spätherbst in Venedig」(SW I. 609f.)에서 그를 대상으로 노래한다.

적으로는 전쟁에 의한 사회적인 불안과 자신의 창작적 침체를 극복할 수 있는 좋은 기회이기도 했다.

여러 도시들을 옮겨 다니는 바쁜 강연일정 가운데 현지의 예술애호가 라인하르트, 문화비평가 부르크하르트 등을 만나기도 하고, 겨우내 취리히 근교 베르크 암 이르헬 성에 칩거하면서 몰리에르, 스탕달, 카이절링크의 작품 읽기에 몰두하기도 한다. 그런 중에도 "잘 짜여진 기구처럼 도사리고 있는"[62] 스위스 풍경 뒤로 취리히의 시민의식, 바젤의 휴머니즘, 베른의 보수적 시민성, 그라우뷘덴의 봉건적인 분위기, 티시노의 이탈리아식 예술풍물, 그리고 제네바의 코스모폴리타니즘을 새롭게 인식한다.

일종의 도피의 형태로 들어선 스위스 생활에서 차츰 안정감을 찾으면서 새로운 탐구정신으로 심령론(강신술)과 '비교秘教주의Esoterismus'에 접근하기도 하고,[63] 발리스의 시옹과 시에르의 풍경 앞에서 놀라운 직관의 마력을 체험하기도 한다. 루소, 바이런, 셸리, 라마르틴의 발자취를 찾아 나선다. 이 무렵 『이탈리아 문화사』, 『제네바 문화배경』 같은 대작들을 쓴 문화사가 필립 몬예 등과 친숙하게 지내면서 유럽차원의 세계관에 가까이 다가선다.

또한 러시아 출신의 화가 발라디네-클로쏩스카(메를랭) Baladine-Klosowska(Merlin)를 알게 되면서 유명한 러시아인 죠르주 루드밀라 피또에프가 주도하는 스위스 무대예술과 프랑스 문화권에 더욱 접근한

62 C. Osann, *RMR.*, S. 276

63 릴케는 독일 최초의 최면술Hypnotismus 학자이자 '텔레파시(정신감응)Telepathie' 및 '격동隔動현상Telekinese'에 대해서 일가견을 가지고 있는 알브레히트 폰 슈렝크-놋칭 Albrecht von Schrenck-Notzing(1862~1919)의 글을 탐독했다.

다. 독일어와 프랑스어의 갈림 지대 프리부르의 옛 도시 구역에서 시상을 얻어 쓴 프랑스어 연작 시집 『창*Les Fenêtres*』(SW II. 585~591)은 릴케의 탈 독일문화권 의지를 잘 보여준다.

창 문지방에 기대어
긴장되고 흐트러진 마음으로
영혼의 가장자리에서
그녀는 애타는 시간들을 보낸다

Elle passe des heures émues
appuyée á sa fenêtre,
toute au bord de son étre,
distraite et tendue. (SW II. 590)

거울, 분수, 장미처럼 릴케의 공간미학에 깊은 뿌리를 내리고 있는 '창' 이미지는 내면의 탐구인 동시에 새로운 세계와의 연결을 희구하는 정신적 통로이다. 러시아-프랑스 문화의 화신이라 할 수 있는 메를랭에 대한 애틋한 감정, 영감처럼 순식간에 찾아 온 예술 신의 축복, 전통적인 중세도시에 대한 꿈 등이 모두 유럽 문화에 대한 그리움의 창문이 된다.

'창'이 기다림의 자리로서 릴케의 삶과 문학을 대표하는 키워드"[64] 라 한다면, 스위스는 곧 유럽을 향한 창이라 할 수 있다. 그것은 릴케에게 "형태 없는 슬라브적 꿈에서"에서 벗어날 수 있는 하나의 "서방

…………

64 조두환, 「릴케의 작품에 나타난 기다림의 문제」, 46~64쪽.

치유책"으로서, 『신시집』이 바탕으로 하고 있는 남유럽-로만의 조소彫塑적 사실주의에 대한 슬라브-게르만적 낭만주의의 경계가 더 이상 필요하지 않다는 범 유럽적 통합체험이라고도 볼 수 있기 때문이다.[65]

2. 동방으로 향하는 눈길

1) 동방의 신비 러시아

1899년과 1900년 두 차례의 러시아여행을 하는 동안, 릴케는 작가 톨스토이, 화가 파스테르나크, 조각가 트루베츠코이는 물론, 화가 일리야 레핀 ILya Lepin(1844~1930)을 만나고, 니콜라이 고골Nikolai Gogol(1809~1852)의 작품이 극화되는 과정도 참관한다. 푸슈킨 박물관도 둘러보고, 농민시인 드로신의 집에도 머문다. 이런 경험들은 8, 9월에는 연작시 「황제Die Zaren」(SW I. 428~436)[66]로, 9월말부터 10월 중순까지 『시도집』 1부로 보답된다.

릴케는 러시아를 사랑했다. 러시아식 셔츠를 입고 수염을 기르고, 집에는 러시아의 갖가지 생활 집기와 소품들, 십자가들, 역사화 등을 진열해 놓았다. 그의 내면세계에는 광활한 시베리아와 크리미아 반도의 자연이 살아 움직이고 있었다. 그리하여 생의 말기인 1926년 5월 14일 파스테르나크에게 보낸 편지에서 그는 "이 나라의 문화가 내

....

65 J. P. Bier, aaO., S. 148.

66 릴케는 1906년 2월 5일 클라라에게 보내는 편지에서 "이즈음에 러시아 지방제후들 간의 권력투쟁과정을 아주 자세하게 연구했다"고 하며, 6부로 이루어진 연작시에서는 러시아의 역사적 배경뿐만 아니라, '민속영웅문학'에 대해서도 아주 깊이 알고 있음을 보여주고 있다.

인생의 기초벽 안에 영원히 들어와 앉았다"고 고백한다. 여행 이전부터 쌓기 시작한 러시아어 실력도 크게 늘어 많은 작품들을 읽고 번역하기에 이르렀고,[67] 이 지역의 문학과 문화에 대한 열정은 시간이 갈수록 더욱 강화된다.[68]

레오 톨스토이
(1828~1910)

그는 '영원한 러시아인'으로 추앙되는 톨스토이를 슬라브 중심의 도스토예프스키와 서구화된 투르게네프의 중간적 위치에 세우고 엄격한 도덕주의의 이상형으로 삼는다. 러시아 순례도정의 산물인 『시도집』과 『사랑하는 신의 이야기』는 가난과 죽음의 길로 가까이 다가가는 민중의 순수한 믿음과 소박한 본성, 즉 "러시아의 인간성"[69]을 노래한다.

> 우리는 떨리는 손으로 당신을 짓습니다.
> 한 조각 한 조각 쌓아올립니다.
> 하지만 그 누가 당신을 완성할 수 있을까요.
> 그대 성당이여.

....

67 그는 레르몬토프Lermontov, 판파노프, 드로신의 시라든가, 얀체베츠키의 단편 하나, 그리고 고대 러시아어로 된 『이고르의 노래』와 체호프의 『갈매기』를 독일어로 번역하였다. 또한 『형상시집』, 『신시집』, 『말테의 수기』와 후기 두 작품에는 러시아 모티브들이 많이 나오고, 러시아어 시도 8편이나 남겼다.

68 문학평론가 아킴 리오비치 볼린스키를 중심으로 한 문화인 그룹과 어울리며 러시아 문화에 대해 소개를 받았고, 러시아여행 전인 1897년 릴케는 루와 함께 프리다 폰 뷜로, 건축가 아우구스트 엔델 등을 자주 만났다. 1925년 파리 체류기간에는 러시아 전시회를 자주 찾으며, 율리아 레오니도바나 싸소노바-스로님스카야에 의해 창립된 인형극장 멤버들과 가까이 지냈다.

69 A. Bauer, aaO., S. 27.

WIR bauen an dir mit zitternden Händen
und wir türmen Atom auf Atom.
Aber wer kann dich vollenden,
du Dom. (SW I. 261)

"신 주위를 맴도는" 모습은 예술가적 존재확인을 위한 순례를 뜻한다. 그가 남부 러시아 어느 농가의 오두막에서 체험한 경건한 세계는 인간에게 가까이 다가서는 신에 대한 '외경Ehrfurcht'으로 나타난다. 소피아 카콜라에프나 쉴에게 보내는 1904년 5월 20일자 편지에서 릴케는 러시아 땅이 "현실이자 동시에 멀리서 계속 천천히 다가오리라는 사실을 인식하게 하는" 원천이며, "산처럼 어둠에 가득 차 있고, 자신을 낮춘다는 이렇다 할 생각도 없이 겸손 속에 깊이 존재한다"고 밝힌다. 러시아는 그에게 있어서 예술을 종교로, 시인을 수도사이자 신의 유일한 연모자로 만드는 신성한 땅이다.

2) 유럽의 땅끝 스페인

스페인은 릴케 문학에 있어서 하나의 '전환점'[70]으로 이해된다. 그가 스페인에 발을 들여놓은 것은 정확히 1912년. 문헌상으로 이 나라에 대해서 공식적으로 언급한 것은 오토 모더손에게 보내는 1900년 11월 19일자 편지에서이며, 2년 후 파리에 머물면서 스페인 화가 줄로아가Ignacio Zuloaga(1870~1945)의 예술과 접촉하면서 관계가 심화된다. 1908년 5월 1일 엘 그레코El Greco(1541~1614)[71]의 그림 『톨레도

....

70 H. Gebser, *Rilke und Spanien*, S. 52.
71 '그리스 인'이라는 뜻의 별명. 주로 종교화를 그리면서 인체를 강렬한 색채와 대담한

엘 그레코의 『톨레도』

Toledo』를 대하고 크게 감동받은 그는 곧 톨레도, 코르도바, 세비야, 론다, 마드리드 등 스페인 도시 탐방에 나선다.

그의 행적은 "그가 톨레도의 그레코에게 가서 그레코의 톨레도를 보았다"[72]고 희화적으로 표현되기도 하지만, 예술가가 있는 곳은 곧 예술이 된다는 자연-예술의 합일과정을 분명히 보았다는 의미심장한 말이 아닌가 한다. 스페인 카스틸랴 지방의 하늘은 그에게 새로운

....

붓질로 묘사했다. 릴케는 그로부터 불안과 격정을 거두고 자아를 상승시키는 능력을 배웠다고 고백한다.

72 H. Gebser, aaO, S. 25.

영감을 불러일으켜 준다. 그 열매인 「스페인 삼부작Die spanische Trilogie」 외 많은 시들은 "그레코리즘"이라 지칭될 정도로 종교적, 형이상학적인 한 그룹을 이룬다.[73]

후에 파리에서 쓴 시 「스페인 무희Spanische Tänzerin」는 이 나라의 대표적인 이미지라 할 수 있는 정열의 춤사위를 대상으로 한다.

> 그리고는 불꽃이 자지러지려는 듯
> 한데 기를 모아 그걸 아주 보란 듯이
> 으스대는 몸짓으로 내던지고
> 바라본다 : 불꽃은 바닥에서 이글대며
> 여전히 타오르며 굴복하지 않는다

> Und dann: als würde ihr das Feuer knapp,
> nimmt sie es ganz zusammen und wirft es ab
> sehr herrisch, mit hochmütiger Gebärde
> und schaut: da liegt es rasend auf der Erde
> und flammt noch immer und ergiebt sich nicht -. (SW I. 531)

불꽃에 대비시켜 형상화한 춤과 사람은 "유황성냥ein Schwefel·zündholz"(1행), "불길Flamme"(2행, 6행), "불을 켠entzündet"(7행), "불같은 욕정Feuerbrunst"(9행), "불das Feuer"(12행), "불길이 일다flammt"(16행) 등

....

73 이에 속한 작품으로 「그리스도의 지옥행Christi Höllenfahrt」(SW II. 57), 「나자로의 부활Auferweckung des Lazarus」(SW II. 49), 「모세의 죽음Der Tod Moses」(SW II. 102), 「상 크리스토페루스Sankt Christofferus」(SW II. 58), 「비탄Klage」(SW II. 84), 「천사에게An den Engel」(SW II. 48), 「위대한 밤Die große Nacht」(SW II. 74) 등이 있고, 대부분 문명비판과 시대적 갈등을 다루고 있다.

이글거리는 태양 아래에서 정열을 노래하는 스페인을 상징한다. 그것들은 사물 사이를 지배하고 있는 "정신적인 빛das geistige Licht"이다. 스페인은 당시 깊은 창작위기의 늪에 빠져 있던 릴케에게 시심을 되찾아 주어 말년의 명작을 낳아 영과 육을 함께 승화시키는 유럽의 저력을 보여준다. 그리고 이슬람과 먼 동방지역에 눈길을 돌리게 하는 매력적인 장소이기도 하다.

3) 동방문화의 교두보 이슬람과 이집트

스페인의 토양 위에서 눈을 뜨기 시작한 이국문화에 대한 릴케의 관심은 로댕과 가까이 지내면서 더욱 더 큰 변화를 보이기 시작한다. 「페르시아 헬리오트롭Persische Heliotrop」(SW I. 630), 「모하메트의 부름 Mohammeds Berufung」(SW I. 638)) 등의 시에서처럼, 그의 시야는 차츰 유럽권역을 넘어 중동지역과 아프리카의 이집트에 이르는 이슬람문화세계로까지 퍼져나간다.

실제로 그는 1923년 2월 22일 일제 야르Ilse Jahr 에게 보낸 편지에서 "점점 기독교적 체험이 내 관심권에서 벗어난다"고 고백하면서, 『한 젊은 노동자에게 보내는 편지*Brief an einen jungen Arbeiter*』에서는 그러한 입장이 중동의 이슬람문화와 관계됨을 분명히 밝히고 있다.

> 한번 나는 코란을 읽어보기 시작했다. 이렇다 할 진전은 없었지만 많은 것을 이해하게 되었다. 거기에도 강력한 계시가 있고, 신은 그의 방향의 끝, 영원히 떠오르는 모습을 보인 채, 결코 그것만이 전부가 아닐 동방에서 있는 것이었다.

> Und einmal habe ich den Koran zu lesen versucht, ich bin nicht weit

> gekommen, aber so viel verstand ich, da ist wieder so ein mächtiger Zeigfinger, und Gott steht am Ende seiner Richtung, in seinem ewigen Aufgang begriffen, in einem Osten, der nie alle wird. (SW VI. 1113)

기독교 대신에 그곳 민중들에게 중요한 의미를 지니고 있는 이슬람교의 존재를 인식하고 찬양하기에 이른다.

> 나는 코란을 읽는다. 곳곳에서 어떤 음성을 듣는다. 오르간 속의 바람처럼 아주 온 힘을 기울여 그 속에 존재하는 그런 소리다. 여기에서도 어떤 기독교 국가에 있는 것 같은 생각이 든다. 이제 여기에서도 (…) 비로소 극복되었다 ......

> Ich lese den Koran, er nimmt mir, stellenweise, eine Stimme an, in der sich so mit aller Kraft drinnen bin, wie der Wind in der Orgel. Hier meint man in einem Christlichen Lande zu sein, nun auch hier (…) ists längst überstanden ......

새로이 릴케의 눈길을 사로잡은 유럽 권외의 문화. 그가 말하는 "동방의 세계"는 중동지역이요, 스페인을 거쳐 관심의 눈길이 닿은 이집트이다. 고대 이집트의 역사에서 1700년 동안 신왕국시대의 도읍지였던 룩소르. 카이로에서 720km 떨어진 이 최대 문화유적지는 남에서 북으로 거의 곧게 흐르는 나일 강을 기준으로 동과 서로 나뉜다. 동쪽은 신전과 왕궁을 비롯한 일반인이 거주하는 산 자들의 지역이었고, 서쪽은 무덤으로만 조성된 죽은 자들의 도시였다. 강 양쪽이 조성하고 있는 고대 이집트의 독특한 공간과 시간의식은 릴케에게 큰 감동을 안겨준다.

카르낙

카르낙

테벤(나일강 서안)

이곳에서 릴케는 삶과 죽음이라는 인간의 가장 근원적인 존재문제를 깊이 생각하게 된다. 만년의 대표적인 연작시 『두이노의 비가』를 구상한다. 더욱이 전체 10편으로 편성한 것은 10진법을 고안한 이집트인들의 정신세계에 심취하여 얻은 결과이다. 10은 여기서 단순한 수의 배열이 아니라 '차원 높은 정신계의 상승과 복귀'를 담아내는 원을 상징한다. 피타고라스학파에게, 아니 거의 모든 전통 문화권에서 그렇듯이, 숫자 10은 1, 2, 3과 4를 합친 "완전성의 총괄Inbegriff der Vollkommenheit"[74]로서 성스러운 수를 의미한다.

이국문화에 대한 릴케의 탐구욕은 그칠 줄을 모른다. 북 아프리카를 다녀 온 이후 그는 한동안 아랍어를 배우느라고 많은 시간을 바친다. 그리고는 "이다음 10년의 세월이 지나면 책 한 권쯤 나올 수도

74 A. Cid, mythos und Religiösität., S. 180. 실제로 '야훼Yahveh'라는 단어의 첫 활자는 히브리 알파벳의 "Yod"에 상응된다.

있을 텐데 인젤출판사는 그 책을 인쇄할 아랍 활자를 마련해 두어야 할 것"[75]이라고 까지 말하기도 한다.

릴케는 1902년부터 1914년까지 유럽 여러 나라들, 그리고 아프리카 등을 거의 해마다 한 나라꼴로 방문했다. 그러면서도 어느 한 곳에 마음을 묶어 두기를 거부하였다. 러시아를 정신적 고향으로 공공연히 밝히면서도, 두 차례의 여행 후 더 이상 그곳에 발을 들여 놓지 않았다. 그것은 자신이 창조한 신화가 깨어질까 두려웠기 때문이라고 풀이할 수도 있지만,[76] 그의 문화체험이 자기 나름대로의 예술적 이상세계를 구현하는데 목표를 두고 있었기 때문이리라. 코펜하겐 시내를 거닐면서 파리와 로댕을 생각하고, 로마에 있으면서 러시아와 독일을 머리에 그리는 지역 초월적 단일주의가 그의 내면세계에 깃들어 있었다.[77] 그는 러시아와 체코의 민중으로부터 얻은 감격을 유럽예술로 승화시키는 데 온 힘을 기울였다. 유럽 중에서 그가 유독 낯설어 했던 영국도 엘리자베스 바렛 브라우닝Elisabeth Barrett Browning(1806~1861)의 『포르투갈인의 노래*Sonnets from the Portuguese*』를 번역함으로써 상당부분 만회할 수 있었고, 포르투갈의 마리아 알코푸라두는 물론, 프랑스의 루이제 라베, 안나 드 노아이, 이탈리아의 가스파라 스탐파 등 이상적인 여성상들을 통해 유럽문화의 단일창구를 발견한 것이다. 그리고는 이른바 유럽통합문화를 향한 노력을 게을리 하지 않았고,

....

75 Donald A. Prater, *Ein klingendes Glas.*, S. 602.

76 S. Mandel, aaO., S. 33.

77 예를 들면, 시 「베네치아의 늦가을」(SW I. 609)의 배경은 이탈리아의 베네치아 보다는 오히려 러시아의 페테르부르크나 덴마크의 코펜하겐을 연상시키는 부분이 많다.

그를 향한 길이 바로 언어습득이자 번역활동이라고 믿으면서 이전보다 훨씬 강화된 노력을 기울였다.[78] 이 모든 것이 오늘날 유럽연합의 탄생과 세계화를 예단하고 있었던 것이 아닌가 하는 느낌이 든다. 그런 그의 눈길은 더욱 더 멀고 드넓은 세계를 향하고 있었다.

…………

78 H. L. Arnold, *Rilke? Kleine Hommage zum 100. Geburtstag.*, S. 29. 앙드레 지드는 번역작업에 임하는 릴케에 대해 다음과 같이 기술하고 있다: "라이너 마리아 릴케가 어제 아침(1914년 1월 26일) 나에게 왔다. 내 책 『돌아온 탕자』의 번역본 중 맘에 들지 않는 몇몇 구절에 대해 물어보기 위해서였다. (…) 그는 마침 내 서가에서 그림Grimm 대사전을 발견하고는 몹시 기뻐하며 '손'이라는 항목을 펼치고는 차근차근히 살펴나갔다. 나는 한동안 가만히 보고만 있었다. 그는 순전히 취미로 미켈란젤로의 소네트 몇 편을 번역하는데 'palma'라는 단어가 어려움을 안겨 주노라고 했다. 그는 독일어에는 손등을 표현하는 어휘는 있어도 손바닥을 가리키는 것은 없다는 사실에 놀랐다고도 했다. (…) 나는 한 독일작가의 자기 모국어에 대한 아주 세심한 탐구자세를 보고 많은 것을 배울 수 있었다."

IV.
릴케의 동아시아 문화 접촉

릴케는 1898년 봄 프라하에서 행한 비평적 연설문「현대서정시 Moderne Lyrik」(SW V. 360~394)에서 이미 중국문학에 대해서 일가견을 지니고 있는 베를린 작가들의 문학적 성향과 사상에 대해서 기술하고 있다. 이는 그의 아시아 문화에 대한 관심이 구체적이고 활발했다는 증거가 된다. 그가 "새로운 서정시의 시도 '환상집'neue(n) Lyrik-Versuche(n), 'Phantasus'"에 대해서 언급하고 있다면, 그것은 당시의 작가들이 이태백의 시를 모방하면서 자연 회귀적 서정시의 새로운 길을 모색하던 과정을 암시하고 있으리라는 추정이 어렵지 않다. 그것은 홀츠가『환상집』을 통하여 "우리의 가슴속에서/이태백의/불멸의 노래가 솟구치노라"[79]라고 노래하는 시를 발표하고, 같은 작품 1916년도 판에서는 "가장 아끼며 사랑하는 이태백geliebter, liebster Liebling Li-Tai-Pe"이라고 찬양하기까지 했다. 그러므로 "술잔-취흥-시운율 Becher-Zecher-Reime"(SW V. 379) 등으로 연결된 어휘들은 자연스레 유명한 동양의 시성과 그의 자유분방한 작풍을 지칭하고 있으리라는

....

79 『환상집 *Phantasus*』, *Jugend* 3(1898), S. 40.: „Aus unsern Herzen/Jauchzt ein unsterbliches Lied/von Li-Tai-Pe!"

사실에 접근하게 한다.

릴케가 당시의 작가들과 가까이 지내면서 동양세계를 환상이 아닌 현실로 접하기 시작한 정황은 다른 여러 곳에서도 확인할 수 있다. 1899년 4월 17일 베를린 근교의 슈마르겐도르프에서 쓴 제목 없는 시(SW III. 639)에 "99년 4월 17일 1시 반 다우텐다이의 작품을 읽고서"라는 노트가 기재되어 있는 것을 근거로 하지 않더라도, 시 구절 중 "어디엔가 아직 눈에 띄지 못한 땅/나의 눈길 앞에 더욱 아름답게 떠오른다/어디엔가 다른 풍습이 있으리……"[80]는 먼 이국문화와 그 세계에 대한 그리움을 애틋하게 노래하고 있는 것이 아닌가. 특히 그것이 일본 마니아인 다우텐다이의 작품 『비바호 8경』을 읽고 난 후에 쓰였다는 점을 고려하면, 그의 내면에 자라나기 시작한 일본문화에 대한 관심과 연결시키는데 무리가 없을 것 같다.

계속되는 작가적 관심은 「현대서정시」에서 언급되고 있는 바와 같이, 1896년에 발간된 데멜의 『여인과 세계 *Weib und Welt*』를 탐독할 수 있는 계기를 마련했을 뿐만 아니라, 그 후에도 그 두 사람 사이에는 여러 차례 서신을 주고 받는 등 두터운 교분이 쌓이게 된다. 그리하여 릴케는 1896년 12월 9일 데멜에게 특별히 시 한 편을 헌정하기에 이르는데,[81] 그것은 비어바움에게 헌정한 시 두 편[82]과 더불어 그에게 있어서 '아시아로 통하는 길'로 이해될 수 있는 구체적인 근거가 될 것이다.

…………

80 " ... daß irgendwo eine nieerlöstes Land/aus meinem Schauen schöner steigen will,/daß irgendwo ein Brauch ist, ..."

81 참조. SW I. 139: "UND reden sie dir jetzt von Schande,/da Schmerz und Sorge dich durchirrt,-/oh, lächle, Weib! Du stehst am Rande/des Wunders, das dich weihen wird."

82 참조. SW I. 118: "Ernste Türme sehe ich dauern,/weit aus weißen Blütenschauern/wächst ihr Weltverlorensein".

아시아에 대한 그의 관심은 초기의 호기심 단계에서 점점 탐구적인 자세로 진전된다. 그는 프랑스인 루이 오베르Louis Aubert의 『일본판화의 거장들*Maitres de lástampe japonaise*』(1914)를 읽고 그 체험반경을 크게 넓힌다. 일본예술의 신비로움은 그에게 하나도 놓칠 수 없는 소중한 것이어서 비망록에 자세한 내용들을 적어두는 뜨거운 열정을 보여주고 있다. 스위스의 베른Bern에 있는 연방도서관 '릴케 자료실Rilke Archiv'에는 다음과 같은 그의 성실한 필체가 그대로 보존되어 있다.

> 우키요예는 세상의 무상함, 즉 환상의 세계를 묘사한다. 다시 말해서 현실을 비현실적 세계로, 순수하고 깊은 현실 속으로 우리를 이끌어 들인다. 과거의 영웅이나 전경들을 우리가 살고 있는 오늘에 이끌어 들이는 작업을 바로 이 '민중학파'가 시도했으며, 각자 나름대로 발전시켰다. 모로노부는 어떤 영웅적 대담성으로, 하루노부는 정교하고 청년적인 기풍을 가지고, 키요나가는 소박한 귀족성으로, 오타마로는 정감을 극도로 섬세하게 묘사함으로써 그것을 이룩하였다. 더구나 전통과 자연을 이토록 여성화하는 현상은 오늘날까지도 일본에 아주 독특하게 남아 있다.

릴케의 자필메모

'우키요예浮世繪'에 대한 릴케의 큰 관심을 읽을 수 있다. 16세기말부터 19세기까지 일본 전역을 휩쓸고 있던 이 시민예술운동은 '부유하는 슬픔에 가득 찬 세상의 그림'이라고 번역되는데,[83] 그는 이것을 본질적이며 미학적인 방법으로 아주 진지하게 이해하고자 했으며, 그 분야의 대표적인 화가들을 열거하면서 매우 상세한 정보를 얻고 있다.

아시아에 대한 그의 관심 중에서 최초를 증명될 수 있는 흔적은 1900년대로 거슬러 올라간다. 5월이라고만 기재되어 있을 뿐 정확한 날짜가 알려지지 않은 『슈마르겐도르프 일기 *Schmargendorfer Tagebuch*』 중 한 구절에는 "모스크바, 츠슈킨 박물관: 위 층 전시실에서 일본그림을 보고서"라고 쓰여 있어 러시아 여행 중에 일본예술과 접촉하게 된 사실을 짤막하게나마 알리고 있다.

이러한 초기 릴케의 아시아 접촉은 보릅스베데 시절에 본격적으로 싹텄다. 베트게가 당시 문학잡지에 이곳 분위기에 관한 기사를 쓴 바도 있지만,[84] 북부독일 브레멘 근교의 이 자그마한 마을에는 도시문명을 피해 한적한 자연과 벗하면서 지내고자 하는 예술가들이 모여 살고 있었다. 프랑스 파리 근교 바르비종을 모델로 설립된 예술가마을인 만큼, 이곳은 외계와 절연된 지리상 여건에도 불구하고 새로운 문물을 받아들이기 위한 의욕 넘치는 문화의 둥지로 세상을 향해 활짝 문을 열어놓고 있었다.

············

83 "Die Bilder der vergänglichen Welt" 또는 "The picture of the floating holdings or sorrowful world"으로 번역됨.

84 참조. Bethge, Worpswede. In: *Das litterarische Echo*. 5(1902-03). Sp. 1725.

하인리히 포겔러의 『여름저녁』(보릅스베데의 정경)

오토 모더손의 『보릅스베데 풍경』(1898)

화가 파울라 베커와 클라라 베스트호프(결혼 전)

당시 베를린은 유럽 문화 중심지인 파리와 항상 긴밀한 연결 속에 있었다. 그곳에서 젊은 예술가들과 어울리면서 릴케는 먼 동방세계의 신비로움과 전설적인 분위기에 대해서 좀 더 많이 탐문할 수 있게 된 것이다. 이곳에서는 늘 '동양'이 큰 화제가 되고 있었다. 그즈음 오귀스트 로댕Auguste Rodin을 방문하기 위하여 파리에 갔다가 마침 그곳에서 열리고 있는 일본 고미술 전시회를 관람하고 돌아 온 화가 파울라 모더손 베커Paula Modersohn-Becker로부터 환상적인 동방세계에 대해 들은 것은 너무나도 큰 자극제였다.[85]

그러나 먼 동아시아는 아니더라도 인도에 대한 주제가 그의 작품 속에 나타난 흔적은 이 보다 훨씬 이전으로 확인된다. 1893년 프라하에서 쓴 시작품 「바야데르Die Bajadere」(SW III. 81)에서 릴케는 인도 여성 무용수의 영상을 제시하면서 감각적인 사랑과 그에 대한 그리움에 젖어 있는 청소년적 정감을 아름답게 표현하고 있다.

> 네 가슴 깊이 타오르는 불꽃으로
> 탐욕스레 취하여 굽이치노라
> 검은 눈자위에서는
> 죄스런 불꽃이 뿜어져 나왔다
>
> 희열을 약속하는 그의 불길은
> 막을 수가 없었다
> 그리고 반쯤 열린 입술에서 내 쉬는
> 뜨거운 욕망의 숨결

…………

85 Petzet, *Das Bildnis des Dichters*, S. 48.

삼가할지라, 아가씨여, 삶 속엔
존경과 명예가
바야데르의 삶은
달콤함을 더 많이 가져다주리니

존경, 명예란, 나를 믿거니와
종종 슬프게도 하리니
그런 너에게 이 마음의 선물을
너에게 사랑을 주리라

네가 성스러운 불길을
항상 받아서 타오르게 하는 대신
너에게 속살거리는 밤이면
활짝 펼칠 베일을 안겨주리라

Es wogt dir die Busen von innerem Glühn
wollüstig trunken;
dem schwarzumrandeten Aug entsprühn
sündige Funken.

Sein wonneverheißendes Lodern braucht
nichts zu verwehren;
und die halb geöffnete Lippe haucht
heißes Begehren.

Versagt ist dir, Mädchen, im Leben zwar
Achtung und Ehre;
Süßeres bietet das Leben dar
der Bajadere.

Die Achtung, die Ehre, ach glaube mir,

die machen oft trübe,
dir giebt es die Gabe des Herzens, dir
giebt es die Liebe,

dafür, daß beglückend du immer entfacht
heilige Feuer,
verleiht dir die Gottheit in säuselnder Nacht
schirmende Schleier.

Sie wird, weil sie selbst jene Gluten geschürt,
einst dich erheben,
denn auch den irrenden Liebenden wird
ewig vergeben!

바야데르는 "데바다시스Dewadasis", 즉 신을 섬기는 여인을 뜻한다. 그들은 신전에서 섬기는 일에 전념하는 중에 종교적 매음행위도 불사하는 관능적인 인도의 무용수이다. 때때로 12명까지 그룹을 지어 음악 반주자를 동반하여 육감적인 동작으로 춤을 추면서 인간의 사랑과 열정을 표현한다. 릴케가 어떤 경로를 통해 이 사실을 낱낱이 알고 작품에 형상화시켰는지는 확실하게 밝혀지지는 않지만, 괴테가 일찍이 「신과 바야데르 무용수. 인도 전설Der Gott und die Bajadere. Indische Legende」이라는 발라드 시작품을 남긴 바 있는 만큼, 이미 문학인들 사이에 널리 관심의 대상이 되어 왔고, 또한 그의 작품을 읽는 과정에서 간접적으로 접하게 되지 않았을까 추측이 된다.

이곳의 예술가들은 전반적으로 동양적 분위기에 휩싸여 있었다.

1900년 9월 27일자 일기에서 릴케는 "극장공연을 마친 후 우리는 하우프트만 박사와 함께 저녁식사를 하게 되었다. 모두가 지쳐 있었다. 그럼에도 이 시간은 마냥 아늑함과 기쁨이 넘치고 있었다. 섬세하기 이를 데 없는 향내 가득한 중국차가 나왔고, 그 향기에 곁들여 가까이 있는 장미(이즈음에 우리는 장미 없이 지낸 일이 거의 없다)의 숨결이 마침 음악 반주를 하듯이 울려 퍼지고 있었다"[86]고 당시의 정황을 전하고 있다.

동양의 생활 분위기는 그의 정신세계를 파고들었다. 보릅스베데 풍경을 "일본산 비단결처럼 부드럽다"(1900년 10월 1일자 일기)고 표현할 정도로 동양문화에 대해서 더욱 심도 있는 관심과 이해력을 갖추게 되었다. 산문작품 『보릅스베데 *Worpswede*』(SW V. 7~134)의 머리글에 그는 지역의 자연풍경을 서술하면서 일본화가 호쿠사이 가쓰시카 北齋葛飾(1760~1849)와 그의 작품세계를 언급함으로써 이미 가슴 속 깊이 스며 있는 일본에 대한 지식을 드러내고 있다.

> 풍경은 그러나 손도 얼굴도 없이 그대로 서 있는 것이다. 아니면 그것은 반대로 얼굴 모습 전부이거나 표정의 거대함이라든가 그냥 무시해 버릴 수 없는 것으로 해서 인간에게 무서운 위압감을 줄 정도이다. 그것은 어쩌면 일본화가 호쿠사이의 유명한 그림에 나오는 '귀신모습'과 같기도 하다.
>
> Die Landschaft aber steht ohne Hände da und hat kein Gesicht,- oder aber

86 참조. „Nach dem Theater aßen wir mit Dr. Hauptmann zu Nacht. Alle waren müde, dennoch war auch diese Stunde voll Stimmung und Freude. Es wurde ein zarter duftender chinesischer Tee gereicht, zu dessen Duft der Atem naher Rosen (wir waren nie ohne Rosen in diesen Tagen) wie eine Begleitung klang."

sie ist ganz Gesicht und wirkt durch die Größe und Unübersehtbarkeit ihrer Züge furchtbar und niederdrückend auf den Menschen, etwa wie jene 'Geistererscheinung' auf dem brkannten Blatte des japanischen Malers Hokusai. (SW V. 10)

아시아 문화세계와의 이러한 접촉들 이외에도 그의 전 인생동안 다른 측면에서 그의 관심을 동양 쪽으로 이끌어 간 인물은 오귀스트 로댕 이외에도 후작부인 마리 폰 투른 운트 탁시스Marie von Thurn und Taxis와 후고 폰 호프만스탈Hugo von Hofmannsthal, 그리고 루돌프 카쓰너Rudolf Kassner 등이 아닐까 한다.

루돌프 카쓰너(1878~1959)
(에른스트 뇌터의 스케치, 1907)

후고 폰 호프만스탈
(1874~1929)

후작부인 마리 폰 투른 운트
탁시스(1855~1934)

철학자 카쓰너는 아마도 당시에 동양정신을 가장 깊이 독일에 전파한 최초의 인물로 손꼽힐 것 같다. 프리드리히 니체Friedrich Nietsche와 쇠렌 키에르케고르Sören Kierkegaard에게서 깊은 영향을 받은 그는 시야를 좀 더 넓혀 고대인도와 중국문화에 대해 특별한 관심을 갖고 열심히 탐구하였다. 1905년부터 1917년 두 차례에 걸친 동양여행, 특히 인도와 파키스탄을 다녀 온 후, 그는 도교, 불교, 선불교 및 공자사상 등 동양철학 제 분야에 크게 심취하여 열정적으로 서구에 소개하기 시작했다. 그 후 동양의 주제를 본격적으로 다룬 『요가의 새로운 어록*Neue Sätze der Joghi*』(1905), 『도의 가르침*Die Lehre vom Tao*』(1904), 『마술사의 서사시*Das Epos des Zauberers*』(1907), 『사건과 만남*Ereignisse und Begegnung*』(1911), 『황금용*Der goldene Drachen*』(1915) 등의 저술을 냈다.

릴케는 이 책들을 집중 탐독했다. 작가로서 심한 정체기에 빠져 있던 1911년에 그가 접한 카쓰너의 『인간적 위대함의 요소*Die Elemente der menschlichen Größe*』는 그에게 바로 커다란 활력소가 되었고 새로운 전환점도 마련해 준다. 그 자신도 지금까지 읽은 것 중에서 "최고의 저술"이라고 극찬을 아끼지 않았고, 작품에도 자주 인용할 정도로[87] 강한 인상을 안겨주었다. 같은 해 투른 운트 탁시스 부인에게 보내는 1911년 5월 25일자 편지에서 그는 카쓰너를 통한 경험들이 자신에게 "동양에로의 도약Ruck nach Osten"이 되었노라고 고백하기도 했다.

87 시작품 「전향Wendung」(SW II.82) 표제 밑에는 카쓰너의 『요가의 새로운 어록』에 나오는 "마음 속 깊은 감정이 위대함으로 이르는 길은 희생제물을 통해서이다Der Weg von der Innigkeit zur Größe geht durch das Opfer"라는 구절을 인용하고 있다.

1. 중국문화세계

아시아 사상의 주류라고 할 수 있는 중국의 정신문화는 릴케에게 있어서 일본 문화에 비해서 상당히 등한시 된 편이다. 실상 릴케는 작품의 어느 곳에서도 중국사상에 대해 구체적인 언급을 하였다거나, 중국 현자들의 말을 직접 인용한 바도 없다. 그러나 그가 도가사상의 양대 산맥이라 할 수 있는 노자와 장자를 잘 알고 있었으며, 더욱 광범위하게 중국과 중국문화에 대해 알려고 한 흔적 또한 뚜렷하다. 1920년 10월 릴케는 폴 루이 꾸슈Paul-Louis Couchoud의 『아시아의 전설과 시인*Sages et Poétes d'Asie*』(1914)[88] 라는 책을 구입하고 내용을 탐독해가면서 도교사상의 배경과 기본정신을 적극 이해하려고 노력했다. 또한 '장자: 비유. 발터 잘렌슈타인 발췌 및 번역 *Dschuang-Dsi: Gleichnisse.* Auswahl und Übersetzung von Walter Salenstein. Erlenbach-Zürich 1921'이라는 책도 개인 장서로 소유하고 있었다. 이 책들은 오늘날도 스위스 연방도서관 릴케 특별 자료실에 보관되어 있다. 더구나 그가 중국 서적의 제본형태를 보고 크게 감탄한 사실[89]과 중국 도자기에 대해 갖게 된 애호심[90]은 아주 본격적인 것이었다.

릴케는 이런 작은 체험들을 작품에 크게 눈에 드러나지 않게 반영시키고 있었다. 시작품 「장미꽃잎Die Rosenschale」에는 "중국 찻잔"이 중심상징체로 나타난다.

....

88 릴케는 이 책을 1920년 10월 파리에서 구입했다. 현재 스위스 연방정부 국립도서관(릴케 자료실)에 소장되어 있다.

89 참조. Marie von Thurn und Taxis, *Erinnerungen an Rainer Maria Rilke*, S. 411.

90 위의 책, 23쪽.

여기 젖빛 뽀얀 도자기
자칫 깨어질 듯 야릿하고 납죽한 중국 찻잔
자디잔 맑은 주름으로 가득한 모습 -

Und diese hier, opalnes Porzellan,
zerbrechlich, eine flache Chinatasse
und angefüllt mit kleinen hellen Falten - (SW I. 554)

물론 이러한 문화적 단면만으로 그의 문학세계에 나타난 중국문화의 정신적 측면을 이야기하기에는 미흡한 점이 많으리라 여겨진다. 그럼에도 불구하고 그의 작품 속에 중국적인 의식구조와 사상적 편린을 엿보기 이전에 놀랍게도 시인의 태도 속에서 동양적 인상이 발견되었다. 빌헬름 하우젠슈타인Wilhelm Hausenstein은 릴케의 생활 한 단면을 알리는 자리에서 "시인은 파란 빛나는 옷에 연회색 각반을 하고 있었다. 그의 섬세한 형상은 약간 구부정하였고, 발걸음은 빠르지도 느리지도 않았다. 금발의 콧수염은 반쯤 꼬부라진 형태로 마치 중국인의 것과 같았다. (…) 시인의 특이함은 드러나지 않는 가운데 살아 있었다"[91]고 말하면서 그의 내면과 외면에 숨겨진 동양적 풍모를 구체적으로 알려주고 있다. 이러한 예상 밖의 현상에 대해 루돌프 카쓰너는 "내가 아는 범위 내에서 릴케는 그 어느 시기에도 중국의 정신세계에 가까이 발을 들여 놓지 않았다. 그렇지만 그의 내부에는

91 참조. Wilhelm Hausenstein, In: *Ein Gedächtnisbuch*, Gert Buchheit(Hrsg.), S. 84: „Der Dichter ging in einem Marneblauen Anzug, trug lichtgraue Gamaschen; seine zarte Gestalt war etwas geneigt, sei Schritt weder schnell noch langsam; der blonde Lippenbart hing halbbogen förmig, fast wie bei den Chinesen; (…) Das Ungewöhnliche des Dichters lebte eingezogen;“

이러한 정신 세계적 요소가 살아 있다. 그 까닭은 그가 이성적인 것과 이상적(낙원적)인 것을 분리시킬 아무런 토대도 인식하지도, 발견하지도 못하고 있기 때문이다. 아니 그것을 분리시킨다 해도 그는 그런 자세를 근본적으로는 바꾸지 못할 것이다."[92]라고 덧붙여 설명하고 있다.

릴케가 중국의 세계관을 그의 본원적인 정신 바탕에 간직하고 있다는 사실은 그러면 단순한 우연에 지나지 않을 것인가? 만일 작가의 기질이 중국과의 그 어떤 '동본성Ebenbürtigkeit'에 기인한 것이라고 한다면, 카쓰너가 지적한 이유 이외에 그에게 있어서 이른바 중국풍의 여운을 증명할 방도는 없을까 하는 질문은 계속 유효하다.

1) 후앙리 황제에 관한 동화

릴케가 작품에 반영하고 있는 중국문화세계와 그 접촉의 증거는 동화분야에서 구체적으로 나타나고 있다. 그것은 바로 후작부인 마리 폰 투른 운트 탁시스에 의해 집필된 중국동화를 위해 그가 '후앙리 황제에 관한 동화Zu dem Märchen vom Kaiser Huang-Li'(SW VI. 1108~1110)라는 제목으로 쓰게 된 책의 서문이다.

평소부터 중국문화에 대해 특별한 관심을 가고 있으면서, 늘 기회가 닿는 대로 릴케에게 아시아를 소개해 주던 후작부인은 가정에까

92 R. Kassner, Rainer Maria Rilke. In: *Buch der Erinnerungen*, S. 315: „Soviel ich weiß, ist Rilke der Geisteswelt Chinas zu keiner Zeit näher getreten, doch lebt in ihm etwas von dieser, denn auch sie sieht oder findet keinen Grund, das Vernüftige und das Paradiesische zu trennen, oder vermöchte in einer solchen Trennung nur den Ausdruck der Flachheit zu erblicken."

지 아시아의 분위기를 끌어들여 동양을 생활화하였다. 더욱이 루돌프 카쓰너나 후고 폰 호프만스탈이라든가 당시에 그 주변에서 가까이 지내던 미국인 호레이쇼 브라운Horatio Brown과 함께 릴케를 주된 손님으로 맞이하면서, 부인은 그 모임의 주제가 항상 동양에 머물게 했다.[93] 동양에 대한 릴케의 지식은 이 때를 정점으로 크게 넓혀졌다.

자신의 동화집을 출판한 후작부인은 1921년 8월 26일 릴케에게 "짤막한 동화의 서문"을 써 달라고 요청하였고,(같은 날 릴케에게 보내는 후작부인의 편지) 사흘 뒤인 8월 29일 뮈좃 성에서 릴케로부터 확약을 받게 된다.(같은 날 후작부인에게 보내는 릴케의 편지) 이에 따라 시인은 곧 부탁 받은 서문의 원고를 완성, 같은 해 9월 8일자 편지 속에 동봉해 보낸다.

이 글의 내용과 문체를 보면 카쓰너에게서 영향을 받은 것으로 추정되는 면이 많다.[94] 외형상으로는 "성장한 어린이", 즉 성인을 위한 이야기라고 소개되고 있는 만큼, 단순한 동화적 요소보다는 내용에 있어서는 고대 중국황제 후앙리를 중심으로 한 전설에 초점을 맞추고 있다. 후앙리라는 인물이 중국의 역사상 누구를 지칭하고 있는지 확인하기는 그리 쉬운 일이 아니지만, 소재 자체가 전설적 인물을 형상화한 것임은 틀림없다. 더구나 주제가 "중국황제 폐하Seine chinesische Majestät"[95]와 관련되고 있는 한, 후작부인이 염두에 두고 있는 중국황제는 가상적 인물구성이 아니면, 음이 잘못 소개된 결과가

....

93 참조. Marie von Thurn und Taxis, *Erinnerungen an Rainer Maria Rilke*, S. 91.

94 *Briefwechsel RMR/MTT*, S. 686~688.

95 같은 책.

아닌가 여겨진다. 역사상 중국황제와 연결시킨다면, 필자의 견해로는 '황제黃帝'를 뜻하는 '후앙티Huang-Ti'일 가능성이 크다. 황제는 약 기원전 2704년경 양자강 일대를 주름잡던 전설적 제왕이다. 황하문명의 발상지인 이곳에서 우禹의 치수治水 전설과 지덕地德 상징설화가 생겨났다. 그의 영웅적 편력은 양자강 남쪽에 근거지를 두고 항상 강북부 지역과 개인적으로나 정치, 군사적으로 대치관계를 이루며 더욱 이름을 떨치었다. 양자강은 중국의 남방문화와 북방문화를 가르는 기점이다. 남방의 모권적 문화전통은 북부의 부권문화와 대립된다. 고대 중국의 전설에 따르면, '황제'는 검은 동물모양의 여신으로서 모성계의 근원이자 신비스런 여성을 상징한다. 여기에서 동양철학의 근간을 이루고 있는 '음양陰陽, Yin-Yang의 원리와 도교사상이 태동되었다.

릴케가 쓴 이 서문은 그러나 후작부인이 필요로 하는 대로 출판되지 못했다. 그 이유는 나타난 증거자료에 의하면, 카쓰너가 "전적으로 동의하지 않았다"는 것뿐이다. 후작부인은 그에 따라 새로운 서문을 써 달라고 릴케에게 요청했으나, 거절하는 바람에 무산되고 만 것이다.[96] 그래서 원고는 호프만스탈에게 청탁되었고, 이듬해 이 서문이 실린 그림 동화집 『후앙리 황제에 관하여 / 성장한 어린이를 위한 동화집 / 마리 폰 투른 운트 탁시스 호엔로에 지음 / 베를린 1922 / 일련번호와 저자서명의 200부 제한발행 *Vom Kaiser Huang-Li* / *Märchen für erwachsene Kinder* / Fürstin Thurn und Taxis Hohenlohe Berlin 1922 / 200 nummerierte und signierte Exemplare』이 세상의 빛을 보게 된 것이다.

그러나 가장 궁금한 문제 중에서 왜 카쓰너가 릴케의 서문에 동의

96 같은 책.

하지 않았는가에 대해서는 아무런 납득할만한 이유가 제시되고 있지 못하다. 나름대로 추측이 가능한 것은 서문을 발송한 후 릴케가 "혹 이 서문이 좀 이해하기 쉽게 쓰였더라면 좋았을 텐데, 하지만 저는 당장 화판에 무거운 색깔만 가지고 있는 셈이어서 우정 어린 나날을 제대로 꿰뚫어 볼 수 있는 여유가 없군요"[97] 라고 스스로 고백하듯 그 내용이 너무 이해하기 어렵다는 데 원인이 있는지 모른다.

하지만 좀 더 설득력이 있는 이유로서는 릴케가 기대한 만큼 중국문화에 대한 내용을 진지하게 다루지 못했다는 사실 때문이 아닌가 생각된다. 그것은 호프만스탈이 쓴 글과 비교해 보면 뚜렷해진다. 릴케가 그의 서문에서 일반적으로 돈황敦煌의 개념과 사명에 대해서 난삽한 이론을 전개하고 있다면, 호프만스탈은 그에 반해 무엇보다도 확연하게 "중국의 이념eine Idee von China"[98]을 강조하면서 아시아의 먼 문화배경을 설명하기에 주력하고 있다. 호프만스탈은 "이것은 쉽게 읽고 즐길 수 있는 작은 동화로서 붓으로 쓰고 펜으로 그려졌다. 그림으로 표현하기 위해 쓰였다고도, 또한 쓰인 연후에 그림으로 표현되었다고도 쉽게 말 할 수 없는 그러니까 두 가지 형태가 일체화되어 있다"[99]라고 말하면서 훨씬 깊이 구체적으로 중국문화 속으로 파

....

97 같은 책 참조. „Vielleicht hätte das Vorwort etwas leichter sein müssen, aber ich habe augenblicklich etwas schwere Farbe auf der Platte und es fehlt ihnen die Transparenz freundlicher Tage."

98 Hugo von Hofmannsthal, *Gesammelte Werke*. Prosa. Bd. 4, S. 87.

99 위의 책 참조. „Dies ist ein 'luftiges kleines Märchen, es ist mit dem Pinsel geschrieben und mit der Feder gemalt'. Gewiss kann man nicht sagen, dass es geschrieben wurde, um illustriert zu werden, noch dass es illustriert wurde, nachdem es geschrieben war, sondern beides ist in einem entstanden."

고들어가고 있다.

릴케가 비록 호프만스탈처럼 글과 그림이 혼연일체가 되는 중국 예술의 특성을 깊이 다룰 수 없을 정도의 상황에 있었고, 그 이유로 그의 서문이 세상의 빛을 보지 못한 결과가 되어 아쉽지만, 그에게 서문을 부탁할 정도로 그를 에워싼 동양 문화적 배경 속에 그가 처해 있었다는 사실은 분명히 중요한 의미로 파악될 수 있을 것이다. 더욱이 그가 이 글을 쓰면서 접근했던 중국 소재와 그에 대한 지식은 작품 외적으로 그의 동양문화 접촉을 평가하는데 나름대로 큰 의의가 있다 하겠다.

2) 이태백李太白

중국의 시인 이태백은 전통질서에 대한 저항, 권위에 의해 억눌린 인간성, 규격화된 사회 환경으로부터의 탈출이라는 절대명제와 더불어 서구의 문을 강타한 동양의 얼굴이었다. 철저히 자유분방한 생활 자세와 리듬으로 19세기 전후 숨 막힐 것만 같은 서구의 풍토에 새로운 숨통을 트게 한 가장 이상적인 시인의 상으로 받아들여지기 시작한 것이다. 그가 작품에서 제시하고 있는 인생관과 세계관은 곧 허무주의에 입각한 인생무상을 자연스레 깨달음으로써 모든 인간적 고뇌를 극복하는 데 있다.

앞에서 살펴 본 바와 같이, 그의 연설문 『현대서정시』에서 암시적으로 언급된 적은 있어도, 릴케가 이태백을 알고 있다는 첫 문헌상의 증거는 1907년에야 나타난다. 이 해 10월 19일 클라라에게 보내는 편지 속에서 그는 이 중국의 시인을 리오나르도Lionardo, 비용Villon, 베르헤렌Verhaeren, 로댕Rodin, 세잔느Cezánne 등 유럽의 주요시인 및 예술가들과 일본의 호쿠사이와 더불어 같은 대열에 놓고 언급한다. 당시 젊은 작가들이 숭앙하고 존경해 마지않던 시인, 예술가들에게는 그들이 현대감각이라는 면에서 문학 예술적 소명의 이상이었을 뿐만 아니라 릴케에게는 시인의 전형으로 이해되기 시작한 것으로 보인다.

또 다른 기록으로는 이 보다 훨씬 뒤인 1917년 2월 23일 에르하르트 부쉬벡Erhard Buschbeck에게 보낸 편지 속에서 엿볼 수 있다. 게오르크 트라클Georg Trakl(1887~1914)의 시에 대해 평을 하는 가운데 릴케는 이 젊은 시인이 간직하고 있는 시적 요소를 이태백과 연결시켜 설명하려고 한다.

> 나에게는 이 작품 전체가 이태백의 죽음을 염두에 두고 그런 비유를 쓰지 않았나 하는 생각이 듭니다. 작품 곳곳에 '떨어짐'이라는 말이 나오는 데 그것은 끊임없는 승천을 위한 외적 방편일 따름이겠지요.[100]

당시 표현주의 시인들의 마음을 사로잡고 있었던 이태백에 대해서 이처럼 구체적으로 언급하기까지는 이 중국시인에 대한 릴케의 관심이 얼마나 깊었는가를 잘 말해주고 있다. 그는 표현주의 기관지『점화구Brenner』에 실린 마르티나 비트의『이태백의 죽음』[101]을 읽고 그 지식을 넓혔을 가능성이 크다.

그에 대한 릴케의 보다 깊은 지식은 동년 9월 7일자 후작부인 투른 운트 탁시스에게 보낸 편지에서 좀 더 확연하게 드러난다. 여기에서

....

100 참조. „Es fällt mir ein, daß dieses ganze Werk sein Gleichnis hätte in dem Sterben des Li-Tai-Pe: hier wie dort ist das Fallen Vorwand für die unaufhaltsame Himmelfahrt.“

101 Martina Wied, Der Tod des Li-Tai-Po. In: *Brenner*. Bd. 3. 6(1913), S. 526~534.

그는 단순히 중국시인의 이름을 대는 것만이 아니라, 그의 작품까지도 구체적으로 읽었다는 증거를 보여 주고 있다.

> 그러면 이 흑백의상을 입은 여인들 사이에 무슨 일이 일어났을까요? (…) 마치 황제가 갑자기 세상을 떠남에 따라 자신들의 존재문제와 마주치게 되는 이태백의 시에 나오는 두 고위관리들 사이처럼 말입니다.[102]

이태백에 대하여 릴케가 아주 깊이 몰두하고 있었다는 사실을 뚜렷하게 보여주고 있는 이 두 가지 증거들이 나타난 시점은 그가 『현대서정시』라는 강연을 실시한 1898년 이전에 이미 먼 동방의 시인에 대해서 잘 알고 있었다는 것이 된다. 그것은 문서 기록상 나타난 우리의 확인과는 상당한 시간적 차이가 난다. 그러나 바로 이 시기를 전후하여 그가 이태백을 자신의 체험세계 내에서 구체적으로 언급하지 않았어도 베를린 작가들과 가까이 지내면서 친숙해졌으리라는 추정은 가능하다. 실제로 이때 쓰인 작품들이 그와 너무나도 유사한 성향을 보여주고 있는 점은 주목할 만한 사실이 아닐 수 없다. 그 한 예로 1898년에 나온 시 「소녀의 노래Lieder der Mädchen」는 정처 없는 항해, 물, 음악, 여인 등을 주제로 하여 영원한 회귀의 염원을 노래부르고 있다. 그 배경이나 음조에서 전형적인 이태백 분위기가 느껴진다.

…………

102 참조. „Was wäre aber dann zwischen den beiden weiß schwarzen Schwägerinnen entstanden? (…) Etwa wie zwischen denen den beiden *Mandarinen,* im Gedicht Li-Tai-Pe's, zwischen denen der Kaiser plötzlich weggeht, so daß sie mit ihrem Dasein aneinanderstoßen."

소녀의 그리움: 나룻배는
멀리 항구로 되돌아오고
머뭇대며 바라보니
맑은 물이 짙어만 간다
근심인양
밤의 모습이기 때문이려니.

DIE Mädchen sehn: der Kähne Fahrt
kehrt fernher hafenein,
und schauen scheu und dichtgepaart,
wie schwer das weiße Wasser ward:
denn das ist so des Abends Art,
wie eine Angst zu sein. (SW I. 174)

유사한 정감을 풍기는 이태백의 시(횡강사, 橫江詞 6)는 자연을 이렇게 노래 부르고 있다. 물과 달, 그리고 안개. 대자연의 구성요소에 순응하는 인간의 가지런한 몸가짐이 강조된다.

달무리에 바람일고
안개 자욱하니

고래도 움츠리고
물들 휘돌아 ....

파도일면 삼산三山도
흔들리거니

건너려 마시고
돌아가시라!

月暈天風霧不開
海鯨東蹙百川廻
驚波一起三山動
公無渡河歸去來[103]

더구나 1917년에 릴케 자신이 언급한 "끊임없는 승천의 구실"로서의 이태백의 "떨어짐"의 모티브가 그대로 작품에 나타나는 1904년의 시 「가을Herbst」(SW I. 400)은 이미 많은 사람들에 의해서 한층 동양적 정감을 불러일으키는 대표적인 시로 손꼽히고 있지 않던가.

좀 더 구체적으로 말한다면, 작품의 근본주제가 동양문학이 특징으로 내세우고 있는 인생의 무상함이나 인간과 자연의 일체감을 느끼게 하는 것이다. 그래서 이 시 구절이 한국인에게 가장 친숙하게 애송되는 것이 아닌가 하는 생각이 든다.

나뭇잎이 떨어집니다.
하늘의 먼 뜰에서 시들어
아득히 거부하는 몸짓으로 떨어집니다

그리고 밤엔 무거운 대지가
수많은 별에서 고독으로 떨어집니다

우리 모두가 떨어집니다. 이 손도 떨어집니다
다른 것을 보십시오. 떨어지는 것은 어디에나 있습니다

하지만 여기 이 떨어짐을 한없이 포근한 손으로

…………

103 이백, 이원섭 역, 『이백 시선』, 현암사, 2003, 200쪽.

맞아들이는 누군가가 있습니다.

DIE Blätter fallen, fallen wie von weit,
als welkten in den Himmeln ferne Gärten;
sie fallen mit verneinender Gebärde.

Und in den Nächten fällt die schwere Erde
aus allen Sternen in die Einsamkeit.

Wir alle fallen. Diese Hand da fällt.
Und sieh dir andre an: es ist allen.

Und doch ist Einer, welcher dieses Fallen
unendlich sanft in seinen Händen hält.

릴케는 이 시에서 인간존재의 무상함을 노래하고 있다. 그는 이태백 문학의 중심 모티브인 "떨어짐"[104]을 전체적으로 일곱 번이나, 그것도 제1행과 6행에서는 반복적인 수법으로 강조하고 있다. "떨어짐"은 자연의 움직임을 감각화 하는 모티브로서 세 개의 상이한 차원들을 하나로 연결시키고 있다. 즉 가을 나뭇잎의 떨어지는 모습을 자연의 법칙으로, 떨어지는 "지구"를 우주의 질서로, 떨어지는 "손"을 인간의 운명으로 상징화하고 있으며, 이 모든 현상은 가을의 떨어지는 나무 이파리로 결집되어 정감적 음향을 담고 있다. 그에 따라 시는 하늘과 땅 사이에서 일어나는 자연의 영원한 순환운동을 언어적 기법과 일치시킨다. 각 행의 서두에 나타나는 "그리고und"(4, 7, 9행)의

104 '중력의 법칙'이란 의미의 예술관은 『시도집』의 여러 곳(SW I. 320, 305, 311 등)에서도 비중 있게 다루어지고 있다.

두운頭韻적 연쇄성과 그의 의미자체가 이루는 상호연결, 그리고 각 행 끝의 운(abc ca de ed)의 연쇄적 구조가 중요한 의미를 지닌다. 그것은 "떨어짐"을 통하여 "끊임없는 승천의 구실"을 추구하는 작품의 내용과 일치하기 때문이다. 그러므로 "떨어짐"은 비극의 결과가 아니라, "포근한 손으로 맞아들이는/누군가"(8, 9행)에 의해서 확보되는 "보호 Geborgenheit"의 긍정적 귀결이다.

이태백의 시문학을 형성하고 있는 의식구조는 덧없는 세상사와 함께해야 하는 도교적 인생관이다. "하늘과 땅 사이의 방랑자"[105]로서 그는 인생 속에 깊이 숨겨져 있는 세계고를 보헤미안적 무 집착으로 해소하고, 변천하는 자연현상 속에 귀일함으로써 영원성을 구가하는 것이다. 도교적 사상이 스미어 있는 그의 시 「색하곡塞下曲 4」를 보면, 떨어진 나뭇잎은 바로 인간의 삶 자체를 예시하고 있다.

> 창가에 반딧불 날고 달은 방을 비추는데
> 오동은 잎이 지고 바람 이는 사당나무.
> 스스로 깨물어 보는 애처로운 신세여.
>
> 螢飛秋窓滿 月度霜閨遲
> 催殘梧棟葉 肅風沙棠技
> 無時獨不見 淚流空自知[106]

릴케와 이태백은 공통적으로 인생무상의 의미를 나뭇잎을 통해 표

---

105 Li-Tai-bo, *Gedichte*, S. 14.

106 이백, 이원섭 역, 『이백 시선』, 현암사, 2003, 248쪽. 참조: Li-Tai-bo, *Gedichte*, S. 105.

현한다. 인간의 숙명으로서의 이파리는 방황하는 존재의 모습이다. "떨어짐"을 모티브로 하여 릴케가 수직적 운동을 형상화하고 있는 반면에, 이태백은 "소용돌이Wirbeln"의 수평적 움직임을 강조한다. 이태백이 말하는 "소용돌이"는 릴케의 "떨어짐"처럼 우주의 섭리와 인간의 운명을 의미하며, 자연의 순환질서 속에 그 뜻이 한곳으로 만난다. 도가적 사상은 행복과 고통이란 항상 교환된다는 인생의 참 의미를 체득할 수 있게 한다. 행복이 다가와 정점에 이르면, 필연적으로 다시 내려가게 마련이다. 그래서 "나는 동쪽으로 서쪽으로 나무에서 떨어진 메마른 이파리처럼 이리저리 불려 다니리. 이제 바람이 나를 휘몰고 있는지 내가 바람을 몰고 있는지 모르겠다"[107]고 노래하는 도학자들은 자연 속에 자신이 일치되어 자신의 존재마저 의식되지 않는 경지에 도달한다.

이러한 "소용돌이"의 모티브를 릴케는 그러나 다른 시 「가을날 Herbsttag」에서 마찬가지로 형상화하고 있다. "니체 풍의 기본 모티브"[108]라고 인정되는 작품배경으로 보아 릴케가 과연 이 철학자와 어떤 과정을 통해 가까워질 수 있었는가하는 문제가 관심을 끈다. 1897년 초 뮌헨에서 처음 루 안드레아스 살로메와 알게 되었을 때, 차후 이루어진 접촉과 "니체 열광"의 기회는 매우 중요한 의미를 지니는 것이다.[109] 니체의 영향으로 파악되는 『사도*Der Apostel*』(1896), 『에발트 트라귀*Ewald Tragy*』(1896), 『그리스도 환상*Christus-Visionen*』(1896/

....

107 재인용. Fass, *Offene Formen in der modernen Kunst und Literatur.*, S. 39.

108 Faesi, *RMR.*, S. 45.

109 참조. Lou Andreas-Salomé, *Friedrich Nietzsche in seinen Werken*, Wien 1894.

1898) 등의 작품들 속에서 릴케는 방랑의 이미지를 조용하고 명상적인 인생관조의 길로 이끌어가면서 독자의 눈길을 끌고 있는 것이다. 그리고 그 초점을 바로 "이파리"에 모으고 있다.

지금 집이 없는 사람은 이제 집을 짓지 않습니다
지금 고독한 사람은 오래도록 고독하게 살아
깨어서 책을 읽으며 기나긴 편지를 쓸 것입니다
바람이 불어 나뭇잎이 휩쓸려 갈 때
하염없이 가로수 길을 헤맬 것입니다.

Wer jetzt kein Haus hat, baut sich keines mehr.
Wer jetzt allein ist, wird es lange bleiben,
wird wachen, lesen, lange Briefe schreiben
und wird in den Alleen hin und her
unruhig wandern, wenn die Blätter treiben. (SW I. 398)

릴케가 "고독Einsamkeit", "방황Wandern", "이리저리 휩쓸림hin und her"으로 연결시키는 인간의 운명은 위에서 살펴 본 도교적 인생관과 그 뿌리를 같이하고 있다. 두 세계 속에서 발견되는 필연적인 자연의 "사라짐"은 단순한 파멸이나 쇠락이 아니라 새로운 구원을 위한 체험이어서, 결국 "고통을 풍성한 결과로 이끄는"[110] 생명의 길이다. 그래서 죽음의 현상을 통해 얻어지는 괴로움은 위대한 "재생"[111]의 토대가 된다.

110 같은 책, 46쪽.
111 같은 곳.

이렇듯 릴케에게서 일찍이 동양적 정감과 도교적 사상의 단면을 발견한 사람은 헤르만 카이절링Hermann Keyserling(1880~1946)[112]백작이었다. 그가 아시아 지역을 직접 다녀온 후 그 인상을 기술한 『한 철학자의 여행일기*Reisetagebuch eines Philosophen*』(1906)를 출판하고, 매우 보편적으로 나무와 꽃 이파리에 인생의 진실을 담아 표현하는 아시아인, 특히 일본인들의 의식세계를 소개한다. 바로 릴케의 「가을」이라는 시가 연상된다. 신과 동일시하는 꽃 이파리들과 떨어지는 가을잎을 노래할 때마다 신비로운 힘을 새로이 느끼게 한다. 그는 릴케에게서 발견한 아시아의 정서를 이렇게 지적하고 있다.

> 텅 빈 공간의 배경 쪽으로 향한 채, 모든 이파리들은 각각－모든 일본의 예술가들이 즐겨 택하는 주제이지만－무한성에 대한 감정을 우리의 마음 속에 일깨워 주고 있다. (…) 모든 완성된 것은 무한한 것을 표현한다는 진리를 의식하고 있는 가운데, 사람들은 그 차이점을 다른 차원에서 바라본다. 꽃 이파리들은 신과 동일시되고 있다. (…) 고운 정감과 섬세한 기질을 지닌 라이너 마리아 릴케는 때때로 떨어지는 가을 이파리에 대해서 노래를 불렀고, 그것을 통해 이와 같은 신성을 표현한 것이다.[113]

....

112 자연철학자로 출발하여 감각인식론에 정통한 문화심리학자. 인도와 중국 등 외래문물을 유럽의 문화유산과 융합시키려 했다. 1920년에 키펜베르크 협회를 창설하였다가 특별한 사정으로 활동중단, 1947년 재 창립했다. 인스부르크에 있는 키펜베르크 자료실에는 그의 『전집』(1956ff.)이 보관되어 있다.

113 Hermann Graf Keyserling, *Reisetagebuch eines Philosophen*, S. 662. : „Der einzelne Blütenzweig, gegen den Hintergrund des leeren Raums gehalten - das Lieblingsmotiv so vieler japanischen Künstler - ruft wohl das Gefühl der Unendlichkeit wach in uns. (…) Im Bewußtsein der Wahrheit, daß alles Vollendete das Unendliche zum Ausdruck bringt, ist man dahin gekommen, die Unterschiede in anderen Dimensionen zu übersehen; der Blütenzweig wird dem Gotte gleichgesetzt. (…) Rainer Maria Rilke, eine feinfühlige, zarte Natur, hat gelegentlich, wo er von fallendem Herbstlaub sang, die Gottheit geoffenbart.“

2. 일본문화세계

서양문화가 일본에 처음으로 직접 알려지게 된 것은 1543년 명나라로 향하던 포르투갈 화물선이 좌초, 표류하여 규슈 남단의 가고시마鹿兒島현 다네가시마種子島에 도착한 때라고 하겠다. 그곳에서 조금 북쪽에 있는 항구도시 나가사키長崎는 곧 두 문화가 만나는 중요한 기점이 된다. 16세기, 서양의 발달된 무기와 과학기술을 앞에 둔 도쿠가와 이에야스德川家康의 막부는 무역촉진을 전제로 하여 기독교의 포교를 묵인하게 되고, 그에 따라 자연적으로 토착문화와 겨룸의 양상이 벌어진다. 기존의 불교, 유교와 신도神道는 새로운 도전세력을 맞이하게 된 것이다.

일본은 강력한 외세에 긴장하면서 자체 의식을 강화하는 조치를 내린다. 그러나 1612년에는 어쩔 수 없이 기독교 금지령을 선포하고. 순교자도 생겨나게 된다. 1639년 완전히 쇄국정책을 단행한 일본은 그 후 기독교를 전파하지 않겠다는 조건으로 네덜란드인의 거주를 승인하고, 이로 인하여 이른 바 난학蘭學의 출발을 보게 된다. 그 이후 서양문물은 꾸준히 일본 땅에 소개되기 시작했고, 일본도 차츰 전향적인 자세로 서양을 배워나간다.

19세기에 이르러 그런 일본은 동양문화 중에서 서양이 가장 선호하는 탐구대상이 된다. 릴케는 지식인 사회에 일반화된 동양열풍에 힘입어 그의 문학에 일본 문화적 요소를 끌어들이기 시작했고, 그 자신도 특별한 관심을 가지고 개인적인 탐구에 나서게 된다. 1919년 7월부터 약 3개월 동안 그는 스위스의 작은 마을 솔리오Soglio에 머물게 되는데, 마침 그곳에서 요양 중인 구디 뇔케Gudi Nölke 부인과 그

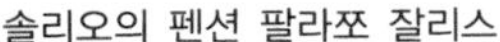

솔리오의 펜션 팔라쪼 잘리스

릴케가 집필한 솔리오의 도서관

녀의 세 자녀를 돌보아 주는 일본 여인 아사 마츠모토淺松本[114]를 알게 된다.

릴케는 이들과 접촉하는 가운데 차츰 일본문화에 대한 견문을 넓힌다.[115] 뵐케 부인은 1905년부터 1914년까지 상당히 오랜 기간 일본에 살았고, 그곳에서 겪은 체험들을 통하여 신비롭고 신선한 이국 문화에 대한 많은 정보를 릴케에게 전해 준다. 더욱이 그녀가 일본에서 사귄 후, 유럽으로 데리고 온 아사 부인은 일본문화를 좀 더 깊이 알고자 하는 릴케의 욕구에 부합해서 문화적 탐구욕을 충족시켜 주는 중요한 통로가 된다. 그것은 바로 1920년대 이후 릴케에게 있어서 본격적으로 일기 시작한 '일본탐구'의 길잡이였다.

이즈음에 릴케 연구가 모리스 베츠Maurice Betz가 고백하는 바, 릴케는 그의 저서 『오르페우스에게 바치는 소네트』를 자기에게 증정하면서 굳이 특별히 귀중하게 여긴다는 일본산 종이에 싸서 보내주었

....

114 독일어 표기는 Asa Matsumodo. 도쿄 출신.

115 참조. 1925년 4월 22일 편지. „(…) Und die Nüsse, die geschälten. Sie betonten das fehlende Kästchen, das sie in Japan umschlossen haben würde."

던 사실을 상기시키면서, 그의 아시아에 대한 관심은 이처럼 단순한 호기심을 넘어 열광의 단계로 발전되어가고 있음을 알리고 있다.[116]

일본은 신들의 나라라고 해도 과언이 아닐 것 같다. 통틀어 800만 종이 넘을 정도로 수많은 신들이 존재하며, 일본인들은 곳곳에 신사를 세우고 그런 신들과 만난다. 신도神道는 수많은 외래문화와 만나 끊임없이 자기변화를 이루면서 오늘날에 이르렀다. 일본의 고대 역사서 『고사기古事記』(712)에 따르면, 태초에 '아메노미나카누시노가미天御中主神'와 '구니도코타치노가미國常立神'를 비롯한 천지 창조신들이 존재했는데, 이 중 남신인 이자나기와 여신인 이자나미가 연분을 맺고 국토와 신들을 낳았다. 그런데 이자나미가 불의 신을 출산하다가 상처를 입고 황천으로 가자, 이자나기는 이자나미를 찾으러 갔다가 실패하고 다시 지상으로 돌아 와 부정을 씻어내는 의식을 거친 후, 새로운 삶을 시작하여 태양신인 아마테라스, 밤의 신인 쓰쿠요미, 바다의 신인 스사노를 낳았다. 이들 사이에 갈등과 타협이 반복되는 가운데 아마테라스의 직계 자손인 니니기가 일본 땅을 맡아 다스리게 되었다고 한다.

일본의 개국신화에만도 이렇게 많은 신들이 등장한다. 이 세상 모든 것은 신에 의해 만들어졌고, 자연의 모든 신성한 것은 바로 신이 되었다고 믿고 있다. 아주 작은 일이라 할지라도 일본인들은 신과 인간의 이야기를 엮어가면서 신들의 이야기, 민속전설, 동화 등 다양한 형태로 민속의 전통을 이어내려오고 있다.

....

116 M. Betz, *Rilke in Paris.*, S. 32.

1) 일본 동화 '백여우'

릴케는 1919년 8월과 9월 사이 어느 날 아사 부인으로부터 '백여우Die weiße Füchsin'라는 일본의 민속동화를 전해 듣게 된다. 여우는 암놈이고 색깔은 신성함을 나타내는 흰빛이다. 이국적 신비와 상상의 세계가 무한히 서려있는 이야기는 그에게 크나큰 감격과 신비로움을 안겨 준다. 그는 곧 자기가 잘 알고 있는 무대 예술가 그룹에 이 이야기를 소개해야겠다는 마음을 먹는다. 릴케의 청에 따라 아사 부인은 백방으로 수소문하여 이야기의 원본을 구하고, 드디어 동화의 소재를 바탕으로 한 작품을 무대에 올릴 희망을 갖게 된다.

책은 1734년에 출간된 『아시야 도우만 오오우치 카가미蘆屋道滿大內鑑』[117]로서 그 시대 최고의 가부키 작가 다케다 이즈모武田出雲(1691~1759)[118]가 쓴 글이다. 릴케는 같은 해 10월 당시 동양의 소재가 문화계에 큰 환영을 받는 시대적 풍조에 따라 평소부터 가까이 지내오던 극장연출가 조르주 피토에프Georges Pitoëff에게 이 작품을 한번 무대에 올려보면 어떻겠는가 하고 권고하

조르주 피토에프(1884~1939)

117 "Ashiya Doman Ouchi Kagami"라 표기됨. Zit. n. Briefwechsel RMR/Hofmannsthal, S. 105.

118 Ebd., S. 106. "Takeda Izumo"라 표기됨.

기에 이른다. 이러한 사정에 얽힌 이야기들을 릴케는 1919년 12월 17일 뵐케 부인에게 편지로 다음과 같이 써 보낸다.

> 나중에 나는 러시아에서 온 피토에프 측 사람들과 여러 차례 자리를 같이 했소. 왜 진작 그렇게 하지 못했는지! 그에게 백여우인 여신에 대한 이야기를 해 주었습니다. 그가 제 이야기를 어떻게 받아 들였는지는 모르겠습니다. 한번 해보자고는 하더군요. 그걸 준비할 전망이 당장 보일 것 같지는 않습니다.
>
> Später war ich mehrmals mit den Pitoëffs zusammen, Russen: wie sollten wir einander nicht lieben! Ich erzählte ihm das Stück von der weißen Füchsin, der Göttin. Wie hat ers aufgefasst! Er wills spielen: keine Aussicht, das ihm vorzubereiten?

약 10세기부터 일본 민중들 사이에 구전되어 오던 이 전설적 동화는 여우상[119]을 중심으로 이야기가 전개된다. 주인공인 하얀 털 빛깔의 암 여우는 신도 신 "이나리사마稲荷様"의 신전에 있는 일종의 수호신이다. 그 어떤 마력을 지닌 그녀는 전에 자기에게 호의를 베풀어 준 어느 사무라이에 은혜를 갚기 위하여 6년간 인간의 모습으로 변신한다. 품성이 바르고 인물이 준수한 사무라이 아베 야스나阿部保名[120]는 이루지 못한 첫사랑 구즈노하葛の葉[121]를 끝내 잊지 못하고 괴로워

....

119 여우는 일본에서 "이나리稲荷"라는 곡식(쌀)을 맡은 신, '구라이타마노카미倉稲魂神'라는 여우의 다른 이름이다. 이나리 신전 입구에는 여우조형물이 장식되어 있다. 전통 민속동화에서는 복을 가져다주는 성스러운 존재로 인식되고 있다.

120 독일어 표기 Abe Yasuda. Zit. n. Briefwechsel. *RMR/Hofmannsthal*, S. 204.

121 Ebd. 독일어 표기 Kazu No Ha.

하고 있던 중이었다. 여우는 자신이 구즈노하로 변신한다. 그리하여 헌신적이며 열정적인 사랑에 빠진다. 몇 년이 지난 후, 진짜 구즈노하가 나타난다. 그러자 그녀는 두 사람에게 자신의 다섯 살짜리 아들 아베 세이메이阿部晴明[122]를 남겨 두고 미련 없이 사라진다. 후에 아들은 유명한 예언자가 되고, 그녀는 다시 여우가 되어 시노다信太(田)[123] 숲 속으로 들어가 버린다.

릴케가 이 동화의 주제를 자신의 작품 속에 어느 정도까지 수용하였는지는 쉽게 확인되지는 않는다. 그러나 1925년 4월 13일 후고 폰 호프만스탈의 딸 크리스티아네Christiane에게 보낸 편지에서 그가 이 문제에 대해서 얼마나 깊이 생각하고 있었는가를 잘 보여주고 있다.

나의 벗 클로솝스크 부인은 내가 어제 너무 기분을 언짢아 한 것이 마음에 걸려서인지 나에게 '여우의 여인변신' 이야기책을 읽어보도록 권했다. 참 멋진 이야기더군. 요즘처럼 심한 감기에 시달리는 나에게 적지 않은 감동을 안겨주었지. 마치 어떤 변신-전설 (예를 들면 흰 여우에 관한 일본전설)처럼 말이다. 여기에도 운명에 대한 기본정감이 나타나는 모양이네. 옛 전설은 그 정감을 그리 다양하게 바꾸어 놓지는 않았지만, 여기에선 이 탈바꿈과 수없이 변경시킬 수 있는, 그리고 뉘앙스가 달라짐에 따라 나타나는 구체적 사실이 동시에 이야기를 아주 우리의 눈에 띄게, 무척이나 구미에 딱 맞게 해주는군.

Meine Freundin, Frau Klossowsk, hatte, da sie mich gestern allzu vordrossen fand, die Idee, mir "La femme changée en renard" zu lesen -, das war

....

122 Ebd. 독일어 표기 Abe Seimei. 장성해서 '온요우지陰陽師'(일종의 점쟁이)가 된 이후의 이름, 아명은 '도지마루童子丸'라고 했다.

123 Ebd. 독일어 표기 Shinoda.

charmant, ein wenig zu rührend für meine Schnupfenverhältnisse. Wie in gewissen Verwandlungs=Mythen (den japanischen, von der weissen Füchsin z.B.) wird hier ein Grund=Ton des Verhängnisses angeschlagen. Der alte Mythos schlägt ihn nicht so vielfach abgewandelt an: hier ists diese Anwandlung und zugleich die Sachlichkeit, mit der sie in unzähligen kontrolierbaren Nüancen angeboten wird, die die Geschichte außerordentlich und zu einer unsrigen macht.

여우 요괴에 관련된 이야기는 일본뿐만 아니라 한국과 중국의 민속동화에도 유사하게 나타나고 있는 동아시아 민속동화의 일반소재이다. 18세기 초 중국의 유명한 단편소설집 『료제지이聊齋志異』[124]가 있는데, '료제지이가 기록한 기이한 이야기'라는 뜻의 이 책에는 '사랑 찾아 날아간 혼', '여우부인', '귀신부인' '호랑이가 된 사내' 같은 제목의 이야기들이 들어있다. 귀신이 사람과 사랑에 빠져 자식을 낳고, 꼬리 달린 여우가 여염집 부인네를 넘보다가 지혜로운 아들에게 죽임을 당하는 등 기괴하고 신비로운 동양적 판타지의 세계가 동아시아의 요괴문화를 주도해 왔다.

2) 하이쿠俳句 와 단카短歌 시 작품

릴케가 일본문학에 접근하는 결정적인 계기를 맞이하게 된 것은 1920년에 이르러서였다. 그가 당시에 인기를 끌고 있던 『신 프랑스 레뷔*Nouvelle Revue Française*』 9월 호를 입수하여, 마침 특집으로 실린

124 500여 편의 괴담이 실린 단편소설집. 저자는 포송령蒲松齡(1640~1715). 자신의 서재이름을 책제목으로 썼다.

일본의 '하이쿠'에 대한 글을 읽게 된 것이다. 5-7-5=17 철음으로 된 동양의 이색적인 정형시가 담고 있는 신선한 매력을 접하면서 그는 놀라운 흥분으로 아시아 문화에 대한 열기를 더하게 되었다.

같은 해 9월 4일 릴케는 뵐케 부인에게 보내는 편지 속에서 매혹적인 하이쿠 시 형태에 대한 자신의 감격을 이렇게 표현하고 있다.

> 하이쿠라는 짤막한 일본의 3행시 형태를 아십니까? 『신 프랑스 레뷔』지가 바로 그것을 번역해 소개하고 있군요! 그것이 지니고 있는 간결한 형식 속에는 말할 수 없이 완숙하고 순수한 형상이 제시되고 있습니다.
>
> Kennen Sie die kleine japanische(dreizeilige) Strophe, die Hai-Kais (…) heißt? Die "Nouvelle Revue Française" bringt eben Übertragungen dieser, in ihrer Kleinheit unbeschreiblich reifen und reinen Gestaltung.

곧이어 릴케는 자신의 정감을 짤막한 하이쿠 시형에 담아 작품으로 내 놓는다.

> 꽃을 피우기보다는 열매를 지님이 더욱 무거우리.
> 하지만 말하는 자는 -
> 한 그루 나무 아닌, 사랑에 빠진 사람.
>
> C'EST pourtant plus lourd de porter des fruits que de fleurs
> Mais ce n'est pas un arbre qui parle -
> C'est un amoureux. (SW II. 638)

1920년 10월 그는 파리에 머문다. 거기에서 당시 하이쿠에 대한 관심이 크게 일고 있던 프랑스 문단의 상황과 접하면서 좀 더 구체적으로 많은 것을 배운 것으로 추정된다. 동양 시문학에 대한 새로운 이해의 결산으로 그는 같은 해 크리스마스 편지에 화가 메를랭Merlin에게 독일어로 쓴 첫 하이쿠를 띄워 보낸다.

밤나무 틈새를 넘나드는 하루살이
오늘 저녁 죽어 가
아직 봄이 아니었음을 결코 모르리.

Kleine Motten taumeln schauernd quer aus dem Buchs;

sie sterben heute Abend und werden nie wissen,

daß es nicht Frühling war. (SW II. 245)

상기 두 작품에서 릴케는 이국의 낯선 시 형태를 효과적으로 받아들여, 자신의 시 세계에 아주 잘 조화시키고 있다. 형태상으로 하이쿠 시의 3행을 엄격히 고수하고 있는 것은 물론, 주제 상으로도 전형적인 일본시의 참맛을 흐트러뜨리지 않으면서 예술적으로 잘 승화시키고 있다.

첫째 시에서 시인은 자연 속의 한 단면－꽃과 열매－의 대응관계를 인간의 문제로 적절하게 전환시키고, 자신의 안목을 인간의 생명 그 자체에 조용히 그리고 무리 없이 옮겨주고 있다.[125] 그것은 일본 하이쿠 문학이 지향하는바, 특징적 요소 중의 하나로 지적된다. 하이쿠 시인들은 꽃(잎)과 열매의 상응관계를 일본 시가의 주제 상 본질로

....

125 Shinkokin-Wakashu, Japanische Gedichte, S. 10.

보는 데 망설임이 없다.

두 번째 시는 이른바 일본풍이 더욱 짙게 작품에 묻어나고 있다. 내용은 단순하고 소박하지만, 그런 외면세계를 가식 없이 받아들여 내면세계에 융합시킨다. 시인은 이런 자연을 통하여 신선하고 올바른 감정의 바탕을 산뜻하게 시구에 담고 있다. 시인이 던지는 눈길은 자연의 조용한 변화를 따르고 있다. 인간의 삶과 죽음의 자연현상과 그 흐름을 암시하는 시간적 영상, 즉 저녁, 겨울, 봄과 일치된다.

그러나 하이쿠는 유럽의 전통적인 자연시Naturlyrik와 양상을 달리하고 있다. 한낱 자연의 단순한 변화현상만을 묘사하는데 머물지 않고, 자연 속에 있는 모든 생물의 존재문제에 더 큰 비중을 둔다. 외형적으로는 자연을 대상으로 하지만, 내용적으로는 철학, 윤리, 사회풍자 등 그 파장 범위가 깊고 넓다. 이런 하이쿠의 본질을 릴케는 올바르게 체득하고 있는 듯하다. 그는 형태의 단순함 속에 넓게는 인간의 생존문제, 좁게는 자신과 메를랭과의 관계를 암시함으로써,[126] 궁극적으로는 자연과 인간을 무리 없이 일치시키는데 성공하고 있다. 그는 그것을 새로운 시의 본질로 이해하고 있음을 메를랭에게 보낸 편지 속에서 밝히면서, 그 핵심을 "놀라운 생명의 간결한 즉흥성bref instant de surprise vitale"[127]이라 강조한다.

일본 시문학이 간직하고 있는 정수라 할까? 유희적인 데에서 출발하여, 형이상학적 깊이에까지 다다른다. 다시 말해서 언뜻 가벼운 표현 속에 심오한 내용이 담겨 있다. 그것은 하이쿠가 정신적 바탕으로

....

126 I. Schuster, *China u. Japan in der deutschen Literatur.*, S. 152.

127 RMR/Merline, *Correspondance.*, S. 148.

하는 선불교적 해탈의 본질과 통한다. 즉 하이쿠란 선禪처럼 "눈에 보이지 않는 현상계가 순간적으로 체험되면서" 영감으로 나타나 가슴에서 순화되고, 다시 그것은 그 어떤 '힘'을 가하지 않은 채 말로 표현되는 것이다. 그렇기 때문에 소박한 어휘 속에 잘 다듬어진 '마음의 소리', 즉 깨달음의 소리가 나온다.[128]

릴케가 일본예술 전반으로 관심의 폭을 점차 넓혀 간 것이 이미 앞에서 언급한 것처럼, 1900년 전후라고 본다면, 혹시 그가 이 하이쿠를 좀 더 일찍 접하지 않았을까 하는 가능성을 생각해 볼 수 있을 것 같다. 그것은 잉그리트 슈스터Ingrid Schuster가 1907년 릴케의 작품 「실내에서Im Saal」 중 아래에 인용된 3행의 시구를 하이쿠 유형에 가깝다고 주장하면서 나온 의문이기도 하다.[129]

> (…) 꽃을 피우려 하네
> 꽃이 피면 아름답지만
> 영글면 시든다
>
> (…) Sie wollten blühn,
> und blühn ist schön sein;
> doch wir wollen reifen,
> und das heißt dunkel sein und sich bemühn. (SW I. 521)

이 세 줄의 시구가 주는 매력은 한 시작품에서 떼어낸 형태에 있는 것이 아니라, 일본 정형시가 주테마로 하고 있는 꽃과 자연의 모습이

128 *Shinkokin-Wakashu, Japanische Gedichte.*, S. 10.
129 I. Schuster, aaO., S. 150.

인간존재와 연결되고, 곧 시문으로 형상화되고 있기 때문이다. 더욱이나 하이쿠의 정감을 풍긴다고 지적할 수 있는 요소는 우선 표현법이 단순 소박하고 어휘구사가 반복 대칭의 서술기법에 충실하다는 데 있다.

또한 『두이노의 비가*Duinser Elegien*』(이하 『비가』)를 위한 메모 기록으로 남겨진 다음의 짧은 시는 한층 하이쿠적인 분위기를 간직하고 있다. 1913년에 쓰인 이 시구는 자연의 관조적 자세를 한층 하이쿠 형식으로 매듭짓고 있다.

> 종달새, 네가 우니 내가 있어
> 여기, 이 가슴에, 그 목소리 힘이 되리
> 더는 어쩔 수 없네
>
> Ich bins, Nachtigall, ich, den du singst,
> hier, mir im Herzen, wird diese Stimme Gewalt,
> nicht länger vermeidlich (SW II. 61)

『두이노의 비가』에 나타나는 전반적인 동양적 분위기는 특히 세계내공간과 관련되는 자연 속의 인간존재에 대한 진지한 물음이라 할 수 있는 데, 바로 그것이 이 세 줄밖에 안 되는 간결한 표현 속에 담겨져 있음은 매우 주목할 만한 일이 아닐 수 없다.

주제 면에서 상기 두 시는 하이쿠의 특성을 대표하는 이미지들인 "꽃"과 "종달새"를 전면에 내세우고 있다. 그것들은 또한 단순하고 부담이 없는 언어기법과 잘 조화를 이루고 있다. 표현상으로 시인의 의도성은 드러나 보이지 않는다. 그러나 언어 속에 치밀하게 스며있는 이미지가 어두운 가운데 짙은 정감을 간직하고 있어 모든 사람들의 가슴을 파고든다. 꽃이 피고 열매가 맺어지는 자연의 흐름이 인간 생명의 무상함을 표현하고 있기 때문이다.

운율적 구조면에서 볼 때, 첫째 시의 음색은 폐모음 “o” 와 “ü”가 지배적이다. 두 번째 시에서도 역시 폐모음 “i”가 압도적으로 쓰이고 있다. 폐모음이 주는 음향적 어두움은 곧 “시드는(어두운) dunkel”과 “어쩔 수 없이unvermeidlich”의 의미적 표현과 결부되고 있으니, 시적 원숙미는 이미 릴케가 하이쿠가 지닌 신비적 효과를 잘 터득한 데에서 나온 것이 아닌가 여겨진다.

하이쿠의 본질적 아름다움은 소박하고 단순한 형태에 있다. 5-7-5의 3행, 즉 전체적으로 17 철음으로 된 이 짧은 시 형식은 명쾌하게 표출되는 간결성으로 미학적 균형을 최대한도로 유지하고 있다. 그러나 그 간결함 속에는 발단과 종결 사이의 팽팽한 긴장감이 깃들어 있다. 이러한 문학상의 신비는 소재의 자유로운 선택을 가능케 하면서도 그 대상과 의미를 자연계라는 특수한 범위 안으로 집약시키는 데에서 우러난다.

여기에 제시된 릴케의 작품들을 하이쿠의 형식면과 결부시켜서 볼 때, 각기 3행의 기본형식은 지켜지고 있지만, 철자 규칙에 있어서 정식 하이쿠의 규범을 충분히 따르고 있지 못함을 확인할 수 있다. 상기 두 시 중 첫째의 경우는 5-12-11의 28철자를, 둘째의 경우는 9-11-6의 26철자를 지니고 있다. 처음 앞에서 인용한 하이쿠라는 명칭의 두 시에서는 13-10-5의 28철자, 10-13-6의 29철자가 구사되고 있는 것과 또한 비교될 수 있다.

이러한 하이쿠 운율규칙에 크게 못 미치는 결과에도 불구하고, 릴케는 운율 면에서 유럽의 전통적 규칙에서 과감하게 벗어나려고 노력하고 있다는 사실은 분명하다. 이미 초기 창작 단계에서 근동 아시아의 시 형태인 "가잘(가젤레) Ghazal(Ghasele)"을 받아들여서, 같은 이름의 제목으로 시를 쓴 바도 있지만,[130] 릴케는 또다시 「실내에서」란 작품 중 앞에서 인용한 3행의 시구를 통하여 이러한 동방의 시 형태를 집중적으로 실험해 보려는 노력을 기울인 것 같다. 최소한 각 시행들이 동일한 음으로 끝나는 "종결운ad infinitum" 형식이 바로 그것이 아닐까 한다.

그러므로 여기에서 확인된 것을 종합해 보면, 릴케가 1920년 이후 하이쿠를 정식으로 인지하기 전에 어느 경로를 통해서이든지 일본의 시 세계를 접했던 것으로 추정되나, 그때까지만 해도 먼 아시아 지역의 문화에 대해서 관망하는 상태이어서 릴케가 그것을 단순히 "아시아적"이라고만 이해했을 가능성이 짙다. 그래서 소재와 형식의 윤곽은 유지하면서도 가잘이라는 시 형태와 혼용한 것이 아닌가 여겨진다.

중세의 시인 하페즈Hafez의 시집 『디반*Divan*』을 읽고 감명을 받고, 동서의 시를 아우르는 『서동시집』을 낸 괴테의 경우처럼, 민족문학에서 세계문학으로 가는 발돋움은 치열했다. 보통 7~14행으로 된 소네트 시와 유사한 시형식으로 주로 사랑을 주제로 한 종교적 성찰을 인간존재의 문제로 새겨서 읊는 시가형태이다.

또한 작품에서 본래의 것 보다 더 많이 쓰인 철자 수는 릴케가 하이쿠를 일본의 또 다른 시 형태인 '단카'와 착각하여 쓰지 않았나 하는 의문을 불러일으킨다. 5-7-5-7-7 철의 5행으로 된 전체 31철자의

....

130 참조. 시작품 「가젤레Ghasele」(SW III. 500).

단카는 일부에 있어서 하이쿠와 접히는 부분이 있을 뿐만 아니라, 그 차이점을 규명하기에는 뚜렷한 원칙이 없기 때문이다. 그러나 다른 작품을 살펴보면 릴케가 두 시 형태의 차이점은 나름대로 구체적인 지식으로 접하고 있었던 것 같다. 헌정시 「뇔케를 위하여Für Nölke」는 하이쿠와 다른 일종의 단카 형태[131]를 뚜렷이 보여 주고 있다.

뒤러는 "거대한 행복"이란 작품을 그렸소.
너무나도 거대하여 하나하나 세속화 된
여인의 육신 속, 감각의 덩어리

훨씬 앞서있다고 뒤를 돌아다보는 자는
영원한 것, 그 거대한 기쁨을 잃게 마련이오

Und Dürer zeichnete das "Große Glück"
ganz übergroß, doch irdisch Stück für Stück,
des Frauen-Leibes fühlendes Gebäude.

Wers überholt und blickt danach zurück,
verliert ein Ewiges: die grosse Freude. (SW II. 237)

이 작품은 본래 단카의 규정 철자 수 31개를 넘어서 총 51개에 이른다. 그럼에도 불구하고 전체적으로 배열된 철자의 구성은

131 Coudenhove, *Japanische Jahreszeiten.*, S. 8. : "단카에서는 대개 간단한 휴지점(休止点)을 기준으로 상하 두 연이 갈라진다. 위 연은 작품 속에 내용을 도입, 상승시키는 전제 내지 전개의 역할, 아래 연은 주제의 결론적 귀결과 종합을 이룬다. 고대 그리스의 시행 디스티콘Distichon 5각운, 6각운과 비슷하다. 스케치풍의 하이쿠와 달리, 항상 논리상으로 정돈된 내용으로 자연과 인간의 일체감을 노래한다."

10-10-11-10-10 으로서 어떤 규칙성을 전제로 하고 있다는 인상을 강하게 풍긴다. 동시에 모음 "u"의 두운Alliteration 현상이 두드러지게 나타나 있다. 철자수로 이룩하지 못한 법칙을 단어 수의 도식 6-7-5-6-6으로 대신하여 표현한 것 같다. 더구나 이 시를 단카적 시행으로 이해할 수 있는 기본요소는 3행으로 된 전련 "가미노구上の句"와 후련 "시모노구下の句"로 나누어 편성한 점이다. 단카가 앞의 연에서 시적 감정을 도입의 형식으로 끌어들이고, 뒤 연에서는 맺는다는 차원의 대구법을 효율적으로 표현하는 시형식이라 한다면, 그러한 특징이 이 시에서 뚜렷하게 간직되어 있다 해도 과언이 아닐 것이다. 또한 각 행의 시어가 대부분 명사로 끝난 점도 단순하게 흘려버릴 일이 아니다. 그것 역시 "타이켄도메たいげんどめ"[132]라는 일종의 체언지体言止를 말하는 것으로, 단카 형태의 정수를 릴케가 깊이 염두에 두고 있었다는 사실을 입증하기에 족할 것 같다.

릴케가 하이쿠 형태로 쓴 시들에서 구사한 철자 수가 일본적 모형과 크게 벗어나고 있는 것은 혹시 개인적인 문제가 아닌 다른 근거에서 그 이유를 찾을 수 있지 않을까? 그것은 곧 독일어 자체가 지니고 있는 언어적 특성이 일본의 정형시를 수용하기에는 적합하지 못했을 것이라는 기본적 의문과도 결부된다. 독일어가 언어 본질 상 하이쿠적 서술에는 효율적이지 못하다는 점은 일본어[133]와 비교함으로써 다

…………

132 *Shinkokin-Wakashu*, S. 18. Zit. n. T. D. Kim, B. Brecht, S. 54. '와카和歌' 등에서 마지막 구절을 체언으로 맺는 표현법.

133 일본어에서는 모든 철자가 모음으로 끝나며 그 모음 앞에는 하나의 자음이 놓인다. 예를 들면, "가미노모도", "무라사기"처럼 자음과 모음 배열이 일정하여 서양의 이탈리아어와 유사하다.

음과 같은 문제점으로 집약, 설명될 수 있을 것이다. 첫째, 자음이 많은 독일어는 모음 위주의 일본어가 지니는 언어특성을 효과적으로 재생하기에 적합하지 않다는 점이다. 둘째로는, 일본어에서는 의미의 변동을 일으킴이 없이 전치사, 격 또는 수가 상황에 따라 생략될 수 있는 데 비해 독일어에는 그러한 신축성이 부족하다. 셋째, 독일어의 주어 중심적 언어구조와는 달리 일본어는 술어 중심으로 문장이 동사에 의해 만들어져 누가 무엇을 하느냐 보다는 무슨 일이 일어났느냐가 중요한 대상이 된다. 그러므로 자연을 묘사하는데 무엇보다도 유리하다는 점 등이다.

실제로 독일어는 스스로 극복할 수 없는 자음위주 현상으로 인하여 같은 유럽언어인 모음 중심의 프랑스어와 큰 대조를 이루고 있다.[134] 그렇기 때문에 릴케는 하이쿠 시의 절묘한 아름다움을 프랑스어를 통해 달성해 보려고 했는지 모른다. 그의 세 번째 이자 마지막 하이쿠는 다시 프랑스어로 쓰면서 더 높은 미적 목표를 달성하지 않았는가.

1926년에 세상의 빛을 본 「하이카이(하이쿠) Hai-Kai」라는 제목의 시는 내용에서뿐만 아니라, 철자 수에서도 5-7-5=17 라는 일본 원형을 그대로 따르고 있다.

> 스무 개 연지 중에
> 그녀가 찾고 있는 가득한 분첩 하나
> 이젠 돌이 되고 말았네.

…………

134 참조. Wandruszka, *Der Geist der französischen Sprache.*, S. 11.

ENTRE ses vingt fards
elle cherche pot plein:
devenu pierre. (SW II. 145)

1925년 릴케는 7개월 간 파리에 머문다. 그곳에는 예나 다름없이 하이쿠가 유행하고 있었으며, 이때에 그는 구슈P. L-. Couchoud가 쓴 동양시문학의 소개서 『아시아의 전설과 시인*Sages et Poètes d'Asie*』(1914)을 구입한다.[135] 이 책을 탐독한 증거는 책 곳곳에 진지하게 메모를 해둔 것 이외에도 따로 중요한 부분을 발췌 정리한 그의 노력에서 여실히 증명되고 있다.[136] 이러한 가운데 그는 하이쿠에 대한 지식을 더욱 깊이 쌓았을 뿐만 아니라, 직접 일본인의 생활에 큰 영향력을 행사하는 '경구警句, Epigramme' 같은 시의 효과에 특별한 관심을 표명하며 책 가장자리에 자기의 소견을 적어두기도 한다.

꽃은 피고 - 그러나
사람들은 본다. - 하지만 꽃은
시든다, - 하지만.

Elles s'épanouissent, -- alors

....

135 책의 앞부분에 파리를 떠나는 날 구입했다는 "Acheté à Paris chez Flammarion et Veillant le jour de mon d'epart'" 메모가 적혀 있다.

136 Chouchod, aaO., S. 113. 릴케는 그 옆에 "바쇼의 제자 élève de Bashô?"라는 의문사항을 기록하여 두거나, 일본 하이쿠 시인들에 대하여 자세히 읽어나간 흔적을 보여주고 있다. 하이쿠 문학의 대가 마쓰오 바쇼松尾芭蕉, Matsuo Bashô(1644~1694)는 선승禪僧으로 자연과 일치하는 삶을 살면서, "적막한 옛 못/개구리 날아드네.../물소리 퐁당!"처럼 변화무상한 삶 속에서 주제의 한계를 초월하여 간결하고 절제된 표현으로 우주의 신비를 노래했다.

On les regarde, -- alors, les fleurs
Se flétrissant, -- alors ...[137]

하이쿠는 일본의 순수문학의 맥을 이어받은 것이면서도, 많은 부분 철학적인 배경, 즉 선불교적 문답 같은 경구적 과정에서 출발한다. 따라서 인간과 인생의 본질적인 문제를 명사적 표현과 인식으로 미적 가치를 행사한다고 할 수 있다. 표면적으로 보면, 단순 소박한 자연경관을 순간적으로 묘사하는 것에 지나지 않는다고 볼 수도 있지만, 그 속에는 하나의 형이상학적 선불교 정신이 깊이 뿌리를 내리고 있다. 시인의 정감은 자연의 모습을 통하여 비로소 표현될 수 있다. 그의 대상이나 색채는 동시에 내적 체험을 표출하고 독자에 의해 다시금 새로운 방법으로 체험된다.[138] 올바른 의미의 하이쿠는 우리 인간을 감싸고 있는 인생의 비밀이라든지 사소한 모든 것까지 통찰하는 데에서 생겨난다.[139] 그러한 하이쿠는 "만드는 것"이 아니라, 어떠한 계기, 즉 절대적으로 행복한 어느 "순간"에 이루어지는 것이다. 따라서 하나의 메시지로서 하이쿠는 독자로 하여금 시인이 풍기는 "인상"[140]을 체험하고 자신의 삶에 대한 깨우침에 다다르는 것이다. 그것은 크나큰 직관력의 힘에 의해 이루어진다.

릴케는 일본 시에서 얻은 그의 직관적 관찰방법을 아주 효율적으로 자신의 예술관에 반영시킨다. 화가 소피 지오크Sophy Giauque에게

....

137 Chouchoud, aaO., S. 113.

138 I. Schuster, aaO., S. 56. Vgl. Meyer, *Die Verwandlung des Sichtbaren.*, S. 327~334.

139 참조: Yasuda, *The Japanese Haiku*, S. 180.

140 '순간'이라는 의미에서 직관력을 통한 대상파악을 뜻한다.

보내는 1925년 11월 26일자 편지에서 그는 이러한 자신의 시각을 구체적으로 표현하고 있다. 그가 한동안 뮈좃 성에 머물면서 애장하고 있던 지오크의 작품 『상 *Images*』에 대해 언급하면서 '눈의 사유Pensée des yeux'라는 말을 쓴다. 이를 통해 예술의 새로운 변천을 강하게 시사하고 있다.

> 바로 그 점에서 예술, 즉 모든 종류의 예술이 지니고 있는 중요한 문제점들 중의 하나가 보이는 것입니다.(예를 들자면, 때때로 한 음악작품의 음조들 사이에 자리하는 한 토막의 진정한 침묵, 이단적인 침묵이 마치 서랍의 공간이나 텅 빈 손지갑 속에서처럼 너무나도 틀림없는 공백이 삽입되어 있음을 알았을 때, 그것은 얼마나 고통스럽게 느껴지게 하는지......) 시에서도 마찬가지입니다. 단어들 사이, 마디마디 사이, 혹은 시 전편의 온 주위에 얼마나 많은 실제적 공간이 산재해 있는지요. 그런데 적절한 공간에, 다시 말해서, 바로 내면적인 공간에 상상적인 그 어떤 것을 자리 잡게 하고 있는 그런 훌륭하고 흔치 않은 성공은(당신은 그런 성공을 이루고 있다고 생각하는데) 나에게 15세기 이래로 일본인들에 의해서 탐구되어 온 시적 소품들이 통일성을 지니고 나타난 하이카이를 생각나게 합니다. 소위 "순간적 경탄"이라 불리는 그런 기교 말입니다. 하지만 그런 것을 당신 스스로 평가해 보시기를 바랍니다.[141]

....

141 C'est là une des grandes questions de l'Art, de tous les arts (combien, par exemple, ça fait souffrir de voir parfois intercalé entre les tons d'une oeuvre musicale un morceau de silence véritable, de silence, profane, un vide trop "vrai", comme le vide d'un tiroir ou d'un portemonnaie...) Et dans la poésie: combien d'espace réel partout, entre les mots, entre les strophes, tout autour d'un poëme; cette réussite rare et exquise qui consiste à placer une chose imaginaire dans un espace approprié, c'est-à-dire tout aussi intérieur, telle que vous la réalisez, me fait penser aux Haï-Kaï, ces minuscules unités poétiques, cultivées par les Japonais depuis le 15me siècle. Jugez vous-même de cet art qu'on a appelé "un bref étonnement" fait cependent pour arrêter longtemps celui qui le rencontre...

이와 같이 적극적이고 활발한 예술에 대한 의견교환은 그 출발점이 전적으로 새로운 이국적 시 형태를 접하면서였다는 데 문제의 중요성이 있다. 이것은 곧 아시아의 시문학적 예술 감각이 그의 정신세계를 얼마나 자극하고 영향력을 행사하였는가를 짐작하기에 어려움이 없다. 하이쿠는 간결하고 명료한 특성 자체로 예술의 본질과 비교된다. 그와 더불어 릴케는 예술의 기본문제, 즉 "보이는 것"과 "보이지 않는 것"[142] 사이의 관계를 논의의 대상으로 확대시키고 있다. 릴케는 이른바 "상像"들을 통하여 보이는 대상을 마음속에 견지하고 보이지 않는 것을 인식하여야 참된 예술의 경지에 다다를 수 있으리라고 생각한다. 이런 과정이 선불교적 관찰과정에서 터득한 "순간적 경탄"과 연결되는 것이 아닌가. 그것은 곧 그의 예술 전반에 걸친 이론의 토대가 된다.

3) 일본 예술과의 만남: 호쿠사이 가쓰시카

"유럽인의 시각에 있어서 일본문화의 도입은 당시 혁명이나 다름없었다. 그것은 새로운 색채감각과 장식적 형상화기능은 물론, 예술작품 속에 시적인 환상까지도 가져다주었는데, 그런 모습은 중세기와 르네상스기의 그 어떤 예술 창작품 속에도 존재하지 않았던 것이었다"[143]라고 프랑스의 예술가 에드몽 드 공쿠르는 1884년 4월 18일자 일기에 기록하고 있다. 일본문화수용의 선구자로 통하는 그는 동양문

....

142 참조. 소피 지아크에 보내는 1925년 11월 26일자 편지: "Le visible est pris d'une main sûre, il est cueilli comme un fruit mûr, mais il ne pèse point, car à peine posé, il se voit forcé de signifier l'invisible".

143 Zit. n. Klaus Berger, aaO., S. 7.

화 환경과 연관된 사회소설을 많이 남긴 것은 물론, 일본예술에 대한 조예도 깊어 우타마로와 호쿠사이 전기를 쓴 작가로도 널리 알려져 있다. 릴케는 일본예술에 대한 지식을 주로 그를 통하여 얻게 되었고, 많은 인용구절도 대부분 그의 저술을 통해서 얻었다.

당시 유럽 땅에 소개된 것이 주로 호쿠사이의 「폭포」, 「다리」, 「후지야마 36경」, 히로시게의 「토카이도 해협의 53개 정착지」, 「비바호 8경」 등인데, 이것들은 차츰 문화의 벽을 넘어 독일문화풍토에 기대 이상의 영향력을 행사하기에 이르렀다.[144]

아시아 예술로의 접근과정에서 릴케에게 중요한 동기로 인정될만한 사건은 1900년대로 거슬러 올라간다. 같은 해 『슈마르겐도르프 일기』 7월 31일자 한 구절에 "모스크바, 츠슈킨 박물관: 위 층 전시실에서 일본그림을 보고서"라는 간단한 사실보고를 하고 있다. 그리고 1907년 10월 19일 아내 클라라에게 보낸 편지에서 이태백Li Tai Pe과 더불어 호쿠사이를 로댕, 세잔느 등은 물론, 리오나르도Lionardo, 비용Villon, 폰 베르헤렌von Verhaeren, 등과 나란히 언급함으로써 이제 그들을 개인적인 관심의 차원을 넘어서 유럽 예술의 반열에 올려 놓은 것이다.

호쿠사이 탐구를 증명하고 있는 그 밖의 서신자료들도 더 있지만,[145] 1904년 7월 3일 루에게 보내는 편지에서 릴케는 뒤셀도르프 한 일본-수집가의 집에서 '우키요에' 화가들의 작품들을 관람하고 13권으로 된 '망와'(호쿠사이의 스케치)[146] 시리즈를 보았다는 사실도 전함

....

144 Klaus Berger, aaO., S. 90.

145 참조. 1904년 7월 3일자와 1907년 10월 9일 일자 루에게 보내는 편지.

으로써 좀 더 진일보한 아시아 문화에 대한 관심을 보여준다. 이 동양의 새로운 목판화 예술표현방식은 비록 인쇄형태가 원시적이고, 너무 감흥 위주여서 시대에 어긋나는 느낌을 주기는 하지만, 기계문명의 틀과 무미건조함에서 벗어나려고 하는 유럽인에게는 큰 자극제가 아닐 수 없었다.

이러한 문화 접촉의 진원지는 북부독일 브레멘 근교의 예술가 마을 보릅스베데였다. 당시 파리에서 일본문화예술에 친근하게 다가서서 왕성한 작품 활동을 하고 있던 마네E. Manet, 스티븐스A. Stevens, 휘슬러J. M. Whistler, 데가E. Degas 등이 유럽화단에 던지는 신선한 충격들은[147] 진지한 반응을 얻고 있었다.

릴케는 공쿠르의 『호쿠사이 전기』를 탐독하면서 새로운 예술세계에 대한 지식을 넓힌다. 그 후 일본예술의 매력에 빠져 프랑스인 루이 오베르Louis Aubert가 쓴 『일본판화의 거장들*Maîtres de lástampe japonaise*』(1914)[148]도 구입하여 '우키요에'에 대하여 본격적으로 공부하기 시작한다.

16세기말부터 일본 전역을 휩쓸고 있던 시민예술운동인 우키요에는 17세기부터 19세기까지 에도 시대(1603~1868)의 장르 회화로서 판

....

146 "착상 스케치Gezeichnete Einfälle"란 뜻의 목각화 시리즈. 순간 지향적 표현기법은 선불교적 깨달음과 만나 높은 예술성으로 승화된다.

147 모네의 『일본 여인』(1876), 스티븐스의 『기모노』(1880) 등 본격적인 일본소재의 작품, 데가의 『목욕하는 여인』(1890)은 우타마로의 『목욕하는 여인』(1788)을, 휘슬러의 『발코니』(1867/68)와 『낙하하는 로켓』(1874)는 키요나가의 『시나가나의 토리』(1784)와 히로시게의 『료코구의 불꽃놀이』(1856/1858) 등에서 많은 영향을 받았다.

148 책은 스위스 베른 소재 연방도서관 릴케 특별자료실에 보관되어 있고, 탐독의 흔적을 보여주는 비망록과 메모가 있다.

화가인 기타카와 우타마로喜多川歌磨(1750~1806), 목판화가 스즈키 하루노부鈴木春信(1725~1770), 풍경화가 안도 히로시게安藤廣重(1797~1858) 등이 중심이 되어, 주로 세상의 무상함을 환상의 세계와 연결하여 현실을 비현실적 세계로 확장하는 새로운 예술방식이다. 오랜 전통의 일본목판화는 대체적으로 불교적 영향 하에서 발전되어 왔다.

V.
릴케의 선불교적 상념

1. '장미, 오 순수한 모순이여'

장미, 오 순수한 모순이여
수많은 눈꺼풀 속에
누구의 잠도 아닌 즐거움이여

Rose, oh reiner Widerspruch, Lust
Niemandes Schlaf zu sein unter soviel
Lidern. (SW II. 185)

몇 줄 안 되는 짤막한 시구가 던지는 메시지는 매우 신비롭고 상징적이다. 여기에 담겨 있는 올바른 뜻이 무엇인가에 대해서는 지금까지 너무나도 많이 논의되어 왔으나 "난해 시인 릴케"와 더불어 그 의문은 여전히 풀리지 않고 있다. 단지 분명한 것은 그것이 그가 마지막 잠든 스위스의 한적한 마을 라론에서 쓰였으며, 내용적으로는 그의 마지막 작가적 발언이 담긴 시적 증거물이라는 사실뿐이다. 장미는 릴케 문학의 상징일 뿐만 아니라 그의 삶의 일부로서 그가 살아온 인생의 영감적 동반자다. 향기로운 꽃잎 한 가닥 한 가닥은 곧 작가적 변용의 바탕이었다.

그의 「묘비명Grabspruch」에 새겨진 신비적 어휘들은 지금까지 주로 유럽권내의 문화 환경에서만 검토, 분석되어 왔고, 실제로 그 의미의 풀이 또한 너무나도 광범위한 관점과 범위에서 다루어져 매우 상이한 결론이 맺어지곤 했다. 그러나 아시아 문화권과의 연관성을 논하면서 획기적인 방향전환을 이루게 된다. 1980년 암스테르담의 독문학자 헤르만 마이어Herman Meyer는 그의 논문 「릴케의 하이쿠와의 만남Rilkes Begegnung mit dem Haiku」에서 이 신비로운 시 구절이 "일본 하이쿠의 모형에 따른 시도"[149]이었음을 분명히 하면서, 여러 가지 문학적 토대를 바탕으로 그것을 증명하고 있다. 즉 이 시가 2행으로 되어 있었던 것은 릴케가 갑작스레 세상을 떠나면서 성급히 묘비를 마련하는 과정상에서 생긴 오류이며, 1925년 10월 27일자 릴케의 자필초안에 의하면 엄연히 3행시로 되어 있고, 마지막 행은 단지 "눈꺼풀Lidern"이란 단어만으로 끝을 맺고 있는데, 그것은 일본의 하이쿠 기법, 특히 일본 에도江戸 시대의 예술가 요사 부손與謝蕪村(1645~ 1707)과 핫토리 란세쓰服部嵐雪(1645~1707)의 작풍에 따른 것임을 밝히고 있다.[150]

스위스 라론에 있는 릴케의 묘비

이러한 새로운 사실의 발견은 릴케가 그의 인생과 함께 늘 간직해

149 Meyer, aaO., S. 168.

150 Ebd., 165.

온 장미까지도 동양적 정취에 실어 담을 정도로 아시아는 그에게 이미 커다란 의미를 지니고 있었다는 사실을 입증하기에 충분하다.

실제로 릴케의 묘비명 시구가 그토록 베일에 싸여 있게 된 요인 중의 하나가 보편적인 문장조직을 전격적으로 탈피하고 있다는 데에서 비롯한다. 그 과도한 생략법이 전면에 대두되는 대구對句적 구성법 때문이라 한다면, 그것 역시 일본 정형시가 지니고 있는 특징이 아니겠는가. 시에 나타난 주요 상징요소들을 열거해 보면, "장미", "모순", "눈꺼풀", "잠", "즐거움" 등이며, 그것들은 곧 대표적으로 "모순"이라는 추상적 의미에 집결되고 있다. 모순은 실로 릴케의 인생과 작가세계를 집약해 주는 핵심적 언어가 아닌가 한다. 릴케는 동구권에서 태어나 서구권에서 살면서, 문화적으로 독일어권과 프랑스어권을 넘나들며 살아온 "경계상의 시인Dichter an der Grenze"[151]이다. 그런 만큼 그는 "모순의 감지자ein Fühler der Gegensätze"[152]로 불릴 만큼 작가적 세계관까지도 이러한 한계와 모순 속에 대립되고 있다.

시의 낱말들 중에서 특히 중요한 어휘인 "Lider(눈꺼풀)"를 "Lieder(노래)"와 연결시키고 있는 만큼, 그것은 그의 예술관을 선언적으로 표현하는 깊은 암시이며, "잠"은 죽음을, "즐거움"은 사람의 의지와 사랑을 감춘 것으로 풀이한다면,[153] 이 "모순"의 총체개념으로서 "장미"는 그의 자연관, 예술관, 사생관, 그리고 애정관 전체를 포용하는 핵심적 이미지라고 할 수 있다.

151 Mason, *Th. Mann und Rilke*, S. 250.

152 H. E. Holthusen, *Rilkes mythische Wendung*, S. 310. Vgl. H. Wocke, Schicksal und Vermächtnis. In: *GRM* 25(1937), S. 406.

153 Boesch, *Rose, oh reiner Widerspruch*, S. 78.

그것은 "내면과 낯선 외면 사이의 모순Widerspruch zwischen seinem Innen und dem fremden Außen"[154]을 극복하기 위한 예술과 삶의 상징이었다. 따라서 여기서는 뒤에서 고찰하게 될 자연, 예술, 삶과 죽음 그리고 예술에 대한 그의 독특한 견해가 어떻게 아시아적 사상에 근접하고 있는가를 검토하기에 앞서 "장미"의 문제, 그 "모순"의 의미를 먼저 살펴보고자 한다. 그 까닭은 장미가 동시에 위에서 말한 모든 존재문제들의 "모순"을 포용하는 '세계내공간'의 상징적 대상이기 때문이다.

릴케는 만년에 이르면서 그의 독특한 개념인 '세계내공간'을 중요한 화두로 내세운다. 그가 인간적 존재와 세상살이의 무상함을 깊이 인식하고 초극의 길을 모색하면서 "소멸이라니요, 저는 그런 걸 전혀 두려워하지 않습니다. Vergehen, nein, das fürchte ich nicht"라고 하며 그 이유를 "내면적인 것 때문에 더욱 내면화 될 수um des Inneren willen, damit wir dort inniger werden"[155] 있다는 데에서 발견하게 되었을 때부터, 아니 그 이전부터 이 실존적 '모순'의 해결은 그에게 있어서 필생의 과업이었다. 그 가능성을 그는 또한 내면세계와 외면세계의 합일을 통해 찾으려 한다. 이런 존재적, 예술적 한계에서 비롯되는 '세계내공간'은 우리 인간의 생명 한복판에 있으면서 가시可視의 세계에서 불가시不可視의 세계로 통하는 중요한 보호의 영역이다.

가시의 세계－주체, 삶, 현세－는 영원히 존속하지 않는다. 불가시의 세계－객체, 죽음, 내세－는 영원히 존속한다. 그래서 릴케는 "우

....

154 H. Risser, *Rilke: Malte Laurids Brigge.*, S. 4.

155 재인용. E. Schmidt-Pauli, S. 206.

주에 있는 모든 세계는 불가시의 세계로, 즉 다가 올 더욱 더 깊은 현실로 몰락한다." [156]고 말하면서, 세상의 무상함이 영원성으로 구제될 수 있는 불가시, 즉 내면의 세계를 추구한다. 세계내공간은 바로 내부와 외부, 주관과 객관, 현세와 내세, 감각적인 것과 정신적인 것, 신과 세계, 사랑과 미움, 삶과 죽음 등 대립되는 모순들이 지양되어 하나로 통일될 수 있는 '전일All-Einheit'의 그런 공간을 말한다.

한스 마이어는 위에서 언급한 그의 논문에서 릴케의 이 세계내공간을 일본의 선불교적 "무아無我, Ichlosigkeit"로 보면서, 그것이 동과 서를 연결 지울 수 있는 "동서 쌍둥이ein west-östliches Zwillingspaar"[157]라고 강조하고 있다. 그런가 하면 한국의 송욱宋稶은 그의 저서『문학평전』에서 릴케의 시작품「장미의 내면Das Rosen-Innere」을 예로 들면서 장미꽃이 표상으로 내놓고 있는 공간개념을 한국의 전통성과 연결시켜 이해하고 있다. 그는 특히 우리나라의 고시조 "나뷔야 청산가쟈 범나뷔 너도 가쟈 가다가 져무러든 고즤 드러 가쟈/고제서 푸대접하거든 닙혜서나 자고 가쟈"에 나타난 '꽃에 들어가자'고 상대방을 이끌며 유혹하는 이 구절이 내면적 공간을 상상하는 작가의 체험이라고 보면서 그것을 릴케의 공간의식과 연결 지우고 있다.[158]

이와 같이 동양과 서양의 두 사람이 문화적 입장의 차이에도 불구하고 공통적으로 거론하고 있는 릴케의 시적 개념 세계내공간의 아시아적 이해가능성은 송욱이 인용한「장미의 내면」을 구체적으로 고

....

156 Ebd., S. 208.: „Alle Welten des Universums stürzen sich ins Unsichtbare, als in ihre nächsttiefere Wirklichkeit."

157 Meyer, aaO., S. 135.

158 송욱,『문학평전』, 일조각, 1969, 206쪽.

찰해 보면 좀 더 뚜렷이 할 수 있지 않을까 생각된다.

이러한 내면을 비춰 줄
외면은 어디 있는가?
어떤 아픔에
그런 삼베를 씌웠을까?
시름없이
열린 장미 속
고인 내륙호에
그 어느 하늘이 비치나?
보아라: 풀리어 느슨하게 놓인 모습은
떨리는 손길조차 엎지를 수 없을 듯
장미는 제 몸을 스스로에 가득 채우고
내면공간에서 차고 넘쳐흘러서
나날 속으로 -
나날은 가득 가득 둥글게 맺어져
스스로 닫히고
마침내는 온 여름이 방 하나
한낱 꿈결 속에 방 하나를 이룬다.

Wo ist zu diesem Innen
ein Außen? Auf welches Weh
legt man solches Linnen?
Welche Himmel spiegeln sich drinnen
in dem Binnensee
dieser offenen Rosen,
dieser sorglosen, sieh:
Wie sie lose im Losen

liegen, als könnte nie
eine zitternde Hand sie verschütten.
Sie können sich selber kaum
halten; viele ließen
sich überfüllen und fließen
über von Innenraum
in die Tage, die immer
voller und voller sich schließen,
bis der ganze Sommer ein Zimmer
wird, ein Zimmer in einem Traum. (SW I. 622f.)

이 작품은 전체가 연의 구분 없는 18행의 시로 구성되어 있다. 이에 따라 시인은 전체시의 일관성 있는 연결에 주 안목을 둔 듯 언어기법 상 '앙장브망連句法, Enjambement' 현상을 앞세우며 물 흐르듯 유연한 전개과정을 보여주고 있다. 내용을 좀 더 가까이 검토해 보면, 작품은 네 부분으로 나뉜다. 즉 서두에 나오는 질문과 다른 발언을 유도하는 또 하나의 질문, 그 다음 무엇을 지칭하고자 하는 시인의 태도, 그리고 최종적으로 나타나는 결어적 발언 등이 그것이다. 이렇게 단계적으로 발전되는 과정은 동양의 시에 있어서 특징이라고 할 수 있는 기승전결起承轉結의 미학과 그 뿌리를 같이 한다.

도입부의 질문들은 다음과 같은 전제들을 지닌다. 장미와 꽃 이파리들이 여러 형태로 겹쳐 있고, 그것이 펼쳐진 한 복판에는 공간이, 그리고 반대로 장미 이파리는 "삼베"처럼 싸늘하게 외면과 접하고 있다. 첫 질문구절은 이러한 상반성을 내면에 구체화함으로써 공간의 이미지와 연결된다. 공간의 이미지를 설정함에 있어서 "내면"은 "외면"과의 대립, 즉 모순을 통해서만 가능하다. 즉 "외면"의 세계가 보이지 않는 한, 경험적 공간인 "내면"이 "외면"과 상응하는 의미를 잃게 된다. 이러한 양 세계는 브래들리B. Bradley에 따르면, "아픔"과 "그런 삼베"가 고통을 달래는 의미로 체험되고 있는데, 이 "내면"이 감정적 장소의 의미를 벗어나 두 가지 의미, 즉 경험적 내면 공간성과 체험된 내면세계와의 구분을 이루고 있기 때문이라 한다.[159] 아무튼 "삼베"엔 다른 영역과 관련된 목표설정이 이루어졌고, 그에 의해 느껴질 수 있는 "내면"은 그 어떤 감각영역과 구체적으로 연결되지 않고, 단지 "장미"가 모든 것을 포용하는 것으로 설정되어 있다.

작품은 전적으로 내면 지향적이다. 그렇다고 외면을 체험의 한계 바깥으로 밀어내는 것이 아니라, "외면"을 "내면"에 흡수하여 그러한 범위 내에서 장소적 대립을 극복하여 합일을 꾀한다. 그래서 두 번째로 제기된 질문도 다음의 문장과 연결된다. 동일한 차원의 의문대명사 "어떤 아픔에"가 사용됨으로써 4행에 깔린 미지의 감정 장소 "그 어느 하늘이 비치나?"에 보완적으로 맞선다. 여기에는 반영체의 상징으로 들어 선 공간이 장소규정의 범주로서 바깥으로 설정되고, 그 시적인 표현의 반사적 공간인 "내륙호"가 나타난다. 이런 의미에서 "Linnen"과 "Innen"은 단어 상으로 상호 포용관계에 서며 감정적으로 공간화 되어 있다. 그리고 양면으로 나타나는 운율 "Innen-Binnensee", "Rosen-sorglosen", 그리고 함축적 의미를 간직한 채 뒷전에 선 "Weh-Binnensee"는 열린 거울의 공간, 다시 말해서 노출을 시사하는 "보아라"와 연결된다.[160]

....

159 B. Bradley, *RMRs Der Neuen Gedichte anderer Teil.*, S. 246.

다음 행에 나오는 "보아라 풀리어 느슨하게 놓인 모습은/떨리는 손길조차 엎지를 수 없을 듯"(7~10행)은 지금까지 제시된 상반적 공간 대치의 함축성을 좀 더 명백히 해 준다. 여기서 형용사 "sorglos(시름없이)"가 인간의 감정표현인 "sorg"를 탈락시키고, '없다'는 뜻의 어미 "los"를 독립시킨 것은 "열린 장미 속"(6행)[161]의 감각성을 돋보이게 하는 의도일 뿐만 아니라, 인간의 감정적 작용이 미치지 못하는 '없음'의 영역으로 "탈 인간화De-anthropomorphisierung"[162]하고 있다. 그것은 동시에 비현실적 구문을 이끌고 나올 "als ob"로 인하여 감정적 굴곡을 표현하는 움직임 "엎지르다 verschütten"가 절대부정 "nie"와 연결된다. 그리하여 장미의 "풀리어 느슨하게 lose im Losen"(8행) 놓인 모습은 외부로부터의 영향에서 벗어나 고요한 경지로 절대화된다.

이러한 작가적 세계는 차후 「제8 두이노의 비가」에 나오는 "열림 das Offene"의 개념설정을 위한 전제로서 파악될 수 있다. 릴케가 인간의 존재한계성에 비해 동식물의 존재우월성을 그들의 "근심 없음 Sorglossein"[163]에서 발견하고, 그것을 "열림"의 의미를 포용하기 위한 상징으로 내세우는 것은 세계내존재의 의미전개가 '장미의 내면'에 이미 구축되고, 장미는 모든 감정적 흐름에서 해방된 "순수공간"임을

....

160 같은 책, 242쪽.

161 「제8비가」에 나오는 '열림'의 개념과 비교됨.

162 스스로 자기세계를 견지하는 대상체인 '식물이 되는 행복감'을 통해 주관적 감정의 제한에서 벗어나 자연합일의 길을 모색하고, 그것을 아시아의 모델로 승화시키고, 「제8 비가」에서 '세계내공간'의 기초영역으로 형상화한다. Vgl. Th. Lessing, aaO., S. 210.

163 「제8 비가」의 작품의도에 대해 설명하는 스트루베Lev P. Struve에게 보내는 1926년 2월 25일자 릴케의 편지 참조.

나타내는 것이다.

세계내공간은 외면과 내면이 만나는 거울의 메타포이다. 시의 마지막 부분에 이르러 장미의 내면은 거울공간으로서의 "내륙호"에서처럼 "장미는 제 몸을 스스로에 가득 채우고/내면공간에서 차고 넘쳐흘러서viele ließen/sich überfüllen und fließen/über von Innenraum"(12~14행) 하나의 새로운 공간을 이룬다. "넘쳐über"가 암시하는 범위 초월적 "내면공간"은 장미가 활짝 피는 시간적 공간인 "나날들die Tage"이 밀폐되면서, 또 다른 시간적 공간 "온 여름der ganze Sommer"이 형성하는 공간과 대립한다. "나날은 가득 가득 둥글게 맺어져 스스로 닫히고/마침내는 온 여름이 방 하나/한낱 꿈결 속에 방 하나를 이룬다 in die Tage, die immer/voller und voller sich schließen,/bis der ganze Sommer ein Zimmer/wird, ein Zimmer in einem Traum"(15~18행)는 구절이 그 내용이다. 모든 시간적 공간은 다시 맨 마지막의 장소적 공간인 "방"과 연결된다. 그리고 그 마지막 단계인 "꿈속의 방"을 통하여 환상적 의미가 현실과 합일한다.

지금까지의 작품분석을 종합해 보면, "삼베"에 의해 외면과 감각적으로 대비된 장미의 내면공간은 외적 공간인 "하늘"과 "내륙호"가 지니는 반사적 상징관계로서 거울 공간 속에 구성되어 있고, 다시 시간적 공간 "나날"과 "온 여름"으로 이어진다. 그리고 이 공간의 대립에 맞선 주체는 "근심 없는" 탈 인간화의 경지를 체험함으로써 객체에 대립, 그 모순을 지양한다. 그리고 "꿈"과 내적 공간인 "방"에 이른다.

이미 앞에서 밝힌 바 있듯이, 이 작품은 내면 지향적이다. 그 내면공간은 외부세계와의 "모순"에 앞서 모든 존재공간을 하나로 연관시킬 수 있는 초극의 길이며 보호의 장소이다. 그 내면세계는 결국 "꿈"

과 "잠"을 위한 "방"인 것이다.

이처럼 "잠"의 이미지를 통해 릴케는 장미 속의 "순수내면공간"으로 들어서기를 시도한다. 시작품 「도착Ankunft」(SW II. 788)에서 그는 "사랑하는 이여, 장미 속에 그대의 잠자리가 있다In einer Rose steht dein Bett, Geliebte"라 하여 사랑하는 이를 장미의 내면에 포함시키고 있으며, 거기에서 서정적 자아가 "장미의 내면으로 자아변천Verwandlung seines selbst ins Rosen-Innere"[164]을 이룬다. 따라서 묘비명墓碑銘에 나타난 작가의 모순의식은 절대적 순수공간을 찾고자 하는 모든 대칭극복의 노력이라 할 수 있다.

그의 『24개 프랑스어 시』에서 장미 이파리를 "수많은 눈꺼풀 mille paupières"과 "수많은 잠 mille sommeils"로 표현하듯, '눈꺼풀'과 '잠'은 잠으로 해서 감기지 않을, 수많은 눈꺼풀이며 그것이 누구의 잠도 아니기에 그것은 영원한 '잠' 그 자체이자, "순수한 모순"이며 "순수한 공간"이다. 케테 함부르거Käte Hamburger는 에드문트 후설Edmund Husserl(1859~1938)의 현상학적 의미에서 이 세계내공간이 "세계의 내면공간이나 내면의 세계 공간을 의미하지 않고, 상관성이 있으며 세계와 내면의 그러한 주관적 총체성"[165]으로 보고 있으며, 한스 에곤 홀트후젠Hans Egon Holthusen은 이와 같은 '상반성의 일치die antithetische Einigung' 현상을 신비주의자에게 나타나는 "상반조화현상Coincidentia Oppositorum"[166]으로 풀이하고 있다.

....

164 B. Allemann, *Zeit und Figur beim späten Rilke.*, S. 72.

165 K. Hamburger, *Die phänomenologische Struktur.*, S. 105: „Weltinnenraum bedeutet nicht Innenraum der Welt oder Weltraum des Innern, sondern die korrelative und als solche subjektive Ganzheit von Welt und Innen."

흥미로운 것은 이것이 아시아의 불교와 도교가 진리탐구의 바탕으로 삼고 있는 점이다. 초경험적 형이상학의 문제를 불교의 『중아함中阿含 전유경箭喩經』에서는 다음과 같이 읊고 있다.

세상은 유상有常 또는 무상無常인가.
유저有底 또는 무더無底인가.
명命은 신身인가 아닌가.
여해如來는 종終인가 불종不從인가.
아니면 비종非終인가 비부종非不從인가.......[167]

또한 도가에서는 모든 감각적, 지각적 한계를 넘어서서 만상의 근원에 실재하는 형이상학적 성격을 다음과 같이 천명하고 있다.

눈으로 보아도 보이지 않음으로 이夷라 하고
귀로 들어도 들을 수가 없음으로 희希라 하고
손으로 쳐도 칠 수가 없음으로 미微라 한다.
도는 이들 셋으로는 규명할 수가 없는 것이며, 합쳐서 하나로 하는 것이다.

視之不見 名曰夷
聽之不聞 名曰希
搏之不得 名曰微
此三者 不可致詰 故混而爲一 (『도덕경』 14장)

....

166 H. E. Holthusen, *Rilkes mythische Wendung.*, S. 310.

167 재인용. 박문숙, 석존釋尊의 각覺에 대한 교육학적 고찰, 동국대대학원 석사학위 청구논문 1974, 11쪽.

시작과 끝, 삶과 죽음의 차이가 없고, 얻는 것과 잃는 것이 차이가 없으며, 같은 것과 다른 것이 존재하지 않는 것으로 보는 동양의 도교와 불교사상이 모든 대극을 초월한 세계 공간을 표방하고 있다면, 릴케가 지니고 있는 세계내공간의 의미는 어느새 이방세계의 진리와 확연한 일치현상을 보여주고 있다.

서양인은 시간과 공간을 분리해서 관찰하고 합리적이며 분석적인 사고의 과학성을 추구한다. 그러나 시時와 공空을 하나로 보는 동양의 의식세계는 예를 들어 불교가 교리의 중심으로 내세우고 있는 "법法", 즉 "다르마Dharma=진리"로 모든 것이 통합된다. 제행무상諸行無常은 일체의 존재가 덧없음을 말한다. 제법무아諸法無我는 일체의 진리는 자아가 개입되지 않음을 의미한다. 그런 유한한 인식체험의 존재 속에서 상대적 대립이나 모순이 존재할 리 없다. 순간에 지나지 않는 모든 움직임 이전에 움직이지 않는 것이 영속하고 있기에 모든 것이 하나로 통합되고, 그 속에서 대립과 모순이 서로 자리바꿈 할 따름이다. 그것이 이른 바 열반적정涅槃寂靜의 길이 아니던가.

> (…) 정신과 육체, 주관과 객관 사이에 더 이상 구별이 없는 완전한 해탈의 상태 (…) 우리가 주위를 둘러보면 모든 대상은 다른 대상에 공간적으로 뿐만 아니라 시간적으로 모두 관련되어 있다는 것을 알게 된다. (…) 순수 체험의 사실로서 시간이 없는 공간이나 공간이 없는 시간은 없다. 그것들은 상호 관통하고 있는 것이다.[168]

168 재인용, 프리초프 카프라, 김용정·이성범 옮김, 『현대물리학과 동양사상』, 229쪽.

내적 공간을 찾기 위해 릴케가 설정한 세계내공간은 바로 불교에서 말하는 절대공간과 같은 바탕을 지닌다. 이런 의미에서 앞서 언급한 헤르만 마이어와 송욱의 발언과 관점은 그 가능성을 인정받을 수 있을 것이며, 바로 그러한 순수공간의 의미로 해서 릴케를 아시아적 토대 위에서 관찰할 수 있을 것이다.

이런 눈길을 모아 불교사상을 짙게 담고 있는 조지훈趙芝薰의 시 「화체개현花體開顯」을 읽으면, 좀 더 가까이 결론적 과정에 다다를 수 있지 않을까 생각된다. 꽃으로 들어가 우주적 내적 공간을 찾고자 하는 릴케의 자세가 동양적 사상의 테두리 안에서 더욱 뚜렷이 증명될 수 있을 것이다.

> 꽃망울 속에 새로운 우주가 열리는 파동波動!
> 아 여기서 테고太古쩍 바다의 소리 없는 물보래가 꽃잎을 적신다.
>
> 방안 하나 가득 목석류木石榴꽃이 물들어 온다
> 내가 목석류木石榴꽃 속으로 들어가 앉는다 아무 것도 생각할 수가 없다.[169]

2. "보는 법을 배우다 Sehen-lernen"의 해의

『말테의 수기』에서 주인공 젊은 말테는 존재에 대한 위기의식에 사로잡힌다. 집단화되어 가는 세계 속에서 개인의 존재의식은 점점

....

169 조지훈, 『조지훈 전집』 1권, 일지사, 1973, 129쪽.

희미해지는 가운데 "고유한 죽음을den eigenen Tod" 올바르게 인식하고자 노력을 한다. 심화된 고뇌를 극복하는 방법으로서 그는 매우 주목할 만한 화두를 꺼낸다. 즉 "보는 법을 배운다"라는 것이다. 인간이 자신의 내면세계를 파고들어가는 과정의 한 방법을 제시하는 것이다.

> 보는 법을 배워야하겠다. 어찌된 일인지 알 수 없으나 모든 것이 내 마음 속 깊숙이 파고들어 와 웬만한 경우에는 늘 끝장이 나곤 하던 그곳까지 와서도 멎지를 않는다. 나는 내면을 지니고 있지만, 전혀 그걸 모르고 지냈다. 이제 모든 것이 그곳으로 향해 들어가고 있다. 거기서 무슨 일이 일어날지 전혀 모르겠다.
>
> ICH lerne sehen. Ich weiß nicht, woran es liegt, es geht alles tiefer in mich ein und bleibt nicht an der Stelle stehen, wo es sonst immer zu Ende war. Ich habe ein Inneres, von dem ich nicht wußte. Alles geht jetzt dorthin. Ich weiß nicht, was dort geschieht. (SW VI. 710f.)

릴케는 두개의 상이한 동사 "보다 sehen"와 "배우다 lernen"를 한데 묶어 놓고 있다. '배우다'라는 단어는 '보다'를 목적대상으로 지니며, '보다'는 다시 또 어떤 대상을 겨냥하고 있다. 여기서 본다는 행위는 "어찌된 일인지 알 수 없는" 것이기 때문에, 새로 다른 차원에서 시작되어야 한다고 강조하고 있고, 또 그 방향 역시 "전혀 모르고 지냈던 내면"을 지향하고 있음을 알 수 있다. 과연 릴케는 말테를 통하여 무엇을 보게 하고, 무엇을 배우게 하려고 하는가? 두 단어가 분리되어서는 안 된다면, 릴케는 한꺼번에 무엇을 제시하려고 하는가?

"보는 법을 배워야하겠다"라는 고백은 일종의 작가적 선언이다. 여기서 본다는 것은 시각적인 과정이 아니라, 관통력을 지닌 투시행위이며, '통찰Einsicht'에 이르는 아주 진지한 눈길이다. 곧 그 어느 곳으로 가는데, 거기서 한 사물의 존재가 열리고, 접근장소가 직접 인식되고, 그곳을 통해 이 사물은 현존재에 연결된다. 일어난 사건은 웬만한 경우에는 끝장이 나곤 하던 그곳까지 와서도 멎지를 않는다.

'보는 법'은 예술적 생산의 근원적 전제이다. 릴케는 그것을 이미 동방-러시아적 신비주의 전통에 입각한 그의 인생경험[170]과 보릅스베데 시절 젊은 예술가들과 어울려 지내면서 자연풍경이 그림으로 전환되는 변용의 과정에서 체득된 것으로 인식하고 있다. "Sehen(보다)-Schauen(바라보다)-Anschauen(응시하다)"으로 이어지는 같은 범주 내의 이 시각 활동은 그에게 주관적 요소를 포기함으로써 전적으로 외부의 목적-대상에 충실히 임하는 시인의 자세를 촉구한다. 케테 함부르거는 이것을 릴케의 "사실 및 현상을 지향하는 시적인 발언과 서술의 의지"[171]로 해석하고 있으며, 그에 반해서 유디트 뤼안Judith Ryan은 릴케의 시적 이론과 작가적 실제 간의 간격으로 풀이하면서, "보는 법을 배우는 것"이 사건의 '외적 감지Wahrnehmung'라기 보다는 오히려 '내적 전환'[172]이라는 사실에 초점을 맞추고 있다.

보는 법을 배우는 것이 지향하는, 그리고 그것이 표출하려는 대상이 무엇이든 간에 중요한 문제점은 보는 방법의 새로운 추구에 있다. 실제로 릴케/말테는 이 보는 법을 통해 파악할 수 없는 대상에 접근하려고 한다. 그는 인간의 영혼 속, 사물의 신비스런 본질 속, 무한히

....

170 C. Eberle, *RMR.*, S. 177.

171 K. Hamburger, *Die phänomenologische Struktur.*, S. 88.

172 Ryan, *Hypothetisches Erzählen.*, S. 253.

깊은 곳으로 들어간다. 이러한 그의 내적 관조는 보는 행위가 단순히 외적 현상에 대한 시각적 체험만이 아니라는 것을 다시 한 번 강력하게 시사하고 있다.

보일 수 있는 것으로부터 보이지 않는 것에까지 이르는 체험반경은 릴케의 관찰세계에 있어서는 한 범위이며, 그 방향은 외계를 내면세계로 이끌어 들이는 것이다. 또한 그 과정은 '보는 법'의 한계를 넘어서 '안다wissen'에 최종목표를 두고 있다. 이렇게 볼 때, 위에서 확인한 '보는 법'과 '알다'의 상관관계는 우연 이상의 그 어떤 깊은 의미를 간직하고 있으리라 생각된다.

'보다'에서 '알다'로 이르는 길은 자기성찰, 즉 명상이라고 할 수 있다. 이런 과정은 '각覺-깨달음' 내지 '개오開悟-깨달아 앎'으로 보는 동양의 선불교적 인식과정을 연상시킨다. 실제로 '깨닫다'라는 말은 한문자의 구조상 받침으로 쓰인 '배울 학學'과 '볼 견見'의 결합으로서 릴케의 "보는 법을 배우다"라는 의미와 자연스레 일치된다.

각覺은 인간이 자신의 본모습을 통찰 한 후 일어나는 결과이다. 선禪에서는 그것을 자기 자신에 대한 환각을 깨뜨리고 정신의 해방을 이룸으로써 사물의 본질을 바르게 볼 수 있는 상태로 풀이한다.[173] 동양적 지식의 기반은 지성영역 밖의 것을 통해 대부분 수용된다. 생각하는 기능을 통해서 보다는 관찰함으로써, 분석과 이해가 아니라 감각적인 인식을 통해 얻어지는 직접적인 통찰이다. 즉 스스로의 안에서 바라보는 것, 관조하는 것이다. 그래서 동아시아의 선종禪宗에서는 개오開悟를 '도통道通'이라고 부르고 있으며, 불교의 여타 종파에서도

173 참조. 카프라, 『현대물리학과 동양사상』, 171쪽.

'견見'을 안다는 것, 즉 '식識'의 기초로 여긴다. 자아실현을 위한 불교의 수행은 팔정도八正道의 첫 항목인 정견正見이고, 그 다음으로 정식正識, 정사正思로 이어진다.[174] 이것을 일본의 선불교학자 스즈키 다이세쓰鈴木大拙(1870~1966)는 다음과 같이 설명하고 있다.

> 불교적 인식론에 있어서는 본다는 것이 안다는 것의 기본이 되기 때문에 본다는 것이야말로 가장 중요한 역할을 하고 있다. 앎은 봄이 없이는 불가능하다. 모든 지식은 본다는 데 그 뿌리를 두고 있다. 그래서 앎과 봄은 부처님의 가르침 속에서는 일반적으로 하나로 통합되어 보인다. 그러므로 불교철학에서는 궁극적으로 실재를 본래 면목대로 보는 것을 지향한다. 봄, 즉 '정견'은 개오를 경험하는 것이다.[175]

선불교의 인식론적 입장에서 보는 개오의 과정은 릴케가 대상을 있는 그대로 보려는 기본자세와 일치한다. 그것은 더욱 진지한 내적 세계의 탐구를 통하여 발견된다. 이와 관련해서 릴케를 아시아의 문화적 측면에서 이해하려고 하는 빌 쉘러Will Scheller의 견해는 우리에게 새로운 충격을 안겨준다.

> 그의 신비성, 다시 말해서 내적인 관조로서의 자기함몰, - 그것은 연약한 신체구조에 의해 형성된 외적 생활로부터의 기피이기도 하며, 그 어떤 종교적 교리에 얽매이지 않은 채, 동시에 여러 종교적 현상들과 활발한 관계를 유지하고 있는 신의 체험이기도 하다. 그러한 양상은 분명히 말해서 시인이 기독교적 어느 예술작품 보다는 불교적 문화권의 종교적 조형

174 같은 책, 131쪽.
175 같은 책, 166쪽.

미술품에서 상당히 큰 영향을 받았을 것이라는 추측을 가능케 한다.[176]

릴케의 불교적 성향에 대해서 이렇게 구체적인 시각으로 언급하는 사람은 없었던 것 같다. 쉘러가 이러한 주장을 자신 있게 펼치기까지는 신비성이라는 깊은 자아탐구의 의지가 "자기함몰"이라는 불교적 사유과정을 통해 일어날 수 있다는 사실 확인에 있다. 우리가 이러한 논거에 좀 더 큰 힘을 얻을 수 있다면, "보는 법을 배운다"는 릴케의 예술가적 의지가 "장님"이라든지, "더욱 잘 보기 위해 눈을 감는" 행위를 강조하는 불교적 명상과정과 깊이 연결되고 있다는 사실을 상고할 필요가 있겠다.

"보는 법"에 대한 탐구적 자세는 내적 세계로의 전향, 즉 "상상 Einbildung"의 확장이다. 그 상상력을 기반으로 "눈감음"은 보이지 않는 것까지 보이게 하는 형안炯眼의 이미지로 발전된다. 『말테의 수기』 18장에는 눈먼 채소장수의 이야기가 나오는데, 릴케는 "나는 큰 소리를 외치고 다니는 늙은 소경을 보았다. 보았지."[177](SW VI. 748)라고 한 관찰사건을 아주 의미심장하게 서술하고 있다. 눈 먼 사람, 즉 시각적 단절 상태와 그런 소경을 "보았다"는 작가의 시각적 행위가 대립, 반

176 Zit. n. Muth, RMR. In: *Die Literatur* 29(1928), S. 275: „Seine Mystik, eine Selbstversenkung ins innere Schauen, die durchaus organisch der durch eine schwache Körperkonstitution bedingten Abkehr vom äußeren Leben entsprach, war ein Gottes-Erlebnis, das, an kein religiöses Dogma gebunden, gleichwohl zu vielen religiösen Erscheinungsformen lebendige Beziehungen hatte, dergestalt, daß der Dichter von einem religiösen Bildwerk des buddhistischen Kulturkreises etwa mit nicht geringerer Inbrunst sich bewegen lassen konnte als von einem Werk ausgesprochen christlicher Kunst."

177 „Ich habe einen alten Mann gesehen, der blind war und schrie. Das habe ich gesehen. Gesehen."

복 사용됨으로써 묘한 긴장감을 불러일으키고 그 귀추에 주목하게 한다.

더욱이 시작품 「눈먼 자의 노래Das Lied des Blinden」(SW I. 449)에서는 "나는 눈이 멀었네, 바깥 세계의 너희들, 그것은 하나의 저주/하나의 혐오, 하나의 모순/하루라도 견디기 힘든 고난이네"[178](1~3행)라고 노래 부르면서 외계와는 완전히 관계를 끊은 채, 오직 내면세계에만 몰두하는 눈먼 자의 세계관을 이상화하고 있다. 그런가 하면, 비슷한 주제의 작품 「눈먼 남자Der Blinde」(SW I. 590)에서는 눈먼 자가 모든 고뇌에서 해방되어 자기심화의 경지에 도달하는 과정을 보여주고 있다. 그의 몸짓 상에 나타나는 현상을 노래하는 "그리고 이파리 위에서처럼/그에게 사물이 비쳐 모습이 그려져도/그걸 외면한다/단지 그의 촉감이 맞닿는 때마다/세계는 작은 물결을 이루며 떠오르네"[179](1~2연)라는 구절을 통하여 시각단절로 인해서 모든 대상들을 '선험화Transzendieren'하는 정신적 힘을 강조한다.

외적 시각체험과의 단절은 자기심화의 길이다. 일상적(고정적) 관찰의 제한성을 벗어나, 무한한 자아의 자유세계에 들어설 수 있는 조건이다. 그리하여 외계에서 독립된 정신적 평온을 유지할 수 있다. 이러한 현상은 『말테의 수기』에서 니콜라이 쿠스미치라는 인물을 통하여 제시하는 내면탐구의 과정에서 더욱 일목요연하게 나타난다. 모든 외

....

178 „ICH bin blind, ihr draußen, das ist ein Fluch,/ein Widerwillen, ein Widerspruch,/etwas täglich Schweres."

179 „Und wie auf einem Blatt//ist auf ihm der Widerschein der Dinge/aufgemalt; er nimmt ihn nicht hinein./Nur sein Fühlen rührt sich, so als finge/es die Welt in kleinen Wellen ein:"

적인 것을 자기의 내적인 것으로 전향시키기 위하여 그는 생활의 번거로움 앞에서 눈을 감는다. 참다운 관찰의 경지에, 다시 말해서 예술가적 자기창조의 세계에 도달하기 위해서이다.(SW VI. 870)

'소경' 모티브와 더불어 쓰이는 '눈감음'의 주제 또한 "보는 법을 배워야 한다"는 릴케적 의지 안에서 매우 중요한 역할을 한다. 눈을 감음으로써 일어나는 일들과 체험되는 것들이 작가적 상상의 범위 내에서 올바르게 인식될 뿐만 아니라, 현실적으로도 모든 전제와 선입견의 횡포에서 벗어나 사물과 진정으로 친숙해 질 수 있는 길을 보여준다. 그렇기 때문에 릴케에게는 "눈을 감는" 것이란 내면을 통하여 사물을 바로 인식하는 지름길이다.

> (…)
> 더 이상 읽지 못하는
> 감겨진 그의 눈 위에 놓인 장미 이파리처럼
>
> 그대를 보기 위해서: (…)
>
> (…)
> wie Rosenblätter, dem, der nicht mehr liest,
> sich auf die Augen legen, die er schließt:
>
> Um dich zu sehen: (…)　(SW I. 506)

이 시가 노래하는 핵심은 부정과 긍정의 참다운 만남이다. 감각은 한쪽 면의 긍정만을 추구한다고 해서 완성되는 것이 아니다. 오히려 텅 빈 부정의 세계 속에 들어 있는 원래의 더 큰 긍정의 세계를 체험해야 한다. 그래서 "역사의 위대한 형상들은 그렇게 살아있지만, 잘 보이지 않는다. 그것을 보기 위해서는 눈을 감아야 한다"[180](SW V. 26)라고 선언을 반복하는 것이 아닌가.

눈을 감는 것은 시각 포기이전에, 더 맑고 순수한 모습을 바라보기 위한 자아상승이다. 『말테의 수기』에서 참다운 예술가상으로 제시되고 있는 베토벤이 청각을 상실함으로써 내면의 소리를 더욱 가까이 할 수 있는 축복을 받은 것으로 칭송되듯이, 눈을 감는다는 사실은 내, 외계가 구분 없이 체험될 수 있는 초능력의 영역에 접근할 수 있는 또 하나의 축복인 것이다. 모든 것을 순수한 모습대로 올바르게 관찰할 수 있는 예술가적 성찰을 위해서는 다른 것에 의해 오도되는 길로부터 벗어나야 한다. 이런 "원칙적 무 전제성die prinzipielle Voraussetzungslosigkeit"[181]에서 출발할 수 있을 때에만 올바른 체험세계에 다다른다.

릴케의 이러한 관찰태도는 불교나 도교에서 이상으로 삼는 관조와 명상의 세계, 바로 그것이다. 더욱이 흥미로운 것은 "눈은 다만 대상을 비출 뿐 보는 것은 마음"이라는 부처의 제자 아난다의 말처럼, 불교경전에 나오는 비유적 가르침 속에는 참된 관찰을 통해 인생의 예지를 발견하는 대상으로서 '소경' 상이 자주 등장한다.[182] 도교도 그 가르침에 마찬가지. 노자의 『도덕경』 10장을 보면, "滌除玄覽(조제현람), 能無疵乎(능무비호)"라 하여 "올바른 관찰을 위하여 거울과 같이

....

180 „Große Gestalten der Geschichte leben so, aber sie sind nicht sichtbar, und man muß die Augen schließen, um sie zu sehen."

181 C. G. Jung, Geleitwort. In: Suzuki, *Die große Befreiung.*, S. 19.

182 참조: Glasenapp, S. 131~133.

마음을 닦아 여러 가지 편견을 씻어서 깨끗이 해야 한다"고 강조하고 있다. 또한 12장에서는 "不爲目(불위목)"이라 하여 눈은 지각을 통한 감각적 욕망의 원천이기 때문에, 눈을 멀게 하여 누구나 허튼 욕망에서 해방되어야 한다고 가르치고 있다.

눈멂 또는 눈감음의 상태는 좌선이나 수양과정에 필수적이다. 본다는 행위에서 비롯되는 모든 감각적 전제에서 벗어나 올바른 자기인식으로 향하는 토대이다. 특히 '니르바나'의 명상과정에서는 오히려 시각을 포기하는 것이 더욱 유리하게 받아들여진다. 이러한 사고의 형성과정에서 릴케가 루돌프 카쓰너로 부터 영향을 받은 사실은 본 저술의 다른 부분에서 좀 더 상세히 언급이 될 것이지만, 내면화의 과정에 필요한 눈먼 사람 또는 눈을 감은 사람이 실제로 볼 수 있는 사람과 근본적으로 차이가 없다는 불교적 인식도 바로 거기에서 나온 결과이다. 이런 관점에서 릴케가 보는 법을 배우겠노라고 선언하는 내용은 카쓰너의 관점대로 선불교적 명상의 출발점이라 할 수 있다.

"눈감음"은 현실의 거부인 동시에 새로운 현실의 접근이다. 이런 자세는 비단 동양적 세계관에서만이 아니라, 서양의 신비사상에서도 중요하게 인식된 것이지만, 신비적 경험은 오랜 준비기간 없이는 일어나지 않는다는 방법론적 차이를 고려하면서, '보는 법'을 배워야 하겠다는 것은 준비과정 보다 사물을 직시하여 얻는 '감각적인 터득'에 비중이 놓인다. 이러한 전체과정을 한스 헤트Hans Hett는 기독교의 "깨달음Erleuchtung"과 불교의 "침잠Versenkung(samadhi)"으로 구분하고 있는데,[183] 바로 이 지식의 내면 경험적 성격이 선의 세계가 서양의

…………

183 H. Hett, *Das Stundenbuch Rainer Maria Rilkes.*, S. 39.

신비사상과 구분될 수 있는 핵심요소이다. 외적 경험을 내면화하는 릴케의 성찰과정은 시각을 초월하는 "비 감각적" 경험으로 침잠의 길에 들어서는 것이다.

이렇게 볼 때, 『말테의 수기』 14장에 담긴 "시적 변용"에 대한 서술은 지속적 경험과 돌발적인 영감의 상관성을 제시하면서 수많은 경험들을 용해시키며 '기억'이라는 자성적 내면관찰로 이어지는 일종의 깨달음이 아닌가. "모든 지식과 경험의 축적이 무르익을 대로 무르익었을 때 이루어지는 바로 보는 법"은 선禪을 수련하는 과정이며, 특히 릴케가 이루고자 하는 새로운 명상의 한 형태라 할 수 있다.

3. 선불교적 예술관

새로운 시의 출발을 위하여 릴케는 1907년 『신시집*Neue Gedichte*』을 펴낸다. 이를 위하여 새로운 문학 예술적 행보를 거듭해 온 그는 박물관. 미술관, 식물원, 과학관 등을 두루 다니면서 작가로서의 시야를 넓힌다. 그중에서도 당시 예술계의 거장으로 손꼽히던 오귀스트 로댕과 폴 세잔느Paul Cézanne 등과의 만남은 무엇과도 비교할 수 없는 큰 사건이었다.

그와 더불어 아주 특별한 의미를 지니게 된 것은 1900년을 전후로 한 유럽 내의 이른바 '아시아 러시'였다. 그 여파로 나타난 것이 세 편의 부처 시[184]와 중동문화를 소재로 한 시[185]외 다수의 작품들이다.

....

184 「부처Buddha」(SW I. 496), 「부처Buddha」(SW I. 528f.), 「영광의 부처Buddha in der Glorie」

그런데 이것들이 로댕의 정원에 있는 조각 작품이나 동시대 작가와 예술가들을 통한 간접체험의 산물이어서,[186] 아시아의 사상을 본격적으로 수용한 결과물로 보기에는 미흡한 많을 것 같다. 하지만 그렇다고 해서 예술적 시각으로만 읽어내기에는 동양적 의식세계의 폭이 의외로 넓다. 어쨌든 아시아가 작품의 한가운데 자리에 들어선 것만은 부정할 수 없는 사실이다.

사정이 어떻든 간에, 산업화에 과중한 부담을 느끼기 시작한 서양이 동양문화에 대한 문호개방의 여파로 밀려든 '일본선풍'은 예술적, 철학적, 문화적 제반 형상화 과정에서 진지하게 다루어지기 시작하였고,[187] 릴케의 시세계에도 관찰자의 기능과 연관된 예술적 시각변화가 확연하게 나타나게 된 것이다.

이와 연관하여 더욱 집중적인 고찰의 대상으로 삼을 수 있는 것이 작품 「산Der Berg」(SW I. 638)이다. 릴케는 이 시에서 소재선택이나 예술적 인식에 있어서 본격적인 동양예술의 진수에 손을 내밀고 있다. 시는 일본예술의 특성과 관찰 및 표현가능성을 깊이 다루고 있는데, 그것이 이원론 법칙에 따라 논리적으로 생각하는 서양적 인식체계를 파격적으로 지양하는 것이어서 더욱 의미 깊다. 사물 대상을 시인의 주관으로부터 해방시키려는 릴케의 주장이 이 작품을 통하여 "정신의

(SW I. 642).

185 「마호메트의 부름Mohammeds Berufung」(SW I. 638), 「페르시아 헬리오트롭Persische Heliotrop」(SW I. 630f.).

186 참조. 1905년 9월 20일, 1905년 9월 21일, 1906년 1월 11일자 클라라에게 보내는 편지.

187 참조. Klaus Berger, *Japonismus in der westlichen Malerei 1860~1920*, S. 8~11.

자유eine Befreiung des Geistes"[188]를 얻은 연후에 올바른 관찰에 도달할 수 있다는 선불교적 가르침과 근본적으로 일치하고 있기 때문이다.

선의 수련이 원래 "세상본질을 향한 새로운 관점을 세우는데 목표가 있다"[189]는 관찰적 기능에 비중을 둔다면, 시 「산」을 중심으로 릴케가 『신시집』에서 추구하고 있는 새로운 시각이 어떻게 선불교적 사상과 동양(일본)의 예술적 관점과 일치하는가도 큰 관심의 대상이 아닐 수 없다.

1) 시작품 「산 Der Berg」

서른여섯 번, 백 번이나
화가는 그 산을 썼다
찢어 버렸다가 다시 온몸을 바치었다
(서른여섯 번 그리고 백 번이나)

그 가늠할 수 없는 화산에,
복되게 온갖 힘을 기울이는 동안 -
외로이 어렴풋이 떠오르는 형체가
그의 찬란함을 막지는 못했다:

수 없이 모든 날들에서 떠올라
견줄 길 없는 밤들이 스스로 떨어져 내려,
모두가 가까스로
모든 영상이 순간에 사라지며,

....

188 Suzuki, *Die große Befreiung.*, S. 11.
189 같은 책, 90쪽.

형체가 형체로 바뀌어
관심을 버리고 멀리 아무 생각도 없이
현상처럼 돌연 깨달음이 와
모든 틈새로 떠오른다.

SECHSUNDDREISSIG Mal und hundert Mal
hat der Maler jenen Berg geschrieben,
weggerissen, wieder hingetrieben
(sechsunddreissig Mal und hundert Mal)

zu dem unbegreiflichen Vulkane,
selig, voll Versuchung, ohne Rat, --
während der mit Umriss Angetane
seiner Herrlichkeit nicht Einhalt tat:

tausendmal aus allen Tagen tauchend,
Nächte ohne gleichen von sich ab
fallen lassend, alle wie zu knapp;
jedes Bild im Augenblick verbrauchend,
von Gestalt gesteigert zu Gestalt,
teilnahmslos und weit und ohne Meinung -,
um auf einmal wissend, wie Erscheinung,
sich zu heben hinter jedem Spalt. (SW I. 638f.)

시는 "서른여섯 번"과 "백 번"이라는 수수께끼 같은 의혹의 숫자표시로 시작된다. 회수(때, 번, 회, 배)를 뜻하는 '-mal'과 '그림을 그리다 malen'라는 동사에서 나온 말 뿌리 'mal'에 행위자를 뜻하는 어미 '-er'이 붙으면 '화가 Maler'라는 단어와 연결되는 상징적 언어놀이가 성이 전면에 대두되면서 호기심은 가중된다. 그것은 4행의 괄호 안에 묶인 반복되는 숫자표시에 의하여 더욱 짙어진다. 그러므로 화가는 끊임없이, 지침 없이, 온힘을 기우려 어떤 작업을 수행하는 자라는 의미로 이해된다. 그런 느낌은 1연 안에 있는 4개의 'Mal'이 9행에서는 부사형 "수 없이(천 번) tausendmal"로 쓰인 데서도 확인할 수 있다. 특히 첫 연에는 M자에 이어지는 'h', 'w'음의 두운 형식이 두드러지게 나타나 언어형식 면에서도 대단한 짜임새를 보이고 있다. 그런 현상은 9행의 't'음, 13행의 'g'음과도 연결된다. 시의 운율이 abba cdcd effe ghhg로서 2연의 십자운만 제외하고 전체가 포옹운으로 이루어져 어떤 포괄의 의미를 강하게 풍기는 것과 결코 무관하지 않을 것 같다.

작품을 좀 더 자세히 읽어 내려가면, 시가 서정시 구성의 전형적 기본요건인 "밝혀질 것을 전제로 한 마스크"[190]의 역할을 확고히 지니고 있어서 독자의 관심을 지속적으로 묶어 두는 지렛대가 되고 있을 뿐만 아니라, 여기에 언급되고 있는 "화가"가 과연 누구이며, "산"은 또 무슨 산인가 하는 의문에 관심을 집중시킨다.

그러나 좀 더 깊이 살펴보면, 여기서 말하는 화가는 19세기 일본 우키요예의 대표적인 화가 호쿠사이 가쓰시카北齊葛飾(1760~1849)이며, 제5행에서 "화산"으로 지칭되는 산은 일본인들이 신성시 하는 '후지야마富士山'인 것을 알게 된다.[191] 또한 의혹적인 수 표시는 화가가 1834년 연속 3권으로 출판한 바 있는 두 목판화 시리즈 『후지야마 36경』과 『후지야마 100경』을 의미한다. 또한 90년에 이르는 생애에

....

190 W. Killy, *Elemente der Lyrik.*, S. 3.

191 H. Meyer, *Rilkes Cézanne Erlebnis.*, S. 278.

10,000 점이 넘는 목판화 작품을 남겼고, 500권 이상의 삽화집을 낸 끊임없는 왕성한 작가활동[192]을 암시하고 있다. 화가는 다채로운 주제와 짜임새 있는 구도, 넘치는 상상력과 극적인 대비효과를 통해 단순한 풍경묘사를 예술적인 초월 세계를 보여준다.

시는 하나의 복합문장으로 이루어져 있다. 1행부터 6행에 이르는 주문장은 6행에 나오는 생각선 " - "을 통해, 이내 접속사 "… 하는 동안에während"가 이끄는 부문장으로 이어진다. 아울러 언어형식은 제2연이 끝나는 콜론 ":"의 뒤로 연결되는 제3연의 이미지들과 만나고 나뉘게 한다. 과거형이나 완료형을 포함한 분사형과 재귀대명사가 시적 표현수단의 중심을 이루면서, 서정적 자아는 수동적으로 형상화된다. 그러나 부문장에서는 대상들이 서서히 능동적 주체로 독립된다.

화가는 신비스러운 '산'을 파악하고 인식하기 위해 혼신의 힘을 다 쏟는다. 그것은 제6행의 "복된", "온갖 힘을 기우려", "외로이" 같은 연속적인 어휘들이 뒷받침하고 있다. 그러나 "가늠할 수 없는 화산"(5행)으로 표현되는 자연의 절대성이 부각되면서 모든 사물에 대한 인식은 종래의 주관적 자세로는 파악되기 어렵다는 사실을 깨닫는다. 시인이 주관을 벗어 버리고 객체-대상이 주체가 되어 새로운 대립과 긴장관계가 이루어야 한다는 것이다. 이런 해결가능성은 이미 주문장에서 암시적으로 예견되고 있다.

시는 "한 사물이 자체의 본성 그대로 나타나는 현상, 그런 현현顯現

…………

192 호쿠사이는 중국 명明나라 서예와 일본예술의 전통을 이어받아 풍경화와 삽화 부문에 대가적 경지를 개척하였다. 60세가 넘어서야 『후지야마 100경』 등 대작을 내놓았다. 1903년 4월 8일자 클라라에게 보내는 릴케의 편지 참조.

Epiphanie의 순간"[193]을 핵심과제로 제시하고 있다. 또한 릴케는 예술가란 대상으로부터 일정한 거리를 두고 자유로운 위치에 설 때 올바른 관점을 얻을 수 있다고 생각한다. 그래서 "관심을 버리고 멀리 아무 생각도 없이"(14행)라고 노래하면서 예술가적 무관심이 전제되어야한다고 믿는다. 이러한 냉철함으로 '산'이 절대적인 현존재로 나타날 때 '형상Gestalt'이 될 수 있다는 것이다.

시가 완성된 것은 1907년 7월 31일 파리에서이다. 1908년 11월 『신시집』 II부를 통해서 처음 활자화되어 세상에 알려졌다. 시의 처음 두 행은 1906년 7월에 쓰였고, 나머지 시행들은 연작시의 형태로 하루 만에 완성되었다. 그러나 시의 구상은 그 보다도 훨씬 이전이었다. 이와 같은 시의 생성과정을 보아도 릴케가 새로운 예술적 시각형성을 위해서 얼마나 꾸준한 노력을 기울여 왔는지 짐작할 수 있다.

그 중 하나가 호쿠사이의 이미지 탐구였다. 신비로운 일본화가의 예술에 대한 크고 작은 관심사들을 서로 주고받는 가운데, 그 중 가장 중요한 의미를 지니고 있는 것은 릴케가 1903년 4월 8일 클라라와 8월 11일 루 안드레아스 살로메Lou Andreas-Salomé에게 보낸 편지가 아닐까 한다. 여기에서 그는 루에게 "예술이란 짧은 생애동안 수행하기에는 너무 거대하고 무거우며 긴 것이어서, 긴 한평생을 몰두한 사람이라도 겨우 초보자에 지나지 않는다"는 화가의 말을 전하면서, 이어서 그가 남긴 말을 다음과 같이 인용하고 있다.

내가 새들과 물고기들과 나무들의 참된 본성을 겨우 이해하게 된 것은

....

193 R. Breuninger, *Wirklichkeit in der Dichtung Rilkes.*, S. 176.

73세에 이르러서였다.

Cést à l'âge de soixante-treize ans que j'ai compris à peu près la forme et la nature vraie des oiseaux, des poissons et des plantes.

릴케는 호쿠사이의 창작과정을 자신의 시에 형상화 하려고 노력한다. 60세가 되어 풍경화집을 내고, 더욱 노년기에 이르면서 예술에 모든 것을 바치는 대기만성형의 동양예술가는 "일"과 "인내"를 누구보다도 진지하게 생각한 로댕이나 세잔느의 또 다른 화신이었다. 호쿠사이는 새로운 작가의 길을 모색하는 릴케에게 하나의 대안이자 희망이 된다. 또한 그에겐 동서양의 예술을 바로 볼 수 있는 거시적인 안목이 열린다.[194]

2) 시와 그림

시에서 릴케는 그림을 그리는 것이 아니라 '쓴다'라고 표현한다. 이는 곧 "쓰는 것"을 "그리는 것"과 동일 범주 내의 활동으로 인식하는 동양예술의 본질에 접근하는 것이리라. '쓰는 것'은 사전적인 의미로서 "문자, 활자, 숫자, 악보 등을 특정한 순서로 읽을 수 있도록 필기도구를 가지고 종이나 기타 소재에 나타나게 하는 것"으로, "그리는 것"은 "붓이나 색채를 가지고 하나의 형상을 만들어 내는 것"[195]으로 본다면 별개의 예술장르인 것이 틀림없는데도 말이다.

....

194 참조. H. Meyer, Rilkes Cézanne-Erlebnis. In: *Zarte Empire*, S. 273~280.

195 Duden, *Das große Wörterbuch der deutschen Sprache in 6 Bänden.* Hrsg. bearb. vom Wissenschaften Rat und den Mitarbeitern unter Leitung von Günther Drosdowski. Mannheim u. a. 1976, S. 2318.

동양예술 속에서 문자는 원래 하나의 스케치이다. 형상은 그림이요, 동시에 문자이다. 시는 곧 그림이 된다. 반면, 유럽 문자는 '소리글'이기 때문에 눈에 직접 어떤 상을 제시하기보다는 소리에 따른 의미전달에 주력한다. 활자들은 특정한 개념을 전달하기 위해 수시로 모였다 흩어지곤 하는 표현 도구에 지나지 않는다. 시와 그림은 계몽주의 작가 레싱G. E. Lessing이 『라오콘Laokoon』(1776)에서 "회화와 시의 한계"를 명백히 한 이후, 빙켈만J. J. Winckelmann에 의해 "눈에 보이는 도구로 창작하는 화가"와 "표상을 일깨워 주는 단어들을 가지고 활동하는 시인"의 영역은 별개의 것으로 인식되어 오고 있다.[196]

그에 반해서 동양예술은 본질적으로 회화와 시의 한계를 모른다. 그것은 붓이나 먹, 비단이나 종이처럼 표현수단과 도구가 같다고 해서만이 아니라, 그림과 문자가 한 덩어리가 될 수 있는 근본속성을 지니고 있기 때문이다. 그리하여 "시는 소리 있는 그림이요 그림은 소리 없는 시"라는 사상이 널리 퍼져있다.

가장 전통적인 동양화의 장르를 '문인화'라고 한다. 그것은 글자대로 "문인이 그리는 그림"을 뜻하기도 하지만, 실제로는 시, 그림, 글씨, 즉 시詩, 서書, 화畵가 삼절三絕로 하나가 되어 공동선을 이루는 경지를 말한다. 이는 곧 불교, 유교, 도교적인 사상과 음악, 그히고 다도茶道에 이르기까지 모든 것을 아우르는 하나의 종합예술이다.[197]

....

196 Zit n. Salzer u. Tunk, *Geschichte der dt. Literatur in drei Bdn.* Zürich 1972, S. 522.

197 문인화의 시조로 손꼽히는 중국 당나라의 왕유王維(699~759)는 시, 그림, 글씨, 음악에 이르기까지 재능이 많아 문인개산文人開山이라고 불린데서 비롯했다. 이태백李太白, 두보杜甫, 맹호연孟浩然과 함께 4대 시인으로 손꼽히면서 수묵화를 창시한 그를 두고, 소동파蘇東波는 "시중유화詩中有畵 화중유화畵中有詩" 즉 "시중에 그림이 있고 그림 중에 시가 있다"고 평한 바 있다.

호쿠사이 대신에 자신의 예술가적 우상인 로댕은 물론, "색채의 일본적 단순화를 생각하는"(1907년 10월 21일 클라라에게 보내는 편지) 반 고흐 van Gogh라든지, "글씨를 쓰는 화가"(1907년 10월 21일 클라라에게 보내는 편지)로 지칭되는 세잔느를 염두에 두고 있는지도 모른다. 그것은 선불교에서 말하듯, 확대된 또는 더 높은 자아가 아니라, "비 자아Nicht-Ich"[198]의 형태로 체험된다. 이러한 '상관적 의식das relative Bewußtsein'을 지니기 위해서 예술가는 모름지기 자연에 대한 겸허한 자세를 앞세워 '자아집착'에서 탈피해야 한다. 릴케는 시와 글씨와 그림이 일체화된 예술적 장르를 이상화 하여 새로운 예술영역을 자신의 세계에 받아들임으로써 자체혁신을 이루려고 한다.

더욱이 시는 단순히 문학이라기보다는 교학수단의 하나로 학문을 닦는 일이며, 그 결과를 시구로 표현하는 것이다. 시란 사무사思無邪, 즉 거짓 없음을 기본정신으로 그 경지는 맑고 밝으며 고결한 인품과 품격을 함유하고 있는 것이다. 그림이란 주로 산수화를 비롯하여 사군자와 포도, 소나무, 연꽃 등을 자유자재로 그려냄으로써 시와 서에서 미처 나타내지 못하는 정취를 조형적으로 보완해 준다. 따라서 동양의 옛 선비는 모름지기 여섯 가지 재주를 겸비해야만 했다. 진정한 예술가적 식견으로 문장이나 그림에 통달하고, 때로는 예술과 종교영역에 두루 통정해 있어야 한다.

서양의 미술은 형식과 색채에 비중을 두고, 묘사할 수 있는 모든 대상을 화폭에 담으려고 노력한다. 반면, 동양의 미술은 선과 윤곽을 통해 묘사할 수 없는 것에 대하여 생략과 여운의 미학을 부여하며

198 Suzuki, *Die große Befreiung.*, S. 11.

회화 외적인 것을 과감하게 수용하려 한다. 다시 말해서 극도의 절제를 가하여 표현할 수 없는 것을 건드리지 않으면서 전체를 표현하려고 하는 역행적 접근이다. "버려야 할 것이 무엇인지를 아는 순간부터 나무는 가장 아름답게 불탄다."는 격언이 의미하는바 그것이다. 작은 것을 모두 버리는 순간, 우주를 얻을 수 있다는 지혜가 터득되면, 꽃잎처럼 낮은 곳을 향하는 삶의 미학이 예술로 나타나게 된다.

색채, 선, 그리고 형상들을 통해 대상의 모습을 재현할 수는 있어도, 그 자체를 완전히 재생할 수는 없다. 그렇기 때문에 동양의 예술가들은 분명치 않은 것, 신비적인 것, 소박한 명암을 좋아한다. 여기에는 서구적 의미의 '원근법Perspektivität'이 존재하지 않는다. 르네상스 이후 인간 중심의 사고에서 비롯된 서양의 원근법적 관찰은 예술의 한계성에 부딪히게 된다. 원근법적 관찰의 통제 아래 늘 부분 분할적으로 접근하기 때문에 한 부분의 목표에만 머무는 단점에서 벗어날 수 없었다.

형상이 있는 곳에 공空이 있다
공이 있는 곳에 형상이 있다.
공과 형상은 그러므로 하나이다.

Da, wo es Gestalt gibt, gibt es die Leere,
und da, wo es die Leere gibt, gibt es Gestalt.
Leere und Gestalt sind also nicht verschieden.[199]

199 Percheron, *Buddha. In Selbstzeugnissen und Bilddokumenten*, S. 98.

이런 상태에서 이 시작품에 담겨 있는 호쿠사이 예술의 본질은 서양예술에 대한 강한 비판일 수도 있다. 단순화의 노력, 영원한 아름다움은 물리지 않는 소박함이라는 의식을 전제로 한 동양문화에 접근하면서, 복잡다단함속에 뒤엉킨 서양예술로의 탈출구를 마련해 줄 수 있을까 하는 기대감도 갖게 된다.

3) 1회성의 예술

"찢다-다시 온몸을 사르다"의 연속과정과 높은 단위의 수 표시, 더욱이 단순한 기호로서가 아니라 부사적 의미를 지닌 "꾸준히 작업하는" 화가의 창작태도가 부각된다. 예술가는 수없는 시행착오를 거치면서 창조된 작품을 미련 없이 "찢어 버리고" 또다시 온힘을 다하여 그에 몰두한다. 형상화를 위하여 뼈를 깎는 아픔을 감수하는 강력한 방식으로 "온몸을 사르다"에 주목하게 된다. 그것의 문법적인 주어가 산이냐, 화가냐에 따라 각기 다른 해석이 가능하겠지만, 어쨌든 릴케는 이를 통해 동양예술이 지니고 있는 또 다른 특성, 즉 어떤 수정이나 가필을 허용하지 않는 1회성의 원칙을 강조하고 있는 것이 아닌가.

아시아의 예술은 예술가가 자연현상들에 신속히 직관력으로 접근함으로써 매사에 분석적인 기능을 앞세우는 서양의 예술과 차이를 둔다. 서양화가들은 묘사하고자 하는 대상을 화폭에 놓고 수많은 시간과 싸우며 수정을 거듭하는 데 비해, 동양예술에서는 일단 영감을 통해 완성된 작품은 자연의 대상물(피조물)처럼 독자체이기 때문에 취소되거나 보완될 수가 없다. 덧붙이는 것은 속된 표현으로 '개칠'이라고 해서 매우 금기시된다. 그것은 동양의 예술이 표현과정에 있어서 지속성보다는 순간적 직관에서 표출되는 걸 의미한다.

직관적인 창작배경은 동양의 회화예술이 토대를 두고 있는 선불교적 정신과 깊이 연관되어 있다. 일본의 시인이나 예술가들은 "황홀한 영감과 개인성의 발흥을 자연의 올바른 이해에서 나오는 순간적인 계시의 표현"으로 본다. 선禪은 그러므로 전면에 나타나는 자연의 현실과 그 뒤에 있는 내면적 인성을 상호 일치시키도록 가르친다. 세상 풍물이나 풍정을 눈에 보이는 그대로가 아니라 그 속뜻을 담아 그리는데 주력한다. 릴케는 바로 이 선불교정신을 그의 예술관에 그대로 아주 진지하게 받아들인다.

"모든 영상이 순간에 사라지면서"(12행)라든지, "돌연 깨달음이 와"(15행)라는 구절은 곧 강한 순간성의 표현 아닌가. 그것은 선불교에서 말하는 깨달음의 과정과도 같다. '사토리悟', 즉 '개오開悟, Erleuchtung'는 "예기치 않은 것, 예기치 못할 것"[200]에 대한 릴케적 인식방법이며, 그런 것이 호쿠사이의 예술에서 "갑작스런 발생으로im plötzlichen Durchbruch"[201] 나타난다.

1회성(순간)이냐 수정(보완)성이냐 하는 문제와는 별도로 예술의 완성도를 향해 끝까지 진력하는 것은 릴케가 가벼이 내려놓을 수 없는 이상이다. 릴케는 호쿠사이를 통하여 '돌연 순간적인 영감(깨달음)'에 따라 수없이 많은 작품을 시작하고, 그리다가 찢어버리는 고난의 수행을 배웠다. 반면 로댕에게서 배운 것은 또다른 형태의 끈질김이다. 그는 "일하라, 일하라, 항상 일하라Travaille, travaille, toujours travaille!"(루 안드레아스 살로메에게 보내는 1904년 5월 12일자 편지)는 로댕의 가르침에

....

200 R. Breuninger, aaO., S. 168.

201 H. Dumoulin, *Begegnung mit dem Buddhismus.*, S. 111.

따라, "예술사물은 정말이지 언제나 위험에 처했던 존재, 아무도 더 이상 갈 수 없는 맨 끄트머리까지 가 있었던 경험의 존재가 낳은 결과"(1907년 6월 24일자 편지)라는 인식에 도달한다.

"마무리까지 가는 것Bis-ans-Ende-Gehen"은 대상과의 모든 관계를 해소하면서까지 흔들림 없이 이룩하고자 하는 치열한 작가정신이자 예술적 '변환Verwandlung'의 의지이다.[202] "나는 내 붓으로 모든 것을 시도해 보았다"[203]라고 말하는 호쿠사이를 통하여 수많은 순간체험들이 꾸준한 도전으로 영속화하려는, 그리하여 사뭇 동양적인 릴케의 예술관이 자리하는 기점이 된다. 그런 정신으로 서양예술의 스승인 끈질김에 다가가는 것이다.

4) 사물로서의 산

인간은 산을 신성시한다. 거의 모든 종교가 성산聖山을 갖고 있으며,[204] 산에는 신들이 살고 있어서 많은 사람들이 바라고 기도하며 참배하는 영적인 구심점이 된다. 산은 특히 선불교에서 매우 중요한 화두이자 상징이다. "선을 배우기 전에는 산은 산이요, 물은 물일뿐이다. 그가 그러나 좋은 스승의 가르침을 통하여 선의 진리를 통찰하면 더 이상 산은 산이 아니요, 물은 물이 아니다. 그러나 정말 평안의 장소인 '사토리'에 도달한 연후엔 다시 산은 산이 되고 물은 물이 된다"[205]는

....

202 J. Ryan, *Umschlag und Verwandlung.*, S. 36.

203 Zit. n. Meyer, Rilkes Cézanne-Erlebnis., In: *Zarte Empire*, S. 375.

204 성서의 시나이, 그리심, 갈멜 산, 티벳의 에베레스트, 그리스의 올림포스, 중국의 태산을 비롯한 5개 산, 일본의 후지산, 한국의 백두산 등.

205 Suzuki, *Die große Befreiung.*, S. 11.

선사의 가르침에서 알 수 있듯이, 산은 대기, 바람, 구름, 대지, 돌, 강, 물, 불 등과는 다른 차원의 정신적 형상화의 요소가 된다.

릴케도 산을 자신의 예술관으로 들어가는 상징적 관문으로 여긴다. 시 「산」에서 후지야마는 부처 형상과 버금가는 완전성의 총화이며, 그것은 "어렴풋이 떠오르는 형체"(7행), 즉 인위적으로는 도달할 수 없는 신비성으로 존귀함을 넘어 선 일종의 카리스마를 품고 있다. 그러므로 산을 묘사하는 화가의 활동영역은 축소되고 대상이 거대한 모습으로 군림한다. 산 자체, 즉 '행하다'의 결과로 이루어진 "행해진 대상der Angetane"(떠오르는 형체)이 다음의 전체 연을 이끌고 오는 동사 "tat"의 주체가 되며, "모두가 가까스로"(11행)와 "모든 영상이 순간에 사라지며"(12행), 하나의 "현상처럼"(15행) 스스로 나타나 한 형상에서 다른 형상으로 상승된다. 그러므로 산의 실체는 화가(인간)의 행위로가 아니라, 오히려 자연의 힘으로 파악할 수 있는 것이다. 그리하여 화가는 산으로부터 떠나서(거리를 두고), "관심을 버리고 멀리 아무 생각도 없이"(14행) 존재할 때, 어느 계시의 순간에 다가온다. 산은 성산聖山의 자리에서 내려와 하나의 사물이 된다. 홀연히 시간을 초월한 오히려 진정한 성산이 되는 것인지 모른다.

다른 한편으로는 릴케가 "틈새"(16행)를 강조함으로써 호쿠사이나 기타 동양의 예술가들이 표현하는 공간의 미학을 상기시키고 있다. 바로 그림의 목판 사이, 그러니까 그림의 두 쪽을 연결시키는 '틈(빈곳) Lücke'이 있는 호쿠사이 목판화의 특성을 깊이 이해하고 있는 릴케는 그 속에 예술가의 창작과 현실의 여백공간을 제시하고, 그를 통해 좀 더 상승된 형상화의 길을 찾는다.

호쿠사이는 후지야마를 그리면서 구도나 주제에 따라서 놀라우리만치 다채로운 표현력을 구사하고 있다. 실제 풍경 묘사에 있어서 작가의 넘칠 듯한 상상력이 작용되고, 극적인 구도나 농밀한 색채대비로 이루어져 단순한 묘사를 초월한 세계를 확립한다. 그것은 릴케가 신비롭게 체험한 "일본인들이 창안해 낸 윤곽"(1907년 클라라에게 보내는 편지)을 말하는 것이다. 시에서 "틈새"가 열리듯이 대상의 본질이 관찰의 현재순간에 모습을 드러내는 것은 내면과 외면의 합일을 전제로 한다. 그럴 때 인간은 세계와의 직접적인 관계, 즉 독자성의 감정 속으로 들어간다.[206]

그리하면 "찬란함Herrlichkeit"(8행) 속의 산은 사물과 예술가의 만남을 가능케 한다. 그것은 사물과 인간을 내적으로 연결시켜 보편적인 것과 현격하게 다른, 특히 상승된 '현실Realität'을 마련하려 한다.[207] 그것은 선불교에서 강조되는 "자아고착성의 불식"[208]과 만나는 기점이며, 인위적으로가 아니라, 자연의 영감 그 자체이어야 한다고 강조하는 호쿠사이 예술혼을 받아들여 새로운 시문학운동의 문을 여는 근거가 된다.

5) 내면으로 바라보는 바깥세상

리자 하이제Lisa Heise 부인에게 보내는 1919년 8월 2일자 편지에서 릴케는 인간과 사물의 관계 전체를 이렇게 설명하고 있다.

206 R. Breutinger, aaO., S. 167.

207 E. Buddeberg, Rilkes Cézanne-Begegnung., S. 37.

208 같은 책, 24쪽.

> 예술-사물은 그 어느 것도 변경할 수도 개조할 수도 없습니다. 그 자체가 한번 존속하고 있는 것처럼 자연과 다름없이 인간에 맞서 있습니다. 자체적으로 충족 되거나 (분수처럼) 스스로에 몰두하고 있는 것입니다. 그러므로 굳이 말하자면, 그것은 무관심하게 라고 할 것입니다.

> Das Kunst-Ding kann nichts ändern und nichts verbessern; sowie es einmal da ist, steht es den Menschen nicht anders als die Natur gegenüber, in sich erfüllt, mit sich beschäftigt (wie eine Fontäne), also, wenn man es so nennen will: teilnahmslos.

인간의 '관심'이란 원래 자아 중심적이어서 존재하고 있는 바를 바로 보게 하지 못하고, 보는 사람의 이미지를 사물 속에 주입시킬 위험성이 높다. 현실을 올바르게 투시하지 못하는 것을 예술가에 있어서 가장 큰 장애로 여기는 릴케는 관찰자가 선입관 없이 대상물에 도달하기를 원한다. 그와 반대로 무관심은 "사실적인 사실들"[209]을 있는 그대로 나타나게 할 수 있다. 그것은 자연이 인간의 영혼과 일체화될 때 가능하다.

선禪은 릴케를 "이미지 없는 행위Tun ohne Bild"(SW I. 719)를 통하여 "행위 속에 형상내용이 빠진 상태, 그와 더불어 사물들은 더 높은 단계로 상승될 수 있는 능력"[210]으로 이끈다. 그로써 사물을 더 높은 차원에서 형상화시킬 능력을 얻게 되며, 상상(표상)'의 개념이 영역 밖의 한계성에 머무는 요소들을 덜어내면서 "내적 순수성과 자애로움innere Reinheit und Güte"[211]의 길에 이른다. 내면은 외면보다 더 큰 의미

....

209 R. Breutinger, aaO., S. 66.
210 같은 책, 63쪽.

를 지니며 우선권도 지닌다. 그것은 사물의 "파악할 수 있는 현실"을 인정하고 받아들일 수 있는 능력을 키워주고, 그 자체에 창조적 완성의 가능성도 열어준다.

'보는 법'을 강조하는 릴케의 선불교적 인식은 단순한 보편적 관찰이 아니라 상관적인 지식에 힘입은 것이다. 대상의 근원 한 복판으로 들어가게 하는 관조의 형태이다.[212] 그리고 내면으로의 귀환이자 그것으로부터 내다보는 것이다. 스즈키는 "(그런 관찰의) 비밀은 식물 자체가 되는데 있다. 그러나 인간의 본질이 식물로 변신할 수 있을까? 인간이 하나의 동물이나 식물을 그리려 하는 한에 있어서, 어느 방법이든 그 둘에 상응하는 그 무엇 속에 존재해야 한다. 그리고 그런 상태에 도달한다면, 인간은 자기가 그리고자 하는 목표 자체가 될 수 있다"[213]고 말하듯, 릴케가 받아들인 내면관찰은 시인과 대상의 일체화이다. 그렇다고 자연 속의 어떤 것이 있는 그대로 복원된 것이 아니라, 무의식에 내장된 하나의 새로운 자연이 되는 것이다.

예술가는 따라서 자연을 변화시키고 증가시키며, 그렇게 함으로써 본연의 자기 자신에게로 되돌아간다. 이런 과정에서 얻어진 미학적 자유가 예술작품으로 하여금 "고유현실"[214]이 된다. 그것은 『말테의 수기』에서 보여주듯, 자아정체성을 유지하기 위하여서는 "순수한 내면성의 위기"[215]라고 불릴 외부영향으로부터 자유로워야 한다는 것

....

211 Suzuki, *Die große Befreiung.*, S. 38.

212 Suzuki, *Der westliche und der östliche Weg.*, S. 44.

213 같은 책, 38쪽.

214 R. Breutinger, aaO., S. 40.

215 H. Drees, *Rainer Maria Rilke.*, S. 77.

이다.

바로 릴케의 시 「산」이 강조하고 있다. "형상화하려는 예술가에 대하여 대상물이 보여주는 냉담함, 하나의 거부행위, 그리하여 전혀 이해할 수 없는 사실존재"[216]를 주제로 하는 시는 모든 선입견을 포기하는 예술가에게 "전환Wendung"의 길을 열어준다. 시는 시인이 의도하고 있는 내면의 고유한 것에 상응하는 '겉치레'가 되게 하는 경우가 많다. 그런 "애매함(복합성) Doppeldeutigkeit"[217]은 예술가의 형상도 밖에서 인지된다.

오늘날까지도 서양문화에 큰 영향을 미치고 있는 호쿠사이는 특별히 릴케에게 있어서는 시인적인 관찰을 '보는 것Sehen'에서 '바라보다 Schauen'로 변화시키는 데 큰 역할을 하였다.[218] 그것은 선불교에서 높이 평가하는 "총체적 관찰Totalschau"[219]로의 전환이며, 아시아의 회화 전반에 걸쳐 가장 이상적으로 추구되는 직관적인 태도로 가는 것이다. 그것은 두 가지 관점, 즉 주관성의 지양과 "총체성으로 향하는 구원의 길"[220]로서의 전체체험으로 나타난다. 서양의 "자아 의식적 ichbewußt"[221] 논리체계가 부분분할의 미의식과 원근법 등으로 예술적으로 어떤 한계에 도달하고 마는 데에 비하여, 재차 강조해 말하지만, 과도한 주관성을 불식시키고 주관과 객관, 사상과 세계 사이의 갈등

216 R. Breuninger, aaO., S. 176.
217 같은 책, 177쪽.
218 H. Berendt, aaO., S. 342.
219 Suzuki, *Die große Befreiung.*, S. 20f.
220 같은 책, 26쪽.
221 같은 책, 64쪽.

을 넘어서서 도달하는 곳이 선의 세계[222]이다.

깊은 성찰의 결과로 더 이상 인위적인 형상화가 아닌 독자적인 자체로 존재하는 언어. 시는 그리하여 선불교적 양상인 불립문자不立文字의 세계,[223] 즉 언어의 길이 끊긴다는 '언어도단言語道斷'의 경지에 다다른다. 선禪은 겉의 자연적 현실과 속의 인성을 상호 일치시킴으로써, 눈에 닿는 것만이 아니라 속뜻을 그린다. 그러므로 "가장 내적인 언어"이며, 언어의 씨앗 속에서 파악된 단어-핵이다.

그런 선불교의 관점으로 릴케는 「산」이란 시 작품 속에서 대상을 베일에 싸이게 하고, 신비적인 것과 소박한 명암 속에 머물게 한다. 그리고 내면에 호소한다. 이런 과정은 선禪이라는 아시아의 세계에 접근한 하나의 산물이라 할 것이다.

....

222 같은 책, 109쪽.

223 Suzuki, *Der westliche und der östliche Weg.*, S. 75.

VI.
부처Buddha 시 세 편

불교적 주제가 릴케의 작품에 구체적인 모습을 보여준다. 연속적으로 쓰인 세 편의 부처 시, 「부처Buddha」라는 제목의 두 편과 「영광의 부처Buddha in der Glorie」가 그것이다. 1907년에 출판된 『신시집』에 수록, 발표되면서 이제 아시아 정신문화의 핵심인 불교 작품이 하나의 체험적 현실로 릴케의 문학세계를 빛을 내리게 된다. 당시 파리에서는 동양에서 온 회화. 도자기, 조각품 등 각종 예술품 전시회가 자주 열리곤 했다. 릴케는 어느 날 로댕의 정원에서 부처상을 대하면서 관심의 절정에 이르게 된다.

1. 붓다 조각상

1905년 9월 20일 릴케는 아내 클라라에게 보내는 편지에서 그 순간의 감격을 다음과 같이 묘사하고 있다.

그러자 내 눈앞에는 저 멀리서 별빛 반짝이는 밤이 펼쳐지더니, 창문 앞

아래 작은 언덕으로 통하는 자갈길이 솟아오르고, 그 위에는 희열 가득한 침묵 속에 부처 형상 하나가 고즈넉이 자리하고 있었소. 그 몸집에서 풍겨 나오는 말로 할 수 없는 근엄함을 밤이건 낮이건 모든 하늘 아래에서 다소곳한 몸가짐 속에 내보이면서 쉬고 있었소. '이것이 세계의 중심이군요'라고 내가 로댕에게 말했소.

Dann ist vor mir die weite blühende Sternennacht, und unten vor dem Fenster steigt der Kiesweg zu einem kleinen Hügel an, auf dem in fanatischer Schweigsamkeit ein Buddha-Bildnis ruht, die unsägliche Geschlossenheit seiner Gebärde unter allen Himmeln des Tages und der Nacht in stiller Zurückhaltung ausgebend. C'est le centre du monde, sagte ich zu Rodin.

참 놀라운 경험이었다. 낯선 이국의 정서가 고요하고 은은하게 그의 가슴에 밀려드는 순간이었다. 동방의 신성한 세계가 시인의 영감을 타고 꿈틀거리기 시작했다. 당장 불교사상에 빠져들어 일련의 부처시가 탄생하였다기 보다는 종교 이전의 예술로 체험해 이루어진 감동이었을 것이다.

그럼에도 불구하고 이즈음에 아시아의 영적 모태인 불교는 알게 모르게 릴케의 생활 주변을 파고들고 있었다. 불교에 관심이 많던 로댕을 중심으로 모인 사람들의 성향이 그러했고, 또 나날이 그 주변에 영향의 범위를 넓혀가고 있었다. 더욱이 로댕의 제자인 아내 클라라는 일찍이 불교에 심취하여 자기 동료들과 불경 윤독회를 가질 정도로 심신수련에 열심이었다. 특히 중동 여행 중 릴케에게 이 "불교의 새로운 문턱"(릴케에게 보내는 1908년 5월 8일자 편지)에 들어오기를 간곡히 권하기도 했다. 그럴 때마다 릴케는 매우 소극적인 자세로 뒤 물러서곤 했다. 클라라는 자기가 구입한 노이만K. E. Neumann 번역으로 된 『불교경전*Die Reden Gotamo Buddhas*』을 보내주었지만, 역시 그는 당장의 집필을 이유로 책상머리에 밀어 두었다. 책을 받은 다음, 1908년 9월 8일 릴케는 클라라에게 편지를 보내어 당시의 심경을 이렇게 털어 놓는다.

> 사랑하는 당신이여, 보내 준 '경전'을 방금 받았소. 녹색 공작석 가죽줄무늬 위에 표제가 새겨진 검은 가죽 표지의 그 멋진 책 말이요. (…) 책장을 펼쳐 몇 장 넘겨보니 그 첫마디에서 균형 가득한 아름다움이 금빛홀 안에 스쳐 지나는듯한 모습을 보고 전율이 날 정도로 짜릿함을 느꼈소. 내가 어째서 이 아늑하고 의지할만한 문턱에서 이토록 주춤대며, 왜 당신을 크게 실망시킬 만큼 이토록 망설이고만 있겠소? - 그것은 내가 오랫동안 미루어 온 『말테의 수기』 때문이라고 말할 수밖에 없겠소.

> Eben, bekam ich, Liebe, ein sehr schönes Exemplar von 'den Reden'; mit einem schwarzen Wildlederrücken, der auf zwei malachitgrünen Lederstreifen die Aufschriften trägt. (…) Ich schlugs auf, und schon bei den ersten Worten, irgendwelchen gerade aufgeschlagenen Worten, schauerte michs um, als gings auf in einen goldenen Saal, in dem nichts ist als das Ebenmaß. Warum ich mich zurückhalte von dieser stillen, nur angelehnten Tür; warum in mir diese zögernde Gebärde aufkommt, die Dich so stark befremdet? - es mag sein, daß um des Malte Laurids willen geschieht, den ich zu lang aufgeschoben habe.

아시아의 유력 종교와의 진실한 만남은 이렇게 지연되었다. 하지만 그런 과정에 이모저모 접하게 된 불교에 대한 지식은 나름대로 관심의 폭을 넓혀가고 있었다. 당시에 몰두하던 글쓰기의 대상이 '베티네Betinne' 같은 여인상들이었는데 그 인물들 속에 아시아적 내면성

릴케와 클라라(1906)

이 깃들어 있다고 많은 사람들이 평하는 것을 보면, 불교의 진리는 은연중에 그의 가슴에 깊이 스며들었는지 모른다.

이와 연관해서 카타리나 키펜베르그Katharina Kippenberg가 전해 주는 릴케의 당시 모습 역시 주목할 만하다. 릴케에게 드리운 아시아의 그림자가 짙어가고 있었기 때문이다.

『말테의 수기』는 계속 진전되고 있었다. 그의 작품이 이토록 빨리 진척을 보게 되는 것은 그가 스스로에게 특정한 전제를 설정하고 있기 때문에 당연한 일이라 할 수 있다. 그는 마치 깨달음을 찾아 엄한 규제에 따라 수도하는 불교도와 같은 생활을 하고 있었다. 몇 주일 동안 아무도 만나지 않고 조촐한 방안에 머물거나, 말테처럼 국립도서관에 있는 것이 고작이었다. 저녁에는 우유 두 잔이 전부였다.

Die Arbeit am Malte Laurids schritt stetig fort. Der schöne Fluß des Schaffens

> gab Rilke recht, da er es an bestimmte Voraussetzungen band. Er lebte wie ein Buddhist, der sich für die erhofften Erleuchtungen gewissen strengen Regeln unterzieht. Er sah wochenlang keinen Menschen, saß allein in seinem bescheidenen Zimmer, ging in die Nationalbibliothek gerade wie sein Malte Laurids und trank abends seine zwei Tassen Milch.[224]

이국문화에 대한 릴케의 탐구의지와 수도자적 자세는 작품창작에 매달리는 시인의 혼속에 스미어있었다. 이것은 단순히 우연만은 아니었다. 릴케의 눈과 귀를 사로잡으며 그의 정신세계에 큰 불자적 지식의 영양원을 공급하는 사람이 있었다. 루돌프 카쓰너였다.

릴케는 카쓰너를 통해 불교에 대한 기대 이상의 지식을 전수받고 있었다. 이에 대해 카쓰너 자신도 뚜렷한 증언을 해 준다: "당시에 나는『인간적 위대함의 요소』란 책을 쓰고 있었다. (…) 릴케가『요가의 새로운 어록』이라는 책에서 그 내용을 읽고, '이 글은 제 스스로 발췌했습니다. 나의 편에 서서 나를 감싸주는 말인 것 같기도 하고, 나를 비난하는 것 같기도 합니다.'라고 한 나의 글을 인용하면서 그가 나에게 편지를 썼다!"[225] 이것은 릴케 자신의 선택의지에 따라 이미 아시아가 그의 정신세계 속에 파고들어 적지 않은 영향력을 행사하고 있었다는 사실을 은연중에 알려주고 있다. "내면성으로부터 위대함으로 이르는 길은 희생을 통해 이루어진다Der Weg von der Innigkeit zur Größe geht durch das Opfer"는 구절은 릴케가 카쓰너 학습과정에서 체득한 말로서, 그것이 3년 후 루 안드레아스 살로메를 위하여 쓴

…………

224 K. Kippenberg, *Rainer Maria Rilke.*, S. 170f.

225 R. Kassner, *Erinnerungen an Rainer Maria Rilke.*, S. 296.

시 「전환Wendung」에서 되살아난다. 릴케에게 있어서 카쓰너의 영향, 불교세계로의 입문은 사뭇 진지했다.

2. 작품의 생성

첫째 시 「부처Buddha」(SW I. 496)에서 시인은 부처상을 매우 경원할만한 대상으로 바라보면서 아주 품위 있고 독존적인 모습을 부각시킨다. 3인칭 단수 "그"로 지칭되는 "부처"와 "그"를 관찰하며 찬양하는 "우리" 사이에는 상당한 거리감이 마름되어 있다. 부처의 형상은 원으로 형상화되어 자체 속에 존재하는 중심과 인과관계의 상징으로 쓰인다. 우주와 일체화된 인간이 그들 자신의 덧없음, 즉 영원히 존속하는 전체성으로부터 소외감을 느끼지 않을 수 없게 하는 수많은 별들이 그 주위를 맴돈다. 그 별은 "전체All(es)"이다. 영원한 존재이다. 부처이다. 3연 4행시로 균등한 내용전개가 산뜻한 안정감을 안겨준다.

> 그가 귀담아 들으려는 듯, 고요함: 저 아득한 것...
> 숨죽여 들으려 해도 들리지 않는다
> 그는 별이다. 보이지 않는 다른 커다란 별들이
> 그를 맴돌고 있다.
>
> 오, 그는 전체이다. 정말, 우리에게 눈길이라도 줄지
> 기다려야 할까? 그럴 리가 있을까?
> 그 앞에 무릎이라도 꿇는다면

한 마리 동물처럼 나직이 마지못해 나타나려니.

우리를 그 발밑으로 끌어들일 수 있는 것은
수만 년 전부터 그의 속에 맴돌던 힘.
우리가 들어 아는 것을 기억하지 못하는
우리를 책망하는 것을 들어서 아는 그는.

Als ob er horchte. Stille: eine Ferne ...
Wir halten ein und hören sie nicht mehr.
Und er ist Stern. Und andre große Sterne,
die wir nicht sehen, stehen um ihn her.

O er ist Alles. Wirklich, warten wir,
daß er uns sähe? Sollte er bedürfen?
Und wenn wir hier uns vor ihm niederwürfen,
er bliebe tief und träge wie ein Tier.

Denn das, was uns zu seinen Füßen reißt,
das kreist in ihm seit Millionen Jahren.
Er, der vergißt was wir erfahren
und der erfährt was uns verweist. (SW I. 496)

같은 제목의 두 번째 시 「부처Buddha」(SW I. 528f.)는 전형적인 소네트 시이다. 앞의 시에 제시된 부처상과 별들로 이어지는 우주구성체가 좀 더 강화되어 달의 이미지로 상승된다. 주위에 맴도는 달빛으로 부처는 신성화, 절대화되고, 우주의 핵심으로 인식된다. 부처는 의연하고, 여유 만만하여 태곳적 초월자의 존재로 나타난다. 이에 대한 대립각으로 "순례자"가 등장한다. 부처와 순례자, 대상과 관찰자의 관계이다.

부처상을 향하는 "낯선 순례자"가 자신과 부처 사이에 좁혀질 수 없는 "별자리Konstellation"[226]를 확인하고 있고, 위상에 따라 설정된 간격을 긍정적으로 인정하며, 한걸음 더 나아가 산정된 어떤 '거리감'을 더욱 더 뚜렷하게 한다. 관찰자(순례자)의 존재가 미미하게 나타났다가 사라지는 동안, 신성한 대상은 더욱 더 독존적인 위엄을 갖추어간다.[227]

이미 멀리서 머뭇대던 낯선 순례자가 느끼는
금빛 방울져 쌓이는 그의 모습
후회할 것 많은 부자들이
남몰래 쌓아 올린 것인가

하지만 가까이 다가설수록
지고한 눈썹 앞에 몸 둘 바를 모르니
그것은 일상의 그릇도 아니고
부인들의 귀걸이 장식도 아닐지라

이 꽃받침 위에 이 모습을 세우는데
무엇들을 녹여 만들었는지
누군가 말해 줄 수 있으려나

금빛 형상 보다 더 연한 황색 고요함
그리고 스스로 원을 그리며
공간에 기대고 서 있는 그 모습

226 W. Müller, *Rainer Maria Rilkes Neue Gedichte.*, S. 71.

227 참조. SW I. 638: „da tat er allen Anspruch ab und bat//bleiben zu dürfen (…)"

SCHON von ferne fühlt der fremde scheue
Pilger, wie es golden von ihm träuft;
so als hätten Reiche voller Reue
ihre Heimlichkeiten aufgehäuft.

Aber näher kommend wird er irre
vor der Hohheit dieser Augenbraun:
denn das sind nicht ihre Trinkgeschirre
und die Ohrgehänge ihrer Fraun.

Wüßte einer denn zu sagen, welche
Dinge eingeschmolzen wurden, um
dieses Bild auf diesem Blumenkelche

aufzurichten: stummer, ruhiggelber
als ein goldenes und rundherum
auch den Raum berührend wie sich selber. (SW I. 528f.)

"이미 멀리서 머뭇대던 낯선 순례자가 느끼는/ 금빛 방울져 쌓이는 그의 모습"(1/2행)과 "하지만 가까이 다가설수록/지고한 눈썹 앞에 몸 둘 바를 모르니"(5/6행)에서 관찰자의 위치에 선 순례자가 어떤 대상을 가까이 할 수 없는 공간적 간격으로 떨어지고, 그 이후에 줄곧 시인이 불식시키려는 관찰자와 부처상 사이의 간격은 좁혀지지 않는다. 더 이상 관찰자는 등장하지 않는다. "후회할 것 많은" 부자들이 시주하여 만든 "지고한 눈썹"의 위풍당당한 천상천하유아독존天上天下唯我獨尊의 형상. 그것은 다시 꽃받침 한 가운데에 세워진 성상聖像 그 모습이리라.

세 번째 시 「영광의 부처Buddha in der Glorie」(SW I. 642)는 3개 시 중에서 불교적 요소를 가장 많이 받아들이고 있는 작품으로 보인다. 더구나 이 시에서는 '과일'의 '과육'과 '씨앗'의 상관관계를 우주현상의 질서와 연결시키면서, 아시아적인 열매의 상징으로 널리 알려진 "편도 Mandel"를 통하여 부처라는 인물을 부각시키고 있다. "원"과 "중심"의 인과관계로 맺어진 그것이 "무한함 속에서"(6행) '태양들을 극복할 채비'(12행)를 하면서 찬란한 위업을 정립시키고 있다.

모든 중심 중의 중심, 알맹이 중의 알맹이,
둥근 테 열매를 맺어가며 달콤히 익어 가는 편도, -
모든 별들에까지 닿는 이 전일의 힘은
그대의 과육일지니: 문안드리나이다.

보라, 모두 다 떨치어 버린 홀가분한 그대 마음
무한함 속에서 여물어 가는 그대의 껍질
거기에 신선한 즙이 고여 쌓이고
밖에서는 그걸 돕듯 따뜻한 눈길 던지는 햇살,

저 위에서 그대의 태양들은
온통 타오르는 듯 몸을 돌리기 때문이려니
하지만 그대 안에는 이미
태양들을 극복할 채비가 되었다.

MITTE aller Mitten, Kern der Kerne,
Mandel, die sich einschließt und versüßt, --
dieses Alles bis an alle Sterne
ist dein Fruchtfleisch: Sei gegrüßt.

Sieh, du fühlst, wie nichts mehr an dir hängt;
im Unendlichen ist deine Schale,
und dort steht der starke Saft und drängt.
Und von außen hilft ihm ein Gestrahle,

denn ganz oben werden deine Sonnen
voll und glühend umgedreht.
Doch in dir ist schon begonnen,
was die Sonnen übersteht.

릴케가 뫼동에 머물고 있는 로댕을 처음 방문한 것이 1902년 9월 1일. 그것이 첫 싹을 틔운 해였다고 한다면, 1905년 9월은 성장기, 1906년은 꽃피는 시기였다고나 할까. 그리하여 1905년 9월 14일부터 1906년 5월 12일 그는 로댕의 비서로 일하게 되었고, 지근거리에서 그를 모시면서 부처상 앞에 서게 된 것이다.

첫째 시 「부처」가 발표된 것은 1905년. 같은 제목의 둘째 시는 그 생성연도가 이듬해인 1906년으로 되어 있다. 그 후 두 해가 지난 1908년 여름 세 번째 시 「영광의 부처」가 나온다. 여기에서 우리가 작품의 제작연도를 중요시하는 것은 『불교경전』을 처음 대한 시기와 이 시들이 나온 때와 어떤 관계가 있는가 하는 문제 때문이다. 릴케가 경전을 정식으로 입수한 것이 1908년 9월 8일, 그러니까 이 세 편의 '부처시'가 발표된 이후이기 때문이다. 이런 시기적 차이는 시를 좀 더 다른 각도로 읽을 것을 요구한다. 불교 교리적 이해가 크게 작용하지 않았으리라는 전망 때문이다. 그러나 이때 그의 생활 언저리에는 불교적 분위기가 상당히 번져 있었다는 사실을 감안하면서, 그 영향권 내에서 작품이 쓰여 졌으리라는 예상 또한 가능하다.

세 작품이 쓰인 시기는 『말테의 수기』를 집필하던 당시이다. 릴케는 하루에도 7, 8편의 시를 써낼 정도로 왕성한 창작의욕을 과시하고 있었다. 이미 앞에서 언급한 바와 같이, 카타리나 키펜베르크가 작품에 몰두하고 있는 작가의 모습에서 불교도다운 경건하고 건실한 면모에 대해 언급할 정도로 진지했던 것도 사실이다. 작품의 직접적인 생성동기가 로댕의 정원에서 부처 조각품을 접한 데 있는 만큼, 그것이 종교성이 아닌 예술성에 좀 더 관심을 집중해야 할 것 같지만, 이국의 문화를 심중에 깊이 두고 작품이 구상되었다는 사실과 부처상을 둘러싼 동방의 짙은 그림자는 여전히 큰 자취로 남아있다는 사실은 염두에 두어야 할 것이다.

오귀스트 로댕(1840~1917)

뫼동에 있는 로댕의 아틀리에

로댕의 아틀리에 내부

파리 근교의 뫼동

3. 부처와 아폴로: 로댕

부처상의 이미지에 릴케는 로댕을 대입시키고 있다. 이미 1905년 9월 15일자 편지에서 릴케가 로댕을 처음 만났던 때의 사정을 묘사하면서 그는 "자족의 완성된 상징vollendetes Symbol der Selbstgenügsamkeit"[228]으로 받아들인 고타마 싯타르타(부처의 아명)를 다시 한 번 머리에 떠올리면서 로댕을 생각한다. 그는 이어서 1905년 9월 15일 클라라에게 보내는 편지에서 그 상황을 이렇게 말한다. "(…) 마치 커다란 개의 형상을 지닌 그가 나를 맞아들이더니 무엇을 탐색하는 눈초리로 다시 무언가를 확인하는 것이었소. 그리고는 만족했는지 가만히 있었소. 마치 왕위에 오른 동방의 신처럼 고즈넉한 평온과 태연함, 그리고 부드러움과 신비의 거동만이 있을 뿐이었소."[229] "동방의 신"에 대한 감격어린 인식은 그 밖에 1905년 9월 20일, 21일, 그리고 1906년 1월 11일자 편지에서도 연달아 볼 수 있다.

붓다 체험의 핵심은 로댕이다. 아내 클라라에게 스승이자, 자신도 한동안 그의 비서로 근무하면서 그림자처럼 그의 곁을 지켰고, 평생을 두고 존경의 대상으로 삼았다. 천재적 능력만큼 불끈거리는 성격의 소유자인 이 예술계의 거장과 그는 늘 불안한 관계를 유지하면서도 그로부터 항상 예술의 근본을 깨우치곤 했다. 『신시집』이 바로 그

....

228 E. Simenauer, Rainer Maria Rilke. Legende und Mythos, S. 281.

229 „und wie ein großer Hund, so hat er mich empfangen, wiedererkennend mit tastenden Augen, befriedigt und still; und wie ein thronender östlicher Gott, nur bewegt innerhalb seines erhabenen Ruhens und Geruhens und mit dem Lächeln einer Frau und eines Kindes greifender Gebärde.“

소산이다. 시집이 이전의 시 세계와 전혀 다른 새로운 안목을 지녔다 고 함은 "사물의 본질을 파악하고 그것을 언어로 표현하는 그의 단호함"[230]에 힘입은 바 크다. 그가 시집에 불러들인 모든 대상은 사물이라는 영역 속에서 서로 아무런 특권이나 배타적 관점이 없이 감정을 초월한 사물자체로서의 존재, 다시 말해서 주관성의 노예상태에서 해방시킨 그런 혁명적인 것들이었다.

그런데 그런 것들이 아시아 문화의 입김 속에 있는 것들이었다. 로댕은 일찍부터 동방에 대해 큰 관심을 갖고 이국적인 주제를 자신의 예술에 기꺼이 수용했다. 1904년 프랑스를 순회 공연하던 캄보디아의 무용단을 지방 곳곳으로 따라다니며 열심히 스케치도 했다. 그의 화폭에 담긴 동방무용수들의 육감적인 모습은 릴케를 로댕 예술의 새로운 인식으로 끌어들이며 동방문화에 대한 깊은 관심을 갖게 해주었다.[231] 더욱이 스승의 동양에 대한 로댕의 관심은 예술을 넘어 종교(불교)에 대한 열망으로 발전한다. 다수의 부처상을 직접 소장하기에 이른 로댕은 릴케에게 동양탐구의 본보기이자, 때마침 심취하게 된 호쿠사이와의 복합된 새로운 예술정신의 화신[232]이었다. 부처 이미지는 역시 예술의 눈을 뜨게 하고 "끊임없이 노력하는" 예술적 지구력을 강조하는 로댕을 넘어서 아시아 정신세계로 향하는 푯대가 되었다.

서양예술의 거목와 작별하기 전후, 릴케는 그의 정원에서 대하게

…………

230 E. Heller, *Nirgends wird Welt sein als innen*, S. 132: „seine Entschlossenheit, das Wesen der Dinge zu begreifen und zur Sprache zu bringen"

231 M. Betz, *Rilke in Paris*, Zürich 1948, S. 115.

232 "일하라, 일하라, 항상 일하라"라는 모토를 지닌 로댕의 예술정신.

된 동양의 부처상을 통해서 한 인간에 대한 무한한 인간적 존경심과 불교를 통한 신비로운 정신문화 세계의 합일을 추구하고 있다. 1906년 1월 11일자 편지에서 그는 이렇게 표현하고 있다.

> 우리가 화창하던 어제 저녁 늦게 박물관에서 내려왔을 때, 정원의 담장은 어둠에 휩싸여 있었소. 하지만 그 뒤에는 온 세상 달빛 모두가 부처상을 에워싸고 있는 것이었소. 마치 위대한 신을 섬기는 불빛과 같았소. 그 한 가운데에 그 부처상이 자리하고 있었소. 아득한 옛날의 태연함속에 무표정하면서도 여유 있게, 빛을 발하면서 말이오.
>
> Als wir gestern des klaren späten Abends vom Musée herunterbogen, da war die Mauer meines Gartens dunkel, aber dahinter war alles Mondlicht der Welt um den Buddha herum, wie die Beleuchtung eines großen Gottes-Dienstes, in dessen Mitte er verweilte, ungerührt, reich, von uralter Gleichgültigkeit strahlend.

로댕이 불빛 같은 신으로 묘사된다. 그런데 익숙한 서양의 신이 아니라 부처이다. "그의 말할 수 없이 근엄한 몸집이 낮과 밤의 모든 하늘 아래에서 은연중에 보여주는" 모습을 바라보면서, "이것이 세상의 중심이군요"라고 말한 구절은 그대로 시 「영광의 부처」로 옮겨가 "모든 중심 중의 중심Mitte aller Mitten", "알맹이 중의 알맹이Kern der Kerne"라는 시어로 되살아나고 있다. 더욱이 부처, 로댕, 신의 봉사, 중심, 머무름(극복), 빛 ...... 이 모든 것이 한데 어우러져 나타나는 것이다. 로댕의 곁에서 일하면서 "신선한 즙이 고여 쌓이는" 과정, 즉 고요함 가운데 모든 것을 성숙과 완성으로 향하게 하는 자연질서의 힘, 봄날의 부처상을 머리에 떠올린다. 그리고 평온히 익어가는 편도(아몬드)로 형상화 된 핵심으로서 부처와 로댕의 내적인 힘(영성)을 연상케 한다.

시적 자아는 시의 현장에 있으면서 일정한 거리를 유지하고 있다. 청각과 시각 모두 거두어서 철저한 침묵 속에 자신을 가둔다. 세상의 조정자적 기능을 수행한다. 내면 깊숙이 들을 수 있는 소리를 찾기 위함이다. 자기 내면의 힘을 모아서 시적 자아와 새로운 시야를 추구한다.

로댕을 참다운 예술가의 본보기로 삼고, "그의 내적 겸손seine innere Bescheidenheit"[233]을 우주계를 순행하는 별처럼 우러러보며, 그는 그와 똑같은 길을 걸으려고 한다. 그의 뜰에서 보게 된 부처상을 우주 질서의 본체로, 곧 참 예술가상의 존엄으로 일치시키는 것은 매우 자연스러운 수순이 아닐 수 없다. 성스러운 아시아 이미지가 가장 숭고하게 생각하는 예술가의 대표 이미지로 자리 잡은 순간이다.

더구나 작가 아르투어 홀리춰Arthur Holitscher(1869~1941)에게 보내는 1903년 12월 13일자 서한에 따르면, 로댕은 시인 자신뿐만 아니라 모든 대상을 초월한 "별모양Sternbild"로 본다. "들을 수도 없는" 신비의 존재로, 무한한 "침묵" 속의 성스러운 인간상이다. 여기에 나오는 내용과 어휘들은 제1시의 첫 연을 그대로 연상시킨다.

> (…) 내 위에 군림하며 닿을 듯 말듯 느껴지다가 결국 내 영역의 한계 밖에 머물며, 그 모든 것을 초월한 별모양과 같은 자애로운 인간이었소. 내가 결코 들을 수 없는 체험계 밖의 인간상이라오. (…) 그리고 내가 빤히 바라

…………

233 Klatt, RMR., S. 111.

> 보면 항상 내 위 그 똑같은 장소에 있을 따름이오. 벗이여, 당신도 그런 사람들 중의 하나요. 수많은 침묵이 우리 사이의 공간처럼 드리워 있소, (…)
>
> (…) Es steht ein Sternbild eines lieben Menschen, über mir und über allem diesen, was ich mich leicht und schwer macht und immer wieder schwer; das sind die Menschen, von denen ich nicht oft höre, (…), und wenn ich aufsehe, so sind immer auf derselben Stelle, immer über mir: Sie sind von diesen Menschen, lieber Freund. Das viele Schweigen ist wie Raum zwischen uns, (…).

릴케가 세 편의 부처 시를 통해 보여주는 아시아 문화에 대한 이해와 지식은 서양 세계관을 대표하면서 「영광의 부처」와 거의 같은 시기(1908년 초여름)에 쓰인 시 「고대 아폴로 토르소Archaïscher Torso Apollo」(SW I. 557)와 비교해 보면, 더욱 선명하게 드러난다. "동아시아의 종교와 서양의 예술 사이의 대립을den Gegensatz zwischen östlicher Religiösität und westlicher Kunst"[234] 가르는 대극의 위치에 서 있는 두 작품은 똑같이 로댕을 키포인트로 한 예술의 문제를 다루고 있다.

> 우리는 떨어져 나간 머리통은 본적이 없다
> 그 속에선 두 개의 눈망울이 익어가고 있었다지
> 하지만 몸통만은 아직도 산델리아 불빛처럼 빛나고
> 거기엔 그의 눈길이 숨어 반짝이고 있다
>
> 또한 가슴에 불쑥 솟은 근육은

234 Zit. n. Ebd., S. 141.

그대의 눈을 부시게 할지는 못할 것이고
살짝 돌아 선 그의 허리춤의 미소 일랑
새 새명을 낳아주는 그 한 복판 까지 닿지도 못하리라.

(…)

WIR kannten nicht sein unerhörtes Haupt,
darin die Augenäpfel reiften. Aber
sein Torso glüht noch wie ein Kandelaber,
in dem sein Schauen, nur zurückgeschraubt,

sich hält und glänzt. Sonst könnte nicht der Bug
der Brust dich blenden, und im leisen Drehen
der Lenden könnte nicht ein Lächeln gehen
zu jener Mitte, die die Zeugung trug.

(…)

그리스의 고전조각 작품『밀레의 젊은이 토르소Junglingstorso aus Milet』를 보고서 시상을 얻어 쓴 작품이다. 릴케는 여기서 서양의 그리스 신 아폴로를 전면에 내놓으며 동양의 성인 부처 시와 눈에 띄는 대척점을 이루고 있다. 각기 조각예술품, 부처상과 아폴로 상을 대상으로 하는 만큼 표출하는 세계관은 철저하게 대립적이다.

부처 시에서는 빛을 받아 용해하는 수동적인 '달'이 우주권에 있는 동방 신의 상징적 후광으로 제시되고 있다면, 아폴로 시에서는 대기권에서 낮과 밤의 시간적 공간세계를 빛으로 움직이는 능동적 힘을 강하게 뿜어내고 있는 '태양' 신이 그에 맞선다. 더욱이 아폴로 시가 근육의 조형미라는 육체성과 관찰의 강한 주관성(5, 6행), 그리고 능동적 시험의 상징인 '사과'를 통해 전형적인 서구적 지성의 표상으로 응집되어 있다면, 부처 시는 육체보다는 정신이요, 빛을 출사하는 외면성 보다는 적막 속에 잠겨 깊고 깊은 내면세계의 탐구에 집중한다. 상징적인 과일의 평성도 흥미롭다. "편도"(제3시 2행)라는 동양의 감성 중심의 은둔자적 시각과 수동적인 세계관을 펼치고 있다. 여기에서 페르시아에서 유래하여 소아시아 등의 문화권을 대표하는 원형체의 편도를 토르소의 '근육과 가슴에서 나오는 빛이 눈을 부시게'(5~6행) 하는 '아폴로-사과'와 맞세우면서 부처 시에서 구상하고 있는 동양 이미지를 돋보이게 하려한다. 시의 시공時空간 활용의 예술관찰 효과 면에서 "사물에 확보된 공간적인 것과 시간성의 탈피das gesichert Raumhafte und Zeitenthobene der Dinge"[235]를 주제로 삼고 있는 점도 주목할 만하다.

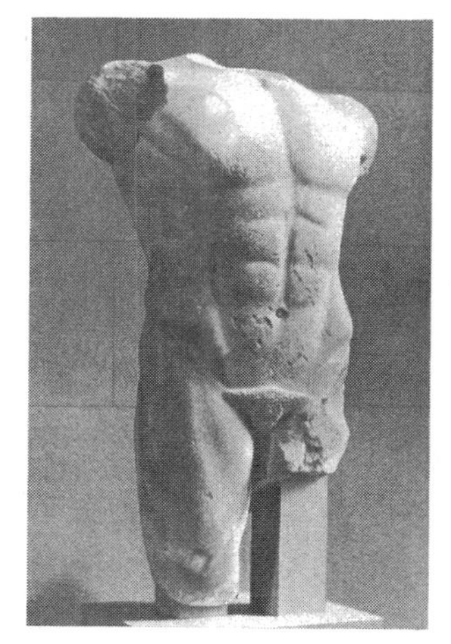

『밀레의 젊은이 토르소』, 6세기, 루브르 박물관 소장

두 작품은 모두 로댕의 예술가적 인품과 성향을 상징적으로 표현하고 있다. 그것은 '아폴로 시' 마지막 종결부분(14행)에서 "그대는 그대의 삶을 바꾸어야 한다Du mußt dein Leben ändern"라는 전에 없이 강력한 발언과 "하지만 그대 안에는 이미/태양들을 극복할 채비가 되었다Doch in dir ist schon begonnen,/was die Sonnen übersteht"라고 선언하는 예술 신의 목소리로 공감의 메아리를 크게 울린다. 예술은 단순한 미

....

235 Liebig, *Rilke und die Dinge.*, S. 152.

학주의에 국한된 것이 아니라 "삶의 교훈Lebenslehre"이어야 한다는 예술가의 롤모델 로댕과 호쿠사이가 화음을 이룬다.

1907년에 쓰인 전기 작품 『오귀스트 로댕Auguste Rodin』(SW V. 135~246)에서는 예술계의 거장을 찬양하는 자세도 부처상을 통한 아시아적 친근감이 더해져, '아폴로'와 "부처"의 영상을 동시에 포용하고 있는 모습으로 나타난다.

> 그리고 또한 삶에 접근해 있는 인간들, 이 아폴로와 열린 꽃 위의 이 고요한 부처도 여기에 만들어 놓았다. (…)
>
> Und auch das hier haben Menschen gemacht, die dem Leben nahestanden: diesen Apollo, diesen ruhenden Buddha auf der offenen Blume, (…).
>
> (SW V. 234)

로댕의 사고 범주에서, 문학, 예술, 철학이 삶의 현실과 분리해서 생각하지 않은 동양의 의식세계와도 만난다. 이런 의미에서 릴케는 그의 위대한 스승을 각각 동양과 서양의 관점을 대표하는 '전일적' 존재로 신성화하려 한 것 같다. 거기에 신비적 동양세계관을 대립적으로 활용하고 있는 것은 그가 생각하는 아시아의 그림자가 이미 내면 깊숙이 자리하고 있다는 하나의 증표라 하지 않을 수 없다.

4. 불교의 문턱에서

작품 속에 쓰인 여러 상징적 요소들은 불교정신을 포용하는 중요한 어휘들이다. 오토 볼프Otto Wolff는 이와 연관된 동양의 정신적 특성을 '완전(밀폐)성Geschlossenheit'을 뜻하는 원의 상징으로 집약시키고 불교사상은 바로 요가의 기본단계인 "자아개방Sich-öffnen" 또는 "자아발견Sich-findung"을 하나의 구심점을 갖는 원형현상으로 나타나고 있다. 모든 관찰의 한계를 초월한 절대자의 자세는 원과 중심의 상호관계에 있으며, 다른 한편으로는 모든 것이 "내포된in sich geschlossen" 세계관의 고적함 속에 깃 든 "초감성적 세계das Supramentale"를 나타내고 있다.[236] 항상 객관적 안목을 구현한다는 생각으로 사물의 바깥에서 관찰하며 무한한 가능성 찾기에 주력한 서양인에 비해서, 작품 속의 길은 내면 탐구적인 성향의 동양인에 가까이 있다.

앞서 인용한 두 편지 구절에서 시에 그대로 반영된 "말할 수 없는 고요함die unsägliche Schweigsamkeit", "근엄함Geschlossenheit", "중심Mitte", "원Kreis", "달빛Mondlicht" 등 중요어휘들은 릴케가 정식으로 부처 조각 작품을 대하고 즉흥적으로 구사했다고 보기에 힘든 상당히 전문적인 용어들이다. 일정한 목적을 가지고 그것을 집중적으로 탐구하기 이전에는 취득할 수 없는 것들이다. 그러니 또 다시 불교이론에 정통한 루돌프 카쓰너의 글에 주목을 하지 않을 수 없으리라. 릴케가 쓰고 있는 시적 용어들을 여기에 비추어 보면 구체적인 영향관계의 윤곽이 드러난다.

이곳을 빙 둘러 앉거나 세워져 있는 부처상에는 천체행로 때문에 인간과

....

236 참조. O, Wolff, Der integrale Mensch. In: *Die Welt in neuer Sicht*. Unter der Leitung von Jean Gebser im Mai 1958. München-Planegg 1959, S. 88ff.

별무리가 함께 모여서 하나가 되어 있다. 더욱이 놀라운 것은 내가 꺼져가는 태양에 부딪혀 무너져버린 하늘에서 완전히 모습이 바뀌어버린 듯한 느낌이 들었다.

In den Buddhas, die hier umherlagen, umhersaßen oder standen, waren um den Bahn willen Menschen und Gestirn zusammen gekommen und geeint, und zwar so wundervoll, daß es schien, als wandelte ich in einem Himmel, der eingestürzt war, als stieße ich an verloschene Sonnen an.[237]

인도인의 세계에는 마귀들이 이념에 조종되지 않고, (…) 과일의 껍질 같은 원의 둘레를 형성하는데, 그 중심과 알맹이가 바로 성자라 하는, (…).

In der Welt des Inders sind nun die Dämonen nicht durch die Idee gebannt, (…), sondern (…) bilden den Umfang jenes Kreises, die Schale jener Frucht, deren Zentrum und Kern eben der Heilige darstellt, (…).[238]

카쓰너는 이 두 부분의 글에서 원형체 상징의 불교세계관을 "원Kreis", "알맹이(핵심)Kern"으로 집중화하고 있다. 또한 원형감각을 전제로 한 동사 "둘러 있다umherlagen"이나 "둘러 앉다umhersaßen" 등이 성스러운 부처 형상을 상징하는 공간감각으로 고정되고 있다. 그것들은 또 "별무리Gestirn", "하늘Himmel", "태양Sonnen" 등 우주 내 순환운동의 이미지와 연결된다. 즉 어떤 중심을 두고 하나의 원을 형성하는 불교의 인과론적 세계관의 본질과 맞닿는다. 또 "과일Frucht"과 "껍질Schale"의 상관관계로 압축된다.

237 Kassner, *Buch der Erinnerung.*, S. 229.
238 같은 책, 266쪽.

그것들은 제1시의 첫째 연, 제2시의 넷째 연, 제3시의 첫째 연 등에서 뿐만 아니라, 전체적으로 작품 속에 자주 쓰이고 있다. 더욱 관심을 끄는 것은 일반적으로 단수로 표시될 "태양Sonne"이 복수인 "태양들Sonnen"(제3시, 12행)로 쓰인 점이다. 이것은 단순히 자연현상으로서 유일하게 존재하는 태양을 의미하기보다는 불교적 다용성의 본체를 상징하는 것으로 보이며, 문헌적으로도 앞서 인용한 어휘와 구절들과 예속성을 이룬다. 그러한 현상은 다음 구절에서도 분명하게 나타난다.

> (…) 성스러운 자가 완전히 중심을 이루면 성스러운 원의 중심점은 과일 씨앗(알맹이)이다.
>
> (…) während der Heilige pure Mitte ist, Mittelpunkt eines heiligen Kreises; Fruchtkern.[239]

> 하나는 예시한 중심위치 때문에(위아래 구분 없이) 성자들에게 주어졌다 : 혁명적인 것이다.
>
> Eines ist nämlich den Heiligen infolge der bedeuteten Mittelstellung (ohne die Unterscheidung von Oben und Unten) genommen; das Revolutionäre.[240]

> (…), 정신과 비견된 영혼처럼, 영혼과 하나가되는 육신처럼, 말도 마력을 지니어, 원초의 소리(옴)에서 나온 마적인 것이다. (…)
>
> (…), wie das Fleisch, das der Seele, wie die Seele, die dem Geiste angeglichen, damit identisch ist, auch das Wort ist magisch und kommt als ein Magisches aus dem Urschrei (*Om*) (…).[241]

…………

239 같은 책, 270쪽.

240 같은 책, 269쪽.

릴케의 시에서 중심을 이루고 있는 어휘들이 발견된다. "Mitte", "Fleisch", "Kern" 이외에도 "무한한 것das Un-endliche", "위와 아래oben und unten" 등이다. 내용적으로뿐만 아니라 작품 속의 상징적 활용도도 결코 이에서 크게 벗어나지 않는다.

불교적 세계관의 수용은 카쓰너를 통해서뿐만 아니라, 중동지역을 여행하면서 시인으로 하여금 불교에 대한 관심을 갖도록 여러 면으로 애를 쓴 아내 클라라의 덕이라 할 수 있다. 릴케가 보낸 1907년 3월 13일자 편지 구절은 그 사실을 알려주고 있다.

> (…) 이번에 동봉해 보내 준 카드로 하여 전에 가졌던 인상이 믿을 수 없는 상태로 상승되었소. 그 뒷면의 당신 글귀를 보기 전 까지는 거대한 조각 작품인 이 조각적 둥근 지붕의 과일이나 과육을 생각했을 따름이고, 기껏해야 어디에도 중단되지 않으며, 어디에도 약화되거나 소홀히 되지 않은 모형도수가 있는 조각 작품이라 보았던 것이요. 이것들에 대해 좀 더 자세히 알고 싶소. 하지만 내가 어찌 모든 것을 다시 하나로 볼 수 있겠소.

> (…) auf der diesmal beigelegten Karten steigerte sich der frühere Eindruck ins Ungläubliche. Ehe ich Deine Bemerkungen auf der Rückseite fand, dachte ich an das Frucht- und Fruchtkernhafte dieser plastischen Kuppeln, die große Plastik sind, Äußerstes an Plastik mit ihrem nirgends unterbrochenen, nirgends abgeschwächten oder vernachläßigten Modelé. Von ihnen mußt Du mir viel sagen. Wie ich doch immer alles wieder eines.

불교의 전수과정에서 중동은 릴케에게 있어서 대단히 중요한 의미

....

241 같은 책, 273쪽. 'Om'은 힌두, 불교에서 온 우주의 정수를 신비롭게 구현하는 원초의 소리.

를 지니고 있었다. 먼 중국을 위시한 아시아 문화에 익숙지 않았던 유럽 사람들에게는 이슬람과 불교문화가 혼동되어 받아들여지기도 했다.[242]

그럼에도 불구하고 릴케가 이 시기에 불교사상, 낯선 동방의 신비로운 세계를 진지하게 탐구하여 그 기반을 다지고 있었음은 분명하다. 오히려 "반 기독교성Antichristlichkeit"의 과정상에서 그는 이슬람교의 경전 코란과 '내세부정'을 동시에 연결 지우고 있음도 알 수 있다. 이슬람이 그러나 기독교처럼 내세관을 강조하는 종교라 볼 수 있다면, 릴케가 어떻게 현세성에 대한 비중을 높이는 종교이념을 받아들이게 되었는가 하는 의문이 제기된다. 그것은 불교가 아니었을까?

5. 원과 중심: 인과론

마침 브리지트 브래들리Brigitte L. Bradley는 릴케가 붓다 형상의 근엄함(다소곳함)이나 예술-사물의 구성상의 통일성을 수많은 별들과 달의 이미지로 구성하는 것은 당시 풍미하던 루돌프 J. E. 클라우지우스Rudolf J. E. Clausius(1822~1888)의 우주관, 즉 수학적으로 파악된 우주천체과학의 질서를 표현하려는 의도임을 밝히고 있다. 과학이 문학, 예술, 종교의 범위까지 광범위하게 영향력을 행사하던 시절, 수학

242 당시 유럽 내의 아시아 열풍에 힘입어 작품을 낸 작곡가 프란츠 레하르Franz Rehár (1872~1948)도 오페레타 「미소의 땅」(1919)에서 한 남편이 아내를 네 명이나 거느릴 수 있다는 이슬람 풍속을 중국의 것으로 잘못 이해하기도 했다.

적으로 접근한 우주천체과학의 질서는 정신문화의 전제이기도 했다.[243] 마찬가지로 고대 인도의 경전이자 찬송가인 베다에서 중요한 숫자로 나타나는 108도 태양과 지구사이의 거리를 태양의 직경으로 나눈 값이고, 역시 중요한 숫자인 339도 이 숫자에 원주율을 곱한 수치로 인식하는 것을 토대로 종교적 의식儀式을 과학으로 풀어나가는 통로로 삼은 것은 당시의 시대상 문학에도 수학과 천문학 지식이 절대적으로 필요했다.

시에 제시되고 있는 '우주의 원형'도 부처라는 인물상을 중심으로 별, 달, 해처럼 빛을 발하며 어떤 질서 속을 순행하는 과학적 서술 대상으로 나타나는 부처나 그 뒤에 숨겨진 인물 로댕과의 개인 체험적 요소들을 결부시킨다. 이처럼 과학과 종교와 예술이 하나가 되어 펼치는 우주질서와 인간심성의 만남이 필연적이다. 비록 그것이 예술화 과정에서 이루어진 것이라 할지라도 과학과 정신문화와의 소통 없이는 불가능하기 때문이다.

그것은 빛과 생명, 중심과 원의 인과성, 즉 원인과 결과를 바탕으로 하는 불교의 인과론적 관계Kausalitätsbeziehung[244]이다. 원이란 "외곽의 무수한 점들이 하나의 고정된 구심점으로부터 동일한 거리를 지키면서, 똑같이 안으로 향한 선"[245]이라고 정의할 수 있다면, 그것이 나타내는 바는 "단일성Einheit", "총체성Ganzheit", "밀폐성Geschlossenheit"이며, 그 원동력은 영원성이다. 중심은 테두리인 외계 속에서 고독을 지키

243 Bradley, *RMR's Der Neuen Gedichte anderer Teil.*, S. 234f.

244 Glasenapp, *Pfad zur Erleuchtung.*, S. 70.

245 *DTV-Konversationslexikon.* Bd. 10. München 1978, S. 103.

며, 자체 내의 충만함을 간직하는 절대존재를 의미한다. 릴케는 "자체존재Für-sich-Sein"인 힘의 중심점Kraftzentrum[246]과 그것을 통해 객체들을 포용하는 원을 부처로 상징화한다.

시의 행 속에 "둥근 테 열매를 맺어가며 달콤히 익어 가는 편도"(2행)를 향하여 "거기에 신선한 즙이 고여 쌓이고/밖에서는 그걸 돕듯 따뜻한 눈길 던지는 햇살"(7~8행)과 "저 위에서 그대의 태양들은/온통 타오르는 듯 몸을 돌리기 때문이려니"(9~10행)이라는 과정을 거쳐, 마지막 행에 이르러 다시 한 번 "하지만 그대 안에는 이미/태양들을 극복할 채비가 되었다"라는 최종확인으로 마무리된다.

릴케에게 있어서 부처 시의 텃밭이라고 하지 않을 수 없는 카쓰너의 서술을 살펴보면, 시인의 불교적 접근로가 확연하게 보인다. 부처는 "무한한 것das Unendliche"과 "전일das All"[247]을 이루는 화신으로서 원이며 중심이다.

> 신비적 인간은 중심이며 중심을 지니고 중심의 세계 속에 살고 있다. 그리고 그 신비적 육신도 그렇다. 시초나 첫 근원을 이루는 내가 존재한다고 말하면, 그것은 오직 중심일 따름이다.

> Der magische Mensch ist Mitte, hat Mitte und lebt in einer Welt der Mitte. Und so auch der magische Leib. Wenn es nun heißt, daß seine Welt seines Gottes: *Ich bin, der ich bin* aus dem Anfang oder aus der ersten Ursache sei, so ist dieser Anfang oder so ist diese erste Ursache auch nichts anderes als Mitte."[248]

....

246 B. Allemann, *Zeit und Figur beim späten Rilke.*, 103.

247 Kassner, *Der goldene Drachen.*, S. 121.

부처는 모든 것을 초월하고 선험하는 세계의 본질이다. "전일"이라고 부르는 부처가 바로 그것이다. 무수한 별들이 에워싸고 있는 하나의 별, 다시 말해서 우주라는 전체 원형 속의 핵심으로 형상화된다. 그것은 다시 "씨"와 "과육"으로 상관 대립된다. 릴케가 보여주려고 하는 원과 중심의 관계는 우주와 인간을 하나로 보는 것을 득도수련의 최종목표로 하는 불교의 과제이다. 시작도 끝도 없는 영원의 상징체인 원의 "무한함 속에im Unendlichen"(제3시 6행) 거하는 부처는 "원초와 종말을 하나로 묶는"[249] 영원한 순환의 본체인 것이다.

6. 불교적 초감성의 세계

동양의 신비적 존재인 부처상을 대하면서 이를 전후로 하여 느낀 것들을 글로 주고받은 편지의 내용들을 통하여 릴케는 어느새 깊어가는 아시아 문화체험의 토대를 착실히 쌓아가고 있는 것을 잘 보여주고 있다.

릴케가 불교적 세계관에 가까이 다가서고 있는 또 하나의 현상은 감성적인 것을 초감성적인 것으로 이입시키는 노력에 있다. 작품에서 부처가 존재하는 곳은 "먼 곳Ferne"(제1시 1행)[250]이다. "귀담아 들으려는 듯, 고요함: 저 아득한 것....../숨죽여 들으려 해도 들리지 않는다."

....

248 Kassner, *Buch der Erinnerung.*, S. 251.

249 Kassner, *Der goldene Drachen.*, S. 121: „In der Mitte des Un-endlichen muß alle Imagination zu Dasein werden. Oder ist dazu geworden."

250 F. Klatt, *RMR.*, S. 82.

보이지도, 들리지도 않는 막막한 거리감. 그런 간격은 부처의 존귀함과 그것을 관찰하는 인간과의 감각적 거리감과 맞물려 있다. 그러한 대립은 특히 두 번 째 시에서 "금빛 형상 보다 더 연한 황색 고요함"(12,13행)에서 부처의 '존귀성Erhabenheit'은 "노란빛"과 "황금빛"의 색채상징으로 표현된다. 두 빛깔은 부귀와 완성을 의미하는 기본정감을 넘어서, "삶과 죽음의 현실성"을 암시하는 표시로서, 동남아시아의 소승불교小乘佛敎, Hynayana에서는 승복으로까지 쓰이지 않는가.

불성佛性의 세계에 돌입한 사람에게 있는 감각초월의 경지가 강조된다. 보는 행위와 듣는 행위에 대한 포기도 의식적으로 강조된다. "보이지 않는 커다란 별들"(3,4행)은 "초감성적 눈과 귀das supermentale Auge und Ohr"[251]를 전제로 보통 인간의 의식 한계를 넘어 서 있는 저편의 어떤 것을 깨닫도록 촉구한다.

원래 눈은 분별력의 상징이다. 그럼에도 불구하고 보는 행위가 오히려 편향된 시각을 일으켜 분별력과 판단력을 흐리게도 한다. 동서양을 막론하고, 절대적 감각인식의 주체는 대개 앞을 보지 못하는 맹인으로 설정된다. 『일리아스』와 『오디세이아』를 쓴 호메로스도 눈먼 유랑시인이라고 알려져 있고, 작품 내에서 아름다운 노래로 좌중의 마음을 울리던 가인 데모도코스도 그렇지 않은가. 나름대로 의미심장한 일이 아닐 수 없다.

불교가 인간의 기본 감각기관인 눈, 귀, 코, 혀, 신체, 사고 등 6관官을 효과적으로 어우러지게 하는 것은 역시 초감성의 세계를 촉구하는 체험세계와 선험세계의 거리감을 염두에 둔 것이라고 여겨진다. 그것

....

251 C. Wolff, *Der integrale Mensch.*, S. 94ff.

을 다시 시간과 공간을 벗어나 초감성적 위치를 체득한 부처상에 대비시킨다. 감성의 영역을 넘어선 정신세계란 '우주화Universalisierung'와 접할 수 있는 길이다. 여기에서 눈으로 체험될 수 없는 시각의 대상을 더구나 부처의 상징인 노란 계통의 색채로 대입시킨다. 그것은 정신적 사고의 근원을 암시하는 "빛"(제3시 8행)이 "과육"(4행)의 육감적 요소에 "달콤히 익어가는"(2행) 미각과 상호연결고리를 이룬다. 동시에 더 이상 열려있지 않는 '무중력감'(5행)과 신선한 즙이 여물어 싸여 나가서(7행) 생기는 '중력감' 사이의 촉각으로 대립된다.

불교에서 빛이란 "깨우침을 주는 자의식의 실체Leuchtende Bewußtseinssubstanz"[252]로서 슈리 아우로빈도Sri Aurobindo가 말하고 있는 진실 그 자체이다. 베단타Vedanta와 요가Yoga의 개념들을 진보의 이론과 결합시키는 "비교적秘敎的 언어die esoterische Sprache"[253]의 다른 모습이다.

내면성으로 통하는 초감성적인 '정적'이라는 것이 로베르트 화에지Robert Faesi가 『시도집』에 있어서 릴케의 종교적 심성과 정감을 이른바 신비적 세계관이나 기독교적 세계관에서 보다 "수동적이면서 사려 깊은 경건주의der passive nachdenkliche Quietismus"와 "불교의 신비적 침잠die mystische Versenkung des Buddhismus"[254]에서 찾고 있는 것은 결코 놀라운 일은 아닐 것이다. 세 편의 부처 시에 깃들어 있는 세계관도 그런 큰 정신적 흐름 중 하나이며, 그것이 내면에 잠재해 있다가

....

252 *RMR.*, Krämer, *Rilke und Bachofen*, aaO., S. 82.

253 Ebd.

254 Faesi, aaO., S. 47.

시로서 표현되어 나타난 것이 아닌가 한다. 이런 과정을 "열반(니르바나)의 종국적 고요함에 깃든 형이形而 심성이 연상되는 형이 심리의 변용"[255]으로서 릴케의 불교적 통로를 이해하는데 튼튼한 기반을 만들어준다.

형이 심리성이란 세계의 영원한 존재를 침묵의 상관성에서 체득하는 것이다. "상황을 지배하고 있는 시야단절과 절대적막. 이를 위해 릴케가 제시하고 있는 조용한 '전일' 속의 절대존재는 인간을 이와 같은 열반을 통해 영원한 존재의식 속으로 이끌어들이는 일이다. 그것은 "생명회귀현상Palingenesie"[256]으로 귀결된다. 더 이상 접근할 수 없으며, 더 이상 들을 수도, 볼 수도 없는 세계 속에서 전일성의 존재영역을 펼치는 부처. 그런 이미지로 이루려는 예술의 전일적 완성을 릴케는 불교적 세계관에서 추적하고 있는 것이다.

....

255 Zit. n. Krämere, aaO., S. 82.

256 Krämer, aaO., S. 45.

VII.
자연에 대한 릴케의 아시아적 시각

1. 유럽의 문명비판

문화Kultur란 "인간의 행위에 의해 변경된 자연"[257]이라 설명될 수 있을까. 인간은 여러 가지 형태의 문화활동을 통해 자연의 지배자로 등장하게 된다. 자연은 절대적 존재가치를 상실하고, 인간은 차츰 시대의 문제로 의식되기 시작한다. 문명비평가 테오도르 렛싱Theodor Lessing은 당면한 문제들을 다음과 같이 토로한다.

> '계산적이고' 모든 생명을 논리화하는 것, 마지막으로 남아있는 사물의 개념까지도 집단개념으로 대치하려는 인간의 지성은 공간, 시간, 운동, 대기권, 세계의 본체, 즉 간단히 말해서 독립된 모든 존재의 개념들을 무조건 계산이라는 지적 활동을 통해서 절멸 시켜가고 있다. 단지 그들이 공간, 시간, 본체, 운동, 현실, (그러므로 삶의 확인과 기능들이라는 자의식 속에서) 이 모든 것들이 경험할 수 있는 범위 내의 그 어떤 것이라고 과신하는, 정말이지 아무 의미가 없는 전제를 내건 탓이 아닐까. 그러나 그러한 전체는 우리의 정신력이 성장한다 해도 뒤따르지 못 할, 능력밖에 존재하는

....

257 Gehlen, Anthropologische Forschung, S. 21.

세계일 따름이다.[258]

현대의 '과학성'은 모든 것을 집단화하고, 규범화하여 참다운 인간성을 상실하게 한다. 그것은 아이러니컬하게도 자연과학 만능의 신앙 속에 자라난 "인간중심적 낙관주의der anthropozentrische Optimismus"[259]가 불러들인 고민의 단초가 아닌가 한다. 유럽인은 모든 것을 인간화한다. 자연, 인생, 사회, 심지어는 언어까지도 인간중심의 관점에서 이해하고 분석한다. 인간은 모든 것을 할 수 있다는 자신감에 넘쳐 있다. 그러는 사이에 자연과 우주를 오로지 정복의 대상으로만 보는 오만이 싹트고, 앎의 지평을 넓혀갈 수 있는 길을 스스로 차단하는 결과를 낳게 된다. 사물을 이해하려면 반드시 자신들의 방식을 통해야 한다는 아집과 편견도 생긴다. 각종 재난과 악천후를 극복해 가면서도 자연과학의 힘을 믿는 과학주의는 위력을 더해간다. 영국인들이 폴리네시아인이나 원시민들로부터 별의 운행, 철새들의 움직임, 빛의 형태, 파도의 움직임에 따라 항해한다는 이야기를 들었을 때 코웃음을 쳤다. 그와 같은 방식으로 그 먼 바다를 건널 수 있으리라고 전혀 생각하지 못했다. 샤머니즘이 때로는 현대의술을 뛰어넘는 치유효과

....

258 Th. Lessing, *Europa und Asien.*, S. 105f.: "Die 'rechnerische' alles Leben logisierende, das letzte Stückchen Raumanschauung aritmetisirende, das letzte Restchen 'Ding'begriff durch Maaßbegriff ersetzende Intelligenz vernichtet Raum, Zeit, Bewegung, Weltäther, Weltsubstanz, kurz jeden Seinsbegriff des Unbedingten zu gunsten eines bedingungslosen 'Kalküls', einzig allein darum, weil sie ausgeht von der leblos starren Voraussetzung, daß Raum, Zeit, Substanz, Bewegung, Wirklichkeit, (also die Fest-Stellungen und Funktionen des Lebens: im 'Bewußtsein') etwas erfahrbar Gegebenes seien, während dieses Alles doch nichts ist, als die ins Lebendige 'eingebaute', unablegbar außenkraftliche Orientierungswelt unsres geistigen Wachstum."

259 같은 책, 60쪽.

를 지니고 있다는 사실 같은 건 더욱이나 받아들이기 힘들었다.

우주적인 것을 인간적인 것으로, 즉 인간을 우주의 핵심으로 이해하려하는 서구의 인간중심주의, 한 걸음 더 나아가 인간화주의 Personalismus와 논리화주의Logizismus로 강화된 세계관은 자연에 대한 인간의 무한한 도전의식을 키웠다. 그 밑바탕에는 절대자의 능력이 온 우주만물을 관장하고 그 섭리에 따라 모든 것이 이루어진다는 기독교 정신이 인간으로 하여금 극복의 자리에 나서게 하였는지도 모른다.

반면, 도道, 천天, 인仁, 성性, 기氣 등을 기본으로 하는 동양사상은 출발부터 관점을 달리한다. 자연의 일부인 인간은 자연과 합일됨으로써만 궁극적인 존재가치를 얻는다. 공자의 인仁 사상이 인간관계의 원활한 소통을 바탕으로 예와 도를 바로 세우고, 맹자는 의義 사상으로 사회질서를 확장시키며, 도가는 자연 중심의 무위무욕無爲無慾을 널리 펼침으로써 인간중심주의가 낳는 독선을 견제한다.

서양 사상이 개별적인 자아를 존재의 궁극적 형식으로 보는 '존재론'에 기초하고 있다면, 동양 사상은 세계가 모든 존재의 관계들로 이뤄진다는 '관계론'에 뿌리를 내린다. 존재론은 부단히 자기를 강화하는 자기 확장의 논리로 발전했고, 관계론은 인간과 인간, 인간과 자연의 조화와 질서를 중시하는데 힘을 쏟는다. 그것을 다시 집약해서 본다면, '이성理性, Vernunft'을 앞세우는 유럽의 개념적 사고에 '오성悟性, Verstand'을 근간으로 하는 동양의 관념적 사고가 맞선다.

급격한 산업화로 과잉생산과 과잉축적의 문제에 시달리게 된 유럽이 해결을 길을 동양에서 찾으려 한 것은 어쩌면 당연한 일인지 모른다. 서양의 지식인들은 불교, 유교, 노장사상, 이기론理氣論 등을 두루 탐색하면서 동양적 사유가 지닌 저력을 높이 사기 시작한다. 20세기 가톨릭 사상가 테이야르 드 샤르댕Pierre Teilhard de Chardin(1881~1955)은 저서 『신의 영역』에서 인간의 삶을 크게 능동과 수동의 두 영역으로 나누어 보면서, 거기에는 놀랍게도 인간 자신이 제 생각대로 할 수 없는 수동적인 부분이 의외로 많다는 사실을 재확인한다. 불가항력적인 요소가 많은 우주 세계에서 사고방식의 변화를 가져오는 수밖에 없으리라.

동양사상에서는 자연의 주요 구성체인 하늘은 어떤 인간적인 감정을 넘어서 그 위에 군림한다. 절대존재이다. 물론 유교Konfuzianismus가 합리주의를 바탕으로 인성人性개발에 주력하고 있기 때문에 반론의 여지가 없는 것은 아니지만, 기독교에서 말하는 절대 신과 나(인간)의 상관적 존재를 부정할 뿐만 아니라, 더 넓은 인간화의 길마저도 부정한다. 하늘의 뜻은 '천명天命'이라 하며, '천도'天道를 따른다는 것은 인간계를 지배하는 자연법칙의 완성이다. 자연현상만이 행동의 지침이요 이상이다.

> 천지는 무정한 존재이다
> 모든 만물을 추구같이 담담하게 여긴다.
>
> 天地不仁
> 以萬物爲芻狗 (『도덕경』 5장)

유럽문화를 지배해온 신과 인간의 수직주의는 반면 신념, 복종, 고통 등을 전제로 하면서도 질서, 능률, 권위라는 면에서 긍정적 역할을 한 것도 사실이다. 절대자인 신에 비하여 무력한 존재로만 인식되어 온 인간 사이의 수직구조는 근세에 이르면서 큰 도전에 직면한다. "신은 죽었다!"고 하는 획기적 반전선언으로 시작된 수평주의가 사상체계를 뒤흔든다. 그것은 평등성, 다양성, 창의성, 상호 인격존중, 휴머니즘을 구현하는 데에는 성공했지만, 무질서와 비능률, 대립과 갈등이라는 부정적 요소도 동반했다. 유토피아를 가져다준다는 기대감도 절반의 꿈으로 드러났다. 대신, 수직과 수평 이 둘이 십(+)자로 만나서 새로운 가치관과 가능성을 찾아 나서게 된 것은 뜻깊은 일이 아닐 수 없다.

인간중심의 문화가 낳은 서양의 지성주의Intellektualismus에 대하여 차츰 회의적인 반응을 보이는 그 순간부터 반성의 물결은 짙게 일기 시작한다. 독일의 철학자 슈펭글러O. Spengler(1880~1936)는 『서구의 몰락Der Untergang des Abendlandes』이란 책을 통해 '시대정신Zeitgeist'이라는 명제를 내세우며, 과도한 과학적, 학문적 사고방식과 발전 위주의 이기주의를 큰 질책의 눈길로 바라본다. 유럽의 많은 지성인들은 문명비판의 거친 파고를 고르게 다듬으려는 즈음에 제한된 좁은 유럽토양을 벗어나고자 하는 열망도 싹튼다. 그러는 사이에 고갱P. Gauguin이나 놀데E. Nolde 같은 예술가들은 실제로 문명의 피해를 받지 않은 새로운 세계를 찾아 나선다.

릴케(1906)

2. 릴케의 문명비판

릴케도 그 중 한 사람이었다. 유업 권역 밖 원시적 이상세계를 찾아가는 정도의 적극적 참여는 아니었어도, 유럽 내에 번져나가는 자성의 목소리에 누구보다도 진지하게 귀를 기울이기 시작한다. 많은 시 작품 속에서 산업화되어가는 사회환경이나 도시생활에서 묻어오는 절망감을 토로하기도 한다. 『말테의 수기』에서는 당시 유럽 문화의 중심이라 할 수 있었던 대도시 파리를 "저주의 도시"라고 까지 혹평하기를 주저하지 않으며(SW VI. 709f.), 줄곧 그곳으로부터 벗어나기 위한 정신적 도피의 길도 모색한다.[260]

그러던 중 릴케는 1907년 이탈리아 남부 카프리 섬을 찾게 된다. 문명의 때가 묻지 않은 천연자연의 청결한 섬. 아늑하고 온화한 평화로운 새 세상은 그에게 문명의 잔재와 해독을 털고 순수한 원초적 자연과 만날 수 있게 해준다. 당시 카프리 섬은 문인들의 휴양지로 많은 사랑을 받았다. 파울 하이제Paul Heyse, 아다 네그리Ada Negri, 페르디난트 그레고로비우스Ferdinand Gregorovius, 에드빈 체리Edwin Cerie 등 많은 작가들이 모여들었다. 이곳에서 고리키Maxim Gorki도 만났다. 그와 처음 자리를 같이 한 것은 1901년 첫 러시아 여행 때였는데, 그는 마침 1905년의 정치적 소요사태 이후 러시아를 떠나 한동안 카프리 섬에 머물고 있었다.

....

260 참조. F. Klatt, *RMR.*, S. 129. 참조. 1906년 4월 24일자 루에게 보내는 편지: "Paris ist eine schwere, schwere, bange Stadt."

카프리 섬

카프리 섬의 산타마리아 교회

릴케는 곧 섬의 분위기에 젖어들었다. 카프리가 지니고 있는 사회상이나 풍물에 깊이 접근하지는 못했다 해도, 작가라는 인위적 틀 속에서 해방된 자연 그대로의 모습을 마음껏 향유하였다. 루소J. J. Rousseau에도 열중했다. 그의 책도 많이 읽었다. 일찍이 자연의 힘을 강조하고 지성과 감성의 두 영역을 함께 아우르며 새로운 인간과학의 창시자로 각광을 받는 인물의 세계관을 섭렵할 수 있었다.

이런 중에 특별히 주목할 만한 일은 그곳에서 문필가 레오폴드 폰 슐뢰쩌Leopold von Schlözer와의 만남이었다. 일찍이 릴케는 모리스 마테를링크Maurice Maeterlinck의 작품을 번역, 소개한 바 있는 그를[261] 한번 만났으면 해오던 터라 더욱 반가웠고, 차츰 나누는 대화도 깊이를 더해 감에 따라 우정의 울타리를 두터이 두르면서 새로운 정신세계의 문도 열 수 있었다.

261 Maurice Maeterlinck, *Die Blinden.* 2. Auflage. München(Langen) 1902.

> 소중한 추억들은 아무도 모르는 사이에 살아남아서 (…), '세상에서 관심을 받지 못하는 신앙'이라든지, '동방의 지혜' 같은 것일랑 종종 기이하게 뒤섞여지기도 하지요.[262]

여기서 말하는 바, "세상에서 별로 관심을 받지 못하는 믿음"이라든지, 특히 "동방의 지혜"란 유럽사회 바깥 먼 이국의 문화, 즉 노장철학을 중심으로 한 아시아의 정신문화일 것이다. 당시 유럽이 앓고 있는 정신적 문화적 갈등 해소의 대안으로서 동경의 대상이 되고 있던 아시아. 이를 통하여 릴케는 자연과 사람이 조화로이 공존하는 새로운 길을 찾아 나서게 된 것이다.

그런 릴케의 마음속에는 이미 문명의 발전 과정에서 대두되던 신구가치의 대립이 노래 불리어지고 있었다. 『시도집 *Das Stunden-Buch*』의 1부 「순례에 대하여 Von der Pilgerschaft」에서는 산업기술의 도입으로 자꾸 피폐해 가는 자연에 대한 위기의식을 제기하고, 농경문화와 공업문화가 자아내는 새 시대의 정신적, 물질적 갈등과 대립을 주제로 삼는다. 기계화에 대한 반감과 인간성 상실을 아쉬워하는 문명비판의 목소리는 높아만 간다.

> 세계의 제왕들은 늙었습니다
> 그리고 아무 유산도 없이
> 아들들은 벌써 어릴 적에 죽어 없어지고
> 창백한 딸들은 폭력 앞에

…………

262 Schlözer, *RMR auf Capri.*, S. 61: „-im Stillen lebten die teuern Erinnerungen fort, und mischten sich oft seltsam mit dem weltverachtenden Glauben und der Weisheit des Ostens."

병든 왕관마저 내 주었습니다

때를 만나 세상을 호령하게 된
천민들은 왕관을 쪼개어 돈을 만들고
불을 질러 기계를 돌려 뜻대로 살지만
그러나 행복은 그들 편이 아닌 것

광물은 향수에 젖어 있습니다
하나의 작은 삶임을 가르치는
동전들과 수레바퀴들의 운명
공장에서 금고에서 벗어나
자기 뒤에서 몸을 숨기고 있는
우뚝 솟은 산들의 광맥 속으로
되돌아가려고 합니다

DIE Könige der Welt sind alt
und werden keine Erben haben.
Die Söhne sterben schon als Knaben,
und ihre bleichen Töchter gaben
die kranken Kronen der Gewalt.

Der Pöbel bricht sie klein zu Geld,
der zeitgemäße Herr der Welt
dehnt sie im Feuer zu Maschinen,
die seinem Wollen grollend dienen;
aber das Glück ist nicht mit ihnen.

Das Erz hat Heimweh. Und verlassen
will es die Münzen und die Räder,
die es ein kleines Leben lehren.

Und aus Fabriken und aus Kassen
wird es zurück in das Geäder
der aufgetanen Berge kehren,
die sich verschließen hinter ihm. (SW I. 328f.)

반면, 이어지는 시에서는 공업화 이전의 순수한 자연풍경이 찬양된다. 자연과 일치하는 소박한 삶의 이상이 칭송된다. 교회조차도 존속할 필요가 없는 성스러운 원초의 세계, 허위와 가식이 사라지고 참다운 인간애가 넘쳐나는 그런 세계가 눈앞에 그려진다. "양치고 밭갈이하는 사람들"의 전원적 풍경이 그리움의 대상으로 부각된다. 거기에는 오직 자연의 시간, 생명의 시간만이 존재한다. 평화로움이 있다.

모든 것이 다시 커지고 힘이 솟아오릅니다
땅은 소박하고 물은 넘쳐흐르고
나무는 커지며 담은 아주 야트막해 질 것입니다
골짜기에는 양치고 밭갈이하는 사람들이
온갖 힘찬 모습으로 무리를 이룹니다

피난민처럼 신을 붙잡아 놓고
상처 난 동물인양 애써 불쌍해하는
그런 교회도 없습니다, -
집집마다 찾아오는 이웃을 반가이 맞으며
무한한 희생의 정 만이 모든 행위 속에
너와 나의 마음속에 스며있습니다

저쪽을 바라지도 넘보지도 않으며
동경만으로, 죽음까지도 겁내지 않으며
새로운 것이라 마구 손을 맡기지 않으려고

이 세상일에 성실히 몸 바쳐 살아갈 것입니다

ALLES wird wieder groß sein und gewaltig.
Die Lande einfach und die Wasser faltig,
die Bäume riesig und sehr klein die Mauern;
und in den Tälern, stark und vielgestaltig,
ein Volk von Hirten und von Ackerbauern.

Und keine Kirchen, welche Gott umklammern
wie einen Flüchtling und ihn dann bejammern
wie ein gefangenes und wundes Tier, -
die Häuser gastlich allen Einlaßklopfern
und ein Gefühl von unbegrenztem Opfern
in allem Handeln und in dir und mir.

Kein Jenseitswarten und kein Schaun nach drüben,
nur Sehnsucht, auch den Tod nicht zu entweihn
und dienend sich am Irdischen zu üben,
um seinen Händen nicht mehr neu zu sein. (SW I. 329f.)

인간적인 위대함의 최고상징인 “왕들”과 “왕관들”이 “늙고 쇠약해져” 감에 따라, 그 화려함을 장식해 주는 “금”도 원초적인 자리, 즉 “우뚝 솟은 산들의 광맥 속으로” 되돌아 갈 수밖에 없게 된다. 돈과 기계에 의하여 변형된 광물이나, 새로운 시대의 분업화된 세계에서 권력의 수단에 의하여 소외된 사람들과 물건들이 쏟아져 나온다. 자기만이 지니고 있는 고유한 법칙을 다 상실하고 주위의 어느 것들과도 동질성을 발견하지 못한 채 나날을 허망하게 지낼 뿐이었다. 세계의 투명한 모습은 사라지고, 사물들은 어떤 의미도 간직하지 못한 채,

파괴되어 내버려지거나, 다시 원초적인 곳으로 되돌아갔으면 한다. 모든 것들이 '목적 메카니즘Zweckmechanismus'에 빠져서 헤어나지 못하는 사회적 현실 때문이다.[263]

자연히 문명비판의 목소리는 높아만 간다. 돌이키고 싶은 전원과 경건한 세계에 대해 신에게 간구하는 목소리는 더욱 간절하다. 『시도집』 1부 「수도사의 삶에 대하여Vom mönchischen Leben」에서 릴케는 그 상황을 이렇게 마무리 짓는다.

> 어둠의 근원이신 당신이여, 느긋하게 장벽들을 견디어 내시고
> 혹 가능하다면 한 시간 더 도시들에 버틸 힘을 허락하시고
> 교회들과 외로운 수도원들에겐 두 시간을 더 보장해주소서
> 그리고 구원된 모든 이에겐 다섯 시간을 더 수고해 주시며
> 농부의 일과는 일곱 시간을 더 돌보아 주소서

> Du dunkelnder Grund, geduldig erträgst du die Mauern.
> Und vielleicht erlaubst du noch eine Stunde den Städten zu dauern
> und gewährst noch zwei Stunden den Kirchen und einsamen Klöstern
> und lässest fünf Stunden noch Mühsal allen Erlöstern
> und siehst noch sieben Stunden das Tagwerk des Bauern -: (SW I. 296)

1) 공업문화와 농경문화

발전이라는 미명하에 밀려드는 공업화 시대의 생활환경과 거기에서 파생되는 시대적 갈등. 과학기술과 공업화 과정의 제반 현상은 인간으로 하여금 자연과의 원초적 관계를 분열시키고, 환경에 극심한

....

263 W. Seifert, aaO., S. 123~4.

피해를 안긴다.

변천하는 시대는 인간의 도덕과 가치관을 바꾸어 놓는다. 옛 질서는 탐욕의 새로운 힘 앞에 무너진다. 평화로운 시대에 영적인 생활을 모르던 자가 벼락부자가 된다. "천민 Pöbel"(6행)이라 지칭되는 이들이 새 세상의 지배자가 된다. 과학기술에 편승하여 안일한 생활만을 추구하는 그들은 폭력을 휘두르며 자연을 마구 짓밟는다. 자연은 탐욕의 대상이자 소모처일 따름이다. "광물"(11행)은 제멋대로 채굴되어 새 시대의 힘인 "돈"(11행)과 "수레바퀴"(12행)로 탈바꿈한다. 전통질서의 이상으로 숭앙되던 "왕관"은 새로운 금력 아래 여지없이 권위를 상실한다.

뒤를 따르는 시는 원초의 자연을 간절히 그리워하며 노래 부른다. 공업문화가 인간의지와 행위의 산물이라면, 유목 및 농경문화는 원초적 인간형상과 관련되는 자연 순응의 현장이다. 촌락에 깃드는 평화와 신비의 세계가 자연과 충실한 내적 교류를 함으로써 얻을 수 있는 행복과 연결된다. 숨 가쁜 움직임과 빠른 템포로 시간이 공업문화의 상징적 가치관이 된다. 반면, 뒤의 시에서는 농경문화의 근본인 "땅", "물", "골짜기" 등 공간적 요소들이 높은 가치로 제시된다. 갈수록 분화되고 개별화 되는 공업세계와는 달리, 농경문화에서는 "공동성"의 의미가 확대되고, 사물들도 복수의 형태로 묶여서 나타난다. 대지는 쉴 곳 없는 나락의 길로 내몰린 인간에게 다시 구원의 손길을 펼친다. 공업문화 속에서 "작게"(13행) 보이던 삶은 다시 "커진다"(1행). 자연을 상징하는 중심체인 "나무"(3행)들은 다시 "거대해"(3행)진다. 인위적 문명의 상징인 "담장"(3행)은 그 존재가치를 상실하고, "손"(15행)으로 상징되는 공업화의 의지는 영원한 자연으로 향할 것을 촉구한다.

전체 시는 자연으로부터 소외된 인간을 구원하기 위한 "자연으로 돌아가라Zurück zur Natur"[264]에 초점이 맞춰진다. 산과 광맥은 자체 속에 지니고 있는 그 법칙을 현실화하는 인간을 위한 상징이자, 인간이 되돌아가야 할 '절대적인 것das Absolute'을 의미한다.[265]

문명비판은 강화되는 산업화에 대한 저항으로 시작된다. 기술은 "하나의 작은 삶"(13행)으로 규정되고, 그에 지배받는 인간은 자연과의 내적 친밀감을 상실하고 생활바깥으로 밀려난다. 그러나 릴케가 더욱 주안점을 갖고 우리 앞에 제시하는 것은 폭력적인 지배력이다. 가공할만한 그 파괴력이다. "때를 만나 세상을 호령하게 된"(7행) 자는 결국 영원한 자연의 힘에 굴복하고 말 것임을 믿게 한다. "향수를 품고 있는"(11행) 광물은 힘을 잃어가고, 향수는 은유적으로 과학기술의 한계성과 종식을 예견한다. 영원한 고향은 자연이며, 그곳으로의 복귀를 목표로 삼는다.

두 작품의 상반 대립적 안목은 각기 그것을 대표하는 자연요소인 '불'과 '물'로 상징된다. 불은 공업화의 과정에서 능동적이고 남성적인 힘이고, 물은 수동적이며 여성적인 힘이다. 불은 인간의 지력이 찾아낸 발명적 업적이며 자연에 대한 도전이다. 그리스 신화에서 프로메테우스가 불을 발명한 것은 없는 곳에서 만들어낸 것이 아닌, 숨겨진 어떤 비밀을 캐내어 얻은 지혜의 확산이 아니었던가. 이것으로 불은 인간으로 하여금 신과 자연에 대해서 상당히 교만한 자세를 갖게 하

264 문명비판의 핵심적인 구호로서 루소가 주창한 것이지만 당대의 예술가들에게는 정신 회복을 위한 일반적인 움직임이었다.

265 *W. Seifert, aaO.*, 같은 책, 124쪽.

였는지 모른다. 그에 반해서 물은 원초적 자연 그 자체이며, 자연에 대한 순응이다. 물은 높은 곳을 지향하지 않고 낮은 곳으로 흐른다. 남과 겨루지 않으면서 자기 낮춤의 정신으로 모든 것을 능가한다. 허정사상虛淨思想의 본질을 나타내는 물은 릴케에게 노자의 가르침 그대로인 느낌이다.

불과 물은 음양陰陽원리의 기본으로서 각기 하늘과 땅, 밝음과 어두움, 강함과 약함, 창조적인 것과 수태되는 것, 긍정과 부정의 제반 요소를 대표한다. 그것은 서구적 '양극조화兩極調和, Coincidentia Oppositorum'[266]에 기반에서 동양의 태극太極원리에 닿는 우주생성과 변천의 본질이 된다. 과정과 목표는 양극성의 초탈에 있다.

이런 사상은 우주의 기본요소를 불, 물, 땅, 대기로 보고 있는 서양의 고대 그리스철학에서도 큰 줄기를 이루고 있다. 실제로 릴케의 자연관을 신비주의의 전통에서 낭만주의에 이르기까지 서구사상을 지배하는 "전일 신비Unio Mystica의 원류"[267]로 이해해야 한다는 주장도 있다. 특히 홀트후젠Hans Egon Holthusen은 릴케가 물이라는 상징물체를 통해 추구하는 인식세계의 신비성을 그리스 철학에서 말하는 "수동적 세계관"의 "헌신Hingabe"에 본령이 있다고 보는 견해를 양보하려고 하지 않는다.

그러나 좀 더 범위를 조금만 넓혀 보면, 문제의 이해가 한층 수월해질지 모른다. 도교사상이 해당시기에 실크로드를 통해 고대 그리스

…………

266 서양의 신비, 낭만주의의 핵심개념이지만, 아울러 도가의 근본사상이어서 동·서 대화합의 기점이 된다. 참조. A. Eckhardt, S. 122~127.

267 H. E. Holthusen, aaO., S. 52.

전통문화와 밀접하게 접촉했었다는 사실을 진지하게 받아들인다면,[268] 더욱이나 그렇다. 어쨌거나 이 "양극조화"의 우주원리는 릴케가 고대 그리스 정신과 도교사상과 3각 관계를 이룸으로써 친 아시아 행보를 한층 가까이 인정받을 수 있는 충분한 근거가 되리라고 본다.

하지만 릴케는 그리스의 철학적 원리에만 국한하지 않고, 대립영역을 순환과 변천의 영원한 교환을 강조한다. 의도적이라고 할 수 있을 만큼 뚜렷하게 '변천Verwandlung의 서'라고 말하는 『주역周易』의 우주관을 그대로 받아들이고 있다는 느낌을 강하게 풍긴다. 특별히 강조하는 변천의 원리, 그것은 시인의 인식범위를 넘어서 사물의 존재를 지배한다. 『오르페우스에 보내는 소네트Sonette an Orpheus』의 I부 XII 편에서 그는 이렇게 노래 부르고 있다.

> 변화를 원하거든 불꽃에 영합하라
> 변천으로 화려하게 빛나는 사물이 네게서 벗어나리라
>
> WOLLE die Wandlung, O sei für die Flamme begeistert,
> drin sich ein Ding dir entzieht, das mit Verwandlungen prunkt;
>
> (SW I. 758)

....

268 참조. R. Wilhelm, *Lao-tse*, S. 52, A. Eckhardt, S. 72. 두 동양학자는 그리스사상과 유태교, 도교사상 간의 유사점을 우연한 현상으로 보지 않고, 문화사적 배경에서의 상호접촉관계를 규명하고 있다. 그 중 그리스-불교예술 간의 접촉이 좋은 예가 될 것이며, 가톨릭의 성인 '요사팟Josaphat'은 '보디사트바Boddhisáttva'의 음역이라는 사실이 뒷받침한다.(참조. Hungerleider, S. 78) 특히 Eckhardt는 노자가 당시에 유태인과 접촉한 증거를 『도덕경』 14장에 나오는 '이夷, Yi', '희希, Hi', '미微, Wei'가 여호와Jahwe (Jehova)로 조합되었다는 사실에서 찾고 있다.(참조: Eckhardt, S. 14f.)

각 연마다 불을 표시하는 "불꽃Flamme", 땅을 표시하는 "das Erstarrte", 물을 표시하는 "샘물Quelle", 대기를 표시하는 "바람Wind" 등 네 가지 요소가 이 시의 토대를 이룬다. 특히 2연의 불(능동성)과 3연의 물(수동성)은 전체 대극의 축을 공고히 한다.

> 샘물처럼 넘쳐 나는 자에게는 인식이 화답하고
> 시작과 함께 끝나고 끝과 함께 시작되는
> 맑게 창조된 것을 통해 그런 사람을 황홀케 하리라
>
> Wer sich als Quelle ergießt, den erkennt die Erkennung;
> und sie führt ihn entzückt durch das heiter Geschaffne,
> das mit Anfang oft schließt und mit Ende beginnt. (SW I. 759)

릴케를 동양 친화의 길에서 만날 수 있는 변곡점은 무엇보다도 자연귀환의식에 있다. 인간은 자연-도道를 따르면서 순박하게 자체생성 해야 한다는 도교의 가르침은 인간으로 하여금 정신적, 물질적 욕망에서 벗어나 인간 내부에 있는 자연심성을 되찾도록 하는 것이다. 릴케는 공업문화 속에서 인간을 사로잡고 있는 금전욕과 권력욕을 치유할 수 있는 것은 오로지 자연을 통해서라고 본다. 더욱이 두 번째 시에서 탐욕과 분쟁에서 화합으로 이끄는 전형적 이미지도 영원한 생명력으로 찬양되는 물이다.

『도덕경』 8장에서는 "최고의 선덕은 물과 같다"라는 뜻의 "上善若水(상선약수)"라고 하거나, "水善利萬物而不爭(수선리만물이부쟁), 處衆人之所惡(처중인지소악), 故幾於道(고기어도)"라 하여 천지 간 만물 중에서 가장 도를 잘 따르며 가장 훌륭한 물처럼 되는 것을 이상적 상태로 여기고, 한걸음 더 나아가 "물은 만물을 이롭게 해 줄 뿐 아니라 다툼도 없고, 남이 가기 싫어하는 곳에서 항상 선을 이루는 거의 도에 가까운 존재"라고 인식한다.

『시도집』의 두 시에 나타난 아시아의 그림자는 우선 다음과 같이 정리될 수 있을 것이다. 기원전 6세기에 살았다는 노자가 만든 '도와 덕에 관한 경전', '나를 비우는 것이 나를 완성하는 것'이라는 진리를 품고 있는 불교가 지향하는 무아無我 정신이 전반적으로 릴케의 작품 속에 면면히 흐르고 있음을 본다. 그것은 부드럽고 연약한 것일수록 굳고 강한 것을 이기며, 매사에 독선과 아집을 버리고 한없이 낮아져야 한다는 가르침이다. 물이 지닌 덕이다. 일정한 형태도 없으면서, 상황과 환경에 따라서 변천의 유연함을 지닌다. 그 영원한 존속의 힘을 릴케는 모두 이 시에 담아내고 있다.

2) 남성력과 여성력

릴케는 위의 두 시에서 각기 "산맥"(15행)을 남성력, "골짜기"(4행)를 여성력의 근원으로 대립, 부각시킨다. 산(봉우리)-불-기계-과학 등 능동적이고 적극적인 힘에 비해, 자연-물-땅-빔의 여성이미지를 맞세우면서 그것들을 양축으로 하는 세계질서의 조화를 염원한다. 그러면서도 눈에 두드러지게 자신이 여성적인 세계관에 가까이 서 있음을 밝힌다. 물(여인)의 원천인 골짜기 군에 속하는 '우물Brunnen', '샘Quelle', '분수Fontäne' 등은 "위대한 어머니의 자궁Schoß der Großen Mutter"[269]을 상징하는 속이 비어 있는 여성적 공간원칙이다.[270]

....

269 Zit. n. A. Cid, S. 174.

남성력과 여성력의 대표는 하늘과 땅이다. 독일어에 있어서 '하늘 der Himmel'은 남성명사이며, '땅die Erde'은 여성명사인 점을 상기하지 않더라도, 하늘은 바람과 기氣의 본체로서 불의 자리이고, 땅은 물의 자리, 남성과 여성의 기초이다. 릴케는 우선 흙으로 만들어지는 '그릇 Gefäß'[271]을 통해 여성의 이미지를 더욱 효과적으로 표현한다. 무엇을 '담아 간직한다fassen'는 근본속성을 통하여 포용력, 재생력, 자연력, 그리고 더 나아가 연약함, 수동성, 우주의 넓은 용기the wide vessel of the universe 등으로 확장되는 여성적 에너지로 규정된다.[272]

동양철학에서도 산봉우리는 남성적인 것, 계곡의 깊이는 여성적인 것으로 각기 양성의 물리, 심리적 특성을 암시한다. 각기 높이와 깊이, 육체와 정신, 대기와 땅 등의 속성을 대표한다. 그리고는 유약하면서도 강한 물의 힘을 강조한다. "천하에서 가장 유약한 것, 즉 물은 천하에서 가장 견고한 것, 즉 쇠나 돌도 마음대로 부릴 수 있다. 무형의 물은 틈이 없는 것, 즉 유형의 고체 속을 파고들어 갈 수 있다 天下之至柔(천하지지유) 馳騁天下之至堅(치빙천하지지견), 無有入無間(무

…………

270 A. Cid, S. 174: „Dem Brunnen, der Quelle oder Fontäne am Fuße des Lebensbaumes im Paradies entspringen die Lebenswasser und die vier Flüsse des Paradieses."

271 '그릇Maß'은 '단지Krug', '꽃병Vase', '오지그릇Topf', '항아리Urne', '도자기Porzellan', '잔Tasse', '주전자Kanne'등의 상위개념이다. 일상생활과 밀접한 관계를 맺고 있는 그릇의 용도를 보면, 1) 물이나 기름, 곡식 등을 취사하고 저장하는 용기, 2) 민속신앙의 차원에서 죽은 자의 영원한 삶을 기리기 위해 무덤 속에 시신과 함께 하는 매장물, 3) 예술적, 심미적 관점에서 장식의 도구 등이다.

272 릴케는 'fassen'의 뜻에서 원래 '담는다'는 물리적 현상을 말할 뿐만 아니라, '파악', '포착' 등의 '인식능력Erkenntnisfähigkeit'을 뜻한다. Vgl. 「풍요의 뿔Das Füllhorn」(SW II. 149) 또한 성서에서는 아내를 남편의 "연약한 그릇"(벧전 3:7)으로 보거나. '대모Große Mutter'와 연결된 "여성적인 수태의 상징ein weiblich empfangendes Symbol"이자, 종교적으로 순수무후한 성모 마리아를 상징한다.

유입무간)"(『도덕경』 43장)고 하고, 또한 36장에서는 柔弱勝剛强(유약승강강)이라 하여, "유약이 반드시 억세고 강한 것을 이기게 마련이다"라고 단언하고 있지 않는가.

노장철학의 파라독스한 표현 뒤에는 모든 사람이 굳세고 강한 힘만을 추구할 때 그런 다툼에 나서지 않는 부드럽고 약한 것이 궁극에는 더 큰 힘을 낼 수 있다는 세상진리를 보여준다. 영원한 자연력으로서 여인의 생명력이 지닌 위대함은 "牝常以靜勝牡(빈상이정승모), 以靜爲下(이정위하)"(『도덕경』 61장)라 하여 "암컷은 항상 허정으로써 수컷을 이기며, 허정으로써 밑에 쳐져 있"기 때문에 수동적인 힘이 겸손함과 무욕, 그리고 자기 다스림의 덕으로 모든 어려움을 극복할 수 있는 길이라 가르친다.

지금 다루고 있는 시에서 릴케는 정복의 대상이 되는 자연은 모든 생산능력의 원천이며, 이를 통해 존재하고 있는 모든 것은 여성의 일이고, 그것을 공략하여 생활에 편리한 어떤 것을 취하기 위해 노력하는 남성력은 일정한 한계성에서 벗어날 수 없다는 사실을 깨우친다.

따라서 자연을 지키는 것은 억압에 시달리는 피해계층을 북돋아주고 더불어 사는 삶을 실현하는 사회윤리의 바탕이라고 본다. 그리하여 자연을 보존하고, 모성, 감성, 그리고 직관적 능력으로 인류의 공동복락을 추구하는 존재방식을 연구의 대상으로 삼는 생태학과 여성학의 존재도 예견한다. 자본주의 사회에 있어서 자유재(자정능력) 및 희소재(자원)로 여겨지는 자연은 경제적인 측면에서의 남성적이고 자본주의적인 생산 활동 자체가 궁극적으로는 여성적인 자연성에 의존하고 있다는 사실을 깨달아야 한다. 따라서 남성이 중심적 역할을 해온 기존제도권에서 여성 및 자연이 친 생태적 환경회복의 주체로서 바로 서야 한다는 이른바 에코페미니즘 사상도 바로 여기서 출발하는 것이리라.

서양사회는 전통적으로 남성적인 에너지에 치중하고 있는 반면, 동양사회는 심미적이고 직관적인 여성의 세계를 추구해 왔다.[273] 자연에 대해서도 서구인은 개발 대상으로 삼아 도전하는 형태의 삶을 살아 왔고, 아시아인은 자연으로부터 영혼을 받아 자연의 질서에 순응하려고 노력하는 여성적인 삶을 살아 왔다. 릴케는 여성의 영원한 생명력을 자연의 본질로 보고 그에 안기려고 한다는 면에서 아시아적 흐름을 중시하며 그에 가까이 서 있다고 말할 수 있다. 자연에 대한 공세를 멈추고 그에 합일함으로써 환경 친화적 자세를 지닌다.

골짜기는 자연의 힘으로 비워진 오목한 것, 그릇은 사람 손에 의해서 만들어진 비고 오목한 것. 이 여성적인 상징물들 앞에서 크리스티아네 오잔Christianne Osann은 예술가 릴케의 이미지를 다음과 같이 설명하고 있어 흥미롭다. "릴케가 자주 써 왔던 비유처럼, 그 자신 하나의 '그릇'이었다. 혹 무슨 소리라도 들려온다면 겸허하게 모든 걸 받아들일 준비가 된 자세이다. 바로 이 점이 많은 사람들, 특히 남성들에 의해서 비난을 받기도 했던 그의 활기 없는(여성적) 태도를 설명해 주는 요인일지 모른다."[274]

…………

273 아시아 자체에도 모권-여성적인 것과 부권-남성적 세계관이 병존하고 있으리라 생각하고 있으므로 물론 이 견해는 반론의 여지가 있을 것이다. 그러나 이 관점은 일반성에 근거를 둔다.

274 Christianne Osann, Rilkes Persönlichkeit, S. 86: "Rilke war ein von ihm gern gebrauchter Vergleich ≫Gefäß≪. Seine Haltung war demütig, anfnehmend, bereit, wenn die Stimme käme. Gerade dies erklärt jenen Mangel an Vitalität, den ihm manche, besonders Männer, vorwerfen."

물과 흙으로 연결되는 그릇에 대해서 동양의 도교나 불교에서도 "지극히 높은 정신der höchste Geist"을 집약시킨 전일全一의 상징, 즉 여성의 힘으로 본다.[275] 특히 두 번 째 시의 내용과 흐름을 같이하는 『도덕경』 6장은 더욱 일목요연하게 표현되고 있다.

골짜기의 여신은 영원히 죽지 않고 만물을 창조해 낸다. 이를 현빈이라 한다.
유현하고 신비스런 여신의 문이 바로 천지만물의 근원이다.
곡신은 보이지 않고 없는 듯하면서도 있고 그 작용은 무궁무진하다.

谷神不死 是謂玄牝
玄牝之門 是謂天地根
綿綿若存 用之不勤

릴케는 점차 '골짜기-그릇' 이미지를 단순히 여성상에 국한시키지 않고 공空, 허虛에 대한 만滿의 공간적 대립 이미지[276]로 확대시킨다. "오목한 형태die hohle Form"가 지닌 포용적 의미는 곧 삶과 죽음, 기쁨과 슬픔, 공空과 만滿 등을 "담아 넣는" 저장의 기능에서 모든 대립을 용해시키는 '변천Verwandlung'의 모티브로 발전된다.

공간은 어두운 내면을 통해 신비의 세계를 암시하거나 모든 상반

275 그릇器은 노장철학에서 지칭할 수 없는, 파악할 수 없는 만물의 근원, 즉 도 자체이며 모든 것을 잉태, 수용하는 여성, 우주전체의 모성으로 파악되고 있다. 참조. 노자 『도덕경』 1, 11, 62장. 또한 불교에서는 그릇이 행복의 8가지 상징으로서, 특히 수태하는 여성력을 암시하며 제단봉양의 도구로도 쓰인다.

276 '거울', 「Sonette an Orpheus」(SW I. 752), 「Die 2. Duineser Elegie」(SW I. 689), '창문', 「Les Fenêtres」(SW I. 587~591), '공', 「Der Ball」(SW I. 639f). 참조. B. Allemann, S. 183f.

요소를 하나로 묶는 중용의 기점을 이룬다. 즉 모든 존재성의 양극 -'가득 참Voll-Sein'과 '빔Leer-Sein'-을 무리 없이 순환시키는 힘이다. '고통'이라는 부정적 세계와 '행복'이라는 긍정적 세계가 각기 '오목한 형상' 속에 용해되고 곧 승화 된다. 이런 상황을 릴케는 로테 헤프너Lotte Hepner에게 보내는 1915년 11월 8일지 편지에서 "구리를 주물할 때 빈곳에서 얻게 되는 긍정적 형상처럼wie bei der Bronze die positive Figur, die man daraus gewönne" "부정적인 것ein Nagativ"에서 얻어지는 공(空)의 토대, 즉 기쁨을 위한 슬픔의 전제적 작용임을 분명히 밝히고 있다. 릴케에게 있어서 '공'은 그러므로 부정적 의미에 머물지 않고, 오히려 "팽팽히 맞서는 힘의 중심"[277]이다. 이로써 그는 자신이 내세운 '순수한 모순reiner Widerspruch'[278]의 자리에 되돌아 와 동양의 정신과 만난다.

3) 동방과 서방

시에 나타난 또 다른 대립국면은 동과 서의 진영대립이다. 릴케의 관심은 서양의 사회구조에 대한 자성적 비판에 이어 동양으로부터 이상적 해결책을 찾는 것이다. 이런 목적 아래에서 의도적으로 구사하고 있는 듯한 어휘들이 발견되고, 그것은 사물을 복수화 하는 현상으로 나타난다. "유산-아들-딸Erben-Söhne-Töchter", "권력의 왕관Kronen der Gewalt", "금전-동전-금궤Geld-Münze-Kasse", "세계의 왕König der

277 B. Allemann, Zeitund Figur beim späten Rilke., S. 140.

278 릴케의 묘비명(참조. SW II. 185)에서처럼 존재한계의 제반 모순들을 순수하게 지키면서 '가득 참'과 '빔'의 이미지를 통해 구현하고, 그것을 전일화하는 내면세계를 '세계내공간'으로 농축시키고 있다.

Welt"과 다른 차원에서 "땅들die Lande", "물들die Wasser", "나무들die Bäume", "골짜기들die Täler" 등이 그것이다. 모든 대상이 개인보다 공동체의 가치로 인식, 평가되는 듯하다.

'문명개발의지'가 강하게 담겨있는 앞의 시는 그리하여 착취와 찬탈에 따른 시대적 양심의 문제에 대한 비판이 제국주의 팽창의 기류로 증폭되어가는 사회현실을 그대로 노출시키는 듯하다. 이보다 20년 후인 만년의 작품 『오르페우스에 바치는 소네트』(II부 X)에서는 "기계는 순종하는 대신, 정신 속에 스며들려고 하는 한, 우리가 얻은 모든 걸 위협할 것이니 ALLES Erworbne bedroht die Maschine, solange/ sie sich erdreistet, im Geist, statt im Gehorchen, zu sein"(SW I. 757)라고 안타까움을 토로하기에 이른다. 구동독의 독문학자 바이스바하R. Weisbach는 『오르페우스에 바치는 소네트』 연구서에서 릴케가 작품의 주된 모티브로서 내세우고 있는 기계문명에 대한 비판을 "반자본주의에 경도된antikapitalistisch intendiert"[279] 시각으로 이해하기를 촉구하고 있다.

세속적일뿐만 아니라, 비천한 자에 대해서 미학적인 형식을 맞세우는 의도 또한 확연히 눈에 띈다. 가부장적 자본주의는 생산의 가치 창출에만 포커스를 맞추고, 그 이면의 과정은 배제함으로써 노동자들의 존재를 축소시키는 비인간적 처사에도 날카로운 눈길을 돌린다. 실제로 그가 비판을 가하는 자연개발의 무모함 내지 파괴성으로'박해의 피난처ein Refugium vor den Verfolgungen'로 추락하고, 이어서 곧 구원 불가능한 상황에 대한 절규로 바뀐다.

....

279 Reinhard Weisbach, *Kommentare zu Rilkes Orpheus-Sonetten.*, S. 112.

아울러 공업화과정에서 나타나는 사회변혁의 주제와 자연보호를 표방하면서 발명의 의지를 불태우는 인간의 목적성 위주의 '지성'에 대한 공박, 지하자원을 채취하기 위한 반 자연적 소유욕이 고발된다. 과도한 집착으로 점차 탐욕스러워지는 지배욕을 비판한다. 그리고 극단적인 이기주의에 빠진 사회윤리를 개탄한다.

'개척'이라는 형태의 자연파괴는 식민제국주의 팽창과정에 있어서의 착취이자 반 휴머니즘의 절정이라 하지 않을 수 없다. 비록 시대와 상황은 다르지만, 여기서 1980년대 포루투갈의 시인 호세 크라베이리아의 「흑인의 절규」란 시를 보면 그 고통의 단면을 크게 공감할 수 있다.

> 나는 석탄입니다!
> 당신은 땅에서 나를 잔인하게 뜯어내고
> 나는 당신의 광맥이 됩니다요. 나으리.
> 나는 석탄입니다요!
> 당신은 내게 불을 붙입니다요. 나으리
> 화력 좋은 연료로 영원히 당신에게 봉사하도록 ....[280]

'석탄'은 산업화와 자본주의의 기본 자원이자 흑인을 연상시키는 물질이다. 시인이 내뱉는 절규는 릴케가 지하광맥에 대해 품고 있는 감정적 분위기와 맞물린다. 강대국의 패권주의와 자본주의가 남긴 자연파괴, 그리고 인간상실 및 인권회복 등 생태환경에 대한 문제의식

....

280 참조. 롤랜드 올리버, 배기동·유종현 옮김, 『아프리카: 500만 년의 사회와 문화』, 여강, 2001.

이 뚜렷이 자리하고 있다.

여기서 불현듯 인도의 간디도 연상된다. 그럴 만하다. 폭력이 횡행하던 시대의 한 가운데에서 비폭력과 무소유의 선한 가치로 가진 것이라고는 물레와 교도소에서 쓰던 밥그릇 이외 허름한 모포와 수건이 전부였지만, 그가 인도인의 영원한 '바푸'(아버지)로서 국민 앞에 나설 수 있었던 것은 영적인 힘과 박애정신. 바로 릴케가 보여주려 하는 자연의 힘에 의한 정신의 위력이 아니던가.[281]

릴케가 동서 간의 사회적 현실을 강하게 부각시키고 있다는 인상을 주는 것은 우선 그럴만한 시대적 배경에 있다. 작품이 생성된 것은 1901년 9월 20일, 당시는 유럽 전체가 초기 자본주의의 숨 가쁜 변혁기에 처해 있었다. 경제번영을 최고의 가치로 추구하던 목적 지향적 이념의 시기였다. 이에 더욱 더 중요한 의미를 지니는 것은 그가 오랫동안 갈구해 오던 정신적 고향 러시아 방문이었다. 거기에서 처음 대하게 된 "동방의 광활함"은 상대적으로 '그 어떤 제한된 틀' 속에 갇혀 있는 서양사회의 한계를 좀 더 절실히 깨닫게 하기에 충분했다. 그는 아직 공업화의 물결이 밀려들지 않아서 '땅'과 올바른 대화를 하며 사는 러시아 농민의 '자연적 생활'을 눈여겨보았다. 서구사회가 지향해야 비전도 보았다. 메마른 영적 세계를 순화시킬 중요한 바탕도 찾았다.

그런 의미에서인지 릴케가 만난 작가들은 거의가 다 사회비판을 문학의 쟁점으로 삼고 있는 사람들이었다. 그중에서 특별한 관심을

281 참조. 스탠리 월퍼트, 한국리더십학회 옮김, 『영혼의 리더십: 마하트마 간디의 생애와 유산』, 시학사, 2002.

갖고 접근한 막심 고리키. 그는 희곡작품 『야만인Barbaren』(1906)에서 정체되어있던 러시아 사회에 밀려드는 숨 가쁜 개발의 물결을 예리하게 관찰했다. 그리고 산업화 위주의 시대정신에 대하여 강한 회의적 반응을 보이면서 사회적 비판여론에 불씨를 붙이던 터였다.

릴케의 사회비판적 세계관도 자연스럽게 정치적 관심으로 옮겨간다. 그보다 훨씬 뒤인 1918년에 릴케의 정치적 행보의 일부가 기록으로 남겨지기 시작한다. 그 해 11월 7일 아내 클라라에게 보내는 편지에서 그는 독일 뮌헨에서 개최된 소비엣-러시아 체제의 모델인 "소비에트(인민)공화국Räterepublik"의 창건을 지켜본 후, 그 소회를 다음과 같이 피력한다.

> 오늘 우리는 뜻 깊은 저녁을 맞이했소. 이제 이곳에도 병사와 농민, 그리고 노동자상임회가 조직되었소. 쿠르트 아이스너라는 사람이 주석으로 추대되었소. 『뮌헨 신보』는 일면 전체를 할애하여, 바이에른 공화국을 선포하면서 주민들에게 평화와 안정을 약속하였다오. (…) 지금까지 모든 것이 외형상 조용하고 거대한 발걸음을 내딛을 아주 적절한 순간이라는 걸 인정하는 것만이 있을 따름이라오.

> Wir haben eine merkwürdige Nacht hinter uns. Nun ist auch hier ein Soldaten-, Bauern- und Arbeiterrat eingesetzt, mit Kurt Eisner als erstem Vorsitzenden. Die ganze erste Seite der Münchner Neuesten nimmt eine von ihm ausgegebene Verfügung ein, durch die die bayrische Republik erklärt, Ruhe und Sicherheit den Einwohnern zugesagt wird. (…) Bis jetzt scheint alles ruhig und man kann nicht anders als zugeben, daß die Zeit recht hat, wenn sie große Schritte zu machen versucht.

소비에트(인민)공화국이란 급진적 형태의 직접민주주의 체제로서 노동자, 군인, 농민계급을 지배층으로 하면서 새로운 이상 국가를 표방하는 정치운동이다. 이들이 사회개선투쟁의 중심으로 개인적, 공적 고용주에 맞서서 경제, 사회적 이익을 대표한다는 것이다. 피에르 조세프 프루동P. J. Proudhon(1809~1865) 같은 19세기 사회주의 이론가들이 '레테'이념을 수립하여 1890년 프랑스에 전파시켰고, 그 후 스페인의 급진적 '노동조합주의Syndikalismus' 세력과 결탁하여 힘을 확장해 나아가기에 이른다. 1905/06년의 러시아 혁명에 기구 구성 원칙을 내세우고, 1917년 11월 혁명을 위한 구체적 토대를 마련한다. 독일, 특히 바이에른 주에서는 1918년 11월 혁명기간 중 이것을 러시아의 모형대로 결성한 것이다.

당시 릴케의 정치참여의식도 만만치 않았다. 그는 러시아 10월 혁명에 적극인 찬동을 보내면서 전면에 나선 바 있고, 극우파에 의해 볼쉐비스트로 몰려 독일 땅을 떠나야 했던 일도 있었다. 당시의 체험을 그는 더 이상 사회주의에 대한 공감으로 확대시키지는 않았다. 더구나 좌경정당인 '사회주의 통일당Sozialistische Einheitspartei'은 릴케를 "비생산적인, 인민과 호흡을 같이 하지 못하는 퇴폐시인"[282]으로 규정한 바 있었던 만큼, 그가 근본적으로 사회주의 내지 공산주의 사상과 뿌리를 같이 하고 있지 않았다는 사실 또한 분명하다. 설사 본 작품의 생성기를 전후로 고리키의 태도에 적극적 공감을 표하기는 했다 할

---

282 신문 『타게스안차이거Tagesanzeiger』 vom 3. Aug. 1950. Nr. 180. 2. Bl. S. 4. 공산당 SED 작센 주 지회는 그 외에도 A. 토스카니니, A. 지드, I. 스트라빈스키, I. 파더렙스키, J. P. 사르트르, S. 게오르게 등의 작가들을 '반동'으로 규정했다.

지라도, 그가 훗날 고백하고 있듯이, 정신적 체계가 확립되지 않았던 젊은 시절의 일시적 체험에 지나지 않는다는 사실 또한 진지하게 받아들여져야 할 것이다.[283]

이렇게 볼 때, 『시도집』과 『말테의 수기』 이후 점차 강조되고 있는 사회비판의 관점은 어디까지나 사회적 양심을 추구하고자 하는 작가적 세계관의 발로이며, 그것은 또한 칼 폰 데어 하이트Karl von der Heydt에게 보내는 1919년의 편지에서 볼 수 있듯이, "나의 참담한 어린 시절을 부정하기 위한 혁명가"[284]가 되어야겠다는 개인적으로 궁핍했던 어린 시절에 대한 보상작용에서 비롯한 것으로 여겨진다. 실상 그가 러시아에서 체험한 것은 정치적 앙가주망이 아니라, 동방인 사이에 특성으로 전개되고 있는 "참여라는 공동의식"[285]이라고 볼 수 있다.

지리적, 문화사적으로 볼 때, 여기서 말하는 '동'이란 일반적인 아시아의 범위에서 훨씬 벗어나는 지역이다. 그럼에도 불구하고 릴케의 러시아 체험을 서구와 대립되는 아시아와 연결하여 보는 것도 무리는 아닐 것 같다. 그것은 일단 내용과 발전과정에서 서로 깊은 연관성을 지니고 있다고 여겨지기 때문이다. 릴케가 러시아 여행을 한 이후 구체적으로 보이기 시작한 사상적 변화는 괄목할만한 것이었고, 그

283 참조. 루돌프 침머만에게 보내는 1921년 4월 17일자 편지: „Mich haben Gorkis Fragmente um so stärker berührt, als ich, seinerzeits, bei meinen Begegnungen mit Lew Tolstoi dem mächtigen Greis ebenso zwiespältig gegenüberstand. Ich war damals zu jung, um mir eine so reiche Rechenschaft über meine Gefühle schaffen zu können, wie sie dem Gewissen Gorkis gelungen ist."

284 Zit. n. Storck, S. 52.

285 H. Wocke, Schicksal u. Vermächtnis. In: *GRM.* 25. 1937, S. 406.

이후의 문학에 큰 영향을 안겨준 레오 톨스토이Leo Tolstoi에게 돌릴 수 있을 것 같다. 그는 일찍부터 중국, 일본, 그리고 인도의 종교, 예술, 철학에 대한 연구에 열을 올리면서 동양문화에 대한 지식을 심화시켰다.[286] 또한 동양의 지혜를 나름대로 적극 작품에 수용하기도 하고 자신이 추구하는 도덕관에 결부시켰다.

릴케가 러시아에서 체험한 것은 톨스토이가 직접 동양의 정신사에서 수용한 듯한 사회정의 구현을 위한 도덕성Moralität이다. 톨스토이가 스스로 명명한 "아시아적 독트린asiatic doctrine"[287]이란 그것이 실제로 동양을 탐색해 오던 릴케의 정신계에 커다란 영향력을 행사하였다. 릴케는 그러한 정황을 다음과 같이 기술하고 있다.

> 그러나 우리가 어떻게 그걸 한다 할 수 있을까요? 우리의 안전을 확보하려면 그 어떤 전체와의 관계가 선행되어야 할 것 같습니다. 안전하다는 것은 우리에게 있어서 부정의 불순함을 경계하면서 그에 따른 고난의 모습을 제대로 인정하는 것이지요.
>
> Aber wie könnten wir das wollen? Unsere Sicherheit muß irgendwie ein Verhältnis zum Ganzen werden, zu einer Vollzähligkeit; Sichersein heißt für uns die Unschuld des Unrechts gewahren und die Gestalthaftigkeit des Leidens zugeben...[288]

....

286 Vgl. Birukoff, Tolstoi und die Indo-Brahmanen(S. 23~79), Tolstoi und die Chinesen(S. 125~167), Tolstoi und die Japaner(S. 168~205). In: *Tolstoi und der Orient*. 참조. Keyserlink, *Laotse*, S. 221, Ch. Osann, S. 183.

287 Thomas, *Rainer Maria Rilke: Urbild und Verzicht*, S. 131.

288 Zit. n. Thomas, aaO., S.131.

러시아인과 러시아의 자연환경을 대하면서 인지하게 된 이러한 "전체와의 관계"는 분명 그에게 있어서 동양적인 모델의 한 부분으로 느껴졌으리라. 그렇기 때문에 우리가 다루고 있는 시작품에서 그는 '공동성Gemeinsamkeit'과 '개인주의Individualismus' 간의 차이에 포커스를 맞추고 대립시키고 있다. 공동유대감이란, 서방의 개인주의적 삶의 방식과는 달리, 동양에서 가장 존중되는 생활 윤리의 토대이다. 테오도르 레싱도 서구인의 개인소유성과 동양인의 공동채산제에서 가장 뚜렷한 양 세계의 차이점을 들춰내고 있지 않던가.[289]

특히 릴케가 산업화 과정에 비판을 가하면서 개인주의적 이익추구와 경쟁의식에서 파생된 분열된 인간관계를 "고통"으로 보면서, 뒤의 시에 나오는 "찾아오는 이웃을 반기고"(9행), "희생하는 마음"(10행)을 통해 비폭력적이고 상부상조하는 사회질서 속에 "너와 나"(11행)라는 공동유대감을 이상화 하는 것이다.

여기에서 릴케는 '사회적인 유토피아soziale Utopien'를 자신에게 고유한 형태로서 정착시킨다. 그것은 어떤 사회주의적인 혁명이나 자유주의적인 개혁을 통해서가 아니라 "내면성의 순수한 힘을 통하여" 끊임없이 꿈꾸어 온, 러시아 농촌의 거대하고 느긋한 대지의 영혼에서 언제나 느낄 수 있는 그런 이상적인 사회이다. 기계문명으로부터의 탈피를 전제로, 교회도 없고, 저곳도 바라볼 필요가 없는 곳, 다시 말해서 "현세(이승)Diesseitigkeit"이며, 어떤 이념의 묶임에서 풀려 자유를 구가하는 것, "모든 금욕적인 것에 맞선 관능적-감각적인 것으로의 진입das Eintreten für das Erotisch-Sinnliche aller Askese gegenüber"[290]으로까

289 Th. Lessing, aaO., S. 218.

지 보이는 것이다.

릴케는 마지막 연에서 집중하여 노래 부르고 있는 이상향에 대한 갈구는 그래서 매우 아시아적인 톤으로 들린다.

> 저쪽을 바라지도 넘보지도 않으며
> 동경만으로, 죽음까지도 겁내지 않으며
> 새로운 것이라 마구 손을 맡기지 않으려고
> 이 세상일에 성실히 몸 바쳐 살아가리라.

여기서 말하고 있는 "저쪽"은 두 가지 의미를 지닌다. 즉 종교적 의미로서의 "내세"와 현세적(지리적) 의미의 "먼 나라"이다. 둘 중 어느 것이든 릴케가 중시하고 있는 것은 헛된 욕심을 버리고 주어진 현실과 삶을 올바르게 인정해야 한다는 "현실충실"의 사상이다. "저쪽"에 대한 필요 이상의 기대감을 버림으로써 물질적인 탐욕도 없애고 인간사회의 평정을 되찾을 수 있다. 거기엔 신앙으로 인간의 영혼을 구원해야 한다는 종교적 당위성도 존재하지 않는다. 오로지 원초적 이상만이 떠오르는 티 없이 맑고 깨끗한 인간의 그리움이 자리 잡을 것이다. 자연귀의의 행복으로 이룰 수 있는 일이다.

이것이 바로 도가에서 강조하고 있는 가르침의 핵심이 아닌가. 노자가 말하는 이상향의 요소는 "공동적 삶의 영위"를 전제로 하기에 공산주의 내지 무정부적 견해로 풀이되는 여백을 남기기도 하지만, "저쪽에 대한 기대감에서 벗어남"으로 시작된 자족과 현실인식에 기

....

290 Eudo. C. Mason, *RMR.*, S. 39. 그것은 로렌스D. H. Lawrence가 중시한 "남성성기적 환영幻影, phallische Phantasmagorie"의 한 형태로 나타나기도 한다.

반을 둔 유토피아적 이상은 그대로 릴케를 연상케 한다. 그 어떤 무리함과 인위성을 없애면 자연의 도에 따르는 낙원을 건설할 수 있다. '저쪽'에 대한 탐욕에서 벗어나면 세계와 도의 근본에 서게 되며, 거기엔 신도 인간의 분쟁도 존재하지 않는 릴케가 제시하고 있는 이상향 그것이 아닌가. 자연력을 거역함으로써 영속성을 상실하고 말 인간에게 본연의 길을 열어 주고자 하는 노력. 그것을 『도덕경』 80장은 다음과 같이 표현하고 있다.

'이상적인 나라'는 국토가 작고 백성의 수가 적다
문명의 이기가 있어도 쓰지 않고,
백성들로 하여금 저마다 삶을 아끼고 멀리 떠돌지 않게 한다.
비록 배나 수레가 있어도 타고 다닐 필요가 없고,
비록 무기가 있어도 쓸 필요가 없고,
백성들로 하여금 '문자를 버리고'
다시 새끼줄을 묶어 뜻 표시로 쓰게 한다.
사람들은 '자연 속에서' 맛있게 먹고, 잘 입고,
편안히 살며, 제멋대로 즐긴다.
이웃나라와 서로 마주 보며,
이웃 간의 닭이나 개소리가 마주 들리기도 하지만,
백성들은 허정하게 살며
늙어 죽을 때까지 서로 번거롭게 왕래하는 일도 없다.

小國寡民.
使有什伯之器而不用,
使民重死而不遠徒
雖有舟輿 無所乘之,
雖有甲兵 無所陳之, 使民復結繩而用之.

甘其食，美其服,
安基居，樂其俗,
隣國相望, 鷄犬之聲相聞,
民至老死, 不相往來.

VIII.
예술에 대한 릴케의 아시아적 시각

1. 논리와 지식을 넘어서

문화가 발전해가면서 우리 인간의 삶은 과중한 지성적 요구에 의해 날로 무미건조해지고 계산적이 된다. 릴케는 그로 인한 참다운 인간성의 상실과 피해양상을 안타까운 현상으로 바라보면서, 세계를 무기력한 추상성에 빠뜨리는 논리적이고 부분 분할적인 사고방식에 대해 비판의 날을 세운다. 진정한 행복을 누리기 위해서는 인간이 모두 그런 부담에서 벗어날 것을 강하게 촉구한다.

1907년 카프리 섬에서 레오폴드 폰 슐뢰쩌는 릴케와 나눈 대화에서 새로운 시대의 정신세계를 지배하는 지성위주의 교육에 대한 그의 생각을 이렇게 전하고 있다.

> "인문교육은 무의미한 박물관에 갇힌 예술품처럼 도서관에 쳐 박힌 생명 없는 박제품이 되어 버렸습니다."라고 시인은 동의했다. "호머나 소포클레스도 김나지움에서 잘못 다루어지는 것이 아닌가요? 그들을 일단 문법적으로만 이해하려고 들면 무얼 배울 수 있겠습니까?"

„Die humanistische Bildung ist zu einer Mumie geworden, aufbewahrt in

Bibliotheken, wie die Kunst in sinnlosen Museen,“ Stimmte der Dichter zu. „Werden nicht auch Homer und Sophokles auf den Gymnasien mißhandelt? Sie sind gerade gut genug, um mit ihnen die ersten grammatikalischen Gehversuche zu machen.“[291]

논리성이라는 명목아래 자행되는 카테고리적 사고방식과 분석활동의 남용이 비판의 대상이 된다. 글의 참뜻을 배우고 익히기 전에 문법적인 장치에 관심을 쏟음으로 차츰 의미를 잃어 가는 정신문화의 위기를 개탄한다. 정신의 내면세계를 이해하려는 노력은 도외시한 채 외형적 지적 활동에만 치중하는 시대, 계몽적이고 이해타산적인 지식 흡수에만 몰두하는 세태에 대해 불신의 눈길을 던진다.

그 대신 자연과 합일하는 참된 삶의 가치를 높이 평가한다. 허심탄회하게 나누는 대화에서 그는 “자연과 합일하는 한 인간은 얼마나 아름다운가!”라고 말문을 열면서, “항상 우매한 백성이니 뭐니 하지만 거기에 자연성을 과소평가하거나 멸시하려는 마음이 도사리고 있는” 상황을 안타까이 바라보며, ”모든 존재의 비밀은 지식에 있는 것이 아니“라는 사실을 강조한다.[292]

실제로 릴케는 지나친 지식의 소용돌이 속에서 헤어나지 못하는 ‘가련한 인간상’을 즐겨 작품의 주제로 다루어왔다. 1899년 『악령 *Teufelspuk*』(SW IV. 574~581)이나 『사랑하는 신에 대한 이야기 *Die Geschichten vom lieben Gott*』(SW IV. 283~399)에서는 아는 것은 많지만 지나치게 규격화된 표면적인 삶에 찌든 메마른 한 지식인을 주인공

....

291 Schlözer, *RMR auf Capri*, S. 41q·f.

292 같은 책, 41쪽.

으로 내세운다. 이 세상에 살고 있지만 삶의 본질과는 거리가 먼 핵심 없는 허수아비 인간으로 풍자한다. 더구나 자서전적으로 설정된 소설 『에발트 트라귀Ewald Tragy』(SW IV. 512~567)에서는 지식을 방편으로 하여 뻰뻰스런 생활로 일관하는 인물 크란츠를 무지하고 순박한 또 다른 주인공 에발트와 선과 악의 대립국면에 세운다.

> 여기에서도 트라귀는 얼떨떨함을 느낀다. 평소부터 무엇에 대항하는 것이 습관이 되지 않은 그로서는 왜 그런지에 대해서 까지는 모르고 있었다. 그러나 자기의 무지가 어느 경우라도 그를 안심시킬 수 있는 요소라 한다면, 이런 일에 맞서서 그는 그걸 하나의 방패로 삼는 셈이다. 방패 뒤에는 사랑스런, 심오한 어떤 것이 있다. 그는 그 어떤 위험 앞에 무엇을 생각해 낼 수도 없었고, 그저 무엇에 대해 말할 수도 없었다.
>
> Auch hier fühlt sich Tragu ganz unerfahren, und es kann zu keiner gerechten Erörterung kommen, weil er nur selten etwas zu entgegnen weiß. Aber wenn ihn seine Unwissenheit in den anderen Fällen beunruhigt, diesen Dingen gegenüber empfindet er sie wie einen Schild, hinter dem er irgendwas Liebes, Tiefes - er vermag nicht zu denken was - bergen kann, vor irgendeiner fremden Gefahr, und er weiß nicht zu sagen - vor welcher. (SW IV. 554)

이론적이고 개념적인 크란츠는 항상 플라톤적 궤변을 생활의 방편으로 삼는다. 그의 비인간적 영악함은 에발트의 무지를 통해 더욱 냉소적인 모습으로 노출된다. 릴케는 여기에 일종의 사회 고발적 목표를 겨냥한다. 인간의 오염되지 않은 무지가 이상화된다. 지식일변도의 시대적 욕구가 얼마나 삶의 본질과 거리가 멀며, 참 인간성에 이르는데 저해요인으로 작용되는가를 보여주려 한다. 논리적 지식계층과 그들의 무미건조한 인생관에 대한 릴케의 불만은 또 다른 각도의 문명비판으로 발전된다.

헛된 지식의 올가미에서 풀려나 자연 순리에 입각한 삶을 살아야 한다는 것은 도가사상의 근본이념이다. 인간은 내용상 아무런 변화가 없음에도 불구하고 외적인 불필요한 개념 하나로 일희일비 한다. 장자 내편의 2편인 제물론(齊物論)에 나오는 '조삼모사朝三暮四'의 비유를 들어 설명한다. 원숭이를 부리는 사람이 원숭이에게 상수리를 나누어주면서 '아침에 세 개, 저녁에 네 개다'라고 했더니 원숭이들이 모두 화를 냈다. 그래서 '그럼 아침에 네 개, 저녁에 세 개다' 했더니 원숭이들이 모두 좋아했다는 것. 개념상 아무런 변화가 없는 데 희비가 엇갈리는 것은 원숭이들이 불필요한 주관과 논리에 사로잡혀 있기 때문이라는 깨우침이다.

장자는 「외편外篇」 16편 선성繕性에 대해서 이렇게도 말한다.

세속에 살면서 본성을 닦아서
학문으로 원초의 모습으로 돌아가기를 구하거나
세속에 살면서 욕심에 골몰하면서
사려를 통해 밝은 지혜를 이루기를 바라는 것을
일컬어 몽매한 백성이라 한다.

繕性於俗學,
以求復其初,
滑欲於俗思,
以求致其明
謂之蔽蒙之民.

이에 뒤질세라, 노자는 '무지'의 상태를 유토피아적 경지로 표현하면서 원초적이고 순수한 마음을 잃으면 아무 의미 없는 지식의 노예가 되고 말 것임을 경고한다. 맹목적인 학문과 지혜에서 벗어날 것을 촉구한다.

성인의 가르침학문이나 지혜를 버리면
오히려 백성의 이득이 백배가 될 것이며
인의도덕을 버리면
백성들이 효성과 자애라는 본성으로 되돌아 갈 것이다.

絕聖棄智,
民利百倍.,
絕仁棄義,
民復孝慈. (『도덕경』 19장)

릴케나 도학자들은 공통적으로 남용되는 지식이 자연과 인간의 일체화를 저해하는 요소이기에 배격한다. 그것은 사용되는 말의 상징성에 있어서도 일치된다. 지성적 계층에 대한 반대되는 존재가 '백성(민중)'과 '어린이'이다.[293] 지성이란 자연과 대항하려는 인간의 의지, 즉

....

293 '백성'과 '어린이'를 무지의 표상으로 보고, 자연예술성에 입각한 예술가상을 이상화하는 현상은 괴테와 실러에게는 물론, 더 나아가서 서구 낭만주의 문학의 특징적 요소이기도 하다. 괴테의 『젊은 베르테르의 괴로움Die Leiden des jungen Wethers』을 보면, "비천한 백성"에 대한 옹호가 시대정신의 핵심이 되고 있으며, 실러의 『소박과 단순의 문학Über naive und sentimentalische Dichtung』에서는 어린이가 자연의 길에 이르는 가장 순수한 본체로 여겨진다. 또한 일찍이 확인 된 바, 낭만주의가 동양문화와의 많은 접촉을 통하여 서로 영향을 주고받았다는 사실 또한 여러 각도에서 상기되어야 할 것이다.

주관의 힘이요, 민중과 어린이로 대표되는 무지는 주관도 객관도, 더구나 그 분리를 알지 못한다.

릴케가 앞 구절에서 보여 준 "비천한 백성"에 대한 공감은 『두 프라하 이야기*Zwei Prager Geschichten*』(SW IV. 99~220)의 주제로도 등장된다.[294] 그들이 자연의 질서와 일체화 할 수 있는 힘을 지녔기 때문이다. 또한 그는 어린이를 '가슴'의 감각기관을 통해 인간본성에 충실한 인간상의 전형으로 설정한다. 자신의 예술관을 정립하는 가장 이상적인 대상으로 삼는다.[295] 그가 지식과 의도에서 해방되어 자연에 가까이 서 있기 때문이다.

> 그래 사물에서 섭리를 배워야 하리
> 어린이처럼 다시 시작해야 하리
> 신이 마음 한 가운데 둔 사물들이
> 늘 그의 곁에 있지 않는가.

> Da muß er lernen von den Dingen,
> anfangen wieder wie ein Kind,
> weil sie, die Gott am Herzen hingen,
> nicht von ihm fortgegangen sind. (SW I. 321)

동양의 노자는 '어린이'를 지식의 횡포에서 벗어나 참다운 인간성

294 '백성' 이미지에는 프라하 유년시절의 생활환경과 향토애를 배경으로 어머니에 의해 강요되어온 '귀족의식'에 대한 반발적 의미도 숨어 있다.

295 릴케는 『보릅스베데』에서 화가 룽에Runge의 "우리가 최상의 위치에 도달하려면, 어린아이가 되어야만 한다Kinder müssen wir werden, wenn wir das Beste erreichen wollen"(SW V. 32)는 말을 인용하면서 예술관을 정립한다.

을 간직하고 있는 존재, 더 나아가서 그것을 드높이는 존재로 보고 있다.

> 정기를 집중하여 흐트리지 않고 유연한 자세로
> 영아와 같이 될 수 있다면,
>
> 專氣致柔,
> 能嬰兒乎? (『도덕경』 10장)

도가에서 말하는 학문 및 지식의 배척은 단순한 우민愚民사상과는 거리가 멀다. 사람들이 선이다 악이다 필요이상으로 분별하려 하려는 것, 즉 지나친 앎이라는 것은 전체적인 자연의 도와 어긋나 올바른 생활의 본질을 잃게 하지는 않을까 하는 우려가 그 핵심이다. 인위적인 것을 배척한다는 뜻이다.

마찬가지로 릴케가 강조하고 있는 '무지'도 이성의 힘에 의하여 상실되어 가는 삶 자체를 겨냥한다. 1926년 6월 초 그가 세상을 떠나기 얼마 전 요양소에서 쓴 시작품 「전권全權, Vollmacht」(SW II. 187f.)을 보면, 의미 있고 행복한 삶에 대한 릴케의 인식은 그것이 자연과 일치되는 데에 있음을 밝히고 있다. 삶의 위기감이 밀려드는 순간에 그는 젊음의 신선함과 감각적인 활기를 놓치고 이성의 노예로 전락한 그런 삶과 인간을 매우 안타까운 마음으로 바라본다.

> 아, 계산과 시간의 울타리에서 벗어나
> 어느 아침 문득 젊음을 호흡하며 보는
> 사냥꾼과 함께하는 뜨거운 젊음과 개 짖는 소리

서늘한 풀섶에 깃 든 싱싱한 밀어
이 광활한 대기와 마주치는 기쁨

그것은 우리의 숙명이다. 가벼이 이루어진 현상일 뿐
경직된 공간 속에서, 밤을 외면하지도 낮을 거부하지도 않으며
이것들은 영원한 진리, 삶에 아주 가까이 다가가서
살아있기에, 거부할 줄 모르는 동물은
 처절한 충격 속에 빠진다.

ACH entzögen wir uns Zählern und Stundenschlägern.
Einen Morgen hinaus, heißes Jungsein mit Jägern,
Rufen im Hundgekläff.
Daß im durchdrängten Gebüsch Kühle uns fröhlich und wir
besprüche,
und wir im Neuen und Frein - in den Lüften der Frühe
fühlten den graden Betreff!

Solches war uns bestimmt. Leichte beschwingte Erscheinung.
Nicht, im starren Gelaß, nach einer Nacht voll Verneinung,
ein verneinender Tag.
Diese sind ewig im Recht: dringend dem Leben Genahte;
weil sie Lebendige sind, tritt das unendlich bejahte
 Tier in den tödlichen Schlag.

오로지 추상화 된 사고와 논리적 귀결을 삶의 최고 가치로 내세우는 인간은 수많은 존재의 문제들과 마주친다. 이성을 따름으로써 "참된 삶"을 영위한다고 믿는 사람은 스스로의 위치를 깨닫지 못한 채, 삶의 언저리로 떨어져 나가고 만다. "계산하다zählen"로 상징되는 '이

성'은 '감성', 즉 아침의 신선함(2행), 사냥꾼의 뜨거운 젊음(2행) 등과 맞선다. 아침시간을 알리는 "시계소리"와 그것을 "헤아리는" 인간은 "젊음"과 "사냥꾼"의 순발력이라든지, "뜨거운"(2행), "외침"(3행), "느끼다"(6행), "기쁘게"(4행) 등과 같이 자발성을 앞세운 감각적 현상들과 상대적 관계를 이룬다. 인생의 흐름을 "셈이나 헤아림"으로 이해할 수 있으리라 생각하지만, 그런 사람들은 나날의 시간, 즉 존재의 외형만을 건드릴 뿐이다. 나날의 삶도 자기를 위하여 살아가기 보다는 불필요하게 인생을 분석하는데 모든 것을 소모하고 만다.

이미 1903년 4월 23일 카푸스F. X. Kappus에 보내는 편지에서 릴케는 "시간은 측정할 필요가 없는 것, 1년도 10년도 상관없습니다. 예술가가 계산하지 말아야 함은 나무가 수액을 헤아리지 않음과 같습니다."[296]라고 말한다. 삶 자체를 예술과 동등하게 보고 있는 그에게는 "시간" 자체도 "모래바람Flugsand"(SW II. 159)으로 밖에 인식되지 못한다. 삶이 위협받는 인간의 무상한 운명도 제기한다. 그러면서도 『말테의 수기』 49장(SW VI. 863~870)에 나오는 니콜라이 쿠스미치를 통해서는 이른바 '시간병Zeitkrankheit'으로 참다운 생명력을 잃고 마는, 현대적 지성의 힘에 억눌린 소외된 인간상을 보여주고 있다. 인간은 이성의 상징인 시간의식에서 벗어남으로써 대자연의 영원한 생명력을 구가할 수 있다.

삶의 이상인 자연. 그것을 지키는 것은 정신을 훼손시키는 논리와 이성을 배격함으로써 가능하다. 개념적 사고를 통해 야기되는 인간성

296 참조. „Da gibt es kein Messen mit der Zeit, da gibt es kein Jahr, und zehn Jahre sind nichts. Künstler sein beißt: micht rechnen und zählen; reifen wie der Baum der Säfte nicht drängt (…)“

손상의 문제점을 비유적으로 꼬집는 릴케는 삶의 진실을 역시 풍자적으로 깨우치는 노자의 숨결과 마주한다.

> 천하의 모든 사람들이 미를 아름답다고 인식하기 때문에
> 추와 악에 대한 관념이 나타나게 마련이다
> 또 선을 착하다고 인식하기 때문에
> 불선(악)의 관념이 나타나게 마련이다
>
> 天下皆知美之爲美,
> 斯惡已.,
> 皆知善之爲善,
> 斯不善已. (『도덕경』 2장)

미와 추, 선과 악은 상대개념이어서 상호작용을 한다. 그뿐만 아니라, 논리분석이라는 행위 자체가 지닌 의도성은 많은 부작용을 안고 있다. 그러므로 논리성에 집착하지 말고 현상계의 대극을 넘어서 전체를 볼 수 있는 안목을 길러야 하지 않겠느냐고 동양의 현자는 반문을 한다. 올바른 자연의 이해가 그 방식이요, 핵심이라는 생각이다. 문명의 울타리에서 벗어나 훼손된 인간성을 되찾아야 한다는 이러한 도교적 경각심은 릴케의 문학에 아름다운 그림자를 드리우고 있다.

2. 말할 수 있는 것의 한계

서구인의 논리적이고 개념적인 사고는 예술에 있어서도 언어만능주의를 불러일으킨다. 물론 이러한 경향을 서양문화 전반에 획일화시

킬 수는 없겠지만, 서양의 지성은 그들이 전통적으로 말과 표상을 논리성에 입각, 명백한 표리관계 안에 가두어 두려하기 때문에 오히려 자승자박自繩自縛이라고 할까, 그들 스스로가 설정한 형식과 틀에 사로잡히고 말 때가 많다. 이런 사정 하에서 상실된 인간성의 문제와 그것을 회복하는 과업이 오늘날 서양이 직면하고 있는 딜레마의 출발점이 아닌가 여겨진다.

표현주의 문학의 대표적인 작가 고트프리트 벤Gottfried Benn(1886~1956)은 "자아와 세계의 분리"를 서양의 "운명적 노이로제" 현상으로 보며 다음과 같이 말하고 있다.

> 자아가 앞에 나서서 모든 것을 유린하며 싸웠다. 거기에는 수단과 재료와 힘이 필요했다. 자아는 재료에 맞서 감각적으로 그로부터 멀어졌고, 형식적으로 그에 접근했다. 그것은 재료를 갈기갈기 찢어서 시험하고 선별해 놓았다. (…) 자아와 세계의 분리, 정신분열적 파국, 서양의 운명적 노이로제: 현실.[297]

그에 반해서, 동양인의 의식세계 속에는 실재가 언어를 초월한다고 믿어 왔으며, 그리하여 우리 인간의 상념들은 일반적인 논리와 통상관념을 넘어서는 것으로 인식되어 왔다. 언어의 기능에 대해서 장자는 동양의 해학자답게 그의 「잡편雜篇 외물外物」에서 '망전忘筌', '망

…………

297 Benn, *Ges. Werke.* Bd. 1, S. 337: "Das Ich trat hervor, trat nieder, kämpfte, dazu brauchte es Mittel, Materie Macht. Es stellt sich der Materie anders gegenüber, es entfernte sich von ihr sinnlich, trat ihr formal näher. Er zergliederte sie, prüfte sie und sonderte aus (…) die Trennung von Ich und Welt, die schizoide Katastrophe, die abendländische Schicksalsneurose: Wirklichkeit."

제忘蹄', '망언忘言'을 강조하면서 다음과 같이 비유적으로 설명하고 있다.

> 고기를 잡으려고 망을 놓지만 고기를 잡고 나면 망을 잊는다
> 토끼를 잡으려고 덫을 놓지만 토끼를 잡고 나면 덫을 잊는다
> 뜻을 전하려고 말을 하지만 뜻이 통한 다음에는 말을 잊는다
>
> 筌者所以在魚, 得魚而忘筌.
> 蹄者所以在兎, 得兎而忘蹄.
> 言者所以在意, 得意而忘言.

말이 항상 논리와 추론을 공식화하는 도구로 쓰여 온 서양에서와는 달리, 동양에서는 개념적 논리의 한계를 인식하는데 비중을 두면서, 도구인 망과 덫은 하나의 수단일 뿐이며, 도구 때문에 본질을 잃는다는 것은 참으로 무의미하다는 주장이다. 그래서 장자가 제기하고 있는 해학적 내용은 말과 표상의 상관관계를 서로 해체시키는 데 큰 의미를 부여하고 있다.

이러한 사실을 바탕으로 다시 릴케에게 눈길을 돌려 보면, 그가 지니고 있는 예술관의 본질이 상당히 아시아 쪽에 기울어 있음을 알 수 있다. 그는 서구인의 언어에 대한 낙관주의를 비판하고, 언어라는 것이 표출할 수 있는 한계성과 언어와 표상이 근본적으로 상치되고 있는 점을 안타까이 여기면서, 마음 속 깊이 언어에 대한 본질적인 회의를 품고 있다.

시작품 「성인여자Die Erwachsene」(SW I. 514f.)를 보면, 릴케는 모든 사물이 "형상을 완전히 갖추거나 언약의 궤처럼 형상도 없이Ganz Bild und bildlos wie die Bundeslade"라는 표현을 통해 예술이 궁극적으로 추구하는 목표인 이미지의 설정에 최대한의 노력을 경주하는 한편, 개념화의 원천인 '무형상Bildlosigkeit'의 자세에 대해 비판적인 입장을 취한다. 그것이 구약성서 모세5경에 나오는 "너희는 스스로 삼가 너희의 하나님 여호와께서 너희와 세우신 언약을 잊지 말고 네 하나님 여호와께서 금하신 어떤 형상의 우상도 조각하지 말라"(신 4:25)는 성서적 전통을 전제로 할 때, 우상을 만드는 것에 대한 유태인의 금기와 연관된 시적 발언이 아닌가하는 추정이 어렵지 않다. 그에 따라 기독교적 전통에 확고한 뿌리를 둔 서구의 언어에 대한 개념화 의식이 과연 예술적 본질 문제에 있어서 올바른 것인가 하는 자성의 외침으로 확대된다.

이러한 서양의 언어와 종교의 전통과 연관해서 반론을 제기한 릴케의 예술적 자의식은 어떻게 형성되었으며, 어떠한 형태로 전개되고 있는가에 대한 관심을 갖지 않을 수가 없으리라. 그런데 그것은 자연히 예술관의 본질에 대한 물음이 되지 않을 수 없다. 또한 전개과정에 있어서 아시아적 사상과 상당히 유사하여 흥미로울 뿐만 아니라, 실제로 어떤 연관성 아래 있느냐 하는 문제 또한 진지하게 다루어야 하지 않을까 여겨진다.

릴케의 예술관은 사회적 배경을 바탕으로 하여 이루어진다. 그것은 곧 문화비평적 요소와 연관됨을 의미하는 것으로, 예술에 대한 문제제기가 산업화되어가는 사회적 현실과 직접 연결되고, 언어예술이 기계화시대를 맞이하여 차츰 권위를 상실해 가는 수공업자들의 사회적 현실체험과 비유된다.

오, 친구들이여, 새로운 기계가
우리의 손을 좇아낸다
그런 흐름에 넋을 잃을 건 없어
'새 것'을 외치는 소리는 이내 사라지겠지

O DAS Neue, Freunde, ist nicht dies,
daß Maschinen uns die Hand verdrängen.
Laßt euch nicht beirrn von Übergängen,
bald wird schweigen, wer das 'Neue' pries. (SW II. 135)

산업화의 '새로운' 물결이 인다. 전통사회 안에서 자기 자신에 대해 헌신함으로써 "예술을 빚는 기쁨"을 누리고 살던 수공업자들에게 위기가 닥친다. 릴케는 '손'과 '기계'를 대립시킴으로써 기계화되는 시대의 운명 앞에서 참된 예술의 경지가 무너져가는 현실을 슬픈 마음으로 바라본다.

옛 수공업자들은 모든 것을 자신의 손 안에서 자기의 세계를 이루어나가는 독자적인 노동자였다. 자기의 집에 차려 놓은 작업장에서 자기 자신의 도구를 가지고 자기 자신의 작업을 하며 제품을 만들었다. 그들은 만들어지는 물건과 은밀한 내적 대화를 하며 살았다. 팽창하는 기계화의 물결은 그러나 그런 양상을 일시에 뒤바꾸어 놓았다. 그들은 거대한 공장을 운영하는 소유주에 의해 고용되어 사물화 되거나 단지 분업의 과정에서 생산능률을 높이기 위하여 일부만을 담당하는 부분 노동자로 전락하고 말았다. 사람이 기계의 자리에 대신 들어 선 것이다. 사람과 제품 간의 내면적 관계는 깨어지고 말았다.

릴케는 이러한 수공업자의 존재감 상실에 대해서 깊이 공감하면서 예술의 본질을 되돌아보는 계기로 삼는다. 그것은 '시문학', 즉 '포에지 Poesie'라는 단어 자체를 출발점으로 하여 어원적으로 파악하려는 노력에서 잘 드러난다. 모든 예술가는 필연적으로 하나의 표현수단을 필요로 한다. 시인은 화가나 작곡가와는 달리 언어(낱말)를 표현수단으로 삼는다. 그가 창조하는 작품들은 '포에지', 그것은 그리스어 '포에인Po(i)ein'에서 유래한 것으로 '만든다machen'라는 뜻이 아니던가. 시인이 만드는 것은 물질이 아니라 언어요, 그것으로 생산된 제품이 시이다.

릴케가 예술(언어)을 산업적 활동과 비교하는 근본적인 동기는 수공업자가 '만드는' 제품은 시인의 것과는 달라도 그 과정이 예술가적 본질과 일치하는데 있으리라. 또한 기계화에 침해를 받는 사회상은 곧 언어가 기계화 되어 정신계가 몰락하는 오늘날의 예술의 현실을 반영하기 때문이리라. 그의 예술과 문화비평에 대한 이와 같은 통시적 안목은 「제9 두이노의 비가」의 한 구절에 강하게 표현되어 있다. 인간이 사물과 올바른 내적 관계를 지니면서 이루어야 할, 그러나 이루지 못하는 "말할 수 있는 한계"에 대한 문제점을 상징적으로 제시하면서 시작된다.

> (…) 우리는 어쩌면 말하기 위해 여기에 존재하는 것이려니
> 집, 다리, 우물, 문, 항아리, 과수, 창문을 --
> 돌기둥, 탑 까지도....... 그러나 그리 말하는 것
> 사물들 스스로가 그러리라 전혀 생각지 못한 걸
> 오 그리 말하는 걸 이해해 주었으면

> (…) Sind wir vielleicht *hier*, um zu sagen: Haus,

Brücke, Brunnen, Tor, Krug, Obstbaum, Fenster, -
höchstens: Säule, Turm .... aber zu *sagen*, verstehs
oh zu sagen *so,* wie selber die Dinge niemals
innig meinten zu sein. (…) (SW I. 718)

여기에서 일컬어지고 있는 사물들은 모두 수공업자들의 손길로 만들어 진 물건들이다. 그것들은 인간의 내면성이 깊이 침투되어 외형과 일치되던 대상물로서 과학기술의 거대한 힘에 맞서는 옛 생활의 애환을 그대로 담고 있다. 새로이 밀려드는 시대의 위협 앞에서 이러한 사물들이 어떻게 올바르게 언어로 바뀌어 질 수 있는가 하는 문제가 시인의 가슴에는 무거운 짐으로 느껴지는 것 같다. 릴케에게는 단어란 인간현존재의 '기본 숙명Grundbestimmung'이기에, 사물들의 이야기를 언어를 통해서 "들을 수도 있도록vernehmbar" 하는 것이 시인의 사명이라고 보고 있기 때문이다. 이러한 관점에서 그는 "시를 짓는 것 das Dichten" 자체도 역시 어원적 차원에서 이해하려는 것 같다. 그리스어의 'dicere/dictare'는 곧 "dichten"이요, 그것은 다시금 "말한다 sagen"를 의미하기 때문이다. 그러므로 시인은 "사물을 말로 표현해야 한다"는 시인적 사명감을 일깨우고 그 앞에서 강한 한계성을 느끼지 않을 수 없는 현실을 안타까워한다.

이러한 사실은 "그러리라 전혀 생각지 못한" 것의 부분과 관련해서 사물의 "순수한 본모습die reine Wesensgestalt"을 비추어야 할 "sagen"의 힘[298]이 그에 미치지 못한다. 말의 속성과는 관계없이 인간

298 G. Liebig, *Rilke und die Dinge.*, S. 155.

에 의해 이루어지고 붙여진 이름(명칭, 언어)을 통해 결국 시인과 사물의 관계가 유지될 수밖에 없다는 문제를 안고 있다. 그것이 충분한지 아닌지에 대한 것과는 관계없이 말이다. 이러한 입장은 예술이란 "자연의 모사die Nachbildung der Natur"[299]라는 고대 그리스 아리스토텔레스의 전통과 그에 뿌리를 두고 발전한 낭만주의문학에서 활발하게 논의된 주제이기도 하다. 이 시대의 고민을 짊어지고 있는 작가 노발리스Novalis는 "당신의 표현은 경탄할만한 노래이며, 그 거역할 수 없는 음조는 모든 자연의 내부까지 깊이 파고들어 자연을 조각조각 갈라놓았습니다. 그들이 지니는 명칭들은 모두가 자연 속에 깃 든 영혼을 위한 암호이기도 합니다."[300] 라고 말함으로써 자연대상물과의 내적 연관성에 언어가 도저히 다다를 수 없는 한계가 분명히 있음을 강조해 오지 않았던가.

그러나 릴케는 좀 더 높은 차원에서 언어의 범위, 즉 형식과 내용 사이의 모순을 넘어서 "말하기 위해 여기에 존재하는" 인간의 존재의식을 문제화하고 있다. 신에 의해 창조된 후, 스스로 침묵을 지키는 사물이 말이 되도록 하는 사명을 시인이 얼마나 수행할 수 있느냐 하는 것이 가장 절대적인 명제임을 밝히고 있다. 그것은 모든 인간의 대표(제사장으로까지 표현되는)인 시인의 존재의식에 대한 자각과도 깊이 연관된다. 그러나 그러한 자의식의 이면에는 오히려 더 강한 언어에 대한 회의반응이 도사리고 있다. 다시 말해서 "표현불가능성

…………

299 Zit. n. Lessing, aaO., S. 359.

300 Novalis, *Die Lehrlinge zu Sais.*, S. 243: "Ihre Aussprache war ein wunderbarer Gesang, dessen unwiderstehliche Töne tief in das Innere jeder Natur eindrangen und sie zerlegten. Jeder ihrer Namen schien das Losungswort für die Seele jedes Naturkörpers."

Unsagbarkeit"에 대한 한계 인식이 전제되어 있다. 이것 역시 서양의 언어낙관주의에서 벗어나 진지한 자성적 언어관을 피력하는 릴케가 모처럼 아시아적 토양 위에서 정신적 회복의 기회를 얻는 매우 중요한 디딤돌이 아닌가 생각된다.

3. 개념적 언어를 넘어서

릴케 : 그런데 알고 있는 사람은? 아, 알기 시작한 사람은
가슴의 산등성이로 쫓겨나 이제 침묵을 지키리.

Aber der Wissende? Ach, der zu wissen begann
und schweigt nun, ausgesetzt auf den Bergen des Herzens.
(SW II. 94f.)

노자 : 도를 터득한 사람은 말이 없고
말하는 사람은 도를 터득하지 못했다.

知者不言,
言者不知. (『도덕경』 56장)

릴케는 지식과 표현의 한계를 대립시키고 있다. 그것도 노자에게서처럼 똑같이 경구적이고 역설적인 어법으로 나선다. 그 중심에는 말이라는 문제가 존재한다. 언어가 지식의 정도를 측정하는 올바른 수단인가 하는 의문으로부터 출발하여, 그것이 지식을 전달하는데 있어서 과연 어떠한 역할을 하는가 하는 문제를 제기하기에 이른다.

한 걸음 더 나아가, 릴케가 파네테 클라벨Fanette Clavel 부인에게 드리는 「침묵Schweigen」이란 소재의 시(SW II. 258)를 보면, 놀랍게도 다음에 인용되는 장자의 말과 거의 같은 문제의식을 바탕으로 하고 있음을 알 수 있다.

침묵, 더욱 깊이 침묵을 지키면
말의 뿌리에 닿고
저마다 성장한 철자들은
언젠가는 그에게 승리를 이루리라

침묵 속에 침묵하지 못하는 그것을 넘어서
그 조소하는 악한 것을 넘어서
자취도 없이 사라져 버리는 것
말이 그에게 보여 주리라.

SCHWEIGEN. Wer inniger schwieg,
rührt an die Wurzeln der Rede.
Einmal wird ihm dann jede
erwachsene Silbe zum Sieg:

über das, was im Schweigen nicht schweigt,
über das höhnische Böse;
daß es sich spurlos löse,
ward ihm das Wort gezeigt. (SW II. 258)

도가에서는 침묵을 발언의 거부가 아니라 올바른 표현의 일환으로 본다. 신비적 명상의 과정을 통해 다다를 수 있는 표현의 여백, 언어 없는 언어로서 이해한다. 참다운 의미의 사물이해는 언어를 통해서가 아니라 언어이전의 침묵에서 배어난다고 믿는다. 많은 설명을 늘어놓는 것 자체가 진리탐구의 본뜻에 어긋날 수 있다고 여긴다.

마찬가지로 릴케도 지식의 완성단계에서 체득할 수 있는 침묵을 말의 이상적 상태로 본다. 침묵을 언어의 표현 불가능한 부분을 인식함으로써 달성할 수 있는 "자기완성Selbstvollendung"의 증거로 이해하고, "침묵 속에 침묵할 수 있는" 이상적 경지를 제시한다. 더욱 놀랍게도 에쉬만E. W. Eschmann은 이 시의 생성과정 상에서 릴케가, 널리 알려진 바, 20년간의 전설적인 침묵에 들어간 폴 발레리P. Valéry와 많은 교유의 기회를 갖고 정신적 공감대도 유지하고 있었다는 사실을 확인해 준다. 시를 포기하고 글쓰기를 접게 된 원인은 말의 공허함과 시인적 자아의 방황 때문이 아니었을까? 발레리의 순수한 방황 속에도 동방의 지혜가 크게 스며들어 도교의 사상적 배경에서 문제 해결점을 찾으려 한 것은 더욱 놀라운 일이 아닐 수 없다.[301]

릴케는 장자가 말하고 있는 바대로, "말할 수 있는 것"을 표출할 수 있는 범위가 극히 일부에 지나지 않기 때문에 어쩔 수 없이 '침묵'이 존재할 수밖에 없다고 믿는 참다운 말의 본질을 이해할 수 있을 때에만 비로소 말할 수 있는 세계에 접근할 수 있으리라고 생각하기 때문이다.

영국의 철학자 토마스 홉스Thomas Hobbes(1588~1679)는 "지식이란 말로 이루어진 계산이다. 본래 지식이라는 단어는 외양, 얼굴 또는 형상을 의미할 뿐이었다. 그러나 서양에서는 의미에 제한된 지시적, 의미적, 직증적, 의도적인 사고가 이미지를 바탕으로 하는 상징적 본

....

301 Eschmann, *Valéry u. Rilke.*, S. 107.

성을 넘어서까지 나머지 본령을 상실케 했다."[302]고 말하고 있다.

어디 그뿐이랴. 인도의 철학자이자 신비가인 지두 크리슈나무르티 Jiddu Krishnamurti(1895~1986)는 『아는 것으로부터의 자유Freedom from the Known』라는 저서에서 지식의 폐해에 대해서 논하면서, 지식을 탐구하는 욕망과 의지에 얽매인 서구인은 사물을 회화적인 상像의 상태에서 개념적 의미로 바꾸어 놓았다고 더욱 날카로운 비판을 가한다. 언어는 그래서 합리적인 학문의 힘에 짓눌려 현상을 파악하고 규정하는 길에서 점점 더 멀어지고 말았다. 그에 반해서 언어가 자연의 순리를 이해하고 그와 하나가 됨으로써 모든 현상체와 올바른 동반자가 되게 하는 노력은 동양에서 착실하게 기반을 쌓은 것으로 보인다. 심리학자 융C. G. Jung도 이러한 문화, 사상적 특성을 "서양 사람이 지니고 있는 언어의 능력에 대한 과신die(der) im Westen so eifrig gepflegte(n) Wortgläubigkeit"[303]과 비교하면서, 교훈의 대상으로 삼을 것을 권한다.

실제적으로 도교, 불교, 그리고 부분적으로 초기 우파니샤드 일파에서 '언어회의'라는 움직임이 자성의 단계에서 강조되어 왔다. 그에 반해, "태초에 말씀이 계시니라"(요한복음 1:1)로 시작되는 "로고스 Logos"의 개념화는 서구문화의 언어낙관주의와 논리우위성을 낳았다. 언어에 대한 회의가 비록 신비주의시대에 하나의 문제로 대두되기는

302 Zit. n. Lessing, aaO., S. 53: „Wissen ist Rechnen in Worten. Ursprünglich aber bedeutet das Wort 'Wissen'(voir, veda) nichts Anders als Schau, Gesicht oder Bild. Im Abendlande jedoch hat das hinweisende signifikative, deiktische, intentionale Denken die bildhaft symbolische Natur aller Sprache, überwuchert und verdrängt."

303 Jung, Geleitwort. In: Suzuki, *Die große Befreiung.*, S. 27.

했어도 본격적으로 다루어진 것은 동양에 비해서 훨씬 뒤늦은 19세기 근대화의 과정에서였다. 1902년 후고 폰 호프만스탈이 『찬도스 경에게 보내는 편지Lord Chandos Brief』에서 언어에 대한 오르페우스의 만능주의를 회의적인 안목으로 보면서 구체화 되었다. 그는 이전까지의 언어에 대한 신념을 과감하게 벗어 던지고, 언어의 한계성을 깨닫고 그 위에 있는 진실을 되찾자는 자성의 목소리를 드높인다. "단어는 나에게 모든 것을 부분으로 갈라놓습니다. 그 부분들은 다시 조각으로 나뉘고, 아무 것도 더 이상 개념으로 포괄되지 않습니다. 단어들 하나하나가 내 주위에 맴돌고, 그것들은 응고된 내 눈으로 다가와, 나를 응시하고 내가 다시 그 안을 응시해야 합니다. 그것들은 보기만 해도 어지러운, 그리고 끊임없이 돌아 허공에 빠지게 하는 소용돌이 일 뿐입니다."[304]

플라톤 이래, 그리고 오랜 기독교적 전통 속에서 유럽의 정신사를 지배해 온 언어에 대한 과신은 많은 지식인들에게 철저한 자체반성을 촉구했다. 로베르트 무질Robert Musil, 제임스 조이스James Joyce, 스테판 말라르메Stéphane Mallarmé 등이나 앞에서 말한 폴 발레리 같은 저명한 현대유럽작가들이 한 결 같이 문학예술의 본질적 변혁을 위하여 이러한 움직임에 앞장선다.

언어에 대한 릴케의 반성도 이와 같은 맥락에서 이해될 수 있다.

....

304 Hofmannsthal, *Ges. Werke. Prosa.* Bd. 2, S. 13f.: „Es zerfiel mit alles in Teile, die Teile wieder in Teile, und nichts mehr liess sich mit einem Begriff umspannen. Die einzelnen Worte schwammen um mich; sie gerannen zu Augen, die mich anstatten und in die ich wieder hineinstarren muß: Wirbel sind sie, in die hinabzusehen mich schwindelt, die sich unaufhaltsam drehen und durch die hindurch man ins Leere kommt.“

언어의 본질적인 면에 들어서기 이전에 그는 언어가 지나치게 이성의 도구로 쓰이면서 개념성이라는 궤도에서 인간과 자연의 순조로운 커뮤니케이션을 가로막는 장애물이 된다는 인식에서 더욱 그렇다. 그것은 곧 문화혐오의 방향으로 확대된다.

1897년에 쓰인 한 '제목 없는 시'에서 릴케는 말이 지닌 한계와 병폐를 엄정히 지적한다. 그리고 언어의 사슬에서 벗어나 사물과 친해질 수 있는 말 그 자체의 예술적 가능성을 목마르게 찾는다.

인간의 모든 말이 두렵다
이것은 개, 저것은 집
여기는 시작, 저기는 끝이라
모든 걸 딱 잘라 말하려는데

그런 의미들일랑 한낱 말장난
어제와 오늘, 또 내일의 비밀도 벗기어 놓고
산도 그들에게 더 이상 신기할 것도 없고
뜨락이나 토지도 신과 바싹 붙어 있다

내가 늘 경고하고 삼가 해주길 바라노니: 떨어져 있으라
진정 사물들이 노래하는 소리를 듣고자 하노라
그대들이 건드려 보지만 꿈쩍 않고 말없이 있을 뿐
그대들은 내 모든 사물들의 생명줄을 끊어버리누나.

Ich fürchte mich so vor der Menschen Wort.
Sie sprechen alles so deutlich aus:
Und dieses heißt Hund und jenes heißt Haus,
und hier ist Beginn, und das Ende ist dort.

Mich bangt auch ihr Sinn, ihr Spiel mit dem Spott,
sie wissen alles, was wird und war;
kein Berg ist ihnen mehr wunderbar;
ihr Garten und Gut grenzt grade an Gott.

ICH will immer warnen und wehren: Bleibt fern.
Die Dinge singen hör ich so gern.
Ihr rührt sie an: sie sind starr und stumm.
Ihr bringt mir alle die Dinge um. (SW III. 257)

언어는 오늘날 '신'으로 불릴 만큼 새로운 절대자로 군림하게 되었다. 동시에 멸망의 근원이 될 수도 있다. 낱말이 인간의 생각 전체를 올바르게 담을 수 없다는 회의적 관점은 모든 사물을 너무나 분명히 표현함으로써 오히려 인간의 삶 자체를 임의대로 뒤흔들어 놓거나 멸절시키지 않을까 하는 위험성을 경고한다. 그 대신, 묘사하려는 사물들에 자유를 부여하고, 그로부터 해로움을 당하지 않도록 일정한 간격을 유지하여야 한다는 견해를 내놓는다.

이런 사고의 흐름은 다른 시에서도 계속된다. 언어는 사물의 신비를 흩으러놓는 장애물일 뿐만 아니라, 본질적인 면에 있어서 언어가 자체적 한계에서 벗어나지 못하기 때문에 결국은 스스로 하나의 '장벽Mauer'이 되어 버리고 만다.

(…)
단어는 한낱 장벽
희미해 가는 그 산 뒤에
가물대는 뜻.

(…)
Die Worte sind nur die Mauern.
Dahinter in immer blauern
Bergen schimmert ihr Sinn. (SW III. 255)

우리가 사물에 붙이고 있는 "이름Name"에도 사고의 내용이 다 담길 수 없다. 그 자체의 제한성 때문에 오히려 사물의 올바른 파악이 제한되고 모든 사고를 혼란에 빠뜨린다. 뜻과 내용 간의 상보관계가 분열되었기 때문이다.

이러한 기본 사상은 특히 선불교에서 말하는 "단어들은 단어일 뿐 그 이상은 못 된다"[305]는 주장을 넘어서지 못한다. 선禪의 세계에서는 언어란 사물의 근본을 파악하고 규정하기에는 너무나 피상적이고 불충분한 수단이라고 보기 때문에 '공안公案, Koan'이란 과정을 둔다. 그것은 사물의 근원을 이해하는 방법의 하나로 스승과 제자 간에 주고받는 하나의 주기적이고 공식적인 문답이다. 그 목적은 사람들이 파라독스한 언어의 잔꾀에서 벗어나 사물의 본질과 만날 수 있는 방법을 깨우치는 데 있다. 다시 말해서 개오開悟라는 통찰에 다다르려면 모든 언어적 울타리에서 벗어나 홀연히 얻어지는 어떤 "섬광"을 찾을 수 있어야 한다는 것이다. 언어의 논리성 대신 직관의 체험이, 개념 대신 그것을 능가하는 형이상학적인, 초超논리의 힘이 작용된다.

「다섯 선시禪詩」 중 한 구절을 보면, 놀랍게도 릴케의 언어관이 같은 인식체계 안에 머물고 있음을 느끼게 된다.

…………

305 Suzuki, *Die große Befreiung.*, S. 60.

쓸모없는 말의 먼지를 털어 내고
눈으로
생각하라.[306]

쌓이고 쌓인 개념의 "먼지"가 털려나간 순간, 모든 전제와 선입견이 제거된 맑은 거울과 같은 그 순간, 직관의 순수한 깨달음이 오는 때 언어란 본질적으로 "쓸모없는" 것이 되지 않는가 하는 생각이리라. 선禪의 세계에서는 그것은 언어를 통해가 아니라 언어 이전의 침묵에서 우러나온다고 본다. 이렇다 저렇다 많은 설명을 늘어놓는 것 자체가 선시禪詩의 본질로부터 거리가 멀어지는 일이다.

선禪은 불립문자不立文字의 세계[307]라고 한다. 언어의 길이 뚝 끊겼다는 언어도단言語道斷의 경지다. 온갖 마음의 갈피마저 접은 심행멸처心行滅處의 자리에서 나오는 화두라서 보통사람들이 쉽게 접근하기 힘든 '참된 선禪의 맛'이다.

이런 입장에서 릴케의 시 한편은 선불교적 경구를 연상시키는 간결한 이미지의 완결판이다.

어느 마한 크기의 목마
색을 칠한 후 끌고 나간다.

....

306 Viallet, *Einladung zum Zen*, S. 49.

307 어떤 스님이 경청鏡淸 스님에게 말한다. "학인學人이 줄啐을 하겠으니 스님께서 탁啄을 하여 주십시오." "살아날 수 있겠느냐?" "살아나지 못한다면 사람들에게 비웃음을 살 것입니다." 경청스님이 답한다. "형편없는 놈이로다!" 선禪의 공안公案 중 한 예. 평범한 사고로는 받아들여지지 않는 대화이다. 병아리가 달걀 안에서 껍데기를 쪼는 것이 '줄'이고, 어미 닭이 달걀 밖에서 껍데기를 쪼는 것이 '탁'이다. 껍질 안팎으로 쪼아야 병아리가 세상에 나온다.

(…)
이걸 "말"이라 부르면
왜 거짓말이 되지 않을까?

ein Pferd aus Holz in irgend einer Größe.
Es wird bemalt, und später zieht man dran,
(…)
Warum war das nicht Lüge, wenn man dies
≫Pferd≪ nannte? (SW II. 106)

언어무용론의 상징으로 "목마"가 쓰인 것이 눈길을 끈다. 목마는 선불교의 도사나 수련자들이 정신수련과정에서 사용하는 중요한 명상의 대상이자 도구가 아닌가. 오랜 수련 끝에 해탈한 도사는 목마를 숨 쉬게 하고, 석상을 춤추게 할 수도 있다. 이와 같은 상징어의 일치도 흥미롭거니와 언어에 대한 기본문제를 비슷한 방법으로 풀어나가는 자세도 놀랍다. 말이 무엇인가, 무엇에 쓰이는가 하는 전제적 질문이 나타난다. 더구나 여기에 제시되는 물음은 언어가 과연 크기와 색깔과 맛 등에 따라 아주 상이할 수 있는 한 사물의 존재를 자세히 규정하고 표현할 수 있을까 하는 의심과도 연결된다. 장자의 「제물론齊物論」 3편에 나오는 백마의 비유는 더욱 놀랍다.

말馬로서 말이 아님을 깨우치는 것으로써
말이 말이 아님을 깨우치는 것만 같지 않다.

以馬喻馬之非馬,
不若以非馬喻馬之非馬也.

동물로서의 말은 백마, 흑마, 황마 등 색채에 따라 그 존재가치가 달라질 수 있는데 언어가 사물묘사의 근본에 얼마만큼 닿을 수 있을까 하는 의문이 생긴다. 즉 "백마는 말馬이 아니다"라는 전제로 형체에만 국한된다면 백마는 말의 개념 전체는 포용하지 못한다는 뜻으로 풀이된다.

그것은 또한 장자의 다음의 발언과도 일치하고 있다.

손가락을 가지고 손가락 아님을 깨우치는 것은
손가락 아닌 것을 가지고 손가락 아님을 깨우치는 것만 같지 못하다

以指喻指之非指亦,
不若以非指喻指之非脂也.

일반적으로 손가락은 좁은 의미로서 곧 엄지손가락, 가운데 손가락, 새끼손가락 같은 것도 개념설정과 마주칠 때 장벽에 막힌다. 또한 달을 가리키기 위하여 필요했던 손가락이지, 일단 달을 가리켜 알게 된 다음에는 그 존재는 잊어야 한다는 뜻이다. 릴케가 언어적 본질문제를 "손가락"의 상징성을 통해 전개하고 있는 것도 그렇고, 불교 선사들의 이러한 가르침과 깊은 연관성을 지니고 있는 것은 더욱 놀랍다.

시집『오르페우스에 보내는 소네트』(1부 16편)에서 그는 이렇게 노래하고 있다.

우리는 말과 손가락질로
점차 세계를 우리 것으로 만든다
혹 더 없이 약하고 위태로운 부분까지도 그러하다

Wir machen mit Worten und Fingerzeigen
uns allmählich die Welt zu eigen,
vielleicht ihren schwächsten, gefährlichsten Teil. (SW I. 741)

언어는 참된 의미를 둔화시키며 그 기능까지도 파괴한다. "말할 수 없는 것을 아는 시인"[308]이라는 평가를 받는 릴케에게는 말로서 표현할 수 없는 것은 그 개념 속에 파악될 수 있는 모든 것 보다 훨씬 중요한 의미를 지닌다. 그래서 그는 다음과 같이 흔쾌하게 말할 수 있으리라.

이름 지어 부를 수 없는 것에 나는 친근감을 느낀다
Dem Namenlosen fühl ich mich vertrauter: (SW I. 402)

모든 언어 뒤에
말로 할 수 없는 것이 있음을 아는 자 행복하다
GLÜCKLICH, die wissen, daß hinter allen
Sprachen das Unsägliche steht; (SW II. 259)

릴케의 언어관은 도교에서 도의 본질을 서술함에 있어서 늘 진지하게 다루어 온 문제들이다. 노자는 사람이 칭할 수 있는 것은 현실에 결코 존재하지 않는다는 믿음을 전제로 언어에 대하여 그리 뚜렷한 신뢰감을 보여주지 않는다.

말로 표상 해 낼 수 있는 도는 항구 불변한 본연의 도가 아니고,

....

308 Mason, *Lebenshaltung und Symbolik bei RMR*, S. 4.

이름 지어 부를 수 있는 이름은 참다운 실재의 이름이 아니다.

道可道, 非常道.
名可名, 非常道.　(『도덕경』 1장)

그러므로 진정한 의미에 있어서 언어를 내려놓는다는 것은 자연력을 올바르게 인식하는 출발점이 된다. 동양의 지혜자들이 지니고 있는 언어의 직관적 관찰력을 통해 릴케는 스스로 "언어의 신비와 생성 Rätsel und Werden der Sprache"[309]을 알고 있음으로 자신 있게 논리적이고 고정적인 개념화를 불식하고, 사물 자체가 말이 될 수 있게 하는 새로운 언어의 길을 모색한다. 그의 언어에 대한 회의는 묘사하고자 하는 사물에 대한 참다운 애정의 표시이며 일상 속에 자취를 감추어 가는 언어에 대한 사랑이다. 그리하여 그는 "일상 속에서 쪼그라드는 가련한 말들이여/초라해진 그 말들을 나는 사랑하노라 DIE armen Worte, die im Alltag darben,/die zagen, blassen Worte lieb ich so."(SW III. 207) 라고 노래할 수 있을 것이다.

릴케가 시적 세계관으로 제시하고 있는 '사물시Ding-Gedicht'의 이념적 토대가 되는 이러한 자세는 "단어를 단순히 규정적 표시기능으로 부터 구하여 예술작품 속에서 그 본래의 의미와 음색을 되찾도록 해주기 위하여"[310] 새로운 언어의 창출을 지향하는 데 있다. 그것은 곧 언어를 순화시키기 위하여 "대략적인 것을 증오하였다"(SW VI.

....

309 Faesi, *RMR.*, S. 66.

310 Heygrodt, *Die Lyrik RMRs.*, S. 78: "das Wort von der bloßen determinierenden Bezeichnung im Kunstwerk auf seinen ursprünglichen Sinn und Klang zurückzuführen"

863)라고 고백할 수밖에 없는 참다운 시인으로서의 선언일 뿐만 아니라, 참다운 언어를 사랑하는 예술가의 지상목표가 아닐 수 없다. 그에 이르는 길을 릴케는 동양정신의 굵은 뿌리와 만나면서 언어를 자연적 속성에 되돌려 놓는 과정에서 찾고 있는 것이다.

4. 새로운 언어를 찾아서: 시각적 언어

언어가 과중한 지성편향으로 단지 의미를 표시하는데 급급함으로써 본래의 기능을 잃어가고 있다는 깨달음은 릴케가 추구하는 바 언어회의론의 중심이자 출발점이다. 이렇게 새로운 길을 모색하는 과정에서 나온 것이 자연 순리에 입각한 새로운 언어의 발견이다. 이미 산업화의 와중에서 자연을 등진 인간의 삶을 언어현상과 비교하면서 자연과 언어의 일체성을 강조해온[311] 릴케는 예술적으로 조형되는 새로운 말도 자연의 정신력을 담지 않으면 안 된다는 생각에 이른다. 그에 따라 그가 내놓은 것이 시각적 언어의 창조이다.

동서양 문화와 민족 간의 의식구조에 대한 깊은 통찰력으로 동양인과 서양인의 사고체계를 비교하는 클레만F. Klemann은 "중국인은 눈의 인간이다. 모든 개념은 그래서 상像으로 형성된다. 반면 유럽인은 귀의 인간이다. 그들의 개념은 소리를 통해 이루어진다. 동일한 사고라 할지라도 동양인과 서양인은 서로 다른 뇌의 기능에 따라 의

....

311 참조. SW V. 20: „Ähnlich wie die Sprache nichts mehr mit den Dingen gemein hat, welche sie nennt, so haben die Gebärden der meisten Menschen, die in den Städten leben, ihre Beziehung zur Erde verloren, (…)“

식화된다."[312]고 함으로써 양 세계 사람들이 지닌 인식기능의 근본적인 차이와 특성을 강조하고 있다.

이와 같은 견해는 카쓰너가 니체를 '귀의 인간'으로, 릴케를 '눈의 인간'으로 규정하고 있는 견해[313]와 연관되어 릴케의 시인적 태도를 좀 더 아시아 문화적 차원에서 검토, 이해할 수 있는 근거가 되지 않을까 생각된다. 그것은 그 여파로 그가 말년에 터득한 "눈의 사유 Pensée des yeux"를 중요한 미적 체험으로 진지하게 받아들인 사실에서도 확인할 수 있을 것 같다.[314]

릴케가 눈의 인간으로서 시각적 언어창출에 힘쓰고 있는 현상은 1907년의 시 「성인여자Die Erwachsene」에 두드러지게 나타나고 있다.

> 모든 것이 그 여자에게 있다가 세계가 되었다
> 불안과 은총 모두를 자기 몸에 얹고서
> 자라나는 곧은 나무들이 서 있듯이
> 온갖 형체로 아니면 언약의 궤처럼 형상도 없이
> 또는 백성에게 내려진 듯 장엄하게 서 있었다.
> 여자는 그걸 견디어 내었다; 날아가는 것,
> 사라지는 것, 떠나 버린 것,
> 엄청난 것, 겪어 보지 못한 것까지도
> 가득 물이 담긴 항아리를 지고 가는 여인처럼 느긋하게

312 Klemann, *Europäer und Osatasiaten.*, S. 174: „Der Chinese ist Augenmensch, die Begriffe bilden sich vom Bilde her; der Europäer Ohrenmensch, die Begriffe werden vom Laut erzeugt. Der gleiche Gedanke kommt beim Ostasiaten und Europäer auf verschiedenen Gehirnfunktionen zum Bewußtsein; (…)"

313 Kassner, *RMR zu seinem 60. Geburtstage am 4. Dez. 1935*, S. 103.

314 참조. 본문 45쪽, 화가 소피 지오크에게 보내는 1925년 11월 26일자 편지.

저 위까지 지고 갔다. 저 아래 놀이 한 가운데까지
수없이 모습을 바꾸며 다른 것을 예비하면서
새하얀 첫 면사포가 서서히 미끄러지면서
열려진 얼굴에 내려졌다

거의 베일에 가린 채, 내내 수그린 얼굴로
쏟아지는 질문마다 어떻게든
한낱 빈 대답만을 되풀이 한다:
그대 안의, 그대 속의 그대 어린이였던 여인이여.

DAS alles stand auf ihr und war die Welt
und stand auf ihr mit allem, Angst und Gnade,
wie Bäume stehen, wachsend und gerade,
ganz Bild und bildlos wie die Bundeslade
und feierlich, wie auf ein Volk gestellt.

Und sie ertrug es; trug bis obenhin
das Fliegende, Entfliehende, Entfernte,
das Ungeheuere, noch Unerlernte
gelassen wie die Wasserträgerin
den vollen Krug. Bis mitten unterm Spiel,
verwandelnd und auf andres vorbereitend,
der erste weiße Schleier, leise gleitend,
über das aufgetane Antlitz fiel

fast undurchsichtig und sich nie mehr hebend
und irgendwie auf alle Fragen ihr
nur eine Antwort vage wiedergebend:
In dir, du Kindgewesene, in dir. (SW I. 514f.)

이 시에서 릴케는 관념이 아니라 형상적인 언어구사로 시적 의미를 극대화하고 있다. 개념적 언어로서는 다다를 수 없는 시각적 언어의 세계를 열고 있는 것이다. 그는 육안에 들어오고 모든 대상들을 관조적인 자세로 인식하면서 그림을 그리어 보여주듯이 담백하게 노래한다. 다시 말해서, 의미의 한계를 설정하는 개념어 대신에 이미지를 제시함으로써 이성과 오성으로는 닿기 힘든 감정이라는 표현영역 속에 수용하고 있다.

릴케의 언어는 회화적이다. 소리 없이 떠오르는 거의 보이지 않는 형상들까지도 눈의 감각을 통해 체험된다. "어린이였던Kindgewesene" 상태에서 "장성한 여인die Erwachsene"으로 시각체험 된 대상을 시의 제목으로 삼았을 뿐만 아니라, 그에 보조역할을 하는 "날아가는 것", "사라지는 것", "떠나버린 것", "엄청난 것", "체험하지 못한 것" 모두가 의미상으로 열려 있어 자유롭다. 더욱이 "ent-", "un-" 등 반복되어 나오는 부정적인 어법도 인상적이다. 즉 "ent-" 같은 전철은 '무엇으로부터 일탈하려고 하는 현상'을 나타낸다.

암시적 분위기를 최대한 유지하면서 시각적 언어에 눈을 돌린 릴케는 곧 지나치게 분석적이고 합리적인 독일어에 대하여 불만을 표한다. 그 대신, 언어구조와 형상화 면에서, 그리고 특히 음성학적으로 프랑스어가 시적 언어로서 더욱 적합하다는 생각을 한다. 만년에 프랑스어로 시를 쓰는데 몰두하면서 새로운 언어의 매력에 빠져든 그는 그 역현상으로 자신의 모국어로 창작생활을 해 온 독일어에 대한 회의와 혐오의 마음을 품기까지 한다.[315]

....

315 참고. SW V. 525: „Wüßte ich nicht, wie weit weg von alledem meine Sprache lebt

독일어가 다른 언어에 비해서 문법체계가 복잡하고 과학적이란 것은 널리 알려진 사실인 것 같다. 강한 논리성을 지니고 있는 독일어의 문장구조는 주어, 목적어, 서술어 등이 긴밀하게 연관된 "단선적 논리 die monolineare Logik"[316]를 특징으로 하고 있다. 릴케는 그렇기 때문에 독일어가 미학적 체험을 표현하는데 그리 적합한 수단이 되지 못한다고 본다. 반면, 표현수단이라는 측면에서 독일어 보다 훨씬 우세하다고 여겨지는 프랑스어의 효과적인 "외면화Veräusserlichung"의 기능을 높이 평가한다. 릴케는 이렇게 말하고 있다.

> 로만 민족의 공통적 특성이라 할 수 있는 외면화는 바로 프랑스 민족에게 흥미 있는 상황을 마련해 주었다. 내적 체험 상 높고 낮은 것들이 좀 역동적이고, 눈에 띠는 요소 속에 반영된다. 그리하여 언어가 전체 삶, 즉 언어 속에 반영되는 그런 순간을 맞이했는지 모른다.
>
> Diese Veräußerlichung, die ein gemeinsamer Wesenszug der romanischen Völker ist, hat gerade bei dem französischen Volke eine äußerst interessante Situation geschaffen: alle Höhen und Tiefen des inneren Erlebens sind in ein leicht bewegliches und glänzendes Element ausgestrahlt, so daß ein Augenblick kommen mußte, da die Sprache das ganze Leben enthielt, das sich nun in ihr abzuspielen schien. (SW V. 523f.)

체험과 표현의 상관관계에서 릴케는 "독일어는 체험들을 내포하고 있지 못하다. 그것은 그것들만을 가리킬 뿐, 특정한 방법으로 개개

....

und schwingt, es könnte mich völlig verstummen machen, daß sie, dem Namen nach, von dort zu kommen und dorthin zu gehören scheint."

316 Faas, *Offene Formen in der modernen Kunst und Literatur.*, S. 145.

의 것에 상관되기 때문이다. 독일적 본성에는 그러한 표면화가 단지 부분적으로만 일어난다"[317](SW V. 524)고 덧붙여 설명하고 있다.[318]

내면에 감추고 쌓아두기보다는, 모든 것을 있는 그대로 "드러내 보이기 위함에Zur-Schau-Stellung"[319] 새로운 언어의 가능성을 찾으려는 릴케는 시각에 호소하려는 노력을 더욱 진지하게 시도한다.

다시 시 「성인여자」로 돌아가자. 첫째 연은 하나의 보고형식으로 이루어지다가 회상의 형태로, 그 다음 연부터는 내적 체험들을 수많은 이미지들을 통해 "외면화"시키고 있다. 그러한 느낌은 시가 어째서 그토록 유연한 흐름을 지니고 있는가하는 의문과도 연관된다.

시에 나오는 "외면화"된 대상들, 즉 시각적 이미지들은 자연현상처럼 변천의 흐름과 일치하고 있다. 개념적 규정이 아닌 "표현의 외면성"은 서술되기보다는 "보여져야하며", 대상 자체도 머물지 않고 움직인다. 서 있는 "나무"(3행)도 "성장하는wachsend" 것에 비중을 두고 있고, 움직이는 형상묘사에 쓰이는 현재분사는 그밖에도 "날아가는 Fliegende"(7행), "사라지는Entfliehende"(7행), "모습을 바꾸는Verwandelnd" (11행), "예비하는vorbereitend"(11행), "미끄러지는gleitend"(12행), "수그리는(더 이상 쳐들지 않는) nie mehr hebend"(14행), "되풀이하는Wiedergebend"(16

317 „Denn die deutsche Sprache *enthält* die Erlebnisse *nicht*, sie weist nur auf sie hin, und verhält sich zu jedem in einer bestimmten Weise. Im deutschen Wesen ist jene Veräußerlichung nur teilweise vor sich gegangen."

318 독일어에 대한 불만족감은 그 밖에 다른 요인이 작용했을 수도 있을 것이다. 프라하 사회에서 절대 소수를 점하는 독일어 사용 인구, 그로해서 강요된 어린 시절의 특수 의식 내지 '귀족의식Aristokratismus', 그것을 조장한 어머니에 대한 반발. 그로 인해 생긴 언어상의 문제점들이 극복의 대상으로 나타난 것으로 보인다.

319 Panthel, *RMR und Maurice Materlinck*, S. 125.

행) 등 줄이어 나오며 시가 표현상 노리는 목표에 일치하고 있다. 특히 각 행에 구사되고 있는 '앙장브망(시구걸치기) Enjambement'은 그 흐름을 간접적으로 돕고 있다. 그러므로 시적 정감은 자연의 역동적 구조die dynamische Struktur를 지닌다. 더욱이 "서서히 미끄러지면서leise gleitend"(12행)라든가, "빈 대답만을 되풀이하면서vage wiedergebend"(16행)에서처럼, 완만한 움직임이 지속적으로 이어지게 함으로써 자연 속에서 인간과 사물이 상호 연계되어 생산되듯, 단어나 문장성분도 전체문장과 그런 밀접한 관계를 유지하며 자란다.

릴케의 미적 전형은 자연이다. 그것은 대상이 아니라 "하나의 거대한 눈앞에 있는 현실eine große vorhandene Wirklichkeit"(SW V. 521)로서 그의 예술이 지향하는 바, "사람들의 뜻대로가 아니라 자연이 행하듯 작업하는 것, 그것이 바로 천명이었다."[320](SW V. 226)라는 말로 시인의 길을 밝히고 있다. 인간중심의 작위성에서 벗어나 자연현상을 재현시키는 것을 예술적 이상이자 목표로, 자아 중심적 위치에서 벗어나 "강압적인 힘을 가하지 않고keine Gewaltsamkeit"(SW V. 32) 사물을 자연 질서 속에서 있는 그대로 관찰하려는데[321] 예술적 규범이 언어 앞에서 실현되고 있는 것이다. 그런 태도는 평정平靜 또는 철학적 의미로 방념放念을 의미하는 "느긋하게gelassen"(9행)란 단어로 집약된다. 무의도성Absichtlosigkeit, 즉 로댕에게서 배운 바대로, "느림속의 상세함", 무리 없이 존재하는 바에 맡기는 그런 자세가 아닌가.[322]

320 „zu arbeiten wie die Natur arbeitet, nicht wie Menschen, das war seine Bestimmung."

321 참고. Faas, aaO., S. 35.

322 참고. SW V. 236: "Rodin bewundert die Langsamkeit, die Ausführliche im Langsamen, seine Fülle."

릴케(1913, 여름)

릴케는 이 시의 흐름 속에서 인간이 사물과 내적 관계를 발견하면 "겸허Demut"의 태도를 체득할 수 있고, 그런 자세에서 사물을 "관찰Schauen"하고 자기 내부에 받아들여, 사물 스스로가 직접 말하게 한다는 시인으로서의 자신감을 보인다. '사물시Ding-Gedicht'로 표현되는 이와 같은 예술관은 시인이 사물에 대해 아무런 의도성을 가하지 않고 그 자체가 무엇을 수행하도록 맡기며, 자연의 힘 속에 스스로 작용되도록 하는 것이다.

이미 초기 산문시 『기수 크리스토프 릴케의 삶과 죽음의 노래』(SW I. 233~248)에서 그는 동일한 시각적 현상을 시인 특유의 문장론적 기법으로 시도하고 있었음을 알 수 있다. "Es gibt", "Nichts", "Nirgends", "Man", "manchmal" 등 비인칭과 부정사가 집중적으로 구사되고 있다. 이외에도 "반쯤은 슬픔에 반쯤은 대담함에 빠져in Trauer halb und halb in Trotz"(SW I. 238)에서도 볼 수 있듯이, "halb"를 자주 사용함으로써 한 대상에 대한 단도직입적인 표현에서 벗어나려는 의도도 보여준다.[323] 사물이란 우리의 생각대로 간단하게 규정할 근거가 희박하다는 신중함에서 비롯된 것이리라. 시인이 대상을 마음대로 서술할 수는 있으나, 예술적인 견지에서 더 깊이 생각해 보면 만용에 지나지 않을 수 있으리라.

그렇기 때문에 릴케는 대상을 분명하게 묘사하지 않는다. 이같은 '열린 서술기법'은 시적 감흥을 한층 자유롭게 한다. 그것을 레오 슈피쳐Leo Spitzer는 "언어상으로 시도되는 환상에의 도피현상"으로 규정하고, 거기에는 "합리성 대신 직관"[324]이 더 필요하다는 사실을 강조한다. 또한 펠릭스 위트머Felix Wittmer는 한걸음 더 나아가, 그것을 이성에서 출발하는 서구적 사고체계에 견주어지는 동양적 특성으로 규정한다.[325]

'열린 서술기법'은 특히 중국시문학에 자주 쓰이는 현상 중의 하나이다. 중국정형시는 단어수가 제한되어 있으나, 그것이 표출하는 의미영역과 암시효과는 무제한적이다. 그것은 또한 무엇을 어떤 개념의 틀 안에 가두어 두기를 싫어하는 동아시아인의 의식구조를 반영하고 있다. 더구나 중국문자들이 지니고 있는 상형문자의 특성과 각 단어

....

323 참조. SW I. 235: „Es gibt keine Berge mehr, kaum einen Baum. Nichts wagt aufzustehen. Fremde Hütten hocken durstig an versumpften Brunnen. Nirgends ein Turm. Und immer das gleiche Bild. Man hat zwei Augen zuviel. Nur in der Nacht manchmal glaubt man den Weg zu kennen."

324 L. Spitzer, Das synthetische und das symbolische Neutralpronomen im Französischen. In: *Idealistische Neuphilologie*, S, 256.

325 Zit. n. Simon, S. 256.

들이 지니는 의미상 해방은 바로 릴케가 시적 탐구과정에서 체득하고 지향하고자 하는 방향이 되었는지 모른다.

여기서 노자의 생각을 견주어 보기로 하자. 더욱이 언어기법을 비교해 보기 위하여 독일어로 옮겨진 글도 곁들여 본다.[326]

그것은 소리가 없어 들을 수도 없고,
형태가 없어 볼 수도 없으나,
홀로 우뚝 서 있으며 언제까지나 변하지 않고,
두루 어디에나 번져 나가며 절대로 멈추는 일이 없어,
천하 만물의 모체라 할 수 있다.

寂兮寥兮,
獨立不改,
周行而不殆,
可以爲天下母 (『도덕경』 25장)

Wesen/unsichtbar/ungreifbar/
Beschliesst alle Dinge.
Wesen/undeutbar/unbestimmtbar/
Wirkt Werdung aller Dinge.
Wesen/untrennbar/unverbindbar/
Schafft Formung aller Dinge.[327]

326 릴케를 시간적, 공간적 배경의 차이가 큰 기원전 2000여 년 전의 인물 노자와, 그것도 문체 면에서 비교한다는 것은 불합리한 일이지 모른다. 그러나 여기서는 주로 형식적 특성이 고려의 대상이다.

327 Jerven, *Taoteking*, S. 29.

구사되는 부정어법과 표현을 불명확하게 남겨두려는 현상은 신비적인 효과를 자아낸다. 그의 근본태도는 사물과 언어 사이의 간격과 한계를 인식하자는 데에 있을 것이다. 사물을 묘사함에 있어서 그가 보여주는 거부적 태도는 그러나 대상 자체에 대한 관심이 없어서가 아니다. 표현을 성실하게 하지 않으려는 회피적 태도도 아니다. 오히려 언어표현으로 사물의 본질을 흩으러놓지 않고 사물을 있는 그대로 충실하게 관찰하며 재현하려는 신중한 노력의 일환이다. "불명확성"은 사물과 언어와의 관계를 일정한 제약에서 벗어날 수 있게 하여 상상력의 개입을 원활하게 해 준다.

선禪사상을 통해서 주관과 객관이 사물관찰에 있어서 일치되는 과정을 호쿠사이에게서 받아들인 릴케는 사물을 통한 무의도성과 결부해서는 도가의 무위無爲사상으로 자연력의 올바른 인식에 이르는 길을 택하는 것 같다. 무위는 단순히 행하지 않는 것이 아니라, '자연의 행위에 어긋나는 행위를 삼가 하는' 것이다. 다시 말해서 방법과 목적을 일치시켜서 자연으로의 귀환을 이룩하고 자연법칙과 조화를 이룸으로써 자체 순환, 바로 도의 원리에 도달하는 것이다. 거기에는 사물에 대한 헌신과 겸허가 요구된다. 지혜와 욕심이 배제된 겸손이 요구된다. 바로 이러한 점 때문에 릴케의 예술관을 통하여, 보케가 지적한 대로, "동방인과 가까운"[328] 시인상을 마주하게 되는 것이다.

도는 항상 작위를 하지 않으면서도 이루지 않는 것이 없이 모든 것을

328 Wocke, Schicksal und Vermächtnis. In: *GRM 25*. 1937, S. 413: "Erzeigt eine Fähigkeit sich aufzuopfern, wie sonst nur dem Menschen des Ostens eigen ist." 여기서 말하는 동방은 러시아이지만, 도가의 사상과 결부된 배경을 염두에 두고 있다.

이룬다.

군왕이 만약 이러한 무위자연의 도를 잘 지킬 수 있다면,
만물도 스스로 잘 생성 화육할 것이다.
만물은 살아 자라남으로써 여러 가지 욕심이 일어나게 마련이다.
따라서 나는 진박眞朴한 무명[329]의 도를 가지고 욕구를 누르고자 한다.
진박한 무명의 도를 만물로 장차 무욕하게 된다.
욕심을 일으키지 않고 허정하면 천하가 스스로 안정될 것이다.

道常無爲而無不爲,
侯王若能守之, 萬物將自化.
化而欲作, 吾將鎭之以無名之樸.
無名之樸, 夫亦將無欲.
不欲而靜, 天下將自定. (『도덕경』 37장)

…………

329 '말로 표현할 수 없는 도'로서 'Namenlosigkeit', 즉 릴케가 말하는 언어회의의 근본과 일치하는 개념이다.

IX.
삶과 죽음에 대한 릴케의 아시아적 시각

Whatever is born will die;
Whatever is joined will part.
Naropa(1016~1101)[330]

1. 릴케의 사생관은 불교적인가?

삶과 죽음에 대한 릴케의 생각은 인간존재의 무상함을 절실히 인식하는데 있다. 모든 존재는 자연의 과정처럼 잠시 머물다 사라진다. 지구상에 영원히 머무는 것은 아무 것도 없다. 릴케는 노래한다.

> 영원히 머물면서, 어디에서든 덧없는 이 세상 법칙을
> 아무렇지 않게 벗어날 수 있는 자 없기 때문이려니.
>
> Denn da ist keiner, der nicht allerorten
> heimlich von hinnen geht, indem er weilt. (SW I. 592)

인간의 존재 자체를 "연기Rauch"(SW. I.61)라거나 "바람이 불어 바

....

330 벵갈 출신의 인도 후기 밀교의 탄트리스트. 티베트에서 활동했다.

뀌듯wie ein luftiger Austausch"(SW I. 690)한 정도로 잠시 나타났다가 흔적도 없이 사라져 버리는 현상으로 보는 릴케는 삶과 죽음을 생성과 소멸의 반복되는 한 단면으로 인식한다. 1909년 11월 4일 엘리자베스 프라인 쉥크Elisabeth Freiin Schenk에게 보내는 편지에서 그는 자신의 생각을 이렇게 피력하고 있다.

> 우리의 본성은 줄곧 들어섰다가 나가버리는 그런 변화 속에 있으며, 그렇게 달라지는 것들은 어느 정도 죽음이 몰고 오는 새로운 것, 다음의 것, 그 다음에 나타나는 것 보다 결코 경시할 수 없는 것입니다. 그리고 우리가 그 확연한 변천의 어떤 특정장소에서 서로를 완전히 맡겨버리듯 우리는 엄밀히 말해서 서로 순간에 매달리지 말고, 그 흐름을 계속 따라가야 할 것이며, 더 이상 망설여서도 안 될 것입니다.
>
> Unser Wesen geht immerfort in Veränderungen über und ein, die an Intensität vielleicht nicht geringer sind als das Neue, Nächste und Übernächste, das der Tod mit sich bringt. Und so wie einander an einer bestimmten Stelle jenes auffallendsten Wechsels ganz und gar lassen müssen, so müssen wir, strenggenommen, einander jeden Augenblick aufgeben und weiterlassen und nicht zurückhalten.

서양의 시인 릴케에서 아시아인의 숨결이 느껴진다. 유럽문화권에서 상당히 이질적이라고 느껴지는 제행무상諸行無常, 회자정리會者定離와 같은 덧없음의 기본사상이 강조되고 있기 때문이리라. 어쩌면 불교의 핵심교리로서 생성과 소멸이 끊임없이 반복하는 것, 그런 가운데 새로 맞는 존재의 실체인 "사스카라Saskara"와 그곳으로의 복귀인 "우파샤나Upashana"가 순환을 거듭하는 그런 모습을 보는 듯하다.

모든 존재는 무상하다. 생성과 노화는 항상 그들의 일부이고
사라지기 위해 생성되어야 한다. 조용한 멸(滅)의 일부, 그것이
구원이다.[331]

이런 느낌만 가지고 당장 불교나 힌두교 같은 종교의 교리와 연결지우는 것은 무리일지 모른다. 인생무상에 대한 관점이 단순히 '동양적'이라고만 볼 수 없으며, 기독교에서도 사물의 본질이 "무상하다"고 보는 관점이 강하기 때문이다.[332] 실제로 그것은 신비주의, 바로크 시대를 경유해서 낭만주의에 이르기까지 유럽의 문학사조상에서 상당한 문제의식을 불러일으키지 않았던가.

삶, 죽음, 사랑이라는 과제를 한데 묶어서 보려고 하는 것은 동서양을 막론하고 공통적인 자세였다고 할 수 있다. 어느 것 하나라도 빠지면 흔들리는 존재의 문제들. 사랑을 깊이 인식하면 삶과 죽음에 대한 성찰 또한 더 깊어질 수 있으며, 죽음에 관한 시야가 넓어지면 삶과 사랑에 대해서 더 자유롭게 사색할 수 있다. 기독교와 불교가 외형적으로는 동일한 양상을 띠고는 있는 것 같아도 그러나 그에 대한 자세와 노력은 사뭇 다르다.

서양의 경우는 우선 여러 가지 면에서 좀 더 현실적이고, 적극적이라는 할 수 있겠다. 프랑스의 사회학자, 철학자 에드가 모랭Edgar Morin은 『죽음의 인류학』이란 책을 통해서 공포에 떨면서도 죽음을

331 Oldenberg, *Buddha*, S. 53.

332 참조. "주께서 모든 사람을 어찌 그리 허무하게 창조하셨는지요"(시 89:47) "피조물이 허무한데 자기 뜻이 아니고 오직 굴복케 하시는 이로 말미암음이라"(롬 8:20), "너희 생명이 무엇이냐 너희는 잠깐 보이다가 없어지는 안개니라"(약 4:14)

무릎쓰고 상대의 생명을 앗아가거나 불멸을 추구하는 인간상 등을 다양한 시각으로 바라보면서 서구인들이 죽음을 보는 눈은 한마디로 죽음과 싸우는 철학이었다고 결론짓는다. 소크라테스는 이성적 지혜로 죽음을 제압하였거나, 죽음 앞에서 확연한 자기결정을 보여주었다. 스토아학파나 에피큐로스학파는 죽음에 무심하거나 죽음을 '아무것도 아닌 것'으로 만들어 죽음에 도전했다.

그러나 동양인의 관점은 그런 상반대립으로부터 자신을 해방시킬 수 있는 무아의 경지를 찾는데서 차이를 보인다. 불교 교리의 핵심은 석가모니가 깨달음을 얻은 뒤 사르나트를 찾아가 직접 설법한 사성체四聖諦에 있는데, 세상이 모두 고통의 바다인 까닭과 그것에서 벗어나는 길을 가르치는 내용이다. 인간상황의 두드러진 특성을 "두카Duhka"라고 하는데, 그것은 인간이 지니는 괴로움 모두 일시적이며 덧없다는 근본원칙을 깨닫지 못하는 데에서 비롯한다는 것이다. 모든 괴로움의 근원인 "트리슈나Trishuna"(집착, 탐욕)는 "아비다Avidya"(무명, 무지)라는 그릇된 관점에서 나온다고 본다. 그래서 불교는 이 괴로움과 좌절을 끊어버릴 수 있는 길, 즉 윤회전생의 순환을 초탈해서 인간 자신이 스스로를 해방하는 이른 바 "삼사라Samsara"와 그를 통해 "열반Nirvana"에 이르는 과정을 중시한다. 곧 바르게 깨닫고 명상하는 무상무아無想無我의 경지가 목표다.

인간존재의 무상함을 안타까이 바라보는 릴케는 삶과 죽음이란 어느 쪽이 더 나을 것 없는 동일한 현상이라는 사실을 강하게 내세운다. 둘을 똑같은 존재의 양면적 현실로 인식한다.

사람이 목숨을 잃는다고 다 그것이 죽는 것은 아니리라
한 인간이 살면서 그것을 인식하지 못하면 죽음이 오고
결코 죽을 수 없으리라 생각하면 또 죽음이 온다
죽음은 수많은 얼굴을 지니고 있기에 감출 수 없다
우리 안에 날마다 생성과 죽음이 나란히 있다

Wenn jemand stirbt, das nicht allein ist Tod.
Tod ist, wenn einer lebt es nicht weiß.
Tod ist, wenn einer gar nicht sterben kann.
Vieles ist Tod; man kann es nicht begraben.
In uns ist täglich Sterben und Geburt, (SW I. 225)

삶과 죽음, 그 둘이 지닌 존재한계성을 뛰어넘는 것이 위대함의 시작이다. 「제1 비가」에서 보면, 천사들이 인간보다 위대한 존재임을 찬양하는데, 그것은 삶과 죽음이라는 상반적 존재성을 초월하고 있기 때문이다. 릴케는 그 둘의 대극현상을 "상보적 단일성die komplementäre Einheit"으로 인식하면서 그것으로 영원성을 간직하고 있는 천사를 높이 기린다. 반면, 존재한계성에서 벗어나지 못하는 인간을 향한 노랫소리는 마냥 서글프다.

(…) - 그럼에도 살아있는 자들은
그것들(삶과 죽음)을 너무 뚜렷하게 분간하는 게 잘못이다
천사들은 (우리가 말하듯) 그들이 있는 곳이
산 자, 아니면 죽은 자의 영역인지 모를 때도 많으려니
영원한 물결이 두 영역을 거쳐 모든 시대를 넘고 넘어
그 안에 그것들을 조화시킨다

(…) - Aber Lebendige machen
alle den Fehler, daß sie zu stark unterscheiden.
Engel (sagt man) wüßten oft nicht, ob sie unter
Lebenden gehn oder Toten. Die ewige Strömung
reißt durch beide Bereiche alle Alter
immer mit sich und übertönt sie in beiden. (SW I. 688)

릴케의 내면세계에 흐르는 생각과 시적 인식에 대한 좀 더 구체적인 설명은 1925년 11월 13일 비톨트 훌레비츠에게 보내는 편지 속에 담겨 있다. 『비가』에 나오는 존재문제의 본질을 규명하는 그의 발언에서 우리는 두 가지 존재상황을 "하나das Eine"로 일치시켜 보아야 한다는 사상적 배경과 이유를 읽을 수 있다.

삶과 죽음에 대한 긍정은 『비가』에서 하나로 나타나고 있습니다. 다른 한쪽을 염두에 두지 않고 한쪽을 인정한다는 것은, 여기에서도 그렇게 경험되고 찬미 되고 있는 바, 결국 모든 무한한 것을 내 쫓아 버리는 제한일 것입니다. 죽음은 우리로부터 멀리 있는, 우리가 확연히 깨닫지 못하는 삶의 한 쪽입니다. 우리는 두 개의 구분 없는 영역 속에 안주해 있으면서, 그 안에서 끊임없이 영양을 공급받는 우리 현존재의 거대한 의식을 수행하도록 노력해야만 할 것입니다. (…) 참된 삶의 형상이란 두 구역을 지나 펼쳐지고, 거대한 피돌기가 그 둘 까지 맴도는 것입니다. 이곳도, 저곳도 없고, 우리를 능가하는 존재인 '천사'들이 안주하고 있는 거대한 통일성만이 존재합니다.

Lebens - und Todesbejahung erweist sich als Eines in den 'Elegien'. Das eine zuzugeben ohne das andere, sei, so wird hier erfahren und gefeiert, eine schließlich alles Unendliche ausschließende Einschränkung. Der Tod ist die uns abgekehrte, von uns unbeschienene *Seite des Lebens*: wir müssen versuchen, das größeste Bewußtsein unseres Daseins zu leisten, das in *beiden unabgegrenzten Bereichen* zu Hause ist, *aus beiden unerschöpflich genährt* …. Das wahre Lebensgestalt reicht durch *beide* Gebiete, das Blut des größesten Kreislaufs treibt durch beide: es *gibt weder Diesseits noch Jenseits, sondern die große Einheit*, in der die uns betreffenden Wesen, die 'Engel', zu Hause sind.

삶과 죽음에 대한 릴케의 생각들을 정리해 보면, 주로 두 가지 주제와 관련됨을 알 수 있다.

① 삶과 죽음의 통일성
② 삶과 죽음의 영원한 변천 - 순환운동

이와 같은 사상적 기조는 동양의 불교와 도교가 지닌 고유한 세계관이자 인생관이다.

출생도 없고 죽음도 없다
시작도 없고 종말도 없다[333]

죽음과 삶은 천명이며
밤과 아침이 변함없이 있는 것은 하늘의 도리이다

死生，命也
其有夜旦之常，天也.,　- 장자,『대종사大宗師』상

333 Zit. n. Suzuki, *Der westliche und östliche Weg.*, S. 94.

'니르바나'는 모든 대립을 초월한 절대 존재의 기반으로서 이전과 이후의 시간과 이곳과 저곳의 장소가 아무런 차이를 보여주지 않는다. 거기에는 모든 고뇌가 지양되고 단지 그 어떤 대상으로서 '하나'[334] 만이 체험된다. 반면, '삼사라'는 덧없는 세상에 반복되어 일어나는 존재의 순환운동이다. 즉 생성과 소멸, 탄생과 죽음 등이 항상 상호 교차되는 인간존재의 활동이다. 생물의 영혼이 죽은 후에 항상 계속해서 다른 육신으로 이입된다는 선행과 악행의 '인과업보Vergeltungs-kausalität', 즉 '카르마Karma'의 결과로 하나의 실체는 다른 것으로 바뀐다. 그것은 시작도 끝도 모른다. 그래서 니르바나와 삼사라는 보디사트바Boddhisattva(구도)와 사두마티Sadhumati(지(각)성) 사이처럼, '하나'를 위한 상보적 관계에 있다. 그 참된 뜻을 알고 경지에 들어서면, 거기엔 집착, 해방, 해소 그 어떤 존재적 갈등도 무의미해진다. 그러한 자각이 일 때 '탈 이원성Nicht-Zweiheit'[335]의 본질에 이르게 된다.

이상의 내용을 간추려보면, 릴케가 아시아의 사상에 밀착해 있다는 느낌은 결코 우연스런 일로 보이지 않는다. 아니, 그 보다도 불교와 직접적인 접촉을 한 결과가 아닐까 하는 추정을 불러일으킨다. 그것은 나만의 생각이 아니었다. 독문학자 디이터 바써만Dieter Bassermann은 그의 저서 『후기 릴케Der späte Rilke』에서 릴케가 삶과 죽음을 동일한 비중으로 함께 포용하는 과정을 설명하면서 자못 흥미로운 경험담을 다음과 같이 털어놓는다.

334 Percheron, Buddha, S. 24.

335 Zit. n. Dürckheim, Zen und wir, S. 53.

나의 저서 『우리 세대에 남긴 릴케의 유산 *Rilkes Vermächtnis für unsere Zeit*. Berlin(Hermann Huebner)』(1946)에서 이러한 문제에 대한 나의 연구가 공개된 이후, 한 독자로부터 다음과 같은 흥미있는 제안을 받았다. “저는 귀하가 말하고자 하는 바, 그 의미를 한마디로 집약, 표현할 수 있는 삼사라 라는 단어를 감히 제시하고자 합니다. 불교학자 스즈키 다이세쓰 교수는 그의 책 『선불교 에세이 *Essays on Zen-Buddhism*』(London 1927, I. S. 13)에서 ‘니르바나’는 ‘삼사라’(태어남과 죽음)의 한 복판에서 찾아질 수 있다고 말하고 있습니다. 존재문제에 대해 이렇듯 그 뜻을 잘 설명하는 인도의 개념 삼사라에 적중하는 단어를 우리들(서양인)이 지니지 못하는 것은 우리의 언어적 무능을 보여주고 있는 것이 아닐까요? 귀하께서는 그 의미 설명에서 바로 이 절대적인 단어를 놓치는 실수를 범하고 있는 것 같습니다“. - 나는 이런 글을 보내 준 헬무트 샤르프Helmut Scharf 씨가 이 문제에 관해 아주 의미 있는 지적을 해 주신데 대해 우선 감사를 드리는 바이다. 그러나 릴케가 삼사라라는 단어를 알고 있었다는 증거는 여전히 분명하게 나타나고 있지 않다(그는 내가 아는 한에 있어서 작품의 어느 곳에서도 그것에 관해 언급한 흔적이 없다)는 사실을 토대로 나는 릴케가 한 번도 불교나 그 외 동양성현의 지혜를 진지하게 받아들여 그에 몰두한 적이 없다는 점을 분명히 하고 싶다. 그것은 어디까지나 그 자신만이 지닌 독특한 문제점이었으며, 전적으로 유럽 전통적 속성에서 나온 릴케 자신의 방식대로 수용한, 결국 그 자신의 견해라 보겠다.[336]

바써만의 지적대로, 릴케가 불교적 분위기에 젖어든 것은 사실이지만, 핵심개념인 니르바나와 삼사라를 바르게알고 있었다는 증거를 확실히 드러내 보이고 있지는 않는 것 같다. 불교 자체가 유럽과 미국 문화 전반에 큰 자리를 차지한 것으로 부풀려서 볼 사정도 아니지만,

…………

336 D. Bassermann, Der späte Rilke, S. 443(Anm. 17a).

유럽의 지성계 일각에서는 그래도 결코 무시할 수 없을 정도의 관심과 열의가 이어지고 있었던 것 또한 부정하지 못할 것이다. 미국에서 활동하고 있던 일본의 선禪 학자 스즈키는 『선과 일본문화*Zen and Japanese Culture*』(1959)를 통하여 그 어떤 교리나 철학도 아닌 인간존재에 대한 직관적 이해의 방식을 널리 전파하였다. 그 영향을 받은 융C. G. Jung(1875~1961)이나 야스퍼스Karl Jaspers(1883~1969) 등이 이해하고 있는 불교 교리는 이미 상당한 수준의 것이었고, 그들의 학설에도 깊이 반영되고 있음은 주지의 사실이다. 실제로 융이 스즈키의 『선불교 입문*An Introduction to Zen-Buddhism*』(1934)에 쓴 30쪽짜리 서문은 선의 본질을 꿰뚫는 발군의 논지로 정평이 나 있다. 더구나 선불교와 노장 철학에 대해 깊은 관심을 갖고 있는 트라피스트 가톨릭 수도사 토마스 머튼Thomas Merton(1915~1968)은 릴케에게 깊은 관심을 갖고 또 많은 영향을 안겨주기도 한 사람이 아니던가.

이런 입장에서 바써만의 단호한 금 긋기에 반론을 제기할 필요는 없지만 어떻게 그것이 "전적으로 유럽 전통적 속성"에서만 이해될 수 있으며,[337] 어떠한 근거에서 릴케의 동양친화력이 중요시될 수 없는가

....

337 바써만은 여기에서 유럽의 신비-낭만주의 전통을 염두에 두고 있는 것 같다. 충분히 근거 있는 지적이다. 그러나 좀 더 중요하게 취급되어야 할 문제는 신비, 낭만주의적 세계관이 그들의 직관적 관찰이나 무無와 전일全一사상으로 동양의 사상적 기조와 매우 유사하며, 서로 깊은 영향관계에 있었다는 사실에 대해서 많은 학자들이 언급하고 있다. 참조. Th. Merton, *Weisheit der Stille.*, H. Hett, *Das Stundenbuch Rainer Maria Rilkes.*, Suzuki, *Der westliche und der östliche Weg.* 독일낭만파는 '먼 곳에 대한 동경'의 일환으로 동양의 전통문화를 예술의 근원으로 삼았다. 이에 속한 인물들은 슐레겔, 헤르더, 괴테, 노발리스, 셸링, 피히테, 헤겔, 쇼펜하우어, 바그너, 니체 등이다. 주로 불교에 대한 깊은 관심을 보였다. 특히 죽음에 대한 릴케의 생각이 낭만주의 사상에서 비롯되지 않았을까 하는 의문에 대해서는 그 자신이 1923년 1월 2일자 시쪼 백작부인에게 보내는 편지에서 강하게 부정하고 있다.

하는 점에 대해서는 의문의 여지가 많다. 이러한 문제제기가 좀 더 타당성 있게 받아들여지기 위해서는 다음의 사실에 대한 주의가 환기되어야 할 것이다.

릴케가 삶과 죽음에 대한 독특한 관점을 형성해 나아가는 과정에 중요한 역할을 한 두 인물이 있는데, 초기의 야콥센Jens Peter Jacobsen (1847~1885)과 후기의 루돌프 카쓰너Rudolf Kassner(1873~1959)라고 할 수 있겠다. 『신시집』 이전까지만 해도 릴케는 죽음에 대한 공포를 자주 표현해 왔는데, 야콥센과 접촉한 이후로 삶과 죽음을 점차 동일 현상으로 보기 시작하였으며, 그런 현상은 특히 후기에 이르면서 오스트리아 작가이자 문화철학자로서 동양사상에 깊은 관심을 두고 있던 카쓰너와 가까이 하면서 두드러지게 나타나게 되었다. 두 사람이 불교에 상당히 심취해 있었고, 그에 대한 깊은 지식을 쌓았다. 릴케에게 있어서 '후기'란 새로운 변혁의 기점이 될 것 같다. 그가 동아시아 내지 중동의 문화와 접촉하게 되면서, 그가 자인하고 있듯이, 괄목할 만한 정도로 유럽 문화권에서 스스로 멀어지기 시작했고, 세 편의 '부처 시'를 쓰는 등 친 아시아적 행보를 눈에 띄게 확대해 나아가고 있던 중이었기 때문이다.

2. 릴케의 기독교적 이원론 극복

릴케가 기독교적 세계관에서 멀어지고 있음은 그가 차츰 "피안에 대한 기대Jenseitserwartung"를 매우 강한 어조로 부정하면서부터이다. 인간에게 강한 내세관을 불어넣어주는 기독교적 사상에서 "위안

Tröstungen"과 "미화Beschönigungen"의 기능에 대해 의혹을 제기하는 그는[338] 현세와 내세를 동일한 범위 안에서 수용할 수 있는 삶 자체를 강한 톤으로 노래 부르기 시작한다. 오히려 신의 '계시Offenbarung'는 바로 이 세상의 삶 속에서 더 적극적으로 받아들여져야 할 것이라는 생각을 강하게 내보인다. 1922년에 쓰인 『한 젊은 노동자에게 보내는 편지』에서 그는 다음과 같이 말하고 있다.

> 점차 늘어만 가는 삶의 착취는 바로 수세기 동안 지속되어 온 이승의 의미를 손상시키는 결과가 아닐까요? 우리가 여기에서 과업과 기대와 미래관에 의해 우리 위치가 뒤바뀐 저승으로 우리의 기대를 유도하는 것은 얼마나 어리석은 망상입니까. 우리가 모르는 사이에 이승의 참된 모습을 하늘에 팔아먹기 위해 그것을 없애려 함은 얼마나 큰 속임수입니까!
>
> Diese zunehmende Ausbeutung des Lebens, ist sie nicht eine Folge, der durch die Jahrhunderte fortgesetzten Entwertung des Hiesigen? Welcher Wahnsinn, uns nach einem Jenseits abzulenken, wo wir hier von Aufgaben und Erwartungen und Zukünften umstellt sind. Welcher Betrug, Bilder hiesigen Entzückens zu entwenden, um sie hinter unserm Rücken an den Himmel zu verkaufen! (SW VI. 1114)

기독교적 내세관에 대한 회의는 유일신의 전지전능에 대한 필요 이상의 기대감과 예수가 신에 이르는 중계자라는 사실 자체에 대한 강한 거부감으로 나타난다. 예수는 그에게 영혼의 불멸을 가르치는 교훈적 인물도, 죽음을 극복한 승리자도 아니라고 생각한다. 이러한

338 참조. 시쪼 백작부인에게 보내는 1923년 공현절(1월 6일)의 편지.

비판의식의 가장 본질적인 발단은 상반적 요소인 이승과 저승, 삶과 죽음의 이원성Dualismus을 부정하고, 양자를 하나로 보려는 자세로 나타난다. 그래서 타계(저승)에 대한 불필요한 기대감이 인간의 실존재인 삶을 위협하는 것으로 본다.

그가 지닌 반종교적 정서 중의 하나는 신의 실존에 대한 저항이다. 그런 모습이 구체화된 것은 스페인 여행 중 화가 엘 그레코El Greco(1541~1604)의 예술세계를 접하면서가 아닌가 여겨진다. 황홀감을 자아내는 강렬한 색채구사, 신비적이면서도 독창적인 화가의 작품에 몰두하면서 불붙기 시작한 "광란적인 반 기독교성rabiate Anti-Christlichkeit"은 이미 그의 작품 『그리스도-환상』을 쓴 전후로 성자 예수가 신과 인간의 대화를 가로막는 존재로 보기 시작한 것이다. 이것은 분명 기독교적 근본사상에 대한 부정이며, 이색적인 문화를 접하면서 생겨난 부작용이 아닌가 여겨진다. 그는 스페인과 중동, 그리고 부단히 불교문화에 대한 눈길을 거두고 있지 않았기 때문이다.

여기서 잠시 문명비평가 테오도르 레싱의 말에 귀를 기울여 보자. 유럽과 아시아의 문화적 차이를 기독교의 십자가와 불교의 수레바퀴의 상징을 통해 우리에게 설명하는 그는 그 차이를 이렇게 인식하고 있다. "끝없이 구르는 수레바퀴는 새로운 의지의 실현욕망이나 항상 새로운 형체의 갈구를 차단한다. 그래서 그 안에 모든 모순과 차이들이 변화를 모르는 단일성을 형성한다. (…) 그러나 개별적 대립은 그대로 서양의 십자가가 암시하고 있다. 양극적 이원성은 단지 인간을 위한 의미일 뿐으로서 모든 모순으로 남는다. 이승과 저승, 상응과 비상응(대립), 우리는 거기에서 헤어나지 못하고 있다. 우리는 십자가에 사로 잡혀 있다."[339]

기독교교리에 있어서 가장 핵심이 되는 문제는 곧 서구적 사고의 중심을 이루고 있는 이원성의 개념이다. 그것은 멀리 그리스와 로마의 세계상에 뿌리를 두고 있는 바, 절대적 신의 지배하에 기독교는 죽음을 원죄에 대한 징벌결과로 본다. 죽음 그 뒤로 절대자의 심판이 뒤따르고 "죄의 보상der Sünde Sold"(롬 6:23)에 좌우된다. 그렇기 때문에 기독교는 인간으로 하여금 현세 중심이 아니라 내세를 갈망하게 한다. 인간이 지니는 현존재의 과거와 미래는 따라서 "다가올 세계", 즉 신이 내리는 구원을 추구하는 과정에서 모든 고난과 슬픔은 해소될 수 있다. 미래지향은 모든 고난에서 위로를 받는 내세관을 형성한다.

그에 반해서 불교를 위시한 동양의 관념세계는 처음부터 모든 존재의 상반성을 해소하는데 두고 있다. 형이상학적 차원을 넘어서는 하나의 중도적인 길을 모색하는 것이다. 불교는 신을 통한 구원을 기대하거나 추구하지 않으며, 그 어떤 미래의 소망도 약속하지 않는다. 하늘에 있는 전능한 신성의 통제 대신, 고난에 가득 찬 실존에서 다른 곳으로 옮겨지는 그런 모습으로 존재한다. 바로 인간을 생사의 속박에서 풀어주는 일이 그것이다.

이런 의미에서 "한쪽 강변에 서 있음으로 다른 쪽으로 건너가고자 하는 욕심이 생겨 나룻배가 필요하게 되지만, 다른 쪽 강변에 다다르면 나룻배는 필요 없게 된다. 그러므로 모든 대립은 지양된다." 불교의 가장 대표적인 이 비유는 우리의 사고란 것이 이기의 대척점에선 '겉돌기 허상'에 지나지 않음을 말해준다. 이원성, 즉 대상적 사고

339 Th. Lessing, aaO., S. 147.

das gegenständliche Denken를 극복하는 것이 불교에서 추구하는 진리의 핵심이다.

이러한 사실을 토대로 릴케를 관찰하면, 삶과 죽음의 양극적 존재성이 그에게 있어서는 기독교적 사상과는 사뭇 다르게 전개되고 있음을 알게 된다. 이원성은 단순한 의미의 '양자택일Entweder-oder'이 아니라, 우주적 전체성을 통괄하려는 성실한 노력으로 나타난다. 그래서 시쪼 백작부인에게 보내는 1923년 1월 6일자의 편지에서 그는 다음과 같이 말을 할 수가 있었으리라.

- 어떻게 부인께서는 그 순수한 마음자세로 대립되는 두 가지들을 계속 현세에 인식하고 수긍해 오셨는지요. 잠자는 상태와 깨어있는 상태, 밝음과 어두움, 소리와 침묵...... 존재와 비(부)존재, 이 모든 외형적 모순들은 어디에선가 한 구심점에 모여들게 마련입니다.

- *wie* haben Sie da, im jugendlichen arglosen Vertrauen, immerfort *beides* in der Welt erkannt und bejaht: das Schlafende und das Wache, das Lichte und das Dunkle, die Stimme und das Schweigen...... la présence et l'absence. Alle die scheinbare Gegenteile, die irgendwo, in einem Punkte zusammenkommen."

릴케가 추구하고 있는 길은 이른바 '일원적 관찰die monistische Anschauung'을 통한 올바른 실체 인식에 있다. 그에 의하면 내세가 존재하리라는 확증도 없으니, 이승과 저승간의 구분도 없다. 그러므로 이렇다 할 '위로'도 기대할 필요가 없다. 어떻게 죽음을 존재형상 그대로 극복할 수 있을까하는 문제만 남는다. 별개의 대상으로 인식하지 않고 친밀한 '삶의 이웃'으로 이끌어 들여, "죽음을 부정하지 않고 이해할Tod ohne Negation zu lesen" 길을 모색한다. 이 세상에 존재의 가시적인 뿌리를 두고 있지만, 이미 본질에 있어서는 저 세상에 저절로 포함되어 있기 때문에 회피할 이유도 없다. 저 세상은 시간적으로나 공간적으로나 이 세상과 분리되어 있지 않다. 삶은 기쁨, 죽음은 슬픔이라는 평면적 분할은 의미가 없고, 어떤 구분이나 차이를 벗어 던져야 한다는 강한 메시지가 성립된다. 역시 "세계내공간"의 기본의미에 닿는 존재문제다. 이로써 릴케는 아시아 사상의 물결에 가까이 다가서 있음을 본다.

두이노 성

『두이노의 비가』의 초안. 뮈좃(1902, 2)

3. 죽음이 보이는 삶의 언덕에서: 「제8 두이노의 비가」

*그것(죽음)*을 아는 건 우리 인간들뿐이다. 자유로운 짐승은
저들의 사멸 같은 것은 언제나 지나쳐 보내며
신 앞에 서 있다가, 때가 되면,
샘물이 흘러가듯이. 그대로 영원 속으로 가버린다

Ihn sehen wir allein; das freie Tier
hat seinen Untergang stets hinter sich
und vor sich Gott, und wenn es geht, so gehts
in Ewigkeit, so wie die Brunnen gehen. (SW I. 714)

불교적인 냄새가 짙게 풍긴다. 나만의 느낌이 아닌 것 같다. 관심 있는 많은 연구자들이 공감한다. 경건하면서도 엄격한 계율 속의 가톨릭 수도사 토마스 머튼도 이 구절을 마주하고선 동양의 세계에서 눈길을 떼지 못한다. 불교정신의 진수인 선의 세계를 깊이 탐구한 종교인, 일찍이 선불교학자 스즈키가 선을 가장 잘 이해하는 서양인이라 평가했던 그는 말한다. "시인은 그가 깊이 몰두한 바 있는 불교와 공감대를 지니고 있었으며, 수많은 그의 시들과 더불어 바로 이 구절은 참된 불교적 음향이 울려 퍼지게 하고 있다.[340] 그뿐만 아니라 불교의 빛으로 조명하지 않는 기독교는 제대로 이해할 수 없다고 까지 말하고 있는 그가 아니었던가. 1965년에는 『장자의 도 *The Way of*

....

340 Th. Merton, *Weisheit der Stille*, S. 211: „Der Dichter sympathisierte mit dem Buddhismus, mit dem er sich viel beschäftigte, und die Stelle - wie viele andere Gedichte Rilkes - klingt nach echtem Buddhismus."

Chang Tzu』를 출간하기도 했다.

그것은, 앞에서 언급한 바와 같이, 헤르만 마이어가 지적한 발언 속에서도 증명될 수 있다. 그에 의하면 『두이노의 비가』는 『오르페우스에 바치는 소네트』와 더불어 동양인, 특히 일본인들이 "가장 공감을 느끼는"[341] 작품 중의 하나라고 했다. 이런 전제적 사정에도 불구하고 작품은 동양성 여부에 대한 진지한 논의 없이 인식은 분석, 이해되어 왔다. 『비가』 중의 핵심이라고 할 수 있는 「제8 비가」와 관련해서 이렇게 동양의 정신세계가 우선적으로 언급되고 있는 것 자체가 놀라운 사실이 아닐 수 없다.

작품은 '열림의 경지'를 문제로 제기하고 있다. 그곳은 인지능력이 탁월한 인간이 아니고, 오히려 그렇지 못한 하급 동물과 식물들만이 쉽게 넘나들 수 있다. 릴케 자신의 설명에 따르면, "동물은 세계 안에 있으나, 인간은 바깥, 그 세계 앞에 있어서 항상 대상에 얽매어 있기 때문"[342]이라 한다. 모든 생물이 진정으로 세계 안에 존재하려면 주관에서 해방되어 '대상을 의식하지 않는 관찰'을 할 수 있는 "열려진 자유die offene Freiheit"를 체험하여야 한다.

"영원한 것das Ewige"(1행)과 "자유로운 것das Freie"(30행)을 향해 인간존재의 한계성을 의식하지 않는 그 길목에 '절대공'의 세계가 있다.

....

341 Meyer, Rilkes Begegnung mit dem Haiku. In: *Euphorion* 74(1980), S. 135.

342 슈트루브Lev P. Struve에게 보내는 릴케의 1926년 2월 25일자 편지: „Sie müssen den Begriff des 'offenen', den ich in dieser Elegie vorzuschlagen versucht habe, so auffassen, daß der Bewußtseinsgrad des Tieres es in die Welt einsetzt, ohne daß es sie sich(wie wir es tun) jedem Moment gegenüber stellt, das Tier ist in der Welt; wir stehen vor ihr durch die eigentümliche Wendung und Steigerung, die unser Bewußtsein genommen hat."

릴케가 평생토록, 특히 만년에 이르러 더욱 절실하게 형상화하려고 한 그것이다. 이 또한 주관에서 완전히 해방된 공간을 의미한다. 거기서 바로 이 '열림'의 경지를 터득할 수 있다.

작품을 불교적으로 이해하고, 분석할 수 있는 가장 확고한 토대는 릴케가 바로 이 '여덟 번 째 비가'를 루돌프 카쓰너에게 헌정했다는 사실에 있으리라. 일찍이 동양정신세계에 깊이 몰두해 연구를 거듭하여 내놓은 그의 저서 『인도 관념론Indischer Idealismus』(1903)을 감명깊게 읽고, 그 사상을 매우 긍정적으로 받아들인 릴케로서는 이 작품을 쓰면서 불교 세계관과 카쓰너의 인간상을 구체화하려고 했을 것이다.[343]

그런 사실의 뒷받침으로 마리 폰 투른 운트 탁시스 후작부인이 릴케에게 보낸 1916년 9월 19일자 편지가 유용하게 쓰일 것 같다. 후작부인은 오래 전부터 카쓰너와 가까이 지내면서 인도문화에 대해 많은 지식을 쌓았고,[344] 릴케도 그를 사귈 수 있도록 중개자 역할을 해주었다.[345]

> 카쓰너는 점점 초인화 된다고 할까, 갈수록 인간의 모습이 적어지고, 더욱 많은 '전일(성)'을 지니고 있습니다. – 그것은 그가 지니고 있는 가장 고귀

343 1912년 릴케가 두이노에서 쓴 편지에는 카쓰너에 대한 두 쪽 분량의 글이 담겨 있는데, 같은 해 『인도사상*Der indische Gedanke*』이라는 제목의 책에 인쇄, 출판되었다.

344 후작부인은 카쓰너로 부터 '라야 요가Rayayoga'를 배웠으며, 인도문화 전반에 대해서 많은 것을 알고 있었다.

345 참조. 투른 운트 탁시스 부인이 릴케에게 보내는 릴케의 1914년 4월 16일자, 5월 27일자 편지. 릴케는 인도문화에 정통한 부인으로부터 힌두의 동화 『티티 무리*Die Menge Titi*』도 소개받았다.

한 덕이기도 하지만, 또한 그의 결함일지도 모릅니다.

K(assner) wird immer unpersönlicher, immer weniger Mensch, und mehr All - seine höchste Tugend, und doch auch seine Fehler.

릴케는 "전일All"의 개념을 통해 카쓰너를 불교적 인간상과 불가분의 관계로 설정해 놓고 있다. 인도의 불교정신을 탐구하기 위해 전력을 기울인 카쓰너는 "초인적unpersönlich" 내지 "전일적alleinheitlich"이라 평가되는 경이적인 인물이라 릴케로서는 일방적인 존경심을 쏟고 있는 대상이었다. 「제8 두이노의 비가」를 쓰게 된 것도 1919년에 인젤 출판사에서 출판된 카쓰너의 저서 『수와 얼굴*Zahl und Gesicht*』을 집중탐독하고 난 이후라서 작품구상과 집필에 있어서 카쓰너의 인물과 사상을 받아들이지 않을 수 없는 상태였다. 카쓰너 자신도 '릴케에 대한 회상'이라는 글에서 작품의 생성동기와 내용을 설명하는 가운데 "우리는 그의 『비가』 중 여덟 번째 것을 대하게 된다. 나에게 헌정된 이 작품에서 그는 내 저서에서 발췌한 듯한 전향의 개념을 쓰고 있다"[346]고 밝히고 있다.

릴케는 불교의 중요개념인 "전향"이란 어휘를 즐겨 쓰고 있는 것은 물론, 불교와 도교의 기본개념인 "공空"에 대해서도 아주 구체적으로 언급하고 있다. 이 또한 카쓰너의 영향이 아니라고 말하기 힘들다.

우리는 그러나 거기에서 하나의 다른 부否와 무無로 전향하게 된다.

346 Kassner, Erinnerungen an RMR. In: *BdE.*, S. 296.

> 곧 말하자면, 우리는 공간을 고려함으로써 부에로 향하고 있지 않는가? 그것은 공空, 즉 테두리가 있는 빈 것, 다시 말해서 움푹 패여 없어진 것 같은 그런 것이 아니겠는가?[347]

카쓰너가 쓰고 있는 "빈 공간"의 개념을 릴케는 작품에서 "열림 das Offene"의 의미로 발전시킨다. 그것은 삶과 죽음 등 모든 상반요소가 독자적으로 존재할 의미가 없어지는 그런 순간의 한 구역을 가리킨다. 모든 것을 전체적인 하나 속에 수용할 수 있는 "순수한 공간 der reine Raum"(15행)이기도 하다. 그것은 곧 '열림'을 기본행위와 목표로 추구하는 불교의 수행과정과 '열반'을 중심으로 한 불교의 세계관에서 관찰할 수 있는 핵심요소이다.

1) '부정할 수 없는 아무 데도 아닌 곳' - 열반의 순야타

릴케는 순수공간에 대해 "부정할 수 없는 아무 데도 아닌 곳 Nirgends ohne Nicht"이라는 신비에 휩싸인 표현을 내세우고 있다. "아무 데도 아닌 곳"이란 장소적 규정부사로서 "Nirgends"에는 "Nicht" 라는 부정적 부사가 부가되고 연이어 부정적 전치사 "ohne"가 첨가되어 있다. 어휘적 용법이 말해주듯 여기에는 중복되는 부정의 부정, 즉 절대적 부정의 세계가 열려 있다.

…………

347 Kassner, Von der mannigfachen Artung des Nichts. In: *Das inwendige Reich*, S. 92: „Wir wenden uns aber von da zu einem anderen Nicht oder Nichts, sagen wir gleich: zu dem Nicht in Rücksicht auf den Raum? Ist es so viel wie Leere, Leere mit einem Rand, ein Ausgehöhltes?"

우리는 단 하루도 체험하지는 못하리라
꽃들이 쉬지 않고 피어오르는 우리 앞의 그 순수공간을
우리가 마주치는 것은 닫힌 세계
부정할 수 없는 그 아무 데도 아닌 곳일랑 모르고 지낸다
우리가 숨쉬며, 무한히 *알고* 욕망도 버리고 감춰진 그 순수함
어리다면 그 속에 들어설지도 모르고
그들이 우리를 흔들어 깨울 때까지는 고작 죽어서 *그리되는 이도 있다*
죽음에 다가서면 죽음은 보이지 않는 까닭에
짐승처럼 큰 눈으로 우리는 *바깥을* 보아야지

Wir haben nie, nicht einen einzigen Tag,
den reinen Raum vor uns, in den die Blumen
unendlich aufgehn. Immer ist es Welt
und niemals Nirgends ohne Nicht: das Reine,
Unüberwachte, das man atmet und
unendlich *weiß* und nicht begehrt. Als Kind
verliert sich eins im Stilln an dies und wird
gerüttelt. Oder jener stirbt und *ists.*
Denn nah am Tod sieht man den Tod nicht mehr
uns starrt *hinaus*, vielleicht mit großem Tierblick. (SW I. 714)

릴케가 말하는 '부정할 수 없는 아무 데도 아닌 곳'은 특히 절대공의 세계를 의미하는 불교의 순야타를 연상시킨다.[348] 여기에 우선 그

…………

348 순야타가 의미하는 '절대공'은 모든 물질적 '현상rupa'이 공空의 원칙하에 이루어진다는 것이다. 만滿도 공을 전제로 하기 때문에 양자가 절대공의 영역에 동시 내재한다. 참조. F. Weinrich, *Die Liebe im Buddhismus und im Christentum*, S. 54, Galsenapp, aaO., S. 58.

의미의 상응관계를 살펴보기 위하여 릴케가 입수한 바 있는 노이만K.E. Neumann 번역의 『부처의 가르침 절편*Die Reden Gotamo Buddhas aus der Bruchstücke*』(1924) 중 「수타니파타Suttanipata」의 한 구절을 인용하고 릴케의 문장과 비교를 하기 위해 번역문도 곁들인다.

> 승려들이여, 태어나지 않은 것, 생성되지 않은 것, 창조되지 않은 것, 발생되지 않은 것이 있음을 알라. 승려들이여, 이 태어나지 않은 것, 생성되지 않은 것, 발생되지 않은 것이 존재하지 않는다면, 태어난 것, 생성된 것, 창조된 것, 발생된 것에 대해 아무런 탈출구가 발견되지 않으리라. 그러나 승려들이여, 태어나지 않은 것, 생성되지 않은 것, 창조되지 않은 것, 발생되지 않은 것들이 존재함으로써 태어난 것, 생성된 것이 있게 된다.

> Es gibt, ihr Mönche, ein Nichtgeborenes, Nichtgewordenes, ein Nichtgemachtes, ein Nichtverursachtes. Wenn es, ihr Mönche, dieses Nichtgeborene, Nichtgewordene, Nichtgemachte, Nichtverursachte nicht gäbe, so ließe sich für das Geborene, das Gewordene, das Gemachte, das Verursachte kein Ausweg finden. Weil es aber, ihr Mönche, ein Nichtgeborenes, ein Nichtgewordenes, ein Nichtgemachtes, ein Nichtverursachtes gibt, darum findet sich Gemachte, das Verursachte.[349]

인용한 두 부분에 나타나는 공통현상은 존재적 세계관을 강한 부정의 자세에서 열고 있다는 점이다. 릴케의 '부정할 수 없는 아무데도 아닌 곳'이 부정의 부정을 통한 절대부정의 세계라면, 열반의 핵심개념인 순야타는 공과 무를 동시에 지니는 '허무nihil'와 같은 '순수부정

349 재인용. Weinrich, aaO., S. 20f.

nihil purum'을 위한 신비의 세계라 할 수 있다. 또한 릴케가 의도하는 부정적 세계관은 모든 조건에서 해방된 목표를 지향하면서 "탐하지 않는nicht begehrt"(17행) 것으로서의 무욕성Begehrlosigkeit이다. 그리고 그것이 "결코 ... 이 아닌nie"(14행), "한번도 ... 이 아닌niemals"(17행) 같은 시간초월성을 통해 삶과 죽음의 이상세계를 넘어서는 조화의 길을 모색하고 있다면, 초감성적 경험Transzendenzerfahrung을 바탕으로 존재와 비존재의 상반개념을 구분 없이 받아들이는 순야타의 세계가 그에 상응할 것이다. 릴케는 '절대공'의 세계를 체험함에 있어서 인간이 주관과 대상에 얽매이는 것은 스스로의 존재를 제한하는 행위로 본다. 그리고 그가 찾는 초극의 길은 '열림'인데, 그것은 자아와 전존재das Allwesen의 모든 양상이 '공Leere'과 '완전 무volles Nichts'로 통합되는 불교적 진리, 즉 순야타의 세계관이다. 따라서 "부정할 수 없는 아무 데도 아닌 곳"이 부정의 세계를 통한 긍정의 길을 모색하는 것이듯, 순야타도 부정의 길을 통해 체득되는 "순수긍정summum bonum (paramattha,seyya)"의 세계이다.

이상과 같은 공통적 현상을 토대로 본 작품이 열반의 개념을 정신적 배경으로 삼고 있을 가능성은 일단 카쓰너의 개념설명을 통해 확인될 수 있을 것 같다.

> 열반이란 광범위한 의미로 무에 대한 형태이다. 친자관계, 말세론, 그리고 그와 관련된 모든 것이 열반의 사상과는 상반되고 있다. (…) 예수라는 아들에 대한 관념을 지닌 기독교는 문제추구에 있어서 이원론에 입각하고 있기 때문에 열반이 무나 아니면 전체를 의미하는가에 대한 문제는 규정할 입장이 아니며, 신중하게 말해 그것을 가질지도 모른다.

Nirwana ist bei weitem bedeutungsvollste Form des Nichts. Die Sohnschaft, Endzeit und, was sich daran knüpft, stehen der Idee von Nirwana ganz und gar entgegen. (…) Der sich an den Sohn hält, der Christ, hat - besser: hätte - die eine große Schwierigkeit mit Nirwana, die dialektisch in der Frage gipfelt, ob Nirwana nichts oder alles bedeute.[350]

카쓰너가 제시하고 있는 사상적 기초는 명백히 기독교에 대립되는 불교의 기본사상인 '열반'의 전체성에 대한 고찰이다. 열반은 하나의 종합Synthese으로서, 포르케A. Forke가 정확하게 특성을 밝혀주고 있듯이, "수도자는 전적으로 내적 성찰에 자신의 의기를 집중시켜야 하고, 자기의 상념을 모든 사물의 무상, 비 자아, 그리고 고뇌의 세 기본 진리에 향하도록 해야 한다. 계속되는 추상을 통해 우리는 단계적으로 무한성의 개념으로, 그래서 결국 무의 개념에 도달하게 된다. 그와 더불어 우리는 자아를 포기하게 되고, 하나의 무의식 상태로 빠진다. 그러나 곧 이어서 모든 것이 자아 자체까지도 공허하다는 최고의 진리를 직관적으로 파악하게 된다. 그리하면 우리는 열반에 도달하게 된다"[351]는 부정을 통한 영원성의 추구이다. 열반은 단면적인 "절멸 Annihilation"이나 "비존재Nicht-Existenz"를 통한 소멸을 의미하는 것만은 아니다.[352] 그 부정적 차원은 긍정의 집착에서 벗어남으로써 빈 공간에 무한한 긍정의 세계를 포용할 수 있는 준비이다. 그래서 불교도들은 단순한 "중단Aufhören"이나 "해소Erlöschen"[353]에 국한하지 않고,

....

350 Kassner, Von der mannigfachen Artung des Nichts, In: *Das iuwendige Reich.*, S. 103f.

351 Forke, *Die Gedankenwelt des chinesischen Kulturkreises*, S. 85.

352 Weinrich, aaO., S. 29.

영혼과 불멸의 경지에 이르는 길 위에서의 부정을 선행시킨다. 그것은 영원한 "죽음의 고요"[354]이다. 시작과 끝이 없는 그것은 "모든 파악의 한계를 넘어 선" 오로지 한 존재인 것이다.

마찬가지로 릴케에 있어서 '무das Nichts'는 단순히 '없는 것'이 아니라, 오히려 '부정조차 없는ohne Nicht' 절대적인 없음이다. 'Nicht"가 부정 Negation의 절대가치를 표현하는 것이라면, 부정의 부재성不在性의 표현 "ohne"를 통해 부정의 부정, 즉 다시 말해서 무한히 긍정적인 것으로 전환한다. "Nirgends"는 "ohne Nicht"를 통해 부정개념으로서 뿐만 아니라, "부정조차도 할 수 없는" 무의 긍정개념으로 나타난다. 그래서 부정적 "Nirgends"와 긍정적 "Nirgends"가 전일성으로 통합된다. 이것을 만일 "Nirgends mit Nicht"로 대치시켜 본다면, 무는 개념상 부분부정이 되며, 곧 절대부정의 의미를 상실하고 만다. 이렇게 볼 때, "Nirgends ohne Nicht"는 부정의 끝에서 긍정을 제시하는 부정적 장소가 된다. 비존재Nicht-sein를 극복할 절대존재로서 이곳과 저곳, 위와 아래가 없는 간극초탈의 절대공간이다.

순수공간을 형체화하기 위한 부정의 경향은 또한 시간적인 차원에도 설정되어 앞의 공간적인 부정-긍정의 세계와 상응된다. 열반에는 공간적인 차원도, 시간적 설정도 존재하지 않는 순수공간, 즉 열린 곳이다. 거기에는 시간적 절대부정인 "결코 ... 이 아닌nie" 것과 좀 더 강조된 형태인 "한번도 ...... 이 아닌niemals" 것이 공존한다.

시간을 인식하며 산다함은 "열려진 곳", 즉 영원성으로 들어가는

....

353 Ebd., S. 28.

354 Ebd., S. 21.

데 하나의 장애가 된다. 거기에서 탈피하는 것이 릴케에게는 과거도 미래도 존재하지 않는 "전 존재성Allwesenheit"을 의미한다. 1925년 11월 13일 비톨트 훌레비츠에게 보내는 편지에서 릴케는 자기 생각을 이렇게 밝히고 있다.

> '이곳'과 '이 시간'에 처해 있는 우리는 시간의 세계에서는 한 순간도 충족되지는 못할 것입니다. 아직도 거기에 얽매어 있지요: 우리는 계속 이전의 세계로, 우리가 나온 그 원초의 상태로, 겉보기에는 우리 쪽으로 오는 듯한 바로 그곳을 지향하고 있습니다. 그 거대한 '열려진' 세계에는 모든 것이 존재합니다. 우리는 '동시에' 존재한다고 말할 수 없습니다. 바로 시간의 탈락이란 그 모든 것들이 존재한다는 사실을 전제로 하기 때문입니다. 무상성은 깊은 존재 속 어디든지 쏟아져 내립니다.
>
> Wir, diese Hiesigen und Heutigen, sind nicht einen Augenblick in der Zeitwelt befriedigt, noch in sie gebunden; wir gehen immerfort über und über zu den Früheren, zu unserer Herkunft und zu denen, die scheinbar nach uns kommen. In jener größesten ≫*offenen*≪ Welt *sind* alle, man kann nicht sagen ≫gleichzeitig≪, denn eben der Fortfall der Zeit bedingt, daß sie alle *sind*. Die Vergänglichkeit stürzt überall in ein tiefes Sein.

"아무 데도 아닌 곳"은 말 그대로 "열려진 곳"이어서 무엇에도 규정되지 않은, 완전히 자유로운 곳이다. 인간이 "빈 것die Leere"을 경험하기 위해서는 "시간의 탈락Fortfall der Zeit"이 이루어진 "순수한 관계der reine Bezug"가 있어야 한다. 삶과 죽음이 하나의 평화로운 상응관계로 만나는 곳. '열림'이 있는 릴케의 그곳은 역시 카쓰너가 추구하던 불교의 전일세계가 아니던가. 토마스 머튼이 희구하던 그곳이기도

하다. 릴케는 그와 같은 맥락에서 우리 일상 속에는 피할 수없는 욕망과 기쁨, 서로 다른 색깔로 뒤섞여 있는 공포, 모든 집착에서 벗어난 자유인이 머무는 해방공간을 찾는다.

이곳과 저곳, 오늘과 어제, 그리고 내일의 간격이 없는 시간, 장소적 무의 공간이 릴케에게 "세 시간들의 총체관찰Totalschau der drei Zeiten"을 통하여 "초감성적 시간형태die supermentale Zeitform"[355]가 되는 불교적 순야타의 평화로움이 이미 그의 사상체계 속에 확고한 자리를 차지하고 있다. 불교의 핵심적 가르침이 '절대공'의 기초개념을 토대로 그의 정신세계를 풍족하게 채워준 것은 카쓰너의 말을 들어보면 더욱 분명해질 것 같다.

> 모든 것이 최후에는 무이고 흘러가다 결국 무에서 끝난다고 가정하면, 이 무는 그러면 아직 무가 아니다. 그것은 마치 이런 표현을 해도 좋다면, 우리가 우리 내면에 임의대로 요가의 세계를 설정해 놓고 제한된 상상력에 구애받는 우리의 자의식이 양심에 스스로를 일치시키려는 태도와 같다.
>
> Nehmen wir an, alles sei am Ende Nichts, verlaufe, Ende im Nichts, so ist dieses Nichts dann doch nicht nichts, sowie wir, wenn der Ausdruck gestattet ist, den Jogi in unser Inneres verlegen und uns dessen Besinnung und Gewissen, die zugleich Einbildungskraft sind, aneignen.[356]

....

355 C. Wolff, aaO., S. 96.

356 Kassner, Vom Vorläufer. In: *Das inwendige Reich*, S. 83.

2) '죽음에 다가서면 죽음은 보이지 않는다' - 삼사라

인간은 죽음으로써 삶에 긍정적으로 접근할 수 있다. 죽음 자체가 완전한 죽음을 파악하기 위한 전제가 되기 때문에 릴케는 "죽어서 그리 되는(평온을 얻는) 이도 있으려니/죽음에 다가서면 죽음은 보이지 않기 때문이겠지"[357](SW I. 714)라고 노래 부를 수 있었으리라.

죽음이란 "부정할 수 없는 아무 데도 아닌 곳"에 이르는 순수한 실현과정이다. 삶과 죽음이란 양극에 대한 인식은 릴케에게 있어서 인간이 한번은 죽게 될 운명이라고 해서 단순히 덧없는 현상계에서 도피하는 것이 아니라, 오히려 죽음을 통한 절대존재로 복귀한다는 뜻이기도 하다. 그것이 또한 영원한 상호교환의 형태로 체험되기 때문에 결국 죽음은 동시에 삶에 이르는 길이다.

릴케는 이미 「제1 비가」에서 삶과 죽음이 부단히 윤전輪轉하는 가운데 영웅이라는 형상을 제시하고 있다. 그는 존재한계를 극복하고 전존재를 누릴 수 있기 때문에 찬양의 대상이 된다.

> 생각해 보라: 영웅은 전존재를 포용한다. 그래서 몰락까지도 그에게는 존재하는 것, 그 마지막 탄생의 구실이 되지 않겠는가.
>
> denk: es erhält sich der Held, selbst der Untergang war ihm
> nur ein Vorwand, zu sein: seine letzte Geburt. (SW I. 686)

불교의 찬미가 『리베다Riveda』 10서는 바로 릴케가 존재와 비존재의 양극을 동시에 인식하고 노래하는 이상적인 상태를 이렇게 읊고

....

357 „Oder jener stirbt und ists./Denn nah am Tod sieht man den Tod nicht mehr"

있다.

> 존재도 없고 비존재도 없다
> 죽음도 없고 삶도 없다
> 단지 '하나'만이 숨 쉬지 않고 숨 쉬며
> 그를 통해 움직임이 있을 뿐이다
> 그밖에 아직 아무 것도 존재하지 않는다.[358]

생성소멸의 순환운동이 중요시되는 것은 도교에서도 마찬가지다. 생성과정상 시작과 종말은 존재 저 쪽에서 하나로 모여 부단히 교차된다. 삶과 죽음은 그러한 신비의 세계에 머물며, '회귀Wiederkehr'를 도道의 고유한 운동으로 규정하고 있다.

> 반대로 순환하여 복귀하는 것이 도의 활동이다
> 유약한 것이 도의 작용이다
> 천하의 만물은 유에서 나오고 유는 무에서 나온다.
>
> 反者, 道之動,
> 弱者, 道之用.
> 天下萬物於有, 有生於無. (『도덕경』 40장)

특히 장자의 「제물론齊物論」에 나오는 호접몽胡蝶夢 일화는 바로 그런 상황을 주제로 삼는다. 어느 날 꿈에서 깬 장자가 되뇐다. 내가 꿈에서 나비가 된 것인지, 나비가 내가 된 꿈을 꾸고 있는지 모르겠다.

....

358 Glasenapp, aaO., 126.

현실과 꿈의 두 층을 넘나들며, 때로는 역전되고 중첩되거나 경계를 상실한다. 물아일체物我一體를 말하는 도가의 근본사상이 아니던가.

불교의 삼사라는 도교에서 말하는 도의 개념과 유사하게 원Credo을 상징으로 한다. 불교의 근본교리인 윤회사상은 생성체계의 바퀴인 "바바카Bhavaca"로 도식화되어, 한복판에는 고난의 세 근원을 나타내는 상징물이 있고, 그 중간부분의 테두리에는 재생의 가능성을 보여주는 여섯 형상들이 있다. 또한 바깥 바퀴에는 인간생명의 12단계가 서로 잘 배분되어 있다.[359] 전체적으로 순환운동을 암시하는 이 원형 형상으로 삼사라의 개념이 종합된다. 첫째로, 삶과 죽음이 하나의 상호교환운동 아래 놓여있으며, 둘째로, 영혼은 자연히 질서에 따라 자기에 합당한 또 다른 육신을 찾아 변천하며, 셋째로, 인간의 생활 자체는 우주 속에서 영혼이 떠돌아다니는 무한한 과정의 한 단면이다.

릴케는 흥미롭게도 『비가』의 시행 속에 불교적 삼사라, 즉 생물이 죽은 후에 그 영혼이 다른 육체의 힘을 빌려 우리 현상계에 떠돌아다닌다는 상념을 다음과 같이 그리고 있다.

　한낱 미물들이 누리는 복락이여
그들을 품어 준 태내에서 영원히 머무는 구나
오 모기의 행복이여, 새로 쌍을 맺을 때까지도
여전히 그 속에서 뛰놀고 있으니: 태내가 모든 것이어라
새들의 불완전한 모습을 보라
에트루리아인의 영혼과 같이
그가 나온 모태를 인식하고

359 M. Pecheron, *Buddha.*, S. 125.

평온한 덮개의 모습으로
또한 공간이 받아들인 죽음에 거의 둘 다 인식하노라
날아야 할 운명이기에 모태에서 나온 그것이
얼마나 당황했을까

O Seligkeit der *kleinen* Kreatur,
die immer *bleibt* im Schooße, der sie austrug;
O Glück der Mücke, die noch *innen* hüpft,
selbst wenn sie Hochzeit hat: denn Schooß ist Alles.
Und sieh die halbe Sicherheit des Vogels,
der beinah beides weiß aus seinem Ursprung,
als wär er eine Seele der Etrusker,
aus einem Toten, den ein Raum empfing,
doch mit der ruhenden Figur als Deckel.
Und wie bestürzt ist eins, das fliegen muß
und stammt aus einem Schooß. (…) (SW I. 715f.)

존재문제에 있어서 인간보다는 동물들이 우세하다 함은 열린 존재 영역,[360] 곧 어머니의 자궁, 즉 태속의 자연 때문이다. 반면, 인간은 '보호상실Schutzlossein'이라는 존재의 무상함에 시달린다.[361] 무언가를 항상 끊임없이 살피고 추구해야 하는 주관성과 욕망 탓이다. 인간은 스스로 자초한 존재의 한계성을 극복하기 위하여 "죽음에서 해방된 frei von Tod"(16행) 동물세계로 돌아가기를 원한다. 그리고 그들이 지니고 있는 전존재에 참여해보고자 한다. 곧 영혼이 죽은 후에 본래의

360 F. J. Brecht, aaO., S. 228.
361 Ebd., S. 210.

육신에서 다른 형체로 몸을 바꾸어 나타나는 윤회사상의 고리에 들어선다.

그런 노력을 릴케는 로마 북방 에트루리아 민속신앙의 소재를 받아들여 '새'의 이미지에 담는다. 대기 속을 떠도는 인간의 영혼을 삶과 죽음으로 대표되는 양면적 세계, 내면과 외면, 모태와 세상 사이를 초월한 무한대의 순환으로 이끈다.[362] 그 한계를 극복하는 의미로 "새의 날아감"은 정신세계의 무한한 확장을 향한 예언적 표시이다.[363] 새는 알, 즉 어머니의 태속에 있지만, 그것이 날아갈 수 있는 무한한 대기는 우주das All에 속한다. 신체(자궁)와 영혼(비상), 두 세계를 원천적으로 인식하고 있기에 상반적 존재상황의 합일을 이룰 수 있다. 그러므로 새는 세계내공간을 체험하는 영적인 동물로 여겨진다.[364]

이것은 이미 언급한 바 있듯이, 카쓰너의 '전향Umkehr'이란 개념에서 받은 영향으로 이해된다. "시간이 의미Sinn일 뿐, 차원을 뜻하지 않는 한 전향은 존재한다. 차원적인 것에는 전향이란 무의미하기 때문이다. 더구나 시간적인 면에서 보면, 전향은 의미이고, 의미가 곧 전향이다. 아니면 앞서 말한 대로, 전향은 절대적인 것, 즉 자유로 향하는 하나의 방향이다. 그래서 본질과 내용, 의미 그리고 시간은 각기 상호연관 속에 존재한다."[365]라고 그는 말하고 있다.

....

362 B. Allemann, aaO., S. 93.

363 참조. F. J. Brecht, aaO., S. 225.

364 참조. 「카프리의 겨울 즉흥곡Improvisationen aus dem Capreser Winter」: „(…) Denn was soll mir die Zahl/der Worte, die kommen und fliehn,/wenn ein Vogellaut, vieltausendmal,/ geschrien und wieder geschrien,/ein winziges Herz so weit macht und eins/mit dem Herzen der Luft, (…)"(SW II. 13)

365 Kassner, *Zahl und Gesicht*, S. 144f: „Soweit die Zeit Sinn und nicht Dimension ist, gibt

전향은 본질적으로 "모든 모순된 것에서 다른 쪽으로 옮겨 갈 준비가 되어 있는 리드미컬한 세계의 표상[366]이다. 이것이 카쓰너가 인도 문화를 연구하면서 깨달은 '재생'의 원칙에 근거하고 있는 것이라고 뤼안J. Ryan은 확인해 주고 있다. 카쓰너는 그 이후로 니르바나를 목표로, 삼사라를 수단으로 따로 떨어지지 않는 종속적인 관계로 보고, 그렇게 합일된 것이 '자유로운 절대성'이라 여긴다.

전향은 재생에 대한 불교적 개념인 '거대한 죽음der große Tod'과도 통한다. "거대한 죽음을 이룩한 사람이 반대로 살아나는 것은 어찌 해석해야할 것인가"라는 질문에 대하여 불교는 "참된 삶과 자유에 이르려는 사람은 반드시 한번은 죽어야 한다"[367]는 인간의 숙명을 대답으로 제시한다. 죽음의 필연성과 순환가능성을 긍정함으로써 삶을 완성시키어 전존재의 개념을 확고히 하려는 목적이다. 전향이란 따라서 무한한 세계-죽음(비존재)-와 동시에 움직이는 세계-삶(존재)-로 움직이는 길이다.

인간은 항상 변천의 흐름 속에 있다. 어느 특정한 존재상황에 정체되지 않고 끊임없이 '전향'을 이루어 나간다. 참된 삶에 도달하기 위해서다. 그 목표는 거대한 죽음이다. 이러한 불교적 죽음 사상은 이미

....

es dir Umkehr. Im Dimensionalen ist Umkehr ohne Sinn. Ja, von der Zeit aus gesehen, ist Umkehr Sinn und Sinn Umkehr oder, wie wir gesagt haben, Umkehr Richtung auf das Absolute, Richtung auf die Freiheit. So hängen Wesen, Inhalt, Sinn, Freiheit und Zeit zusammen."

366 J. Ryan, *Umschlag und Verwandlung.*, S. 163, Anm. 9: „Diese Vorstellung einer ≫rhythmischen Welt≪ beruht auf seinem verständnis der ≫indischen Welt≪ mitderen Prizip der ≫Wiedergeburt≪."

367 재인용. Dumoulin, *Begegnung mit dem Buddhismus*, S. 52.

『말테의 수기』 집필 당시부터 릴케를 사로잡고 있던 사유현상이다.

> 옛날에는 누구나 과실 속에 씨가 있는 것처럼 인간은 죽음이 자기 속에 깃들어 있다는 것을 알고 있었다. (혹은 아마 어렴풋이 느끼고 있었겠지) 어린아이는 어린 죽음을 어른은 커다란 어른다운 죽음을, 연인들은 뱃속에 죽음을 품고 있었다. 어쨌든 사람은 죽음이라는 것을 누구나 가지고 있었다. 그것이 그들에게는 이상하게도 위엄과 조용한 긍지를 부여하고 있었던 것이다.
>
> Früher wußte man (oder vielleicht man ahnte es), daß man den Tod *in* sich hatte wie die Frucht den Kern. Die Kinder hatten einen kleinen in sich und die Erwachsenen einen großen. Die Frauen hatten ihn im Schooß und die Männer in der Brust. Den *hatte* man, und das gab einem eine eigentümliche Würde und einen stillen Stolz. (SW VI. 715)

거대한 죽음은 자체 내의 모든 가능성 속에서 전개되는 완숙한 삶의 유기적 종결이다. 영원한 삶을 지향하는 존재 사이의 인과관계를 의미한다. 릴케는 그 관계를 '열매'와 '껍질'로 형상화한다.[368]

> 우리는 한낱 껍질과 이파리일 뿐
> 모두가 품고 있는 거대한 죽음은
> 테두리를 이루는 열매이다
>
> DENN wir sind nur die Schale und das Blatt.
> Der große Tod, den jeder in sich hat,

....

368 B. Allemann, *Zeit und Figur beim späten Rilke.*, S. 194.

das ist die Frucht, um die sich alles dreht. (SW I. 347)

죽음은 하나의 열매처럼 우리 내부에서 성장한다. 익은 열매는 바로 삶과 죽음 사이에 일어나는 "지속적인 교환의 확증Bestätigung des fortwährenden Austauschs"[369]으로서 인간은 삶의 성장과 더불어 죽음도 성숙시킨다. 릴케가 삶과 죽음에 설정한 인과법칙은 이미 불교의 『수타니파타Suttanipata』 경구에서 그대로 읽을 수 있다.

무르익은 과일이 이른 아침에 떨어질 위험에 처하듯이, 태어난 모든 것은 죽음의 위협 앞에 선다. 젊거나 늙었거나 영리하거나 어리숙한 사람 모두가 죽음의 지배하에 있으니, 그들의 목표와 종말은 죽음 뿐이어라.

Wenn die Früchte, den vollreifen, in Morgenfrühe droht der Fall, als droht immer allem, was da geboren ist, der Tod. Wer jung ist und wer hoch aufwuchs, Kluge und Törichte zumal, ihrer alles der Tod Herr wird, ihr Ziel und Ende ist der Tod.[370]

이른바 '연기설緣起說, Pratitya-samulpata'의 핵심이다. 불교는 "이것이 있음으로 저것이 있다. 이것이 생겨남으로 저것이 생겨난다. 이것이 없으면 저것도 없다"[371]는 하나의 '관계'를 강조하면서 모든 생명체를 일시적 집합체로 본다. 2세기경 인도시인 마명馬鳴이 편찬한 대승불교의 기본교서라 할 수 있는 대승기신론大乘起信論은 "일체의 현상

....

369 같은 책, S. 182.

370 Galsenapp, aaO., 58.

371 같은 책, 78쪽.

적 존재는 절대적 독립성이 아니라 오직 다른 것과의 상대적 관계에서만 규정될 수 있다"는 논리로 무아설無我說 내지 상대성원리와 만나게 했고. 더 나아가, 모든 물질이 원자나 소립자로 구성되어 상통한다는 물리학의 기본 원리와도 연결시켰다.[372] 그렇게 인간존재는 우주과학 질서와 만난다.

만년의 릴케가 불교의 연기설에 밀착된 사생관을 지니게 된 것은 단순한 우연은 아닌 것 같다. 앞에서 말한 "죽어서 그리되는(평안을 누리는) 이"도 자기 안의 모든 분열, 갈등, 고통, 두려움, 화를 변화시켜야 이룰 수 있는 불교적 수행의 열매로 보이기 때문이다. 마음을 가다듬고 스스로 내면을 들여다 볼 수 있는 상태에서만 이룰 수 있는 평안이기도 하다. 그에게는 카쓰너를 통한 불교세계와의 소통이 이미 그의 마음속에 상당히 이루어지고 있었던 것으로 보인다. 릴케는 불교의 물고기처럼, '깨어있는 마음'으로 항상 눈을 뜨고 존재양극을 하나로 보는 시인이 되었기에 "그렇게 살아가면서 항상 작별을 고할 수 있다so leben wir und nehmen immer Abschied"(SW I. 716)고 자신있게 노래할 수 있었을 것이다.

372 참조. 소광섭, 『물리학과 대승기신론』, 서울대학교출판부, 1999.

X.
사랑과 이별에 대한
릴케의 아시아적 시각

릴케가 추구하는 사랑의 이상은 모든 존재적 제약에서 탈피하는 것이다. 그래서 진정한 사랑을 수행하기 위하여 모름지기 선행시켜야 할 것이 이별이라고 본다. 사랑과 이별은 절대적 상관관계 속에 있다. 사랑의 기본관념을 그는 삶과 죽음의 문제와 동일한 차원에서 인간 존재의 문제로 다루고 있다. 또한 그 바탕을 무상無常의 원리에서 찾는다. 「제7 두이노의 비가」에서 그는 연인들을 향하여 깨달아야 할 인생의 참모습을 다음과 같이 노래하고 있다.

> 내면 말고는, 연인들이여, 어디에도 세계란 존재하지 않으리
> 우리의 삶은 끊임없이 변천하며 사라져가리
>
> Nirgends, Geliebte, wird Welt sein, als innen. Unser
> Leben geht hin mit Verwandlung. (SW I. 711)

인생의 참모습을 '두카Duhka', 즉 고체苦諦 또는 고뇌苦惱로 규정하는 불가의 사성제四聖諦 교리 중, 제1 성체는 우리 인간이 곁에 두고

있는 모든 일들이 일시적일 수밖에 없다는 사실을 깨닫지 못하는 데서 비롯한다고 강조하고 있다. 부처는 "모든 것은 생겼다가 사라진다"는 유전원리流轉原理를 중심으로 존재가치를 설명한다. 인간이든 사물이든 간에 전부 삶이 피할 수 없는 유전에 저항하여, "마야Maya" 라고 하는 고정된 형태에 집착하려 할 때, 고苦가 생겨난다고 본다.[373] 불교는 이러한 만유무상萬有無常의 교리에 입각하여 변화무쌍한 체험의 지속적인 주체인 자기를 과감하게 벗어나고 이겨내야 한다고 가르친다.

1. 사랑: 고(苦)에서의 해방

릴케의 사랑에 대한 개념을 간추려 보면, "소유욕이 없는 사랑besitzlose Liebe", "자발적인 사랑intransitive Liebe", 그리고 "대상이 없는 사랑gegenstandslose Liebe" 등으로 나누어 볼 수 있다. 사랑이란 그에게 있어서 어떤 보답이나 대가를 기대하지 않는 것이며, "부름과 대답이 함께 내재해 있는Lockruf und Antwort in sich"(SW VI. 898) '혼자만이 홀로' 키워 나갈 수 있는 그런 하나의 과업이다. 따라서 하늘의 별빛처럼 "한 방향eine Richtung"이어야 한다. 릴케는 그러므로 "사랑하는(사랑을 주는) 자"를 사랑의 유일한 이상형으로 구가한다. 반면, "사랑 받는 자"는 불완전한 행위자로서 항상 위기에 처할 존재로 대비된다.

373 카프라, 같은 책, 103쪽.

> 사랑을 받는 것은 타버리고 말 불꽃이다. 사랑을 한다는 것은 잦아드는 일이 없는 기름등불이다. 사랑을 받음은 덧없는 것이요, 사랑을 함은 영원의 지속이다.
>
> Geliebtsein heißt aufbrennen. Lieben ist: Leuchten mit unerschöpflichem Öle. Geliebtwerden ist vergehen, Lieben ist dauern. (SW VI. 937)

사랑을 받는다는 것은 구속적인 한계성을 지니는 "소모Verbrennung"이다. 그에서 벗어나 사랑을 주는 사람은 영원을 구가하는 초월적 존재이다. 사람을 다른 사람이 기대하고 요구하는 그러한 사랑의 울타리와 인간관계에서 보호함으로써, 자아의 정체성Identität을 유지할 수 있어야 한다고 주장한다.

이는 에리히 프롬Erich Fromm이 『사랑의 기술』에서 내걸고 있는 참다운 의미의 어머니 사랑과 같다. 모성애라 함은 그저 존재하고 있는 것, 즉 자신의 자식이라는 사실뿐, 그밖에 그 어떤 조건이 뒤따르지 않는다. 어머니로부터 사랑받기 위해서 자녀는 어떤 행동을 일부러 할 필요도 없다. 사랑 그 자체만이 진실한 사랑의 본질로 머문다. 그것이 만일 어떤 목적에 좌우된 의식적인 것일 경우 괴로움의 원천이 된다.

『말테의 수기』의 마지막 장에 나오는 '어느 탕자의 전설Die Legende eines Verlorenen Sohnes'은 사랑 받기를 거부하는 한 사람의 이야기다. 상당한 재산을 받고 부모 곁을 떠나 거칠고 험악한 세상을 떠돌아다니며 향락생활을 즐기다가 빈털터리가 된 아들. 그는 지친 몸으로 모든 것을 용서하는 사랑으로 품어 안아줄 아버지 집, 가족의 품으로 돌아온다. 그는 이제 이전에는 결코 받아들일 수 없었던 신으로부터의 사랑도, 인간의 사랑도 스스로 감당할 수 있으리라는 깨달음이 있었다. 모든 사랑을 주고받는 차원이 아니라 "수행하는 것Leisten" 정도까지 할 수 있으리라는 자신감도 생겼다.

막상 집에 돌아오자, 그는 부모로부터 무한대의 극진한 사랑을 받는다. 그러나 그것이 이른바 '용서하는 사랑'임을 느끼게 되자, 그는 그런 사랑을 삼가 해 줄 것을 간청한다. 하지만 부모는 그런 자식의 자세가 겸손과 사양의 고운 마음 때문이라고 생각하고 계속 사랑을 베푼다. 아니 무한정 퍼붓는다. 그런 과중한 잘못된 사랑이 오히려 그의 존재성을 구속하게 되고, 그로 하여금 다시 집을 떠나야겠다는 결심을 하게 만든다. 그 일방적인 사랑 속에 귀속됨으로써 더 이상 헤어 나올 수 없는 수렁 속으로 자꾸만 빠져든다. 그것이 두려워진다. 사유화된 사랑은 사람을 종속화의 위험 속에 빠뜨릴 것이 분명하기 때문이다.

떠남의 순간에 아들이 바라고 생각하던 참된 사랑의 본질과 손상된 사랑의 모습을 릴케는 이렇게 서술한다.

> 그들은 용서함으로써 그들 나름대로 그를 붙잡을 수 있으리라 생각했다. 그러나 이 모든 오해가 그의 마음을 홀가분하게 해 주었다. (…) 혹 그는 그곳에 남을 수가 있었을지 모른다. 그들은 그를 기쁘게 하려고 온갖 열성을 다 했고, 서로서로 격려하고 있는 듯 했다. 그들이 그렇게 까지 애를 쓰고 있는 것을 볼 때마다 그는 웃음을 참을 수가 없었다. 그리고 그는 날이 갈수록 자기가 얼마나 그들의 사랑이 다다르지 못할 위치에 서게 되었는가를 깨달았다.

Sie legten sein Ungestüm nach ihrer Weise aus, indem sie verziehen. Es muß

> für ihn unbeschreiblich befreiend gewesen sein, daß ihn alle mißverstanden, (…) Wahrscheinlich konnte er bleiben. Denn er erkannte von Tag zu Tag mehr, daß die Liebe ihn nicht betraf, auf die sie so eitel waren und zu der sie einander heimlich ermunterten. Fast mußte er lächeln, wenn sie sich anstrengten, und es wurde klar, wie wenig sie ihn meinen konnten.
>
> (SW IV. 946)

'돌아온 탕자'는 자기를 둘러싸고 있는 가족이 퍼붓는 사랑이라고 여기는 그것을 거부한다. 목적이 있고 보답을 기대하는 그런 사랑. 거기에는 아무런 자유도 없고, 인간적 공동체Gemeinschaft로 에워싸인 제한만이 있다. 연대의식 속에는 소유에 대한 집착과 의무만이 존재할 뿐, 진정한 사랑의 의미는 사라져버렸다. 그러한 사랑을 받아들일 수 없어 그는 가족의 곁을 떠나기로 한다. 집착과 집념에서 해방되려고 한다. 참된 자기의 모습을 찾기 위함이다.

릴케가 보여주는 이런 사랑의 모습은 어떤 면에서 동양적인 감성과 분위기를 자아낸다. 강한 자아를 앞세워서 적극적으로 사랑을 쟁취하는 것이 아니라, 거부와 절제와 단념을 앞세워 그에 갇히려 하지 않는 그런 사랑의 추구가 그렇다. 언뜻 인도의 시인 라빈드라나트 타고르Rabindranath Tagore(1861~1941)가 머리에 떠오른다.[374] 마침 릴케 연구가 마르타 프로인트리프Martha Freundlieb도 이 탕자의 전설에 나오는 사랑의 이야기를 타고르의 시집 『기탄잘리Gitanjali』의 내용과 견주어보

…………

374 세계적인 관심을 끈 시인이어서 유럽인의 뜨거운 호응을 받기도 했지만, 그 자신도 세계 곳곳에 따뜻한 눈길을 보냈다. 우리 한국을 향하여도 "일찍이 황금 시기/빛나던 등불의 하나인 코리아/너는 동방의 밝은 빛이 되리라"고 노래 불렀다.

면서 유사성을 언급하고,[375] 더욱이 "온갖 수단을 다 써서 이 몸을 편케 하고자 하는 분이 바로 이 세상에서 이 몸을 사랑하는 이외다"[376]라는 구절을 인용하며 동양과 서양의 두 시인 간의 사랑에 대한 정신적 동질성을 지적한다. 매우 놀랍고 흥미롭다.

라빈드라나트 타고르

릴케가 타고르를 알고 관심을 보였던 것도 사실이지만, 그가 이 동방의 시인으로부터 직접적인 영향을 받았다는 증거는 쉽게 나타나지는 않는다. 릴케가 '탕자의 전설'을 쓰기 시작한 것은 1906년 여름부터인데, 자신의 타고르에 대한 관심을 문헌상으로 남기고 있는 것은 그 보다 훨씬 뒤인 1913년이었기 때문이다. 그해 9월 20일 루 안드레아스 살로메에게 보내는 편지에서 그는 "벵갈의 시인 라빈드라나트 타고르에 대한 글을 동봉합니다. 반 에덴(네덜란드 작가)이 언급한 것이지요. 나에게는 참 귀히 여겨집니다."라고 쓴 것이 고작이다.

그렇다면 릴케와 타고르가 지닌 정신적 공통성과 형성과정은 과연 어떻게 설명될 수 있을 것인가? 타고르는 불교적 세계관에서 출발하여 인간의 영혼과 신성의 대화를 기본주제로 삼고 있는 인도의 시성이다. 『기탄잘리』에서 그는 외계적 신성의 은총과 내적 평온을 향한

....

375 Freundlieb, Die Aufzeichnungen des Malte Laurids Brigge. In: *GRM.*, S. 267.
376 타골, 유영 역, 『기탄잘리』, 21쪽.

자아추구 과정을 통해 참다운 인생길을 제시하고 있다. 이러한 범주 내에서 '돌아온 탕자의 전설'을 자세히 살펴보면, 역시 강한 자아추구와 기독교적 윤리관을 넘어서 독특한 사랑을 전개시키고 있음을 알 수 있다. 줄거리는 엄연히 성서의 누가복음 15장 11~32절에 나오는 비유를 토대로 구성되어 있으나, 내용의 일부가 그와는 다른 흐름을 유지하고 있는 것이다. 성서에서는 돌아온 탕자가 '무한히 용서하는' 기독교적 사랑을 받아 가족의 품에 안기는데 반해, 여기에서는 그 용서하는 사랑을 거부하고 참된 자아를 찾아 다시 집을 떠나는 것으로 되어 있다. 용서와 사랑을 지상의 과제로 삼고 있는 기독교적 윤리에 대한 릴케 나름대로의 반전이 아닐 수 없다.

여기에서 우리는 다시 기독교적 사랑의 개념인 "아가페Agape"와 그에 상응하는 불교적 개념인 "마트리Matri"를 좀 더 구체적으로 대비해 보아야 할 것 같다. 다시 말하면, 기독교의 '사랑-용서'와 불교의 '자비-동정Mitleid'이 될 것이다.

기독교는 사랑의 종교이다. 기독교가 표방하고 있는 사랑은, 신학자 루돌프 볼트만Rudolf K. Bultmann(1884~1976)이 규정하듯이, 나라는 개체가 신과의 관계로 출발하는 단독자의 윤리를 바탕으로 하고 있다. 신과 그의 형상에 따라 지어진 인간은 개인적인 만남을 통해 관계를 증폭시켜 나아가는 것이다. 그렇기 때문에 기독교는 '인간 상호간의 동반성die zwischen-und mitmenschliche Partnerschaft'[377]을 강조한다. 그것으로 이루어진 것이 "이웃에 대한 사랑"이 아닌가. 그래서 신 때문에, 교회나 사명 때문에, 기타의 이유를 근거로 해서 이웃을, 심지어

377 Weinrich, *Die Liebe im Buddhismus und im Christentum*, S. 36.

원수까지도 사랑하도록 가르친다. 그리고 뒤에 있을 절대 신으로 부터의 보상에 큰 가치를 둔다.

그에 비해 불교는 '자기구제Selbsterlösung'를 최상의 목표로 삼고, 수행 전념하는데 초점을 맞추고 있다. 그래서 자기극복에 대한 어휘는 많아도 사랑이라는 단어는 찾기가 힘들다. 아가페처럼 사랑을 인간적 관계 속에 설정하기는 더구나 어렵다. 마트리는 이웃에 대한 사랑과 실제적 인간의 관계를 떠나서 '자기실현Selbstverwirklichung'으로의 길에 이르는 명상적meditativ 연습이라 할 수 있다.[378] 이웃에 대한 사랑이 강조하는 능동적 사랑과는 달리 모든 인간 사이의 관계와 범위를 초월하여 전체 피조물에 대한 연민의 정을 확산해 나아가는 것이 불교의 길이다.

이렇게 볼 때, '돌아온 탕자의 전설'에 나오는 주인공이 인간적인 관계를 떨쳐버리고, 자기실현의 길을 걷는 과정은 서구적인 사랑의 길이 아니라, 모든 집착을 버리고 자기실현을 위하여 영원한 고독의 경지를 찾아가는 동양인의 길이다. 그렇기 때문에 프로인트리프가 릴케의 정신세계를 타고르의 것과 유사하게 보고 있는 것은 결코 우연이 아닐 것이다. 더구나 이와 관련해서 에쉬만E. W. Eschmann은 발레리와 비교하여 역시 동양적 성향의 릴케를 추적한다. 그는 릴케를 아예 인도 브라만 계율의 4단계, 즉 1) 학습자의 단계, 2) 가부장의 단계, 3) 공동체적 삶의 영역에서 떠난 은둔자의 단계, 4) 구걸행각의 단계 중에서 바로 셋째 단계에 적용해[379] 이해하려고 한 점은 더욱 더 큰

378 같은 책, 42쪽.

379 Eschmann, Valéry und Rilke, S. 181f.

흥미를 불러일으킨다.

사랑은 영원한 결합을 이루려는 진정한 만남의 시도이다. 그러나 그 사랑으로 인하여 인간은 패착의 길에 빠져들기도 한다. 사랑하는 대상이 자신의 욕망을 충족시켜 줄 것 같아 그 안에 의지하고 안주함으로써 만족감을 구하려하기 때문이다. 욕망은 올바른 인식의 길을 가로막는다. 사랑에서 중요한 것은 행위 그 자체이지, 대상이 아니다. 사랑에는 항상 실체는 없고 이미지만 있다. 사랑은 은유화隱喩化되어 있을 때 보다 환유화換喩化될 때 힘을 발휘한다. 즉 암시 보다는 구체적 보기를 통해서 더 설득력을 얻을 수 있기에 릴케는 사랑을 쟁취하는 대신 그로부터 해방되기를 촉구한다. 아시아의 불교적 사상에서 보듯이, '고苦, das Leiden'로 인식하기 때문이다.

릴케는 생전에 매우 가까이 지낸 화가 파울라 모더손-베커Paula Modersohn-Becker(1876~1907)의 죽음을 계기로 쓴 시 「벗을 위한 진혼제 Requiem für eine Freundin」에서 릴케는 다음과 같이 노래한다.

이 해묵은 고뇌는
누구도 극복할 길 없네.
그릇된 사랑으로 해서 엉긴 아픔
해가 갈수록 관습처럼 자라나
저마다 권리를 찾으려 함으로 그릇된 것이다
나의 것이라 주장할 남자는 어디 있는가.

Denn dieses Leiden dauert schon zu lang,
und keiner kanns; es ist zu schwer für uns,
das wirre Leiden von der falschen Liebe,
die, bauend auf Verjährung wie Gewohnheit,

ein Recht sich nennt und wuchert aus dem Unrecht.
Wo ist ein Mann, der Recht hat auf Besitz? (SW I. 654)

'그릇된 사랑'. 남성의 사랑에 의해서만 자신의 존재가 확인되는 여인에게 사랑은 비극의 출발이다. 참된 인간존재를 깨뜨리는 일종의 비인간적 폭력이다. 그가 말하는 고뇌로부터의 탈피는 특유의 '소유욕이 없는 사랑'에 담아 순수한 인간회복의 가능성[380]을 추구하는 방향으로 승화된다. 이런 사실을 상기시키면서 릴케는 당시의 시대적 배경을 바탕으로 한 여성해방die Frauenemanzipation의 주제로까지 눈길을 돌린다.

그런 해방의 길을 불교는 '단념das Verzicht'이라는 극기의 행위에서 찾는다. 참다운 사랑이란 극기에 불과하며 모든 집착과 소유욕에서 벗어나야 이룰 수 있는 것이다.

근심과 고통 그리고 고뇌
그것들은 끊임없이 세상에 나타나는데
그것은 우리가 무엇을 사랑하고 있기 때문이다
사랑하지 않으면 울 필요도 없고
이 땅 위에 집착할 슬픔도 없어
영원히 행복하다
우수와 고뇌에서 벗어나려면
사랑하려는 기대감을 버려야 한다.[381]

....

380 Storck, *Emanzipatorische Frauenbewegung bei Rilke*, S. 118.

381 Glasenapp, aaO., 88.

우리 인간에게 고뇌라는 커다란 슬픔이 있는 것은 자신을 유有라고 보아 너무 대상에 집착하기 때문이다. 인간이 자신을 무無라고 생각하고, 무정無情, 무심無心의 상태를 유지하면 세속적 갈등에서 해방될 수 있다. 단념은 긍정으로의 출발이다. 해방된 자아는 조용히 감정의 집착을 버리고 고독을 키워 나아간다. 인생은 고통스런 바다이거나 불난 집에 비유된다. 또 그 과정에서 필연적으로 겪는 것이 생로병사生老病死다.

마찬가지로 릴케도 사랑 앞에서 선결되어야 할 요소로서 단념을 손꼽는다. 참다운 고독을 키워 나아가는 일을 사랑의 본질에 귀결시킨다. 참다운 인간관계는 "두개의 고독을 서로 보호하고, 경계를 이루며 서로를 반겨 맞는 그런 사랑"(1904년 5월 14일 카푸스 F.X. Kappus에 보내는 편지)으로 가능해진다.

릴케가 사랑을 통해 이룩하려는 고독, 아니 사랑으로부터 거리를 둠으로써 지켜지는 "순수관계der reine Bezug"[382]는 동양인의 정신계에서 고귀하게 추구되는 길이다. 인간관계의 사슬에서 벗어나 영원히 변천하며 상승하는 과정, 그런 사상의 흐름이 절실하게 담겨져 있는 타고르의 글을 읽어보자.

> 내 임을 결코 숨길 수 없도록 이 몸에서 조금만 남게 하소서.
> 임의 뜻이 이 몸에 묶이고 임의 목적이 내 생명에서 실현되도록
> 이 몸의 족쇄를 조금만 남게 하옵소서 - 그리고 그것이 바로 임의 사랑의 족쇄이외다.[383]

....

382 참조. SW II. 78: „Überall Lust zu Bezug und nirgend Begehren."

여기에 나타나는 사랑의 거부는 단순한 사실이나 대상에 대한 부정이 아니라, 무제한적인 욕망이나 그로 인한 내면의 공동화空洞化에서 벗어나려는 하나의 몸부림이다. '돌아온 탕자의 전설'에서처럼 사랑을 지키기 위해 사랑을 아껴 주기를 기원하며 방랑의 길을 떠나는 그 모습이다.[384] 구속 앞에서 자유로워지고자 하는 인간회복의 선언. 만남과 헤어짐을 동시에 체험함으로써 가능한 새로운 존재의식이다. 사랑의 인식을 위해 떠남을 강조한 불교적 세계관이 사랑을 자유로이 수행하는 '절대공간'[385]에 올려놓으려는 릴케에게서 되살아나고 있는 것이다.

2. 이별

고苦에서의 해방은 덧없음에 기초를 둔 인간사에서 출발한다. 사랑함으로써 사랑에서 해방되는 연인을 이상적 존재로 찬미하는 릴케에게 사랑은 구속된 한계를 넘어서 자유를 증가시킬 수 있는 수단이자 목표이다. 사랑을 독점하고 소유하려는 사랑하는 자의 정신적 폭력은 중단되어야 한다고 생각한다. 그러기 위해서 이별을 앞세워야 한다고 믿는다. 「제1 두이노의 비가」에서 릴케는 이렇게 노래한다.

....

383 타골, 유영 역, 『기탄잘리』, 22쪽.

384 아들이 사랑을 버리고 떠나는 것은 '해탈'의 다른 모습이다. 불교의 상징인 연꽃은 혼탁한 진흙탕에 뿌리를 내리고 살면서 맑은 꽃을 피운다. 그것은 탐진치貪瞋癡, 즉 탐욕심貪慾心, 진에심瞋恚心, 우치심愚癡心 세 가지 번뇌를 버리고 거듭나는 세속에서의 해탈을 뜻한다.

385 B. Allemann, *Zeit und Figur beim späten Rilke*, S. 58.

(…) 우리는 사랑하면서 사랑받는 자의 자리에서 풀려나
떨면서 견디어 낼 때가 되지 않았는가
떠나기 위해 마치 화살이 시위를 견디어 내듯,
제 스스로의 힘 이상으로. 머무름이란 아무데도 없으리.

(…) Ist es nicht Zeit, daß wir liebend
uns vom Geliebten befrein und es bebend bestehn:
wie der Pfeil die Sehne besteht, um gesammelt im Absprung
mehr zu sein als er selbst. Denn Bleiben ist nirgends. (SW I. 687)

대립적 메타포 "화살"과 "시위"는 힘과 저항의 상호작용을 암시한다. 목표에 대한 열망과 단념(포기) 간의 갈등은 새로 맞아야 할 크고 확고한 "원형Urbild"[386]을 지향한다. 둘은 각기 죽음을 체험하게 될 이승의 현세적 사랑과 존재의 한계성을 넘어선 성스러운 사랑을 포용한다. 그것은 '떠나감Absprung'의 동작을 준비하는 과정[387]으로서 '이별'이라는 순수한 '체험공간'을 자체 내에 품게 되기 때문이다. 견딘다는 것과 떠나간다는 것은 릴케의 세계에서는 둘 다 더하고 못할 것이 없는 사랑의 본질로 인정된다. 또한 "화살이 시위를 떨면서 견디어" 내는 바로 그 "견딤Bestehen"의 결과이다.

『오르페우스에게 바치는 소네트』(II XIII)에 나오는 "극복Überstehen"의 의미와 다름이 없다.

막 지나가는 겨울처럼

....

386 Thomas, *Rainer Maria Rilke: URBILD VERZICHT*, S. 48.

387 Allemann, aaO., S. 171.

모든 이별을 앞세워라
수많은 겨울 속에 끊임없이 겨울을 맞으리니
마음을 견디어 겨울을 극복하라

SEI allem Abschied voran, als wäre er hinter
dir, wie der Winter, der eben geht.
Denn unter Wintern ist einer so endlos Winter,
daß, überwinternd, dein Herz überhaupt übersteht. (SW I. 759)

'견딤'도 '기다림Warten', '인내Aushalten', '회복Nachholen'[388]의 제 요소를 자체 속에 간직하고 있지만, '극복'이라는 행위가 시간적 차원의 초월적이고 능동적인 자세라고 한다면, 견딤은 시련을 이겨내는 수동적 여인의 자세로 인식할 수 있을지 모른다.

릴케가 말하는 견딤이란 예비해 놓은 떠나감, 즉 이별을 위한 것이다. 그것은 고독한 견딤으로 성취될 승리이기에 모든 관계에서의 해방이 뒤따른다. 떠나가는 것은 시작될 때부터 동시에 귀환을 내포하고 있는 것. "머무름이란 아무 데도 없으려니"라고 노래하는 그것이다. 모든 존재의 만남이 흐르는 물처럼 유전의 법칙 아래 있기 때문에 이별은 "꾸준한 복귀를 위한 구실Vorwand für die nachholende Rückkehr"[389]에 지나지 않는다. 삶과 죽음의 관계처럼 영속적인 모든 시간 중에서 극히 일순간일 뿐이다. 그것을 여러 번 체험될 수 있는 반복과정으로

....

388 같은 책, 172쪽.

389 같은 책, 173쪽. 참조. SW VI. 724: „Man muß zurückdenken können an Wege in unbekannten Gegenden, an unerwartete Begenungen und an Abschiede, die man lange kommen sah, -"

인식하기에 릴케는 이렇게 목소리를 높인다.

(…) 헤어졌네
헤어지고 또 헤어졌네

(…) Ich nahm ja Abschied.
Abschied über Abschied. (SW I. 548)

맑은 거울처럼 불가에서 통용되고 있는 회자정리會者定離의 원칙[390] 바로 이것이다. 즉 만나면 반드시 헤어져야 할 운명에 처한다는 만유무상萬有無常과 생자필멸生者必滅의 가르침이다. 불교의 『화엄경華嚴經』 계송은 이렇게 노래 불린다.

인연 때문에 법法이 생기고
인연 때문에 법이 멸한다
이와 같이 관觀하는 여래는
궁극적으로 어리석음과 의혹을 떠나게 된다.[391]

불가의 이러한 생과 멸의 교호과정을 도가에서는 또 다른 각도에서 인간사를 지배하는 원칙으로 보고 있다. "或益之而損(혹익지이손)"(『도덕경』 42장), 즉 늘어나고 줄어드는 것은 상대적 보완원칙 아래 하나임을 강조하고 있다.

…………

390 불교에서 말하는 인연원칙에 따라 생로병사의 고통 중에서 이별의 아픔을 극복하라는 가르침이다. 집착의 근원을 버리고 현상계에서 벗어나 생멸의 악순환을 탈피하는 길이다.

391 Glasenapp, aaO., S. 68.

이별이 절대적 종결이 아닌, 반복의 무수한 계기라고 여기는 릴케의 관점은 불교와 도교의 사상적 뿌리에 밀착되어 있음을 느낀다. 우리의 고전문학 속에서 한국인의 정서를 애달프게 읊고 있는 고려말 가요 「가시리」를 보면 그 감동을 새로이 체험할 수 있다.

가시리 가시리잇고 나난
바리고 가시리잇고 나난
위 증즐가 太平盛代

날러는 엇디 살라하고
바리고 가시리 잇고 나난
위 증즐가 太平盛代

잡사와 두어리마나난
선하면 아니올 세라 나난
위 증즐가 太平盛代

설온님 보내옵노니 나난
가시난닷 도셔오쇼서 나난
위 증즐가 太平盛代[392]

작품의 주제는 이별이다. 가요적 반복기법으로, 특히 만남과 이별이 동시적 사건으로 인식된다. 전반부에서 절망적으로 애소하는 목소리는 슬픔의 폭을 규정하는 것뿐이지 제3연에서는 이별이 이미 선험되어 있다. 그 안에 이미 임을 떠나보내야 한다는 현실에 대한 강한

392 강헌규, 「「가시리」의 신석(新釋)을 위한 어문학적 고찰」, 24쪽.

수긍이 이루어지고 있다. “선하면 아니 올세라”에 내포되어 있듯이, 기대와 절망에서 벗어나기 위한 체념 또한 일정한 단계에서 굳게 다져지고 있다. 그리하여 돌아오리라는 기대감 또한 더욱 강하게 일어, 마지막 연에서 “가시난닷 도셔오쇼서”[393]라고 노래 부를 수 있게 된다. 이것은 앞에서 일었던 기대감 내지 절망감이 일단 정리되고 새로운 자의식으로 발전됨을 나타낸다. 그것은 강헌규姜憲圭에 의하면 “완전한 이별을 의식하지 못하면서”[394] 외양으로 체념의 자기헌신을 통해 임이 다시 감화를 받아 돌아오도록 염원하는 여인의 기다림으로 이해할 수 있다.

불교의 영향 하에 애절한 이별의 정한을 노래하는 시는 한국인 정서의 근본을 함유하고 있다. 일반적으로 버림받은 여인이 떠나가는 임을 향하여 애끓는 감정을 억제하면서 이별의 아픔을 받아들이는 것이 동양 특유의 정서라고 한다면, 릴케의 이별 속 여인상도 바로 그렇다. 오히려 만남과 이별의 동시적 체험으로 동양문학세계에서 이루지 못한 정감을 더욱 높은 차원으로 끌어올리는 듯하다. 그의 작품 속, 특히 「제1 비가」에는 우리 가슴에 남아 있는 아시아의 여인상이 눈앞에 어른거린다.

> (…) 가스파라 스탐파를 아는가
> 연인이 버리고 간 슬픈 여인을

…………

393 정확한 해의에 대해서는 논란의 여지가 많으나, 일반적으로 ‘쉽게 가듯 쉬이 돌아오라’는 뜻으로 이해됨. Vgl. 강헌규, 위의 책, 24쪽; 조지훈, 한국문화서설. In: *조지훈 전집*. 6권, 294쪽.

394 강헌규, 위의 책, 27쪽.

숭고한 사랑의 의미를 그녀에게서 느끼리라
그녀처럼 될 수 있을까?

(…) Hast du der Gaspara Stampa
denn genügend gedacht, daß irgend ein Mädchen,
dem der Geliebte entging, am gesteigerten Beispiel
dieser Liebenden fühlt: daß ich würde wie sie? (SW I. 686)

가스파라 스탐파는 물론, 마리아 알쿠푸라두Maria Alcoforado, 사포Sappho, 아벨로네Abelone 등 작품 속에서 릴케가 구현하는 여인상은 하나같이 이런 이별을 성취한 사람들이다. 여인들은 목적과 수단에 의해 그어진 사랑의 속박과 존재한계를 극복하고 순수한 사랑을 체험한다. 사랑을 영속화하기 위하여 이별을 긍정적으로 맞이한 여인들이다. 상상 속의 여인 아벨로네의 목소리를 통해 릴케는 여성의 영원한 힘을 느끼게 한다.

아, 품에 있다가 모조리 떠나갔어도
그대만은 항상 새로이 태어나오니
한 번도 그대를 잡지 않았음으로 오히려 그대는 나의 것

Ach, in den Armen hab ich sie alle verloren,
du nur, du wirst immer wieder geboren:
weil ich niemals dich anhielt, halt ich dich fest. (SW VI. 936)

특히 「가시리」의 핵심적 내용도 연상시킨다. 그뿐만 아니라, '떠남'과 '머무름'을 깊이 체득한 "버림받은" 양 세계의 여인상을 나란히 보여주고 있다. 이 모두가 원의 활동으로 집약되는 자연의 순리와 질서

에 귀환하는 것이 아닌가. 그것은 단순한 귀환이 아니라, 하나의 본질적인 "보충Ergänzung"[395]으로서 "이별들을 경하하고Abschiede feiern"(SW II. 101.) 새로운 만남을 준비하는 그런 힘이다.

사랑하는 사람일지라도 그가 떠나기를 원한다면 손을 놓아주어야 한다. 단념하는 용기도 필요하다. 참된 체념이야말로 사랑을 가장 순수하게 지켜내는 힘이다.

릴케가 말년에 거주한 뮈조성

릴케, 뮈조성 발코니에서

395 Allemann, aaO., S. 172.

XI.
맺는글: 동과 서의 동행

지금까지 릴케의 문학에 깃든 아시아의 그림자를 탐색해 보았다. 그의 활발한 이국문화에 대한 관심은 유럽을 넘어서 아시아까지 눈길이 닿았다. 그의 동방편력은 점차 구체적인 동양사상과의 만남으로 이루어져 작품 내에 상당한 정도로 정착되고 있음을 확인할 수 있었다. 작품세계에 나타난 아시아적 요소는 엄연히 그가 동양의 정신세계와 접촉한 소산이며, 그 폭은 상당히 넓은 양상의 것이었다. 따라서 도입부에서 설정된 '릴케는 동양적 시인'이라는 가설은 거의 충분하게 증명될 수 있었다고 본다.

실제로 릴케는 독일문학사상 두드러지게 동양적 요소를 작품세계에 영입했다고 평가되는 괴테J. W. v. Goethe, 브레히트B. Brecht, 헤세H. Hesse, 되블린A. Döblin, 이반 골Y. Goll 등에 못지않게 동양정신세계에 몰두하였다. 아시아를 좋아하고 그리워한 그를 단순히 작가적 호기심정로 언급하면서 별로 크게 다루어지지 않았던 것도 사실이다. 그 까닭은 혹시 한스 겝서Hans Gebser가 밝히는 다음과 같은 이유에서 일지 모른다.

여기에서 횔덜린이나 가능한 범위 내에서 릴케의 작가적 세계를 어느 아시아 성현의 것과 동일 계열에 놓고 보고자 하는 것은 전혀 논란의 대상이 될 수 없을 것이다. 한 쪽의 것을 기준해서 다른 것을 설명하고자 하는데 있어서 접근의 기점이 상당히 애매해 보이기 때문이다. 특히 릴케가 고도로 팽팽한 짜임새로 이루어진 내용과 완벽한 형태를 추구하는 작가적 자세를 지니고 있는데다가, 그로 인하여 상당히 섬세하고 복잡하게 뒤엉킨 표현방법을 구사하는 데 특징을 지니고 있는 만큼, 더욱이나 그러한 고려가 쉽게 이루어질 수 없음을 말해주고 있다.[396]

겝서는 동서양 문화가 각기 지니고 있는 근본적인 차이점을 부각시키며, 양 문화를 단순 비교하는 일은 많은 어려움을 지니고 있다는 사실을 전제로 하고 있다. 이것은 진지하게 받아들일 필요가 있다. 그런 가운데 횔덜린과 릴케가 지닌 동양성이라든가, 먼 아시아 문화권과의 정신적 유사성을 거론하는 것도 마찬가지이다. 그러나 일단 언급될 수 있는 이러한 문제점이 발단을 달리하고 있다는 점은 그것이 서양의 신비주의정신과 깊이 관련되고 있음을 염두에 두고 있는 것 같다. 즉 그러한 경향이 동양의 것과 출발을 달리하고 있다는 사실을 반론의 토대로 삼는 듯하다.

전체적으로 볼 때, 서로 상이한 문화권의 작가와 세계관을 그들

....

396 H. Gebser, Rilke und Spanien., S. 91: "Es kann selbstverständlich gar nicht die Rede davon sein, hier die Haltung eines Hölderlin oder womöglich Rilkes der eines asiatischen Weisen gleichsetzen zu wollen. Auch der Versuch, die eine aus der anderen zu erklären, würde deshalb schwierig sein, weil ihre Ausgangspunkte zu verschiedenartige sind, ja nicht einmal entgegengesetzte, was eine Annäherung nur begünstigen könnte. Besonders Rilkes Haltung mit ihrem hochgradigen Spannungsgehalt und ihrer zwar formvollendeten, deshalb aber nicht weniger überspitzt komplizierten Ausdrucksweise läßt kaum diesen Gedanken aufkommen."

상호간의 영향관계가 논란의 여지없이 완전히 입증되지 않은 한 정신적인 유사성이라는 측면에서 다룬다는 것은 물론 "발단점이 상이하기 때문에" 많은 어려움을 안고 있을 것이다. 이러한 것이 바로 정신적인 면을 다룬 자연관, 예술관, 사생관 그리고 애정관에 나타난 현안의 문제였다.

그러나 릴케가 지니고 있는 신비주의적 경향이 전개과정에 있어서 서양의 지속적인 탐색과정을 거치지 않은 보다 순간적 직관력에 토대를 두고 이루어짐을 서양의 풍토 위에서 밝힌 바 있고, 그것이 릴케를 동양성의 입장에서 이해하는 가장 가까운 접근로임을 아울러 강조하기도 했다.

따라서 필자는 단순한 비교방법이 아닌 문화사적 수용과정에서의 공통성 확인에 시야를 집중시켰다. 그렇다고 그것은 릴케에게 나타난 '아시아의 그림자'의 범위를 축소해서 이해하려는 의도는 아니다. 도입부분에서 탐색된 영향관계는 한편으로는 '유사성'을 정신사적 비교방법의 토대에서 활용되도록 제시하였고, 다른 한편으로는 그러나 릴케가 지닌 동양과의 공통성이 그 어떤 실제적 접촉을 통해 이루어지지 않았을까 하는 관점에서 타진해 보려고 노력했다.

아시아에 관심을 쏟기 이전에, 그가 작가로서의 문화적 제한성에서 벗어나 어떻게 다문화적 자유의식에 길들여져 있는가에 초점을 맞추고 언급하였다. 체코의 프라하에서 태어나 오스트리아 국적에 독일어를 모국어로 하는 이질적 문화 환경 속의 작가. 동유럽 문화배경에서 독일어를 사용하는 소수계층의 특이환경에서 그는 항상 독일어권 국외자의 관점에서 문학세계의 문을 두드려야만 했다. 운명적으로 그는 고정적으로 설자리가 없었다. 독일을 포함하여 유럽 각 지역을 방랑하면서 그야말로 손님처럼 살았다.

이러한 다변문화적 체질로 그는 유럽사회에 밀려들기 시작한 아시아와 만나게 되었다. 1920년대를 기점으로 새롭게 형성되기 시작한 릴케 말년의 문학은 상당한 범위 내에서 동양 내지 아시아의 그림자를 간직할 수 있게 되었다. 그것은 실제로 단순한 호기심에서 진지한 탐구의 대상으로 발전하여, 그의 작품 곳곳에 중요한 잠재적 소재로 자리잡고 있음을 확인할 수 있었다. 그리고 당시의 시인과 예술가들에게 공통적 유행현상이었던 "동양선풍"과 그에 의한 구체적 영향으로서 그가 깊은 열의를 가지고 접근한 일본 하이쿠 문학과 호쿠사이의 예술 그리고 중국의 이태백에 대한 관심은 하나의 절정이었다고 할 수 있다.

더욱 중요한 것은 릴케 문학의 금자탑이라 할 수 있는 『두이노의 비가』와 『오르페우스에 바치는 소네트』에 드리운 아시아의 그림자가 아닐까 한다. 그의 문학의 아이콘이라 할 "세계내공간"의 문제가 동양문화의 자락에서 피어난 한 송이 장미꽃이라 할 때, 그 의미는 중차대하다 하지 않을 수 없으리라. 릴케가 특이한 방법으로 내세우고 있는 세계내공간이 동양의 "공空", "무無" 그리고 선불교적 세계와 연결해서 이해해 보려고 한 노력은 앞서 인용한 한스 겝서의 조심스러운 견해에 힘을 얻어 타당성을 강화시킬 수 있지 않았을까 생각되기도 한다.

릴케 문학의 핵심적 상징요소인 '장미'가 동양적 '내면공간'의 의미 안에서 생성되었으며 시인 자신이 동양의 정형시 하이쿠의 정신 속에 그 뜻을 철저히 담으려고 하였다는 사실은 가히 놀라운 일이라 하지 않을 수 없다. 그것은 그가 가장 중시하는 문학적 울타리 안 핵심에 아시아가 자리 잡고 있다고 해도 결코 과언이 되지 않으리라고 여겨진다.

그런 차원에서 자연과 예술에 대한 릴케의 눈길은 문명비판의 토대 위에서 시와 언어의 본질문제를 밝히는 데 설정되어 있음을 본다. 아시아적 사고방식과 체계가 단순히 그 어떤 직접적인 접촉이 아니었다고 해도, 생태적으로 릴케가 가지고 있는 아시아(동양)적 친근성이 큰 작용을 하고 있다는 사실을 확인할 수 있는 좋은 계기가 된 것 같다. '세계시민 릴케' 자신에게 잠재한 이국문화의 요소. 그것은 독일문학에 있어서 시인이 차지하고 있는 위치와 동양정신 자체가 누릴 수 있는 매우 고무적인 만남이 아닌가 한다. 자연과 예술을 인위적인 틀과 지성의 놀음에서 벗어나게 하려는 한 서양 지식인의 노력이 아시아의 그림자와 만나 빛을 발하게 된 것이라고 생각하고 싶다.

릴케가 작품 활동을 하던 당시의 시대상에 입각하여 문명비판의 일환으로 전개된 자연귀일自然歸一의 자세는 불교와 도교에서 내세우고 있는 자연관과 내용적으로 큰 공감대를 형성하고 있다. 자연이 도가적 세계관에 있어서 철두철미한 규범이 되고 있듯이, 릴케에게도 그것은 예술의 본질이며 작가적 삶이자 생명이었다. 따라서 이 모든 것을 원래의 길로 되돌리고자 하는 노력이 동양적 언어의식의 본질에 맞닿는 결과를 낳고, 훨씬 일찍 동양세계관에 접근한 로댕을 통하여 한층 강화된 아시아 친화력을 간직하게 된다. 불교나 도교의 인식체계 속에서 릴케는 더이상 생소하지 않은 친자연적 작가로 자리매김한다.

또한 삶과 죽음, 사랑과 이별의 문제가 아시아적 관점에 조명된다. 릴케가 삶과 죽음의 상반적 존재를 하나의 상보적 요소로 보고, 사랑과 만남, 그리고 이별을 동시화 하는 것은 인생과 사물의 모든 것을 제행무상諸行無常 원칙에서 보며, 특히 자연 순환의 하나로 인식하는 도교 및 불교의 세계관에 근접한다. 사랑이란 자칫하면 지배나 복종이라는 권력의 메카니즘이 작용되는 억압의 공간일 수 있다. 사람들은 사랑 자체의 무게에 눌려 오히려 그들이 사랑하는 대상을 제대로 보지 못하는 경우도 많다. 사랑을 받지 못하여 괴롭고 슬프다고 생각하지만, 오히려 사랑을 받음으로 해서 괴로울 수도 있다. 사랑은 대상의 소유가 아니라 대상과의 교류이어야 한다. 자아의 해방공간이어야 한다.

『말테의 수기』 중 「돌아온 탕자의 비유」에서 시작된 사랑의 논란은 불교와 도교의 사상적 기저를 상기시키고, 그러한 관점에서 검토되었다. 이러한 과정에서 촉매역할을 한 로댕과 그 주변의 인물들, 아내 클라라의 권면, 그리고 수많은 저서를 통해 그 길로 인도한 루돌프 카쓰너가 언급되었으며, 지금까지 도외시되었던 「제8 두이노의 비가」가 동아시아적인 관점에서 재검토될 수 있었다. 그 결과, 작품에 내재해 있는 아시아의 그림자는 단순한 신비로움을 넘어 다면적으로 영향을 받게 된 아시아의 관점에서 새로이 해석될 수 있음을 밝혔다.

릴케가 아시아(동양) 세계에서 얻은 바, 일본으로부터는 주로 서정시 분야의 하이쿠와 단카의 시 형태와 선불교적인 각성과 예술혼이었다. 반면 중국으로부터는 주로 정신적인 면에 치우쳤다. 또한 그 과정에서 드러난 영향관계는 자연관과 애정관의 형성에 있어서만이 아니라, 그의 문학 전반에 적지 않은 정체성을 확보하게 되었다.

비록 릴케가 동양의 어느 지역에도 직접 가본 일이 없고, 그간 수

집된 증거들도 그의 동양탐구를 구체화 할 수 있는 정도의 직접적인 것은 아니었지만, 그에게 들어 선 아시아는 주로 가까이 지내던 유럽 내의 동양애호가들에 의해서 크게 확장되었다. 그렇지만 필자는 릴케를 일방적으로 동양사상 만을 추종한 시인으로 관찰하는 오류를 피하려고 노력했다. 동양에 공감을 표시하고 거기에 시인의 세계를 넓혀보려고 애쓴 한 시인의 영상을 조명해 보는데 궁극적인 목표를 두었다.

오늘날 세계화라는 추세 속에 문명 간의 대화가 그 어느 때보다 절실하게 요구되고 있다. 그러한 노력은 실제로 우리가 쉽게 감지할 수 있을 정도로 주변에서 구체적으로 이루어지고 있다. 참으로 반가운 일이 아닐 수 없다. 로버트 커밍스 네빌Robert Cummings Neville은 『보스턴 유교』[397]라는 제목의 책에서 보스턴 지역을 찰스 강 기준으로 삼아 남북으로 나누어 북쪽을 맹자孟子적, 남쪽을 순자荀子적 경향으로 조성하면서 동양문화의 근본을 서구에 이식해 보려고 했다. 마치 릴케가 『비가』의 집필 전후로 해서 체험한 나일 강 여행을 통해서 확인한 강 양쪽의 문화적 상황이 연상된다. 그것은 이질적 문화를 받아들여 자신의 문화에 신선한 충격을 가하여 발전적으로 승화시켜 보려는 노력의 하나로 큰 의미가 있어 보인다. 동아시아의 유산이 매우 이지적이지만 자체문화의 검증적 토대로 활용되고, 역사를 재조명해보려는 매우 바람직한 과정이 되는 것이다.

1960년대를 전후로 해서 파리를 중심으로 예술 활동을 해 온 한국

....

397 Robert Cummings Neville, *Boston Confucianism: Portable Tradition in the Late-Modern World.* New York Univ. Press. 2000.

의 화가 이응로李應魯(1904~1989)는 글자와 형상의 이미지 조합에 힘쓰는 이색적인 장르를 선보였다. 다시 말해서 한자문화권의 활자체에 상징적 의미를 부여하여 상형문자에 깃든 표상적 이미지를 3차원 공간에서 창출하는 것이었다. 작곡가 윤이상尹伊桑(1917~1995)은 독일을 중심으로 활동하면서 장자의 세계를 소재로 삼은 심포니 『나비의 꿈』, 『나비의 미망인』과 오페라 『심청전』을 내놓아 절찬을 받았다. 동양적인 얼이 깃든 작품들은 신비로운 동양의 선율이 양 세계문화의 화합을 이룬다는 의미에서 높은 평가를 받고 있다.

미국의 과학소설작가 로저 젤라즈니Roger Zelazny(1937~1995)의 『호쿠사이의 후지산 24경24 Views of Mount Fuji by Hokusai』(1985)도 현대에 있어서 문화수용의 가장 효율적인 본보기 중의 하나일 것이다. 이것이 많은 관심을 불러일으킨 것은 고향인 산타페 부근 산의 다채로운 풍경을 그가 좋아하여 수집한 호쿠사이의 시리즈 '36경', '100경'의 회화풍을 되살려 자신의 세계를 펼쳐나간 점이다. 더욱이 24라는 숫자에 의미를 부여하여 소설을 같은 수의 장으로도 나누었다. 각 장은 『산마루에서 본 후지산』 등 24개의 그림 제목에 따라 서정적, 비극적, 품위를 지닌 요소들을 담고 있어 아시아의 예술이 서양에 그림자를 드리운 좋은 본보기로 여겨지고 있다.

동양과 서양이 문화의 교류를 해 나아가는 과정에서 모름지기 깨달아야 할 문제점은 많다. 서구문화는 세계를 지금까지 유리한 입장에서 이끌어 온 탓에 너무나 광범위하게 확산되었고, 그 세력이 너무나 강력하여 자신에 대한 객관적인 시각을 잃는 경우도 종종 있었을지 모른다. 자신을 비교해 볼 타자가 없다고 생각하기 때문이리라. 반면, 동양은 제반 산업화의 선진지역인 서양으로부터 완성된 것 그대로 수입하기에 급급하여, 독자적인 새로운 지식개발을 등한시 했었을 수도 있을 것이다.

또한 서양은 자체의 패러다임만으로는 동양의 사상과 과학을 바로 이해하기가 어려웠을지도 모른다. 아시아인의 사상기조가 자연을 '기氣'의 생성변화에 의해 이루어지는 것으로 보는 유기체적 사유에 기인한다면, 서구인은 원자라는 개념을 생각해 낼 수 있었을 때까지 연역이나 귀납추론이라는 형식적 사유에 의존한 바 크기에, 동서 두 진영이 서로 어긋나는 점을 조정하고 다듬어야 할 과제는 두고두고 남게 될 것이다.[398]

한걸음 더 나아가, 사회적 현상에 눈을 돌리면 그 의미는 더욱 자명해진다. 동양의 사회적 기반이 가족이라면, 서양의 그것은 사회조직을 기반으로 한 사유제도라 하겠다. 혈연과 윤리의 영향으로 사회공동체의 속박에 묶여있을 수 밖에 없었던 동양의 경우에 비해, 서양은 개인이 사회를 움직일 수 있는 개체의식을 키워왔다. 그러므로 동양과 서양은 그동안 존재해 왔던 가치관이나 자연과 인간 사이에 존재해 온 오랜 유대관계를 회복하는 일을 앞세워야 할 것이다.

보헤미아 출신으로서, 동서유럽과 이방문화 사이의 갈등에 시달린 릴케였지만, 그는 항상 그것을 장애 아닌 발전의 계기로 삼아 왔다. 성실한 인간과 자연, 신성함과 겸허함을 간직한 러시아, 자유와 조화의 초자연적 힘을 지닌 스칸디나비아, 자유분방한 서정의 이탈리아,

398 참조. 천 웨이핑, 고재욱·김철운·유성선 옮김, 『일곱 주제로 만나는 동서비교철학』, 예문 서원, 1999, 242쪽.

강렬한 문화전통의 프랑스 등에 자신의 의식세계를 의심 없이 맡겼다. 그의 "탈지역화의지"[399]는 섣부른 통합이 아닌 공존과 병립의 토대 위에 굳건히 세워졌다. 1923년 1월 16일자 분덜리-폴카르트에게 보내는 편지에서 '오스트리아 정신'에 깊이 물든 자신을 스위스가 보호해 줄 수 있으면 좋겠다는 소원을 품고 "대기실 같은 이 나라"에 들어선다는 표현을 썼다. 그는 자신이 속한 오스트리아, 보헤미아, 독일제국과의 관계를 중단하지 않으면서도 프랑스, 이탈리아, 스페인의 정신문화를 자유롭게 받아들이고, 확장해 나갈 수 있는 중립적이고 자유로운 환경을 꿈꾸었다.

릴케의 아시아적 문화의식은 바로 이러한 시대적, 문학적, 개인 환경적 배경에서 이해될 수 있다. 동양과 서양의 참된 만남은 그러므로 곧 자연스런 예술적 행보를 통해 이루어졌다. 산발적이기는 하지만, 폭넓은 경험을 통하여 그는 동양을 이해하고, 그것을 자신의 일부로 포용하면서 예술적으로 승화시킬 수 있는 길을 찾는다. 그의 관심은 동과 서의 문화적 차이를 인식하면서도, 어떻게 하면 양 세계를 적절히 조화시킬 수 있을까 하는데 집중되었다.

시쪼 백작부인에게 보내는 1922년 7월 15일자 편지에서 그는 당시 프랑스를 방문한 동방의 인물 카이 딘Khai-Dinh이라는 베트남 황제의 연설을 인용하면서 그 문제점을 이렇게 인식하고 있다.

....

399 Jean Paul Bier, aaO., S. 145. 참조: "··· auch mir liegt, seit ich denken kann. das Nationale unendlich fern -, dennoch ···"(라인홀트 폰 발터에게 보내는 1921년 6월 4일자 릴케의 편지)

혹시 읽어 보셨는지요. 카이 딘이라는 베트남 황제가 프랑스 정신의 본질을 자기 나라의 것과 비교하면서 동방의 우아함으로 찬양한 것 말입니다. 그는 파리에서 다음과 같이 말했습니다. ≫당신들은 활발하고 능동적인, 창조적이고 풍부한 하나의 거대한 이념을 지니고 있습니다. 우리들은 과거의 풍습과 그 매력과 결부된 멜랑콜릭하고 잔잔한, 또한 다른 거대한 이념을 지니고 있습니다.≪ - 부인, 이 말 참 멋지지 않습니까?

Haben Sie gelesen, mit welchen Worten kürzlich der Kaiser von Ananm, Khai-Dinh, das Wesen des französischen Geistes neben dem seines Volkes ausgewogen und, in orientalischer Anmut, gerühmt hat. Er sagte in Paris: ≫Vous êtes une grande idée vivante, active, créative et féconde. Nous sommes une grande idée mélancolique et calme s'attachant avec charme au culte du passé≪ - ist's nicht herrlich?

동양과 서양의 차이를 단순한 인식상의 차이 그대로 머물게 하지 않고 그는 역시 양자를 조화시킬 수 있는 구체적인 방도를 모색한다. 거기에는 상대방의 가치를 폄하하지 않고 존중하여 상호이해의 길과 방법이 강조되고 있다.

각 민족이 자기 방식대로 다른 민족의 것에 경의를 표함으로써 서로를 이해한다면 세계가 조화될 수 있겠지요. 그것을 위해선 물론 사람들이 그 방식을 잘 인식하고, 정말이지 그런 방식 쪽으로 또한 그 방식 한 가운데에, 즉 바로 그 *이념*에 도달하려는 노력이 필요하지 않을까요!

Und wie wäre die Welt zu harmonisieren, wenn Völker sich einander so zugeben wollten, jedes zu seiner Art und der des anderen ehrfürtig und staunend zugestimmt. Dazu freilich ists not, daß man die Art rein erkenne, ja daß mans - ach - zur Art bringe, und in der Mitte der Art, zur *Idee*!

릴케는 동양과 서양의 상대적 특성을 순수한 조화로 이끌어 내어 하나의 종합Synthese으로 상승시키려는 의욕을 보여 준다. 이 세상을 고향 없는 객客[400]으로 살아온 그였기에 동양도 영원한 동경의 대상으로 인식하면서 일생을 보냈다.

시인은 스위스의 발리스 외딴 마을 라론의 교회당 앞뜰에 영원히 잠들고 있다. 그의 소원에 따라 묘비명으로 쓰인 "장미, 오 순수한 모순이여/수많은 눈꺼풀 아래 누구의 잠도 아닌/즐거움이여"(SW II. 185)라는 시구가 동양의 하이쿠 시행에 따라 지어진 것이기에 아시아의 정취는 새삼 가슴 깊은 울림을 준다. 여기에서 "누구의 잠도 아닌 즐거움"이란 유럽 각 지역을, 아니 정신적으로 세계 어느 곳이라도 즐겨 떠돌기를 마다하지 않던 시인에게 유일한 희망인 "잠", 즉 "이 세상 어딘가에 안식처를 찾는 일"[401]이었으리라.

발레리는 1931년 릴케에 대한 추모사에서 "릴케는 모르는 사이에 점점 지성적 유럽의 시민이 되어갔다. 아주 순수한 의미에서 게르만 문화권의 가장 큰 명성을 떨친 작가들 중의 하나인 이 위대한 시인은 슬라브 인종과의 강한 친화력을 지녔고, 스칸디나비아를 아주 깊이 아는 사람이었고, 서쪽으로는 프랑스 문화에 가까이 접근하였기에, 나는 그가 우리(프랑스) 언어로 시를 쓰고 출판하기를 쉽게 권할 수 있었다. 그가 우리 곁을 떠났다는 사실은 유럽이 지니고 있는 아름다운 자산 모두에 대한 이해력, 다양함, 풍요로움을 잘 알고 있는, 그리고 창조적인 감각과 미래의 영혼을 간직한 그런 사람 하나를 상실한

....

400 Klatt, Rainer Maria Rilke, S.124.

401 Chr. Osann, aaO., S. 281: „irgendwo inder Welt Zuflucht suchen"

릴케가 영원히 잠든 라론의 교회당

것"[402]이라고 안타까워했다.

유럽인이기를 자처한 그는 국제화라는 당면 과제로부터 시작하여 국가의 의미보다, 나와 너, 그리고 우리의 문제가 훨씬 앞서야 된다는 것도 깨달았는지 모른다. 그가 오늘 이 시대의 우리가 그리고 있는 유럽 문화공간에서 더욱 충실한 작가로 남을 수 있으리라 예상되는 것은 한 세기를 앞서 시대의 사명을 인식한 그의 혜안 때문이라 할 수 있다.

402 Eschmann, aaO., S. 37.

한 때 그는 아시아의 동쪽 멀리까지 여행할 계획을 세우기도 했으나 끝내 실현하지는 못했다. 그 까닭은 동양정신을 작품 속에 나름대로 이끌어 들이면서 아시아가 "손대지 않고 되도록이면 남겨 두고 싶은 신비"[403]이었기 때문이리라. 아시아는 구체적인 체험의 공간은 아니었어도 그의 심상에 깊이 뿌리를 내리고 새로운 작가적 이념과 만나 성장하게 된 환상적 이상세계였다. 아니면, 아주 멀리, 그는 날이 갈수록 현대첨단 사이버 시대로 이전되면서 모든 영역을 가로막고 있던 벽들이 무너져 가고 있는 오늘의 현실을 내다보고 있었는지 모른다. (*)

....

403 Betz, *Rilke in Franfreich*, S.196: „Mysterien, die er sich entschloß, unberührt zu lassen"

작가연보

1875 12월 4일 프라하 출생, 12월 19일 가톨릭 영세를 받다.

1882 수도원에서 운영하는 초등학교에 입학하다.

1886 9월: 쌍 푈텐의 소년 군사학교 입학하다.

1890 9월: 메리쉬-봐이쓰키르헨 군사상급학교 진학하다.

1891 6월: 군사학교를 퇴교하다. 9월: 린츠의 실업학교에 입학하다.

1892 5월: 프라하에서 대학입학자격(고교졸업)시험 준비.

1894 시집 『삶과 노래 Leben und Lieder』 출간.

1895 대학입학자격시험 합격, 프라하 대학에 입학하다.

1896 뮌헨 대학 등록. 시집 『라렌 신제 Larenopfer』 등 다수의 시를 발표하다.

1897 루 안드레아스 살로메와 만나다. 에세이 「유대인 예수」 및 다수의 시작품과 소설을 발표하다.

1898 베를린에서 루와 함께 지내다. 계속해서 루와 4/5월: 피렌체, 비아렛지오, 프라하로 여행하다.

7월: 초포트에 머물다 슈마르겐도르프로 돌아오다.

12월: 보릅스베데에 있는 화가 포겔러를 방문하다.

『피렌체 일기』, 드라마 『백의의 후작부인』(제1원고), 소설 『체조 시간』, 『나의 축제』 등의 시집을 출간하다.

1899 4~6월: 첫 번째 러시아 여행; 슈마르겐도르프로 돌아오다.

『두 개의 프라하 이야기』, 『마지막 사람들』 등의 소설을 발표하다.
『기수 크리스토프 릴케의 사랑과 죽음의 노래』(제1원고) 발표
『시도집』 2부 출간.

1900 5~8월: 루와 함께 두 번째 러시아 여행. 보릅스베데에 있는 포겔러 방문. 여류화가 클라라 베스트호프와 파울라 베커와 사귐. 「진혼곡」, 「눈먼 여인」, 「기도」 등 다수의 시 발표. 산문 「일상생활」 발표.

1901 여행. 3월: 클라라 베스트호프와 결혼. 베스터베데에 거주. 12월 12일 딸 루트가 출생. 『시도집』 2부, 산문 『풍경에 대하여』, 『보릅스베데』를 출간하다.

1902 8월 말부터 파리에 거주하다. 산문 『오귀스트 로댕』(1부), 시 「어린 시절」, 「소년」, 「가을날」 등을 발표하다.

1903 파리에 머물다 4월 비아렛지오로 가다. 5월 다시 돌아옴. 루와 다시 서신교환.
7/8월: 보릅스베데, 여행. 12월 중순부터 로마에 체류하다. 『시도집』 3부 출간. 소설 『매장인』 발표. 시 「표범」 등
『형상시집』과 『신시집』에 수록될 많은 시를 발표하다. 『젊은 시인에게 보내는 편지』를 출간하다.

1904 6월 말: 스트롤 페른 별장에 머물다.
6월 말~12월 초: 엘렌 케이의 주선으로 덴마크와 스웨덴 방문.
12월: 오버노일란트에 머물다.
2월 8일: 『말테의 수기』 집필. 키에르케고르 번역에 몰두하다.
스웨덴의 교육제도에 대한 글 「삼스콜라」, 시 「오르페우스, 에우리디케, 헤르메스」 발표. 『백의의 후작부인』 개작.

1905 오버노일란트 체류. 여행.

6월 중순: 14일간 괴팅겐에 있는 루 방문.

9월 중순: 파리와 근교 뫼동에 있는 로댕의 집에 체류하다.

10월 21일~11월 3일: 보릅스베데-오버노일란트에 머물다.

1906 파리-뫼동. 강연여행.

3월 14일: 프라하의 부친 사망. 뫼동으로 돌아옴.

5월 중순: 로댕과의 사이가 벌어짐.

5월 12일: 파리로 거처를 옮기다.

7월말~8월 중순: 벨기에 여행.

11월말까지 여행을 계속하다.

12월 4일~1907년 5월 20일 까지: 엘리스 펜드리히 부인이 사는 카프리 섬에 체류. 『말테의 수기』 집필 계속. 「마들랭 브로예를 위한 연작시」, 「카프리의 겨울 즉흥시」 발표. 「수녀 마리아나 알코푸라두의 다섯 편지」 번역.

1907 1월~5월 중순: 클라라 릴케의 이집트 여행. 클라라 릴케와 이탈리아 여행.

5월말~10월말: 파리 체류.

11월: 강연여행. 프라하에 머물다가 로댕으로부터 화해편지를 받다. 베네치아 여행.

12월 초: 오버노일란트에 머물다. 『신시집』에 수록된 시들 발표. 엘리자베스 바렛-브라우닝의 『포르투갈어 소네트』 번역. 『신시집』 2부 출간.

1908 2월 중순 까지 오버노일란트 체류. 여행.

3월~4월 중순: 카프리 섬에 머물다. 병이 들다.

5월 1일부터 파리에 머물다. 엘 그레코El Greco의 그림을 대하고 감명을 받다. 로댕과의 관계가 개선되다. 파울라 모더손-베커와 칼크로이트 백작을 위한 「진혼곡」 발표. 여러 차례 중단을 거듭하던 『말테의 수기』 집필을 계속하다.

1909 파리에 머물다. 클라라, 루, 엘렌 케이가 찾아옴. 심신의 피로가 극도에 달함.
9월 휴양 차 여행. 괴테에 몰두.
9월 말: 아비뇽과 파리 체류. 마리 폰 투른 운트 탁시스 후작부인과 사귐. 『말테의 수기』 부분 출판. 『초기 시집』, 『나의 축제』 개작.

1910 강연여행. 라이프치히에 있는 출판인 키펜베르크 집 방문.
4월 탁시스 후작부인의 두이노 성에 처음 감. 몇 차례 여행 후 불안 속의 나날을 보냄. 루돌프 카쓰너의 작품을 탐독하다. 휴양. 『말테의 수기』 집필완료.

1911 나폴리, 이집트, 베네치아 여행 후 파리로 돌아 옴. 키펜베르크 부부 방문. 남 프랑스의 프로방스를 거쳐 두이노 성에 이름. 신경쇠약에 시달리며 불안한 나날을 보내다. 프랑스, 영어 문학 작품 번역에 몰두. 「달밤」, 「막달레나의 사랑」 등의 시작품들 발표.

1912 5월까지 두이노 성에 머물다 심리분석을 받을 결심을 함.
베네치아에서 엘레오노라 두제 Eleonora Duse를 만난 후 두이노로 돌아 오다. 뮌헨, 스페인, 파리에 연속적인 체류.
『두이노의 비가』 집필. 『마리아의 생애』 등의 시작품 발표.

1913 5월 중순 키펜베르크 부부 방문 후, 파리에 있는 클라라에게 가다. 수차례 독일 국내 여행 중 괴팅겐의 루를 만나고 나서 파리로 돌아가다.
「체험」(I, II) 등과 기독교를 소재로 한 시 몇 편을 발표하고, 앙드레 지드의 소설『돌아온 탕자의 이야기』번역.

1914 파리에 머물다 2/3월 베를린 체류. 벤베누타를 만나다. 그녀와 뮌헨 여행. 취리히, 두이노 성, 이탈리아의 파두아, 아씨시를 거쳐 파리로, 7월말 라이프치히, 그리고 전쟁이 터지자 뮌헨으로 가서 룰루 라자르트와 함께 지내다.「전향」등 다수의 시작품과 미켈란젤로의 작품 번역, 그리고 룰루 라자르트를 위한 15편의 헌정시를 씀.

1915 정신적으로 쇠약하고 병색이 짙어짐. 뮌헨에 있는 루 방문. 헤르타 쾨니히 부인 집에서 피카소의 작품을 보고 감명을 받음. 빈 체류. 시작품「죽음」,「소년의 죽음에 대한 진혼곡」,「제4비가」및 미켈란젤로(번역) 발표.

1916 빈 체류. 6월 9일까지 군 소집. 호프만스탈과 교류. 룰루 라자르트와 함께 지내다가 뮌헨으로 돌아 감.

1917 뮌헨, 베를린 체류. 루이제 라베 번역.

1918 뮌헨에 거주하며 친지들의 죽음을 맞이함. 키펜베르크를 만나다. 오스트리아의 훈장 거절.

1919 뮌헨에서 루와의 마지막 만남. 스위스 여행. 솔리오에 머물다. 취리히에서 난니 분덜리 폴카르트 부인을 알게 되다.

1920 스위스 바젤 근교 체류. 베네치아 여행 후 스위스로 돌아와 프랑스어 지역에서 활동하는 화가 발라디네 클로쏩스카와 사귀다. 잠시 파리에 다녀 온 후 줄곧 스위스에 머물다.

1921 스위스 각지를 다니다가 메를랭과 뮈좃 성을 발견하고 그곳에 머물다. 발레리 문학에 심취. 다수의 프랑스어 시와 발레리의 작품 번역에 몰두하다.

1922 뮈좃 성에 머무는 중 키펜베르크 부부의 방문을 받음. 메를랭과

8월 중순까지 베아텐베르크에 머물다. 건강이 악화되다. 딸 루트의 결혼. 다수의 시작품과 『오르페우스에게 바치는 소네트』(1, 2부)와 『두이노의 비가』를 완결하다.

1923 뮈좃 성에서 많은 방문객을 맞이하다. 휴양 여행. 프랑스문학에 몰두하다. 발레리 번역. 「모든 시냇물 소리」, 「우리는 입일 뿐」 등의 시를 쓰다.

1924 4월: 발레리가 뮈좃 성을 방문. 5월: 클라라의 방문. 그 후 온천장으로 요양 여행. 발몽에서 의원치료. 「봄이 오는 길목」, 「에로스」, 「산책」 등의 대표적 후기 시와 다수의 헌정시를 쓰다. 그리고 큰 애착심을 갖게 된 프랑스어 시들을 쓰다. 작품 속에 서서히 생을 정리하는 듯한 내용이 담기다.

1925 1월까지 발몽에 머물다가 돌연 파리로 가서 많은 사람들을 만나고 다시 스위스 뮈좃 성으로 돌아가다. 50세의 생일을 맞아 많은 축하전보와 편지를 받다. 『말테의 수기』 프랑스어판 번역 출간. 다시 병원에 입원하다. 「이돌」, 「공」 같은 작품들과 프랑스어 시 및 다수의 헌정시를 남기다.

1926 5월말까지 발몽에 있다가 6/7월 뮈좃 성에, 그리고 8월말까지 라가즈에서 후작부인과 함께 머물다. 9월에는 로잔에서 생의 마지막으로 아름다운 이집트 여인과 사귀다. 발레리와 재회. 뮈좃 성에서 장미 가시에 찔리다. 11월 발몽에서 가료하다가 12월 29일에 세상을 떠나다.

1927 1월 2일 스위스의 칸톤 발리스의 라론 교회묘지에 묻히다.

참고문헌

일차문헌 Primärliteratur

라이너 마리아 릴케 Rainer Maria Rilke

Sämtliche Werke. Hg. Rilke-Archiv in Verbindung mit Ruth Sieber-Rilke, besorgt durch Ernst Zinn. Frankfurt a. M. 1955~1966(Zit. SW I-VI...).

Briefe. ! Band. Hg. Rilke-archiv in Weimar. In Verbindung mit Ruth Sieber-Rilke, besorgt durch Karl Altheim. Wiesbaden, 1950.

Tagebücher aus der Frühzeit. Hg. Ruth Sieber-Rilke und Carl Sieber Leipzig, 1942.

* 편지들의 인용은 수신자와 수신날짜 기록으로 가름한다.

노자 Lao-Tse

Taoteking. Aus dem Chinesischen übertragen und erläutert von Richard Wilhelm. Düsseldorf/Köln, 1975.

Die Bahn und der rechte Weg des Lao-tse. Der chinesischen Urschrift nachgedacjht von Alexander Ular. Frankfurt a, M., 1903.

Jenseits des Nennbaren. Sinnsprüche und Zeichnungen nach dem Taoteking von Linde v. Keyserlink. Freiburg i. Br./Basel/Wien, 1979.

Taoteking. Das Buch vom Weltgesetz und seinen Werken. Wiedergabe des chinesischen Textes. Durch Walter Jerven. Bern/München/Wien, 1976.

* 자료의 인용은 작품편성소재(장과 절)의 기록으로 가름한다.

장자 Tschuang-Tse

Gleichnisse. Auswahl und Übertragung von Walter Salenstein. Erlenbach-Zürich/Leipzig, 1920.

Das Wahre Buch vom südlichen Blütenland. Aus dem Chinesischen übertragen und erläutert von Richard Wilhelm. Düsseldorf/Köln, 1969.

* 자료의 인용은 작품편성소재(장과 절)의 기록으로 가름한다.

부처 Buddha

Pfad zur Erleuchtung. Buddhistische Grundtexte. Übers. und hrsg. von Helmut von Glasenapp. Düsseldorf/Köln, 1974.

Die Lehre des Buddho. Übers. von Georg Grimm. Baden-baden, 1970.

기타 Sonstige

Benn, G.: *Gesammelte Werke.* Bd. 1. hrsg. von D. Wellershoff. Wiesbaden, 1958.

Coudenhove, G.: *Japanische Jahreszeiten. Tanka und Haiku aus dreizehnten Jahrhunderten.* Zürich, 1963.

Hofmannsthal, H. v.: *Gesammelte Werke.* Prosa. Bd. 4, Frankfurt a. M., 1952~9.

Holz, A.: Phantasus. *Jugend* 3(1898) Nr. 3, Hg. von Gerhard Schulz. Stuttgart, 1968, S. 40~41.

Li Tai-Bo: *Gedichte.* Auswahl, Übertragung, Einleitung und Anmerkungen von Günther Debon. Stuttgart, 1962.

Novalis: *Die Lehrling zu Sais. Gedichte und Fragmente.* Mit einem Nachwort u. hrsg. von Martin Kissig. Stuttgart, 1978.

Shinokokin-Wakashu: Japanische Gedichte. Ausgewählt u. hrsg. von Horst Hammitzsch und Lydia Brüll. Stuttgart, 1964.

이차문헌 Sekundärliteratur

Allemann, B.: *Zeit und Figur beim späten Rilke. Ein Beitrag zur Poetik des modernen Gedichtes.* Pfullingen, 1961.

Allemann, B.: Rilke und Mythos. In: *Rilke heute. Beziehungen und Wirkungen.* Bd. 2. Frankfurt a. M. 1976, S. 7~28.

Andres-Salomé, L.: *Friedrich Nietzsche in seinen Werken*, Wien, 1894.

Arnold, H. L.: *Rilke? Kleine Hommage zum 100. Geburtstag zusammengetragen und veranstaltet.* München, 1975.

Backofen, R.: *Lao-Tse, Tao-Te-King.* Neuchâtel(Schweiz), 1949.

Bassermann, D.: *Der späte Rilke.* München, 1947.

Bauer, Arnold: *Rainer Maria Rilke.* Berlin, 1970.

Berger, K.: *Japonismus in der westlichen Malerei 1860~1920,* München, 1980.

Bethge, H.: Worpswede. In: *Das litterarische Echo.* 5(1902/03), Sp. 1725.

Bier, J. P.: Wie Rilke in Frankreich: ein Beitrag zur französischen Rezeption des Dichters. In: *Zu Rainer Maria Rilke.* Hrsg. von Egon Schwarz. Frankfurt a. M., 1998.

Betz, M.: Rilke in Frankreich. Erinnerungen, Briefe, Dokumente, wine/Leipzig/ Zürich, 1938.

Betz, M.: Rainer Maria Rilke in Paris. Zürich, 1948.

Birukoff, P.: *Tolstoi und der Orient. Briefe und sonstige Zeugnisse über Tolstois Beziehungen zu den Vertretern orientalischer Religionen.* Zürich/Leipzig, 1925.

Bradely, B.: *Rainer Maria Rilkes 'Der Neuen Gedichten anderer Teil'.* München/ Bern, 1978.

Brecht, F. J.: *Schicksal und Auftrag des Menschen. Philosophische Interpretationen zu Rainer Maria Rilkes 'Duineser Elegien'.* Basel, 1949.

Breuninger, R.: *Wirklichkeit in der Dichtung Rilkes.* Frankfurt a. M. u. a., 1991.

Buddeberg, E.: Rilkes Cézanne-Begegnung. In: *Rainer Maria Rilke und die bildende Kunst. Sonderausgabe der Zeitschrift Das Kunstwerk.* Baden-Baden o. J.

Buddeberg, E.: *Eine innere Biographie.* Stuttgart, 1954.

Cid, A.: *Mythos und Religiösifät im Spätwerk Rilkes*, Frankfurt a. M, u. a, 1996.

Couchoud, P. -L.: Sages et Poètes d'Asie. Paris o. J.

Dahmen, H.: Rainer Maria Rilke. In: *Hochland* 24(1926/27) Bd. 2, S. 263~272.

Demetz, P.: Weltinnenraum und Technologie. In: *Sprache im technischen Zeitalter*(1966) H. 17, S. 4~11.

Demetz, P./Storck, J. W./Zimmermann, H. D.(Hrsg.), *Rilke, ein europäischer Dichter aus Prag*. Würzburg 1998.

Drees, Hajo: *Rainer Maria Rilke. Autobiography, Fichtion, and Therapy*. New York u. a., 2001.

Dumoulin, H.: Begegnung mit dem Buddhismus. Eine Einführung. Freiburg I. Br./Basel/Wien, 1978.

Dürckheim, K. Graf: *Zen und wir*. Frankfurt a. M., 1978.

Eberle, O.: Rainer Maria Rilke. Im: *Schweizerische Rundschau* 27(1977), S., 175~177.

Eschmann, E. W.: Valéry und Rilke. Fragmente eines Vergleichs. In: *Neue Schweizerische Rundschau* 16(1948) H. 3, S., 179~187.

Faas, E.: *Offene Formen in der modernen Kunst und Literatur. Zur Entstehung einer neuen Ästhetik*. München, 1975.

Faesi, R.: *Rainer Maria Rilke*. Amalthea-Bücherei. 3. Bd. Zürich/Leipzig/wien, 1919.

Fingerhut, K.-H.: *Das Kreatürliche im Werke Rainer Maria Rilkes. Untersuchungen zur Figur des Tieres*. Bonn, 1970.

Forke, A.: *Die Gedankenwelt des chinesischen Kulturkreises*, München/ Berlin, 1927.

Freienfels, R.: Rainer Maria Rilke. In: *Das litterarische Echo* 9(1906/07), Sp. 1292~1300.

Freundlieb M.: Die Aufzeichnungen des Malte Laurids Brigge. Im: *GRM*. 29. jg. 1931, S. 261-268.

Gebser, H.: *Rilke und Spanien*. Zürich/New York, 1940.

Gehlen, A.: *Die Seele im technischen Zeitalter*. Reinbeck bei Hamburg, 1976.

Gehlen, A.: *Anthropologische Forschung*. Reinbeck bei Hamburg, 1977.

Hamburger, K.: Die phänomenologische Struktur der Dichtung Rilkes. In: *Rilke in neuer Sicht*. Stuttgart 1971, S. 83~158.

Heller, E.: *Nirgends wird Welt sein als innen. Versuche über Rilke*. Frankfurt a. M., 1975.

Heygrodt, R. H.: *Die Lyrik Rainer Maria Rilkes. Versuch einer Entwicklungsgeschichte*. Freiburg i. Br., 1921.

Holthusen, H. E.: Rilkes mythische Wendung. In: *Hochland* 37(1939/40) H. 8, S. 304~316.

Holthusen, H. E.: Rilkes *Sonette an Orpheus*: Versuch einer Interpretation. In: *Die Literatur* 40(1937/38).

Hungerleider, F./Hohenberger, S.: *Gespräch eines Buddhisten mit einem Christen. Zur Frage der Toleranz*. Weilheim, 1969.

Jauss, H. R.: *Literaturgeschichte als Provokation*. Frankfurt a. M., 1970.

Kassner, R.: *Der goldene Drachen. Gleichnis und Essay*. Erlenbach-Zürich und Stuttgart, 1957.

Kassner, R.: *Buch der Erinnerung*. Leipzig o.J.

Kassner, R.: *Das inwendige Reich. Versuch einer Physiognomik der Ideen*. Erlenbach-Zürich, 1953.

Kassner, R.: *Zahl und Gesicht*. Zürich, 1979.

Keyserling, H. Graf: *Das Reisetagebuch eines Philosophen*. 2 Bde. Darmstadt, 1920.

Kim, T. D.: *Bertolt Brecht und die Geisteswelt des Fernen Ostens*. Diss. Heidelberg, 1969.

Killy, W.: *Elemente der Lyrik*. München, 1972.

Kippenberg, K.: *Rainer Maria Rilke. Ein Beitrag*. Leipzig, 1938.

Klatt, F.: *Rainer Maria Rilke*. Wien, 1948.

Klein, J.: *Das große Frauenbild. Im Erlebnis geistiger Männer*. Marburg, 1951.

Klemann, F.: *Europäer und Ostasiaten*. München/Basel, 1957.

Leach, E.: *Kultur und Kommunikation. Zur Logik symbolischer Zusammenhäng*. Übertragung v. E. Bubser. Frankfurt a. M., 1978.

Lessing, Th.: *Europa und Asien oder der Mensch und das Wandellose*. Hannover, 1923.

Liebig, G.: Rilke und die Dinge. Ein Beitrag zu seiner Poetik und Poesie. In: *Aevum* 38(1964), S. 139~157.

Mason, Eudo C.: *RMR. Sein Leben und sein Werk.* Göttingen, 1964.

Mason, Eudo C.: *Lebenshaltung und Symbolik bei RMR.* Weimar, 1939.

Mandel, S.: *Rainer Maria Rilke. The poetic instinct.* With a preface by Harry T. Moore. Southern Illinois University Press, 1965.

Merton, Th.: *Weisheit der Stille. Die Geistigkeit des Zen und ihre Bedeutung für die moderne christliche Welt.* Übertragung aus dem Amerikanischen von Margret Weilwes. Bern/München/Wien, 1975.

Meyer, H.: Rilkes Cézanne-Erlebnis. In: *Zarte Empire.* Stuttgart, 1963, S. 273~280.

Meyer, H.: Rilkes Begegnung mit dem Haiku. In: *Euphorion* 74(1980) H.2, S. 134~168.

Müller, W.: *Rainer Maria Rilkes 'Neue Gedichte'. Vielfältigkeit eines Gedichttypus.* Meisenheim a. Glan, 1971.

Muth, K.: Rainer Maria Rilke. In: *Hochland* 27(1929/30) Bd. 1, S. 128~132.

Needham, J.: *Wissenschaftlicher Universalismus. Über Bedeutung und Besonderheit der chinesischen Wissenschaft.* Frankfurt a. M., 1979.

Neville, Robert Cummings: *Boston Confucianism: Portable Tradition in the Late-Modern World.* New York Univ. Press, 2000.

Okakura, K.: *Das Buch vom Tee.* Übertragen u. mit einem Nachwort versehen von Horst Hammitzsch. Frankfurt a. M., 1979.

Oldenberg, H. *Buddha. Sein Leben, seine Lehre, seine Gemeinde.* Hrsg. und erg. von H. v. Glasenapp. Stuttgart, 1959.

Osann, C.: *Rainer Maria Rilke. Der Weg eines Dichters.* Zürich, 1947.

Panthel, H. W.: *Rainer Maria Rilke und Maurice Maeterlinck.* Berlin, 1973.

Percheron, M.: *Buddha in Selbstzeugnissen und Bilddokumenten.* Reinbeck bei Hamburg, 1958.

Peters, F.: *Rainer Maria Rilke: Masks and the man.* University of Washington Press. Seattle, 1960.

Petzet, H. W.: *Das Bildnis des Dichters. Rainer Maria Rilke. Paula Becker-Modersohn. Eine Begegnung.* Frankfurt a. M., 1976.

Prater, D. A.: *Ein klingendes Glas. Das Leben Rainer Maria Rilkes.* München, 1986.

Risser, H.: Rilke: Malter Laurids Brigge. In: *Neue literarische Welt.* 3(1952), S.4.

Requadt, P.: *Die Bildersprache der deutschen Italiendichtung von Goethe bis Benn.* Berlin/München, 1962.

Rose, E.: China as a symbol of Reaction in Germany 1830~1880. In: *Comparative Literature* 3(1951), S. 57~76.

Ryan, J.: *Umschlag und Verwandlung. Poetische Struktur und Dichtungstheorie in R. M. Rilkes Lyrik der Mittleren Periode(1907~1914),* München 1972.

Ryan, J.: Hypothetisches Erzählen : Zur Funktion von Phantasie und Einbildung in Rilkes MLB. In: *Jb. der deutschen Schillergesellschaft* 1971, S. 341~374.

Schlözer, L. v.(Hg·): *Rainer Maria Rilke auf Capri. Gespräche.* Dresden, 1931.

Schmidt-Pauli, E.: *Rainer Maria Rilke. Ein Gedenkbuch.* Basel, 1940.

Schuster I.: *China und Japan in der deutschen Literatur.* Bern/München, 1974.

Seifert, W.: *Das epische Werk Rainer Maria Rilkes.* Bonn, 1969.

Simenauer, E.: *Rainer Maria Rilke. Legende und Mythos.* Bern/Frankfurt, 1953.

Spitzer, L.: Das synthetische und das symbolische Neutralpronomen im Französischen. In: *Idealistische Neuphilologie* 28(1972), S. 198~210.

Storck, J.: Emanzipatorische Aspekte im Werk und Leben Rilke. In: *Rilke heute.* Bd. 1, Frankfurta. M, 1975, S. 247~285.

Suzuki, D. T.: *Der westliche und der östliche Weg. Essays über christliche und buddhistische Mystik.* Waltperspektiven. Frankfurt a. M./Berlin/Wien, 1977.

Suzuki, D. T.: *Die große Befreiung. Einführung in den Zen-Buddhismus.* Mit einem Geleitwort von C. G. Jung. Berechtigte Übersetzung von Dr. Felix Schottlaender. Frankfurt a. M. 1978.

Takayasu, K.: Rilke und die Japaner. In: *Doitsu Bungaku* 32(1964), S. 5~13.

Thomas, F. G.: *Rainer Maria Rilke. 'Urbild' und 'Verzicht'.* Stuttgart, 1975.

Thurn und Taxis, M. v.: *Erinnerungen an Rainer Maria Rilke.* München/Berlin/Zürich, 1933.

Viallet, F. -A.: *Einladung zum Zen.* Olten, 1975.

Waley, A.: *Lebensweisheit im alten China.* Übers. aus dem Englischen von

Franziska Meister-Weider. Hamburg 1974.

Weinrich, F.: *Die Liebe im Buddhismus und im Christentum*. Berlin, 1935.

Weisbach, R.: Kommentare zu Rilkes Orpheus-Sonetten. In: *Rilke-Studien*. Zu Werk und Wirkungsgeschichte. Akademie der Wissenschaften der DDR Zentralinstitut für Literaturgeschichte. Berlin und Weimar, 1976.

Wied, M.: Der Tod des Li-Tai-Po. In: *Brenner*. Bd. 3. 6(1913), S. 526~534.

Wilhelm, R.: Goethe und Laotse. In: *Europäische Revue* 4(1928), S. 1~12 Lao-tse.

Wilhelm, R.: *Weisheit des Ostens*. Düsseldorf/köln, 1951.

Wocke, H.: Schicksal und Vermächtnis. In: *Germanisch-Romanische Monatsschrift* 25(1937), S. 401~419.

Wolff, O.: Der integrale Mensch. Asiens(Indiens) Vorstoß zu neuem Selbst - und Weltverständnis. In: *Die Welt in neuer Sicht*. 2. Vortragsreihe. München, 1959.

Yasuda, K.: The Japanese Haiku. Its essential Nature, History, and Possibilities in English with selected Examples. Tokyo, 1958.

한국서적

『문예연감(文藝年鑑)』, 한국문학예술진흥원, 1977.

강헌규(姜憲圭), 「「가시리」의 신석(新釋)을 위한 어문학적 고찰, - '가시리 평설'에의 의의(疑義)를 중심으로 -」, 『국어국문학』 제62~64호, 1973, 23~32쪽.

김병철(金秉喆), 『서양문학번역논자연표 서양문학이입사연구』 제3권, 서울, 1978.

노자(老子)·장자(莊子), 장기근(張基槿)·이석호(李錫浩) 역, 『도덕경』, 삼성출판사, 1982.

노태준(盧台俊), 『노자, 도덕경 역해』, 서울(홍신문화사), 1977.

소광섭, 『물리학과 대승기신론』(관찰자와 현상), 서울대학교 출판부, 1999.

송욱(宋稶), 『문학평전』, 일조각, 1969.

안동림(安東林), 『장자』, 현암사, 1993.

이기영(李箕永), 『금강경(金剛經) 역해』, 목탁신서 3, 한국불교연구원, 1978.

이원섭(李元燮), 『이백(李白)시선』, 현암사, 2003.
이유영(李裕榮)·김학동(金澤東)·이재선(李在銑), 『한국문학비교연구』, 삼영사, 1982.
유약우(劉若愚), 이장우 역, 『중국시학』, 범학사, 1979.
조두환, 『라이너 마리아 릴케, 고독의 정원에서 키운 시와 장미』, 건대출판부, 2001.
조두환, 「릴케의 작품에 나타난 기다림의 문제」, 『독일문학』 88집. 44권 4호. 한국독어독문학회, 2003, 46~64쪽.
조지훈(趙芝薰), 『조지훈 전집』, 전7권, 일지사, 1973.
라빈드라나트 타고르, 유영 역, 『기탄잘리』 타골전집4, 정음사, 1974.
롤랜드 올리버, 배기동·유종현 옮김, 『아프리카: 500만 년의 사회와 문화』, 여강, 2001.
스탠리 월퍼트, 한국리더십학회 옮김, 『영혼의 리더십: 마하트마 간디의 생애와 유산』, 시학사, 2002.
에드가 모랭, 김명숙 역, 『인간과 죽음』, 문예신서 159, 동문선, 2000.
에리히 프롬, 황문수 역, 『사랑의 기술』, 문예출판사, 2019.
지두 크리슈나무르티, 정현종 역, 『아는 것으로부터의 자유』, 물병자리, 2009.
프리초프 카프라(F. Capra), 김용정(金鎔貞)·이성범(李成範) 옮김, 『현대물리학과 동양사상』, 범양사, 2006.
천 웨이핑(陳衛平), 고재욱·김철운·유성선 옮김, 『일곱 주제로 만나는 동서비교철학』, 예문서원, 1999.

찾아보기

ㅅ

ㅇ

조두환 趙斗桓

아호 솔뫼. 서울에서 태어나 고려대학교 독어독문학과와 동 대학원을 졸업 문학박사 학위를 받았다. 그 사이에 스위스 연방정부초청 장학생으로 바젤 대학에 유학, 프라이부르크 대학을 졸업했다(Lic. Phil 학위). 1983년부터 2009년까지 건국대학교 독어독문학과 교수로 재직, 독일 바이로이트 대학 국비파견교수(1995~1996), 독일 뮌스터대, 캐나다 토론토대 연구교수(2003~2004)를 지냈으며, 현재 명예교수로 있다. 한편 계간 『문학예술』을 통하여 문단에 나와, 『중랑천 근방』 등 6권의 시집을 내었고, 한국문학비평가협회 작가상을 수상하였다.
저서로는 『라이너 마리아 릴케. 고독의 정원에서 키운 시와 장미』(대한민국학술원 우수학술도서), 『독일시의 이해』, 『게오르그 트라클. 검은 바람 속의 방랑자』 등, 역서 『오르페우스에게 바치는 소네트』(릴케), 『사람의 얼굴』(피까르) 등, 논문 '릴케의 그릇 메타포 소고 -시 「눈물단지」를 중심으로-' 등, 기타 『독일문화 기행』(청소년을 위한 좋은 책) 등 다수가 있다.

겨레문화 33

릴케 문학에 비친 아시아의 그림자

2021년 2월 25일 초판 1쇄 펴냄

지은이 조두환
펴낸이 김흥국
펴낸곳 이회

등록 1990년 12월 13일 제6-0429호
주소 경기도 파주시 회동길 337-15
전화 031-955-9797(대표), 02-922-5120~1(편집), 02-922-2246(영업)
팩스 02-922-6990
메일 kanapub3@naver.com / bogosabooks@naver.com
http://www.bogosabooks.co.kr

ISBN 978-89-8107-614-6 93850

정가 28,000원

이 저서는 2016년 정부(교육부)의 재원으로 한국연구재단의 지원을 받아 수행된 연구임(NRF-2016S1A6A4A01018026)